KB072134

지독하게, 절실하게

지독하게, 절실하게 1

초판 1쇄 찍은 날 | 2018년 3월 29일
초판 1쇄 펴낸 날 | 2018년 4월 05일

지은이 | 이령
펴낸이 | 서경석

편 집 책 임 | 조윤희
편 집 | 이은주
이예진
디 자 인 | 신현아

펴 낸 곳 | 도서출판 청어람
등록번호 | 제387-1999-000006호
등록일자 | 1999. 5. 31
어람번호 | 제5-469호

주소 | 경기도 부천시 부일로 483번길 40 서경B/D 3F
(우) 14640
전화 | 032-656-4452 팩스 | 032-656-4453
http://www.chungeoram.com
E—mail | chungeorambook@daum.net

ISBN 979-11-04-91678-6 04810
ISBN 979-11-04-91677-9 (SET)

지독하게,
절실하게
1
이령
장편소설

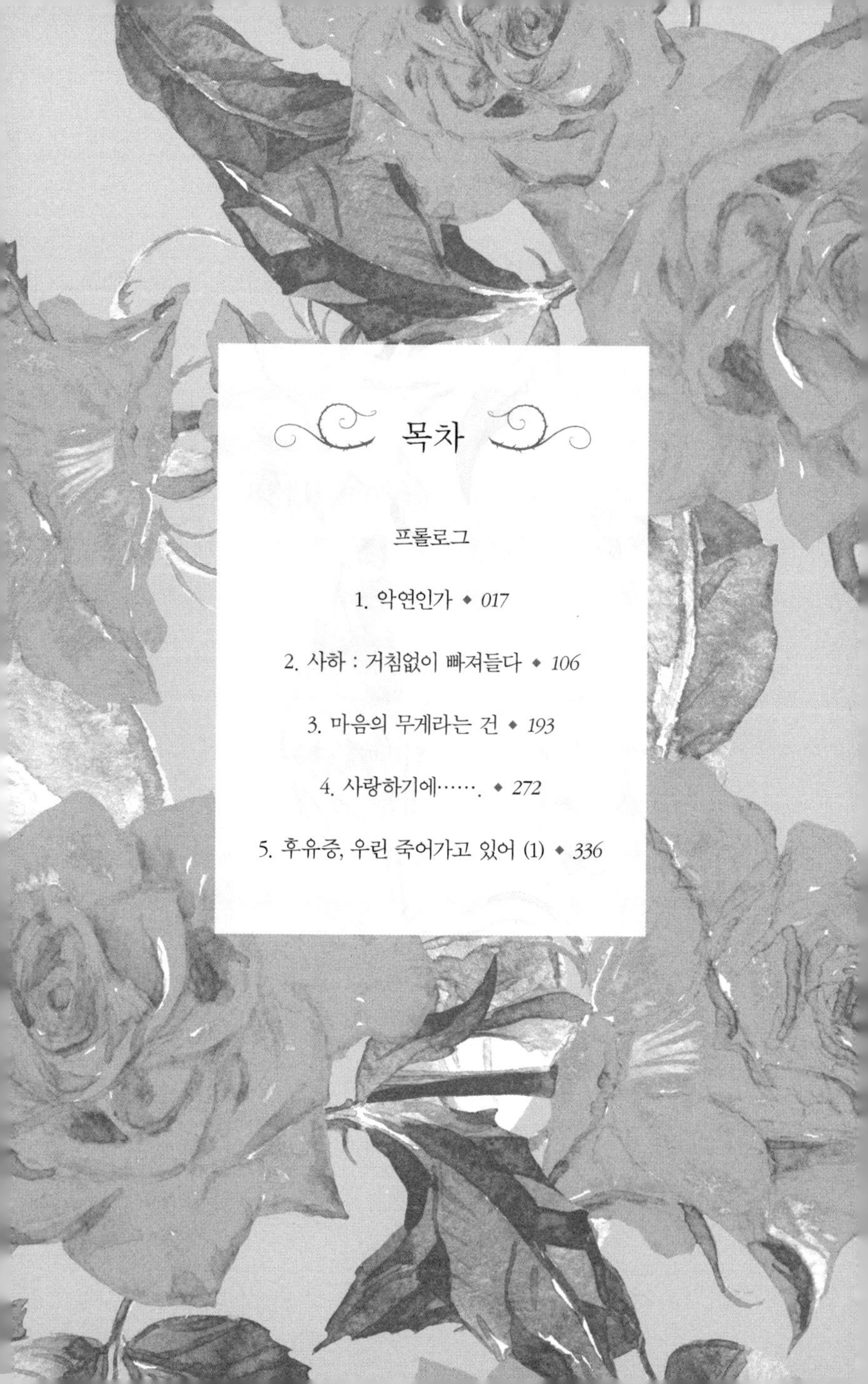

목차

프롤로그

"수야. 꼭, 그렇게 하자 우리."

기억 속 음성이었다. 낮고 부드러운, 기억 저편 케케묵은 상자 안 깊숙이 넣어둔 공허함이었다.

잠에서 깬 수는 잠시 주변을 둘러봤다. 아직 버스 안이었고, 안내 음성은 목적지 바로 한 정거장 전을 연거푸 말하고 있었다. 더운 여름이라 버스 문이 열리고 닫힐 때마다 뜨거운 바람이 숨통을 죄였다. 평일 낮 시간임에도 사람들로 꽉 들어찬 여의도 한복판의 버스엔 강으로 틀어놓은 에어컨 바람이 무색하게 비지땀을 흘리는 자들로 가득했다. 뒷자리에 앉아 잠에 취해 창문에 기대었던 머리를 뗀 수는 이마에 난 식은땀을 손등으로 닦았다. 비단 더워서 흘린 땀은 아니었다. 그 잠깐 사이에 꾼 꿈 때문이었다.

목적지에 도착해 버스에서 내린 수는 뜨거운 햇살과 그보다 더 뜨거운 공기에 헛숨을 내뱉었다. 올 여름 중 가장 폭염이라는 오늘의 정오는 그야말로 지옥이었다. 수는 쇄골까지 오는 머리카락을 질끈 잡아 팔목에 껴둔 검은 고무줄로 묶었다. 짧아서 채 묶이지 못한 머리가 주르륵 목덜미로 흘러내렸지만 아까보단 좀 덜 더운 것 같아 만족이었다.

수는 어렵사리 힘든 걸음을 옮겨 여의도 한복판에 자리 잡은 빌딩 앞에 섰다. 정확히는 빌딩에 들어가기 전 건물을 감싸고 있는 높다란 장벽 한가운데 위용 있는 철제문 앞에 섰다. '주아제약'이라 새겨진 멋들어진 대형 돌 조형물이 철문 창살 사이로 언뜻 보였고 수는 자신을 발견한 입구 경비원이 붙잡기 전 먼저 명함을 꺼내 보여주었다. 한국병원 신경외과 전문의 이수, 라 쓰인 명함과 사진을 그녀와 번갈아 보던 경비원은 꾸벅 인사와 함께 철제문을 열어주었다.

로비로 들어서자 기다리고 있던 여비서가 꾸벅 인사를 했다. 마주 인사를 하며 비서를 따라 들어간 빌딩 내부는 역시 대기업이라는 소리가 절로 나오게 했다. 블랙 앤 화이트로 모던하고 깔끔하게 꾸민 내부와 그 건물에 어울릴 법한 단정한 사원들이 로비 옆 마련된 카페테리아에 그득했다. 사원증을 대야만 열리는 게이트를 지나 열 대는 넘어 보이는 엘리베이터 중 임원용을 탔다. 비서가 터치용 번호판 밑에 제 사원증을 찍자 보이지 않았던 최상층 버튼이 나타났고 엘리베이터는 그제야 올라갔다. 그걸 신기하게 바라보는 수에 비서는 웃으며 마주 보았다.

"전 박하진이라고 합니다. 약속시간은 1시 반인데 십오 분이나 일찍 오셨네요. 미리 마중 나온 보람이 있게 해주셨어요."

비서의 상냥한 말씨와 웃음에 그녀는 따라 미소를 띠었다. 아리따운 외모와 높은 톤이지만 부드러운 말씨만큼이나 구불구불 내려오는 긴 웨이브 머리가 인상적인 여성이었다. 더불어 오피스 레이디에 걸맞은 단정하고 딱 붙는 펜슬 스커트와 킬힐은 비서의 아름다운 몸매를 한껏 부각시키고 있었다.

최상층은 임원들만의 공간이었다. ㅁ자 복도식 사무실들은 일정 거리를 유지하고 있어서 프라이버시가 보장되었다. 사무실 앞마다 이름이 기재되어 있었고 사무실 옆 외부 데스크마다 비서로 보이는 사람들이 묵묵히 자신의 상사를 위해 일하고 있었다.

"대표님은 지금 회의 중이시니 잠시만 기다려 주세요. 차는 아메리카노, 잉글랜드 애프터눈 티, 보이차가 준비되어 있습니다. 어떤 게 좋으신가요?"

조금의 흐트러짐도 없이 깔끔한 비서의 대사에 수는 안내해준 사무실 안 갈색 가죽 소파에 앉으며 커피요, 라고 간단히 말했다. 비서는 고개를 꾸벅 숙이곤 미소를 지은 채 문을 닫았다.

그제야 수는 마음 놓고 주변을 둘러보았다. 대표이사실이라 그런지 웬만한 집과 같은 규모의 널찍한 사무실이었다. 블라인드를 걸어놓은 전면 통 유리창엔 여의도 한강의 아름다운 뷰가 펼쳐졌다. 가습기는 희뿌연 연기를 부드럽게 내뱉고 있었고 그 옆 공기청정기는 맑은 공기를 위해 쉼 없이 돌아가고 있었다. 로비의 공기와는 약간 다르다 싶었는데 그 이유를 찾은 셈이었다.

수는 비서가 가져다준 아이스 아메리카노를 홀짝이며 자리에서 일어나 슬렁슬렁 사무실을 걸어 다녔다. 대표가 앉아 업무를 보는 마호가니 책상은 그녀의 집 입구조차 통과하지 못할 만큼 컸고 뒤에 빌트인으로 자리 잡은 목재 책장에 꽂힌 수많은 서적들의 반은 전문의인 그녀도 접한 적 없는 의료 전문 서적들이었다. 소파 역시 통가죽에 뒷면까지 목각이 조각된 윤기 흐르는 것이고 대리석 테이블, 벽면에 걸린 평생 한 번은 봤음직한 유명한 그림들, 코너마다 놓여 있는 이름 모를 작가들의 조각품, 하물며 손에 든 커피까지 모든 게 비싼 것으로 중무장된 공간이었다. 그래서 이 공간이 불편하고 이질감이 느껴졌는지도 모르겠다.

수는 다시금 소파에 앉으며 때마침 울리는 핸드폰을 꺼냈고 액정에 뜬 썬이라는 이름을 보곤 소리 죽여 전화를 받았다.

"왜, 썬."

[너 결국 거길 간 거야?! 부원장님이 나하고 킹까지 잡고 지금까지 얼마나 들들 볶았는지 몰라. 킹은 지금 점심 먹은 게 얹혀서 변기통 부여잡고 있고. 부원장이 그 조그만 눈을 반짝이면서 주아제약 대표랑 동문 맞냐고, 네가 실패하면 다음은 우리가 가라고!]

"그래서, 지금 나보고 목숨 다해 성공하라고 응원 전화한 거야?"

[그게 아니라 멍뭉아…… 너 괜찮아?]

선우의 음성이 울먹거리며 조심스러웠고 수는 고등학교 때부터의 친구인 그를 향해 아무렇지 않다는 듯 욕지거리를 내뱉곤 일방적으로 통화를 끝냈다.

"괜찮지…… 않아."

수는 이를 악물었다. 여기까지 오는 길에 청심환을 얼마나 씹어 먹어댔지 몰랐다. 잠깐 잔 선잠에 악몽을 꾸고 식은땀을 흘렸지만 그게 숨이 턱턱 막힐 것 같은 폭염의 뜨거운 공기 때문이 아니라는 걸 자신은 알고 있었다.

보통은 제약회사에서 자신의 제품을 써주십사 병원 높은 고위직들에게 로비를 하기 마련이었다. 그게 통상 관례였다. 대학병원 의사가, 그것도 임원진이 아닌 일반 전문의가 신약의 물량이 딸리니 자신의 병원에 우선 지원해 달라는 말을 하러 제약회사 대표를 찾아가는 일은 아마도 극히 드물 것이었다. 그리고 그 드문 일을 하기 위해, 자신이 온 거였다. 자신이 대표와 동문이라는 소문을 들은 뒤 찾아온 부원장의 지시를, 일개 의사인 그녀가 거절할 명목은 없었다.

약속시간을 지나 한참을 방 안에 우두커니 앉아 기다릴 무렵이었다. 순간, 등 뒤로 사무실 문이 열렸다 닫혔다. 뚜벅뚜벅 차분한 발걸음으로 마호가니 책상을 향해 가는 누군가의 인기척에도 수는 쉽사리 고개를 돌리지 못했다. 시선 하나 손가락 하나 까딱하지 않은 채 굳은 듯 그 자리에 앉아 있었다.

누군가는 다시 저벅저벅 걸어와 상석인 1인용 소파에 앉았다. 몸을 느슨하게 등받이에 기댄 채 긴 다리를 꼬던 그는 손에 든 담배를 입에 물며 지포라이터로 불을 붙였다.

"실례 좀 하겠습니다. 회의 때문에 스트레스를 받아서."

중저음의 음성이 고막을 파고들어 심장까지 도달했다.

뿌연 담배 연기가 그의 한숨처럼 허공에 퍼졌고 공기청정기가 돌아갔다. 2시를 향해 달리는 시계 초침 소리가 들릴 만큼 실내는 적막했다.

수는 그제야 고개를 서서히 들어 상석에 앉은 그를 마주했다.

긴장하지 않으려 아침부터 갖은 애를 썼던 심장은 다시금 미친 듯 뛰어대고 있었다. 숨이 가쁘고, 커피 잔을 테이블에 내려놓는 손은 잘게 떨렸다. 멀쩡하게 행동하려 일부러 이곳에 도착해 사무실 구석구석을 구경하던 노력까지 모두 수포로 돌아간 순간이었다.

"용건만 간단히 하죠. 무슨 일로 바쁘신 의.사.분께서 이곳까지 왔습니까."

의사를 강조하는 그의 낮은 음성이 심장을 파고들었다.

수의 흰 피부가 더욱 희어졌다. 이마엔 식은땀이 흘렀다. 그녀는 검은 가죽 가방에서 서류를 꺼내 그의 앞에 놓았다.

"작년 9월에 주아제약에서 출시된 폐암 치료제 vx 때문에 왔습니다. 자료 읽어보시면 저희 병원에선 귀사의 약의 효능을 배로 올릴 수 있는 의료 시스템을…….”

“물량이 딸리는 걸 아니 한국병원에 우선 지급해 달라.”

수의 말을 칼같이 끊은 그는 마지막 담배 연기를 내뱉곤 재떨이에 비벼 껐다. 그의 숨이 섞인 연기가 허공에 퍼지며 그녀와 그 사이를 장막처럼 지나갔다. 그 흐릿한 시야 너머 그의 긴 눈매에 담긴 칠흑의 검은 눈동자는 맹수의 날카로움을 띠고 형형히 빛났다. 그 시선은 오롯이 그녀에게 쏠려 있었다.

“외국 대형 병원들에 지급할 물량도 일 년치나 밀린 상황에서, 고작 한국병원에 우선 지급을 해달라니. 당신이 내 입장이라면 어디가 더 수지타산에 맞겠습니까.”

그의 뜻은 명확했다. 뭐라 반론을 하지 못하는 수를 보며 그의 큰 입매가 시니컬하게 휘었다. 그는 팔걸이에 팔을 댄 채 느슨하게 두 손을 깍지 꼈다. 한 번도 그를 제대로 마주하지 않은 채 반쯤 시선을 테이블로 깔고 있던 그녀의 시선이 그의 손에 멈췄다.

순간 심장이 지끈 아프다 비명을 내질렀다.

엉망이었다. 그 표현이 맞았다. 양손 마디마디에 거미줄처럼 불규칙하게 그려진 긴 상흔들은 아직도 붉게 흉이 되어 자리하고 있었다.

그녀의 시선을 느낀 듯 그의 시니컬한 입술이 더욱 짙게 휘었다.

“구 년 전 사고였죠. 다행히 손 구실은 하고 있습니다. 그림을 그리거나 의사처럼 수술할 만큼 섬세한 작업은 못합니다만."

또다시 강조하는 그 미묘한 뉘앙스를 신경 쓸 겨를은 없었다. 이미 그녀의 귀엔 아무것도 들리지 않았다.

수는 자리에서 일어나 고개를 정중히 숙였다. 그 행동 하나에도 그녀의 시선은 패닉이 온 듯 부정확했고 머리는 식은땀에 젖어 있었다.

"뜻은 잘 알았습니다. 가보겠습니다."

수는 나가면서까지 그를 바로 보지 않았다. 그의 범 같은 검은 눈동자가 끊임없이 자신을 칼로 찌르듯 바라보는 통에 심장이 멎기 일보 직전이었다.

"신경외과라던데."

그의 나지막한 음성에 문고리를 잡은 수의 손이 멈췄다. 그녀는 천천히 고개를 돌려 그를 마주보았다. 그는 그녀가 아닌 창밖의 유려하게 흐르는 강을 바라보고 있었다.

"성형외과가 더 돈을 잘 벌 텐데. 왜 굳이 의사들이 기피하는 신경외과를. 공부도 어렵고 환자도 힘든 케이스들뿐이고. 메리트가 전혀 없을 텐데?"

"성형외과라니 아깝다. 넌 분명 우리나라 최고의 의사가 될 수 있을 텐데."

뇌리를 스치는 기억 속 음성에 수는 눈을 질끈 감았다 떴다.

시야가 어지러웠다.

“저한텐 꼭 가야만 하는 곳이었거든요.”

수의 음성이 갈라졌다. 다시금 그녀가 고개를 돌려 이번엔 진짜 나가려 할 때 그는 자리에서 일어섰다. 그리곤 긴 다리로 천천히 걸어와 그녀의 앞에 섰다.

그는 흉터투성이인 손을 허공에 내밀었다.

“통성명도 안 했네요. 주도은입니다.”

수는 도은을 올려다보았다. 오늘 처음으로 정면으로 마주하는 그의 얼굴이었다. 세월의 흐름이 보였다. 어렸던 그때와는 미묘하게 다른 얼굴의 진정한 성인이 눈앞에 있었다. 여전히 조각 같은 수려한 외모와 긴 눈매 속 검은 눈동자의 강인함이 여실히 그녀를 마주하고 있었다.

“이수입니다.”

그가 내민 손을 맞잡은 그녀의 시선이 무수하게 흔들렸다. 맞닿은 손에 느껴지는 뜨거운 열기는 여전했다. 여름에도 찬 자신의 손에 더욱 따갑게 온기가 파고들었다.

“이수.”

도은이 손을 떼고 나지막이 그녀를 바라보며 내뱉었다. 나른한 숨처럼 내뱉는 그 음성과 더불어 지독히도 검은 시선에 수는 결국 참지 못하고 방을 뛰쳐나갔다. 엘리베이터를 타고 로비를 나가는 걸음걸음이 비틀거렸다. 건물을 나가 철제문 앞에서 주저앉아 버리고 만 그녀에게 경비원이 급히 다가와 안부를 물었다.

"수야."

눈물이 흘렀다. 심장이 발치로 떨어지며 나 죽겠다 소리치고 있었다. 흐릿한 의식 속 누군가가 부르는 음성에 수는 고개를 세차게 저었다. 머리에서 지우고, 가슴에 묻으려 처절하게 발버둥 쳤음에도 아직 여전히 그대로인 누군가였다. 그렇기에 더욱 간절히 바라고 원했던 누군가였다.

도은이었다.

1. 악연인가

구 년 전.

"임 아저씨가 온다고?"

이수는 잠도 덜 깬 채 입안으로 말을 중얼거렸다. 어젯밤 바닥에 대충 펴둔 이불은 이미 주인장의 성격을 간파하기라도 한 듯 밤새 세찬 발놀림에 구석에 구겨진 지 오래였고 포악한 전장을 연상케 할 만큼 먹다 만 라면과 의대 서적이 난무한 그 방에서 수는 잠이 덜 깬 어리벙벙한 얼굴을 손으로 비비며 자리에서 일어나 앉았다. 시간을 보니 이미 첫 수업이 시작하고 난 뒤였다. 심한 지각이었다.

수는 그걸 깨닫자마자 스프링처럼 튀어 올라 서둘러 옷을 갈아입으면서도 어깨와 얼굴 사이로 간신히 낀 핸드폰에 한 마디라도 더 하려 낑낑거렸다. 운동하는 여자처럼 멋없이 짧게 커트된 머리칼은 며칠을 감지 못해 푸석하게 헝클어져 있었다.

"알았어요, 엄마. 나 지각이야. 나가야 해. 아저씨 언제쯤 도착하실지 알아?"

[나야 모르지. 검도장 문도 닫고 너 저번에 보니 말랐다고 음식 해서 새벽부터 올라간다 했는데. 콜록.]

저편에서 들리는 잔기침 소리에 수는 순간 커다란 눈을 가늘게 뜨며 인상을 찌푸렸다. 순식간에 갈아입은 초록 후드티와 청바지의 매무새를 대충 가다듬은 그녀는 바닥에 널브러진 의대 서적들을 주워, 다 떨어진 베이지색 천 가방에 모조리 쓸어 담으며 말했다.

"감기 걸렸구나. 심장약 먹을 땐 감기약 못 먹는단 말이야. 그러게 이불 잘 덮고 자라니까 왜 말을 안 들어…… 몸도 약한 사람이."

[알았어. 늦었다고 했잖아. 공부하기 바쁠 텐데 여기 자주 내려오지 마. 신경 쓰지 말고 너 할 일 해. 아저씨가 가져간 거 꼬박꼬박 잘 챙겨 먹고. 너 정말 살 빠졌더라. 안쓰러워서 원. 그렇게 힘들…….]

"알았어, 엄마. 일단 끊어. 나 나가봐야 해. 아저씨한테 내 집 키 있으니까."

엄마의 잔소리를 피하려는 듯 서둘러 말을 끊었다. 수는 신발을 구겨 신은 채 허겁지겁 비좁고 허름한 옥탑방을 나왔다. 빙글빙글한 철제 계단을 마른 체구만큼이나 민첩하게 내려온 그녀가 초록색 계단에 발을 디딜 즈음 전봇대 옆에 서 있는 낯익은 인영이 보였다.

아침 10시. 댓바람부터 술에 취해 얼굴은 검붉었고 언제 세탁했는지 모르는 옷은 땟물로 가득한 걸인이었다. 키는 작고 왜소한 중년의 남성은 막 대문을 벗어나는 수를 발견하곤 비틀거리는 걸음으로 다가왔다. 그녀의 낯빛이 순식간에 어두워졌다.

수는 인상을 찌푸리며 모른 척 지나가려 했지만 남자가 차마 입에 담을 수 없는 걸은 욕지거리를 내뱉자 결국 걸음을 멈춰 그를 돌아보았다.

퍽!

이마가 뜨끈하며 눈앞에 별이 보였다. 손을 올리자 찐득한 핏물이 묻어 나왔다. 이마를 제대로 강타하고 떨어진 것은 빈 소주병이었다. 바닥으로 떨어져 산산조각 난 파편이 사방에 나뒹굴고 수가 충격에 비틀거리는 걸음마다 으스슥 소리를 내며 더욱 잘게 부서졌다.

“애비가 왔는데 인사도 안 하냐? 썩을 년!”

수는 흐릿한 시야를 간신히 붙잡으며 발밑의 파편 조각들을 응시했다.

어렸을 때부터였다. 정확히는 고등학생 때부터였다. 홀어머니 밑에서 가난하지만 행복하게 지냈던 자신의 삶이 산산이 깨부서진 건 다름 아닌 생물학적 아버지가 눈앞에 나타나면서부터였다.

하늘이 무너지는 것 같았다. 그 비참함을 느낄 여유도 없이 엄마와 그녀는 도박으로 돈을 잃고 그 돈을 자신들에게서 뜯어내려는 저 남자에게 이유 없는 고문을 당해야 했고, 그건 성인이 된 지금도 마찬가지였다. 수가 성인이 된 지금까지도 조용히 당해주는 이유는 하나였다. 자신이 당하지 않으면, 병약한 엄마가 대신 위험에 처할까 두렵기 때문이었다.

참을 인자를 수백 번은 더 새기며 수는 아무 말 없이 가방 속 다 떨어진 가죽 지갑 안에 든 십만 원을 꺼내 그의 앞에 내밀었다. 그 십만 원은 그녀의 한 달 식비나 다름없는 귀한 돈이지만, 수백, 수천 번의 경험을 통해 생물학적 아버지인 저 알코올 중독, 도박 중독, 가정 폭력범과 말 한마디 섞는 것 자체가 그녀와 엄마에게 손해라는 걸 깨달은 터였다.

“내 한 달 목숨 값이에요. 이걸로 오늘은 서로 그만 괴롭히는 걸로 하죠.”

그는 코웃음을 치며 돈을 찾아 술 취한 손을 허공에 휘적거리더니 잽싸게 낚아챘다.

“꼴랑 이 돈으로 뭘 하라고. 막걸리 값도 안 되겠네. 하긴, 술집 년이 자식 교육을 제대로 시켰겠어.”

순간 수의 눈에서 시퍼런 불이 일었다. 그녀의 시야에 남의 집 대문에 괴어 있는 마대 자루가 눈에 띄었다. 그걸 부러뜨려 목검처럼 손에 쥔 채 사지가 부러지게 패고 싶다는 생각이 간절한 그때였다.

"당신은 왜 또 여기 있는 겁니까!"

임 아저씨였다. 키가 크진 않지만 다부진 풍채는 중년이 아닌 것만 같았다. 위협적인 인상을 풍기며 기 세게 걸어오는 남자의 위풍당당한 고성에 술주정뱅이 남자는 움찔하며 뒷걸음질 쳤다. 그리곤 괜한 허세를 담은, 술 취해 부정확한 음성으로 고래고래 욕지거리를 내뱉는 것을 잊지 않았다. 그 와중에도 그녀가 준 돈은 손에 꼭 쥔 채였다.

순간 임 아저씨가 수가 눈여겨봤던 마대 자루를 발로 부러뜨리더니 목검처럼 손에 틀어쥐었다. 검도장 관장 아니랄까 봐 막대기를 돌리는 폼에 군더더기란 없었고 그 모습에 술주정뱅이는 걸음아 나 살려가 꽁지 빠지게 도망갔다. 그의 모습이 보이지 않게 돼서야 임 아저씨는 바닥에 자루를 던져 버리곤 수를 쳐다봤다. 아까의 시퍼렇게 날이 선 기백은 다 어쩌고 그녀를 보는 그의 시선은 곰돌이 푸 같은 선하고 푸근한 인상으로 바뀌어 있었다.

"수야. 음식 식을까 봐 얼마나 서둘렀다고. 얼른 이거 먹고 학교……."

임 아저씨는 말을 멈추고 수의 이마를 응시했다. 순간 그는 이를 으득 갈았고, 당장에라도 술주정뱅이를 따라갈 기세인 그의 매서운 눈초리에 수는 황급히 그를 붙잡곤 속사포로 말했다.

"항생연고 바르면 금방 나아요! 하루 이틀 일 아닌데 뭘 감정 낭비를 하세요, 아저씨."

"예쁜 아가씨 얼굴에 이게 뭐야! 아후……."

차마 욕은 못하고 속으로 삼키는 그에, 수는 뜨뜻해지는 심장가를 애써 숨기곤 더욱 환한 얼굴로 그의 팔에 팔짱을 끼었다. 아쉬운 표정도 잊지 않았다.

"아저씨랑 같이 밥 먹고 싶은데 어쨰요, 저 지금 지각해서 날아가야 해요."

"아유, 그럼 뭐 하고 있어, 얼른 가지 않고! 의사 수업이 얼마나 힘들 건데. 내가 냉장고에 이거 넣어놓고 갈 테니까 저녁에 꼭 챙겨 먹고. 꼭이다!"

이마에 난 상처를 어루만지며 어서 가라는 듯 안타깝게 등을 토닥이는 그의 행동에 수는 뜨끈한 가슴을 애써 숨기고는 고개를 돌려 손만 흔들었다.

"네! 다녀오겠습니다. 다음에 시골 내려가서 봬요, 아저씨! 감사해요!"

임 아저씨는 수가 고등학생 때 어머니의 고향으로 이사하며 만나게 된 이웃이었다. 술주정뱅이를 피할 마지막 거처였지만 오히려 그녀와 그녀의 어머니에겐 행운이었다.

임 아저씨는 어머니와는 어렸을 때 빨게 벗고 놀던 소꿉친구였다고 한다. 수십 년의 세월이 지나 그는 아내와 사별을 하고 평생업이던 검도장을 운영하며 어린 아들과 사는 홀아비로, 엄마는 남자 하나 잘못 만나 평생 고생하다 딸내미와 도망친 채로 만난 것이다. 그들은 서로를 의지하며 지냈고, 오늘처럼 술주정뱅이가 나타날 때나 엄마가 급작스레 건강이 악화될 때 임 아저씨는 자신의 일처럼 발 벗고 나서 모녀를 챙기기 바빴다.

그렇게 임 아저씨는 수에게 고마운 사람이었다. 또한 이리 가끔 임 아저씨를 보고 있을 때면 그가 자신의 아비였으면 얼마나 좋았을까, 란 생각이 파도처럼 거세게 밀려왔다. 허튼 꿈이었다.

임 아저씨는 수가 길모퉁이를 돌아 자취를 감출 때까지 손을 흔들었다. 수는 애써 못 본 척 서둘러 지하철로 뜀박질 쳤다.

지하철 검은 창으로 보이는 모습은 가관이었다. 머리카락은 일부러 헝클어도 이렇겐 안 될 것처럼 산발이 되어 엉망이었고, 유일하게 볼만했던 화장기 없어도 희고 동그란 얼굴은 핏기 없이 질려 창백해 보이기까지 했다. 짙은 쌍꺼풀진 동그란 눈 위로 생긴 붉은 상처는 꿰맬 정도는 아니지만 흉하게 피딱지가 앉았고 아담한 콧날과 작은 입술 옆으로도 피가 묻어 있었다. 요즘 챙겨 먹지를 못해 여성의 상징인 굴곡은 이미 팔아버린 지 오래라 170cm에 가까운 키는 마른 체구에 더 껑충하게 보였다. 입고 있는 옷 또한 말해 무엇하랴. 수는 그저 자신의 얼굴에 묻은 피를 손바닥으로 대충 닦으며 헝클어진 머리칼을 정리할 뿐이었다.

삼십 분 남짓이 걸려 도착한 곳은 한국에서 으뜸으로 꼽히는 한국대 의대 캠퍼스였다. 그녀가 재학 중인 학교였다. 익숙한 캠퍼스를 지나 황급히 대강당으로 향했지만 첫 수업은 이미 끝난 상태였다. 학생들의 대부분은 보충을 위해 열공을 하고 있었지만 그중 몇몇은 젊음의 수다로 그득했다. 그중 가장 소란스레 수다를 떠는 무리를 향해 수는 주저 없이 다가갔다.

무리 중 그녀를 먼저 발견한 선우가 대뜸 너스레를 떨며 그녀의 어깨를 쳤다.

"야, 너 이제 오면 어쩌냐. 너 해부학 미친 여교수한테 완전 찍혔어!"

"너처럼 칼 같은 애가 요즘 왜 이리 지각이야. 너 또 잠 못 잤어? 그놈의 알바 때문에? 너 그러다 과로사로 죽어, 인마!"

선우의 말을 받고 바로 연거푸 얘기한 이는 상혁이었다.

근심 어린 표정으로 하나같이 걱정을 하는 두 사내는 수의 고등학교 친구였다. 작은 체구에 여자같이 예쁘장한 외모를 지닌 이는 선우로, 여의도에서 유명한 설렁탕집을 3대째 내려 받아 운영 중인 집안의 외아들이었다. 착하고 선한 외모만큼 고운 심성을 지녔지만 시시때때로 바보 같은 면이 있어 백치미까지 있는 이였다. 그 옆의 연예인처럼 노란 머리에 화려한 인상을 가진, 키도 크고 잘생긴 외모의 청년은 상혁이다. 유명한 외식 프랜차이즈 사장 막내아들로서 호탕하고 직선적인 말투를 가졌지만 사실 정 많고 따뜻한 녀석이었다.

수는 멍한 정신을 차리고 힘겹게 말을 이으며 자신의 짧은 머리칼을 쥐어뜯었다. 순간 앞머리에 가려 보이지 않았던 이마의 상처가 드러나자 상혁이 정색을 하며 주변을 살피고 목소리를 낮추었다.

"그 남자 또 왔어?"

"……뭐."

"아! 멍뭉아. 그 상처 뭐야. 누가 이랬어!"

선우가 학을 떼며 수의 고개를 마주보게 돌려 상처를 살폈다. 걱정 그득한 선우의 표정과 심각하기 그지없는 상혁의 시름에 수는 너털웃음을 지으며 아무것도 아니라는 듯 화제를 돌렸다. 이렇듯 그들은 그녀의 속사정을 너무도 빤히 알고 있는 소꿉친구 녀석들이었다.

"어제 과외 알바가 너무 늦게 끝나서 한 시간만이라도 자려고 눈 좀 붙인 거였는데 완전 곯아떨어졌어, 교수가 뭐래."

상혁은 그녀의 의중을 뻔히 알겠다는 듯 한숨을 내쉬며 가방을 뒤져 후시딘을 건넸다. 그리곤 평소의 개구진 말투로 아무 일 없었다는 듯 다시 말을 이었다.

"뭐랬겠냐, 그 지랄 맞은 성격에. 수석 장학생이면 다냐고. 한 학기에 세 번 지각은 자신을 개무시하는 거라고 어쩌고저쩌고. 완전 널 본보기로 씹어재꼈다니까."

수는 가방을 책상에 짜증스레 집어 던지며 팔을 벤 채 엎드렸다. 이 와중에도 졸린 자신이 한심해 미치겠지만 별수 없었다.

의대 수업은 힘들었다. 하루 웬 종일 공부에만 매달려도 과락을 하는 사람은 넘쳐났고, 결국 한 해를 버티지 못하고 포기하는 학생 수가 신입생 중 절반을 넘었다. 한데 더 가관인 것은 수의 형편이었다. 생활비도 겨우 버는 와중 어마어마한 의대 학비는 감당할 수 없었다. 그러니 장학금을 타기 위해선 검도 사범 일에

다 과외까지 닥치는 대로 알바를 하고 난 뒤 잠잘 시간을 쪼개고 쪼개 공부하는 길 외엔 없는 것이다. 결국 본과 진학을 앞두고 있는 4학년 의대생인 수는 입학 이후 일주일간 총 수면시간이 13시간 이하를 맴돌고 있었다. 그리곤 지금 이 순간, 한계치에 부딪히고 있음을 체력이 말해주고 있다.

상혁은 노란 머리를 쓸어 올리며 화려한 얼굴을 드러내 보였다. 익살스러운 표정도 잊지 않았다.

"걱정 마. 너 장학금 못 받아서 쭈글이처럼 있게 되면 우리 아빠한테 내달라고 할게. 고등학교 때 날 스파르타식으로 죽도로 패며 공부 가르쳐서 결국 의대 가게 만든 넌 아직도 우리 부모님의 부처이자 신이야."

"나도 나도! 우리 엄마도 기꺼이 내주신다 할 거야. 안 그래도 얼마 전에 너 주라고 설렁탕 한 보따리 싸주셨는데, 오다가 쏟아서 말 안 했어."

뒤따라 선우가 고개를 신명나게 끄덕이며 덧붙이는 말에 수는 더욱 머리를 쥐어뜯으며 책상에 이마를 들이받았다. 의대 첫 학비를 내준다며 전교 1등이었던 그녀에게 아들들의 과외를 부탁을 하던 그들의 부모님 때문에 시작한 일이었다. 결과적으로는 장학금을 받아 의대에 들어온 후 그들이 준 돈을 모아 겨우겨우 서울에 자취방을 얻은 거였기에 자신이 거듭 감사해야 할 판이었다. 하나 지금의 그들을 보고 있자면, 욕지거리가 나올 수밖에 없었다.

"그렇게 돈 받아 처먹고 또 받으면 내가 인간이냐, 개새끼지. 다 꺼져! 꺼지라고!"

"너 개 맞잖아. 고등학교 때 학교 짱이랑 싸워 이겼을 때 미친 개 같다고 해서 별명이 멍뭉이. 월월!"

두 녀석의 도발에 수가 가방에서 생물학 책을 꺼내 허공에 붕붕 휘날리자 그들은 희희덕대며 뒤로 물러났지만 결코 갈 생각은 하지 않았다. 고등학교 친구는 평생 간다는데, 저리 철없고 덜떨어진 낯짝들을 평생 봐야 할 생각을 하니 골머리가 더 터질 것 같았다.

그때 대강당의 문이 열리며 복도의 빛이 들어왔다. 후광을 안고 천천히 걸어 내려오는 한 인물에 주변 사람들의 수다는 멈췄고 일순 실내는 조용해졌다. 그 침묵을 작은 귓속말로 깬 것은 그녀의 자랑스러운 친구들이었다.

"야, 멍뭉아."

"아, 왜!"

"이 입 걸은 생물학적 피메일 친구. 저기 저 형 좀 봐봐."

"누구."

수의 시선이, 대강당 계단을 기다란 기럭지로 화보처럼 내려와 그림처럼 자리에 앉는 남성에게 꽂혔다. 자세히 보이진 않았지만 분명한 건 꽤나 눈에 띄게 잘생기고 훤칠한 키에 올 블랙 패션을 뽐내는 모델 같은 남성이라는 거였다.

수는 이 와중에 졸린 정신을 다잡으며 시큰둥하게 물었다.

"누군데, 재가."

선우는 급히 목소리를 낮추며 소곤거렸다.

"넌 저번 신학기 첫 주에 교수 따라 세미나 가서 모르겠지만 재, 재가 아니야. 우리보다 두 살 많대. 자세한 건 모르고 하버드 화학과 박사 졸업했는데도 불구하고 바로 우리 학교로 편입해서 들어온 거라나 봐. 게다가 해병대 군필. 대박이지?"

"뭔 멍멍이 같은 소리야. 군필자에, 학사도 아니고 박사면 적어도 스물아홉 살은 됐겠지. 게다가, 하버드 졸업한 사람이 굳이 의대를 왜 편입해. 말이 되는 소리를."

수가 무시하고 다시 엎드려 잠을 청할 무렵 상혁이 바통을 이었다.

"그 말 사실이야. 나한테 엄청 들이대는 그 서무실 누나가 해준 말인데, 제대하고 바로 미국으로 가서 조기 학위 따고 들어온 거래. 무려 하버드를. 저 새끼 완전 천재인가 봐. 나 이 얘기 듣고 완전 소름 끼쳤잖아. 게다가 더 재수 없게, 저 새끼 졸라 잘생겼어. 내 외모도 연예인 빰 후려치는데 그때 인사하려 다가갔다가 자세히 봤을 때 저 새낀 정말, 인정."

수의 의아한 시선이 그를 향했다. 순간 그가 고개를 돌리며 정면으로 눈이 마주쳤다. 그 짧은 찰나에 드는 생각은 단 하나였다. 잘생긴 건, 맞았다.

수는 이 모든 게 다 자신과 무슨 상관이냐 싶어 다시금 자리에 엎드려 부족한 잠이라도 채울 심산이었지만 이번엔 과대가 다가와 그녀의 수면을 방해했다.

다름 아닌 해부학 과제 때문이었다. 다섯 명이 한 조를 이뤄 리포트를 작성하는 과제였는데, 조원 명단에는, 수와 상혁, 선우와 함께 평소 친분 있던 같은 A반 남자 한 명의 이름이 쓰여 있었다. 또한 생소한 이름도 하나 있었다. 수는 문득 그 생소한 이름의 낯선 이가 바로 저 너머의 남성이라는 사실을 바로 인지했다.

순간 과대를 올려다보았지만 그 또한 의미 모를 시선으로 고개를 끄덕이며 수의 어깨를 토닥였다. 연민과도 같은 표정이었다.

말의 요지는 간단했다. 그를 감당하기 힘들어하는 학우들을 위해 멘탈이 가장 강하고 공부도 가장 잘하는 그녀가 저 인간을 맡아주라는 부탁 아닌 통보의 말이었다.

그렇게 과대는 후다닥 도망을 가버렸고 잠시 욕지거리를 뱉으며 그를 붙잡으려던 수는 주위를 둘러봤다. 방금 과대의 말을 들은 선우와 상혁, 그리고 저 멀리 그 말을 들은 같은 조원의 남성은 사색이 된 얼굴로 덜덜거리며 정체 모를 남성을 응시했다. 순간 수는 짜증이 치밀어 오른 표정으로 자리를 박차고 일어났다.

"도대체 다들 왜 그러는 거야. 저 인간이 뭘 어쨌기에."

편입해서 오자마자 사람을 녹신하게 팼다거나, 사실은 유명 조폭의 아들이라거나, 그런 소리 정도는 나올 줄 알았으나 들린 대답은 의외였다. 그저 무섭단다. 호랑이 같단다.

어이가 없어 수는 그에게 저벅저벅 걸어갔다. 그리곤 이어폰으로 태평하게 음악을 들으며 노트북으로는 드론을 검색하고 있는 그를 향해 심통 난 표정을 지어 보였다.

머리 좋으면 다냐. 남은 밤새 공부를 해도 수업 진도를 따라갈까 말깐데. 이딴 한심한 인간이 하버드라면 그 하버드는 꼴통 학교임에 틀림없다.

수는 책상을 두드려 그가 쳐다보길 기다렸다. 하지만 자신의 일에만 몰두한 채 관심은 1도 주지 않자 수는 그가 꽂고 있는 이어폰 한쪽을 손으로 빼냈다. 순간 그가 천천히 컴퓨터에서 시선을 떼며 그녀를 올려다봤다. 순간 수의 숨이 멈췄다.

검은 머리칼과 꼭 닮은 칠흑의 눈동자였다. 그 깊은 검정을 숨기려 하듯 매서운 눈동자를 덮는 기다란 눈매와 조각과도 같은 날렵하고 시원스러운 이목구비, 커다란 입매, 단단한 체구에서 풍기는 묘한 위압감까지. 그건 분명 호랑이었다. 그것도 아주 날이 선 커다란 호랑이. 그제야 과대가 말한 그의 이름이 떠올랐다. 주도은.

호랑이 도, 호랑이 싸움 소리 은. 아마도 그 한자를 쓸 터였다. 말 그대로였다. 다른 수식어는 필요치 않았다. 다른 이들이 말한 무서움이 뭔지 이해가 갈 것도 같았다.

하나 그런 것에 질 그녀가 아니었다. 수는 독하기로는 자신이 더 독하다 스스로에게 세뇌했다.

"다시 껴."

수의 세뇌는 단박에 깨져 버렸다. 매혹적인 중저음이었다. 고막을 간질이는 짙은 무게감 어린 음색에 수는 퍼뜩 정신을 차리곤 미간을 찌푸렸다.

"호랑이 형님. 초면에 죄송하지만 그쪽은 저희와 해부학 리포트 작성 팀으로 묶였습니다. 그러니 좋든 싫든 오늘 오후 수업이 끝나는 5시 정각, 상혁이라는 친구가 머무는 의대 기숙사 밑 휴게실에서 리포트를 작성할 겁니다. 늦지 않게 오세요. 이상입니다."

도은은 가만히 듣고 있다 문득 고개를 갸웃했다. 그 모습은 무척이나 부드러워 인상적이었지만, 특유의 눈빛만큼은 매서움을 잃지 않았다. 미간 하나 찌푸리지 않은 잔잔한 표정으로 그는 지나치게 또렷한 시선을 담은 채 그녀를 응시하고 있었다. 부담스러운 시선이었다.

"호랑이 형님?"

"네. 분명 고양이는 아닌 거 같아서."

"반말이네."

수의 짧은 말이 거슬린다는 듯 도은은 평온한 표정으로 그녀를 직시했다. 하나 그녀는 물러서지 않았다.

"두 살 차이고, 같은 학년이니까 섞어 쓰죠. 그럼 호랑이 형님, 늦지 말고 오시고."

"싫어."

되돌린 걸음을 다시금 붙잡는 음성에 수는 한숨을 내쉬며 인내심을 가지고 반문했다.

"왜요?"

"귀찮으니까. 쉬운 거니 너희들이 대충 해."

'쉬운 거니? 그 해부학 리포트 작성하려면 삼 일 밤낮을 다섯 대가리들이 모여 쥐어짜도 겨우 C학점을 넘을까 말까인데 쉬운 거? 네 대가리는 우리들이랑 달리 좋다 이거지?'

수는 속으로 욕지거리를 삼키며 그의 앞에서 방긋 웃었다.

"네. 그럼 저희끼리 알아서 지지고 볶고 할 테니 호랑이 형님은 하던 장난감 검색 마저 하시고요."

수가 쿨하게 고개를 끄덕이자 도은은 의외라는 표정으로 그녀를 응시했다. 그 차분하고 평온한 시선이 집요하게 자신을 물고 늘어지자 수는 불편함에 자리를 벗어나 친구들에게 돌아갔다. 그리곤 예상했듯 질문 세례를 퍼붓는 그들에게 오후 수업이 끝날 때까지 한 마디도 하지 않았다.

그날 오후, 리포트를 작성하려고 검도장 알바 전 휘청이는 다리로 터벅 걸어가던 수는 캠퍼스 입구에 선 멋들어진 대형 세단 위로 오르는 그를 발견했다. 그보다 한참 나이 많은 기사가 그가 올라탄 문을 닫아주는 것을 보며 그녀는 이를 으득 갈았다.

'그래, 부잣집 도령이라 그거지.'

그렇게 일주일. 수는 죽을힘을 다해 일주일간 한숨도 자지 못한 채로 네 명이 모여 작성한 리포트를 수차례 검토까지 마쳤다. 새벽 3시 경, 그제야 그날의 호랑이에 대한 복수를 실행했다.

"리포트에서, 그 호랑이 새끼 이름 빼."

⚜

엄청난 일이 벌어졌다. 리포트에서 이름을 뺐던 일로 수는 학과장에게 부름을 당했다. 사정 설명을 하고 나면 이해하고 그를 불러 혼낼 거라 예상했지만 학과장의 처분은 완전히 예상 밖의 일이었다. 협동하지 못했단 죄목으로 리포트는 무려 D학점을 받았고 모두들 머리를 쥐어뜯을 수밖에 없었다. 한데 더 웃긴 건, 따로 리포트를 작성해 올린 그는 A⁺를 받았다는 사실이었다. 완전한 편파 판정이었다.

수업시간 내내 억울함을 품고 졸음과 사투를 벌이던 끝에 그대로 곯아떨어진 수는 상혁과 선우의 거센 어깨 흔들기 권법에도 꿋꿋이 잠을 청했다. 그러던 무렵, 강의실에 인기척은 들리지 않고 선단처럼 날카로운 시선이 등을 뜨뜻하게 적신다 생각할 때였다.

수는 화들짝 놀라 잠에서 깨 주위를 두리번거렸다. 서늘한 느낌에 눈앞을 직시하자 그곳엔, 그가 있었다.

잠자는 사람을 아예 보고 있기로 작정을 한 듯했다. 의자까지 돌려 앉은 채로 팔짱을 낀 채 모델처럼 긴 다리를 꼬고 있던 그는 첫인상 그대로의 차분한 표정으로 그녀를 응시했다. 그 지독하게 뚜렷한 시선에 불편해진 수가 먼저 입을 열었다,

"따질 거면 빨리 따져요. 나 돈 벌러 가야 하니까."

"그런 거 없는데. 난 A⁺를 받고, 계획을 도모했던 넌 D를 받았으니까."

"그럼 그런 시선으로 자는 사람은 왜 뚫어져라 쳐다봅니까. 뒤

통수에 빵꾸 나는 줄."

수가 한 마디도 지지 않고 퉁명스레 말하자 문득 도은의 커다란 입매가 잠시 휘어졌다. 아니, 휘어진 것 같았다. 하나 이내 평소의 평온하며 무표정한 인상으로 돌아온 그는 팔짱을 풀며 테이블 가까이로 몸을 기울였다. 갑작스레 가까워진 거리에 수가 뒤로 물러섰지만 그래도 가까웠다. 자신의 얼굴 이목구비를 하나하나 뜯어 집어삼킬 것만 같은 그의 시선은 정말 부담스러웠다.

"표정이 다채롭네."

"미안하게 됐네요. 못생긴 얼굴에 다채롭기까지 해서 얼마나 거슬렸을까. 그럼 전 이만."

수가 자리에서 일어나며 구멍 난 천 가방을 어깨에 멜 때였다. 흰 팔목을 대뜸 잡아 끌어당기는 도은에 그녀가 본능적으로 그의 팔목을 돌리며 손을 뿌리쳤다. 검도를 오래 했고, 현재 검도장의 사범으로 일하는 탓에 순발력 있게 나온 동작이었다.

도은의 긴 눈매가 조금 뜨여졌다. 가만히 그녀를 응시하던 그가 처음으로 고르고 흰 이를 드러내며 살짝 웃어 보였다.

"너 검도해?"

"……네. 그걸 어떻게?"

"어깨가 떡 벌어져서. 키가 큰 편이라 그런지 말랐는데도 기골이 장대하네."

수는 이를 으득 갈면서도 일부러 미소를 띤 채 커다란 눈망울을 반짝 떴다.

"그죠? 손에 파리채 하나 있으면 웬만한 남자들 다 패고 다닐 만큼 장대하죠. 물론 실제로도 그렇고요. 호랑이 형님한테도 한 번 보여드리고 싶네. 지금 당장."

수는 당장이란 단어를 강조하며 가방을 고쳐 맸다. 그의 중저음의 실크 같은 음색이 그녀의 걸음을 막았다.

"울기도 해?"

"그럼 매번 웃어요? 사이코패스도 아니고."

"언제 울어봤는데."

"그걸 왜 묻는데."

수의 말이 다시 짧아졌다. 도은은 짙은 눈썹을 살짝 추어올려 다시금 흰 이를 드러냈다. 아까는 고른 이만 보였지만 이번엔 느낌이 달랐다.

육식동물의 날카로운 송곳니가 희게 빛났다.

"다채로운 표정에, 우는 걸 보고 싶어서."

"……뭐요?"

수가 반문하는 말과 함께 그는 자리에서 일어서 가죽 백팩을 한쪽 어깨에 멨다. 그 모습이 화보 촬영을 하는 것만큼 멋스러웠다. 하나 그의 긴 눈매에선 처음보다 더 짙은 검정이 일렁였다. 무언가에 동한 듯, 아니면 굉장한 호기심에 반짝이는, 그런 눈빛이었다. 그리고 그것보다 조금 더 위험했다.

"울려줄게, 내가."

도은이 큰 입매로 슬며시 웃었다. 순간 이어진 그의 말에 수의 흰 얼굴이 더욱 희게 굳어졌다.

"네가 시작한 거야."

입술 사이로 송곳니가 드러나며 호랑이의 으르렁거림이 들린 것도 같았다.

⚜

그의 말이 맞았다. 그게 시작이었다. 그날 밤 그가 나오는 악몽이 스타트 신호가 되었다.

처음은 해부학 실습에서였다. 각자 필요한 외과 도구를 들고 손을 씻고 가운을 입고 수술에 필요한 모든 준비를 마친 뒤 자리에 섰다. 그제야 수는 자신의 도구만 감쪽같이 사라졌다는 사실을 알아챘다. 안 그래도 찍힌 해부학 교수의 눈에 그 모습이 곱게 보일 리 없었고 수는 결국 일주일간 수업엔 참여도 못한 채 교수의 화가 풀릴 때까지 갖은 잔심부름을 해야 했다.

그뿐인가, 매 수업마다 꼭 자신의 뒷자리에 앉아 그 빌어먹을 집요한 시선으로 뒤통수를 찔러대는 통에 수업 내용은 한쪽 귀에서 한쪽 귀로 흘러가기 마련이고, 학생식당에서 밥이라도 먹을라치면 꼭 마주 볼 수밖에 없는 다른 테이블에 자리를 잡고 앉아 소화제를 두 병씩 입에 털어 넣게 만들었다. 물론 그녀와 매번 붙어 다니는 선우와 상혁 역시 소화불량에 시달려야 했다.

그런 어이없고도 자잘한 괴롭힘이 시작된 지 이제 2주째였다.

안 그래도 늘 수면 시간이 부족하던 수는 최근 스트레스로 인해 새벽 내내 뒤척이기까지 했다. 결국 검도장의 극한 사범 알바와 고등학생들의 하드코어 과외, 목 끝까지 치미는 공부 양을 감당 못해 하루 두 시간도 못 잔 나머지 지독한 몸살에 걸리고 말았다.

목은 잠길 대로 잠겼고 두통은 심했으며 열은 39도까지 치솟았다. 잠자리에 일어나 고개를 까닥이는 것마저 힘든 무거운 몸을 겨우 꼿꼿이 세워 가까스로 등교한 후 수는 결국 쓰러지듯 책상에 엎어졌다. 그녀의 달뜬 숨소리를 들은 건 언제나 곁에 엉겨 붙던 선우였다.

"멍뭉아, 너 왜 그래. 아파?"

말도 못할 지경에 수가 엎드린 채 고개만 내젓자 상혁은 노란 머리를 버릇처럼 쓸어 넘기며 비웃었다.

"야, 썬. 넌 저 철의 여인이 아플 거라 생각하냐? 보나마나 어제 극한 알바 하느라 잠 못 자서 빌빌거리는 거지. 멍뭉아, 빨리 일어나. 곧 시험이라고."

'맞다. 시험.'

수는 화학 테스트가 있다는 것도 이제 인지할 만큼 굳어버린 뇌에 이를 악물었다. 시험은커녕 펜을 들 힘도 없어 기어서 집에 가야 할 판인데 무슨 시험이란 말인가.

어지러운 머리를 흔들며 고개를 비틀 든 몸이 순간 옆으로 기우뚱했다. 놀람과 동시에 이제야 상태를 인지한 상혁이 아까까지 지었던 장난스러운 표정을 심각하게 굳히고 서둘러 수의 이마를 손으로 짚으며 욕지거리를 내뱉었다.

"야! 너 이렇게 아프면서 왜 아무 말도 안 했어, 인마! 잠깐 기다려. 내가 빨리 약 가져올게."

"이거 약으로 될 문제가 아닌 거 같은데. 응급실 가야 하는 거 아냐?"

"너는 의사 되려는 새끼가 무슨 응급실이야. 딱 봐도 감기몸살이구만. 일단 시험은 봐야 하니까 기다려. 정 안 되면 내가 링거라도 들고 올 테니까."

"너희들……. 입 좀 닥쳐 주라, 진짜."

수가 비틀거리는 몸을 책상에 기대며 머리를 쥐어 잡자 소란을 떨던 그들은 입을 다물었다. 그리곤 금방이라도 쓰러질 것 같은 표정으로도 꿋꿋이 화학 책을 급히 정독하는 그녀의 모습에 그들은 학을 떼며 고개를 내저었다.

"그래, 이래야 우리 멍뭉이지. 미친개지."

"조금만 버텨, 멍뭉아. 시험 보고 내가 바로 링거 놔줄게. 응?"

정작 강아지 같은 선우가 등을 토닥이며 하는 말에 수는 헛웃음을 내지었다. 집념이 뭔지 보여주겠다며 시험 시작 2초 전까지 화학책을 달달 곱씹던 그녀는 결국 시험을 치르고 난 후에야 책상에 편히 고꾸라졌다.

시험은 엉망이었다. 카드에 마킹하는 것도 팔이 달달 떨리는 마당에 뇌가 제대로 돌아갈 리 없었다. 저번 리포트도 그러했고 이번 시험도 그렇고, 미친 호랑이 한 마리 때문에 장학금이 날아갈 판인 이 순간이 억울하고 원통해 피가 쏟아지는 심경이었다. 자신이 어떤 심경으로 악착같이 살고 있는데, 고작 그런 놈 하나 때문에 그간의 노력이 물거품이 될까 피가 들끓었다.

그 원망을 원동력 삼아 자리에서 일어난 수는 집에 바래다주겠다는 친구들을 뿌리치고 터벅터벅 화장실로 향했다. 아픔에 적응이 된 건지 술 취한 사람처럼 알딸딸한 정신도 나름 괜찮은 것 같았다. 하지만 숨은 여전히 가빴고 발은 구름 위를 걷는 듯 어지러웠다.

수는 화장실 거울에 비친 자신의 희게 질린 얼굴에 맺힌 식은 땀을 손등으로 닦으며 화장실을 나왔다. 그때였다. 진로를 가로막는 장신의 인영에 걸음을 멈춘 수는 고개를 들어 상대방을 확인하고 표정을 굳혔다.

도은이었다.

"이제 울 거야?"

'와. 이런 미친놈.'

수는 작은 입술을 악 깨물며 이를 으득 갈았다.

"아니. 절대로 안 울 거야. 적어도 네 앞에서는!"

그를 밀치며 지나가려던 수는 갑자기 치솟는 열기에 비틀거렸다. 화 때문인지 견딜 만했던 열이 갑자기 치밀어 오르며 시야가 뿌예졌다. 몸이 바닥으로 내리꽂힌단 생각에 잔뜩 몸을 움츠린 때였다.

넘어지기 직전, 찰나의 순간 도은이 뒤에서 끌어안으며 수를 부축했다. 수는 인상을 찌푸리며 입을 달싹이다 점차 더욱 뿌예지는 시야에 채 말을 잇지 못했다. 그리곤 눈이 완전히 감기기 전, 시야에 들어온 건 저를 앞으로 안아 든 그가 여전히 지독하게 뚜렷한 시선으로 자신을 내려다보고 있단 것이었다.

그 칠흑 같은 검은 눈동자처럼, 블랙아웃이었다.

눈을 떴을 때 제일 먼저 보인 것은 병원 응급실의 하얀 천장이었다. 시선을 조금 아래로 내리자 다른 것들도 보였다. 안 그래도 하얀 팔목엔 정맥의 퍼런 물결이 더욱 또렷이 팔딱였고 링거 줄기를 따라 수액이 천천히 흐르고 있었다.

열도 내렸고 몸도 한결 나아졌음을 인지하곤 타일로 붙여진 벽의 빗금을 의미 없이 응시할 무렵, 순간적으로 떠오른 이에 수는 놀라 황급히 주변을 둘러보았다. 그리곤 침대 맡 의자에 다리를 꼬고 앉아 여전히 자신을 바라보고 있는 남자를 본 후 그녀는 한숨을 내쉬며 다시 눈을 감아버렸다.

도저히 이해가 가지 않았다. 그래, 먼저 그를 건드린 건 자신이 맞다. 하지만 이렇게 사이코패스처럼 괴롭힐 이유까진 없지 않은가. 집안에 돈도 있는 거 같고, 외모도 훌륭하고, 뇌는 더 훌륭한 그가 아무런 연관 없는 자신을 괴롭히는 데 이렇게 맹목적인 에너지를 쓰고 있다는 사실 자체가 그녀로선 도저히 이해가 가지 않았다.

수는 다시금 숨을 가다듬고는 눈을 떠 고개를 옆으로 기울여 그를 바라보았다. 도은은 한참 전부터 바라보고 있었는지 조금의 표정 변화 없이 팔짱을 낀 그대로 그녀의 시선을 마주 응시했다.

"그렇게 재수 없었습니까?"

"무슨 소리야?"

"후…… 미안해요. 죄송합니다. 무릎이라도 꿇으라면 당장 그렇게 할게요. 그러니 부탁해요. 이제 찌그러져 살 테니 그냥 서로 모른 척 지내면 안 될까요."

"안 돼."

수의 진심 어린 차분한 말투에도 도은은 더 차분하고 매력적인 음성으로 대답했다. 조금의 흐트러짐도 없는 대답에 수는 기어이 헛숨을 내뱉었다. 가까스로 안정을 찾은 몸에 다시금 오한이 엄습했다.

"잘못한 건 내가 맞아요. 사과도 했잖아요. 근데 굳이 날 이렇게까지 싫어해야겠어요?"

"난 너 싫어한 적 없는데."

"없긴 개뿔! 지금도 이렇게 싫어하는 티 팍팍 내면서 무슨! 게다가 2주 동안 그렇게 날 괴롭혀 놓고."

"내가 언제."

"수술 도구 없애고 밥 먹는데 얹히라고 쳐다보고! 그쪽이 죽일 듯이 쳐다보는 통에 수업에 집중을 못해서 시험은 개 망쳤고 잠도 못 자고 결국 이렇게 아프고!"

분통이 터져 억울해 죽겠다는 듯 가슴팍을 치는 수를 본 도은은 반듯한 미간 사이를 살짝 찌푸렸다. 항상 차분하기만 했던 그였기에 그런 표정은 의외였다.

"난 네 수술 도구 없앤 적 없어. 밥 먹을 때, 수업 들을 때, 잘 때 쳐다보는 건 내 눈으로 내가 쳐다보는 거니 네가 상관할 바 없고. 그런 오해로 네가 아픈 건 네 잘못이고. 또 그렇게 싫어했으면 네가 쓰러졌을 때 어디 호되게 부딪쳐 뇌출혈로 죽게 시멘트 바닥에 던져 버리고 왔지 힘들게 병원 응급실까지 안고 오진 않았겠지. 독살시키지도 않을 거면서 눈 뜰 때까지 기다리며 옆에서 보초 서는 짓은 더더욱 안 할 거고."

차가우리만치 간단명료히 말을 마친 도은은 다시금 고개를 갸웃하며 그녀를 응시했다. 너무도 태평한 그의 모습에서 거짓이라곤 찾아볼 수 없었고, 잠시 알고 지낸 사이지만 그의 성격상 너무 직설적이라 탈이지 귀찮게 감정 소모를 하며 거짓을 둘러댈 사람은 아니었다. 또한 그의 말을 듣고 보니 수술 도구 사건은 그가 했다는 증거 또한 하나도 없었고 그의 시선에 불편함을 느낀 건 그의 잘못이 아닌 자신의 잘못이기도 했다.

수는 이를 악물며 나른하게 눈을 감았다.

'나 여태껏 뭐 한 거니.'

순간 한 가지 떠오른 의문에 수는 황급히 눈을 떴다.

"나한테 복수하려고 하는 것도 아닌데, 도대체 날 왜 그렇게 쳐다봐요?"

"왜일 거 같은데."

"질문 내가 했는데."

"또 말이 짧네?"

"그러면서 은근히 대답 안 하네?"

"대답하면 감당할 자신은 있고?"

"그건 내가 알아서 하고요."

"반했어."

"……뭐라고요?"

"첫눈에."

수는 벙찐 표정으로 그를 쳐다봤다. 토끼 같은 눈망울이 세차게 깜박였다. 하지만 그는 조금의 미동도 없이 말을 이었다.

"알아서 한다며."

도은은 자리에서 일어나 수가 누운 침대 맡에 걸터앉으며 그녀를 내려다보았다. 그의 부담스러운 시선이 한층 짙어진 듯했다. 칠흑 같기만 했던 그의 눈동자 역시 스파크가 튀기듯 강렬했다. 순간 처음으로 그의 시원스러운 입매가 휘어졌다.

싱그러움은 결코 아니었고 코끝에 비릿한 향이 날 것만 같은, 좀처럼 잊기 힘든 미소였다.

"이제, 어떡할래?"

⚜

앞뒤가 맞지 않는 말에 수는 응급실을 나서기 전 그에게 물었었다. 처음부터 지금까지 줄곧 삐딱하지 않았느냐고.

그에 그의 대답은 명확했다.

"처음부터 날 대놓고 싫다는 애한테 반하면 장난치고 싶잖아. 나 때문에 한 번 거세게 우는 것도 보고 싶고."

아무 말도 할 수 없었다. 지그재그로 꼬였던 줄이 단번에 팽팽히 펴지는 기분이었다. 하지만 유쾌하지 않았다. 그게 이틀 전이었다.

수는 이틀간 편히 집에서 쉴 수 있었다. 과외 학생들의 부모들은 며칠의 공백을 달가워하진 않았지만 이해해 주었고 도장 원장은 사 년을 알고 지낸 사이라 흔쾌하다 못해 병문안을 오겠다 난리를 치는 통에 억지로 수화기를 잡고 뜯어 말려야 했다. 수의 옥탑 자취방을 제집 드나들듯 들락거렸던 선우와 상혁은 모처럼 비타민 듬뿍 든 과일과 죽, 설렁탕을 냉장고 가득 채워주고는 별 괴롭힘 없이 조용히 돌아갔다.

그들의 말에 따르면 학과장에게 자신의 상태를 말했고, 결석이 아닌 병가로 처리됐으며 그날 있던 화학 시험은 일주일 후 재시험을 볼 수 있게 되었다. 모처럼 기쁜 소식이었다. 하나 마음 한 편에 돌덩이를 얹은 듯 무거운 체증은 좀처럼 사라지지 않았다. 문득 방 안에 굴러다니는, 길거리 뽑기 기계에서 선우가 무려 삼만 원을 투자해 뽑아준 호랑이 인형이 눈에 보이자 그녀는 냉큼 손으로 집어 구석탱이로 확 던져 버렸다. 제가 갖고 싶다고 했던 인형인데도 말이다.

"미친놈한테 제대로 잘못 걸렸어…… 이런 난감한 일이……."

일생일대에 기로에 놓인 사람처럼 짧은 머리칼을 헝클이며 데굴데굴 방바닥을 굴러다니던 수는 문득 허기짐에 냉장고에 있던 설렁탕을 데워 우적우적 먹었다. 병원에서 처방받은 약은 꽤나 잘 들었고 이틀이 지난 지금은 숙면을 취한 덕인지 컨디션도 좋아진 상태였다.

복잡한 머리엔 운동이 최고라는 신념을 가졌기에 수는 서둘러 외투를 주워 입곤 추리닝 차림 그대로 옥탑방 근처 검도장으로 향했다. 관장은 아직 희멀건한 얼굴의 수를 보곤 안 된다 극구 만류했지만 그녀의 성화에 결국 운동 삼십분만 하고 집에 가기로 합의를 했다.

수는 호완, 호구를 완벽히 차려입은 채로 예를 갖춰 목례를 하곤 도장에 입장했다. 10kg쯤 되는 호구의 묵직함이 버거운 걸 보면 아직 몸이 채 회복되지 않았다는 걸 가늠할 수 있었다.

수는 목검을 든 채 가볍게 스텝을 밟으며 목각을 내려쳤다. 아직 오 분도 채 되지 않았지만 등줄기에서 식은땀이 흘러내렸다. 그때였다.

도장 입구에서 목례를 하며 완복 상태로 들어오는 장신의 남성을 본 수의 고개가 돌아갔다. 이 도장의 주된 원생은 미성년

학생들이었고 성인 반은 주말에만 편성되어 있기에 평일에 성인이 들어온 적은 드물었다. 게다가 체형과 기럭지가 생전 처음 본 느낌이기에 관장에게 물어보려던 무렵, 관장이 그를 먼저 알아보곤 너털웃음을 터뜨렸다.

"자네한테 좀 작구만. 오늘 호구를 맞췄으니 그때까지만 내 걸 입고 연습하게."

남성은 까딱 고개만 끄덕일 뿐 입을 열지는 않았다. 그는 손에 목검을 든 채 가볍게 손목을 휘둘렀고 그 기본자세만으로 검도를 오래 한 사람이라는 걸 가늠할 수 있었다.

수는 관장에게 다가가 조심스레 입을 열었다.

"오늘 처음 온 분이에요? 성인 반?"

"아, 여기 수강생이 아니라 동창 녀석 아들인데 갑자기 여기서 운동을 하고 싶다 그러더라고. 이상하다 했는데 아니나 다를까 네가 여기서 사범한다 그러…… 악!"

혼자 몸을 풀고 있던 남성이 전광석화 같은 몸짓으로 스텝을 밟고 내려치기를 하던 와중이었다. 그의 발이 정통으로 관장의 발을 지르밟았고, 관장은 자리에 주저앉아 때굴 구르고는 금세 얼굴을 바꾸더니 대뜸 딴소리를 했다.

"그럼 이렇게 된 김에 수가 이 녀석과 대련 한 번 해줘라. 이 녀석 고수니까 봐줄 필요 없이 대련해 봐. 그럼 난 간다."

관장은 아픈 발을 절뚝이며 서둘러 도장을 나섰고 그 와중에 나갈 때 목례를 하는 걸 잊지 않았다.

수는 호면을 제대로 다시 착용하곤 그와 마주섰다. 인사를 하고 서로 목검을 마주 대는 순간 뭔가 이상한 느낌에 그녀가 묘한 표정을 지었다.

분명 익숙한 체구였다. 저 정도의 신장에 저 정도의 다부진 체형은 흔하지 않았다. 눈에 계속 밟히는 모습에 목소리를 들으려 말을 걸 때쯤 대뜸 옆구리로 날아오는 목검을 막으며 그녀는 빠르게 뒤로 물러섰다. 속도가 장난 아니었다. 타격감은 선수 급이고, 본능적으로 나오는 순발력은 분명 자신의 기량 이상이라는 걸 수는 본능적으로 깨달았다.

수는 몇 번의 합을 통해 이미 땀에 흠뻑 젖은 숨을 내뱉고는 찰나의 기회를 노리려 했지만 그에게 틈이란 없었다. 공격을 할라치면 그 잠깐의 호흡 안에 치고 들어오는 칼날 같은 공격에 그저 막기 급급할 따름이었다. 순간 남성의 호완 사이에서 풍기는 익숙한 내음에 수의 스텝이 멈췄다. 우드 계열의 머스크 향. 분명 흔하지 않은 향이었고 그녀는 그 향을 알았다.

순간 수는 낯빛을 바꾸고는 그대로 목검을 밀고 들어가 일합을 펼쳤다. 힘의 차이에 당연히 그녀가 밀렸고, 순간 수는 목검을 바닥에 던지며 남성의 호구 철을 잡고 한 다리를 발에 걸고는 그대로 옆으로 넘겨 버렸다.

쾅 소리를 내며 바닥에 고꾸라져야 할 상대방은 외려 옆으로 몸을 굴려 날렵하게 착지했다. 하지만 수가 호구를 드는 바람에 그제야 얼굴이 드러났고, 그녀는 실소를 내뱉었다.

수는 제 호구를 벗으며 땀에 젖은 머리칼을 쓸어 넘겼다.

"동에 번쩍 서에 번쩍. 호랑이가 아니라 홍길동이었어요?"

"들켰네."

땀에 젖은 검은 머리칼이 비단처럼 건강한 구릿빛 얼굴에 흘러내렸다. 그가 몸을 일으키자 땀 한 방울이 찰랑이며 그의 조각 같은 콧날로 떨어졌다. 꽤나 흡족한 비주얼에, 수는 잠시 흐트러진 정신을 다잡으며 커다란 눈을 살짝 찌푸렸다.

"호랑이 형님, 스토킹?"

"관심과 애정이 담긴 장난."

"와, 소름."

수는 오버액션을 하며 그대로 흥, 콧방귀를 끼곤 도장을 나가버렸다. 막 개운해지려는 찰나 다시 몸이 천근만근 무거워지는 건 분명 피하고 싶었던 얼굴을 마주한 이유일 터였다.

얼른 옷을 갈아입고 도장을 나서 외투를 여미곤 종종걸음으로 집으로 향하는 그녀의 앞을 가로막은 건 역시나 도은이었다. 그는 여전히 평온하고도 깔끔한 얼굴로 뇌까렸다.

"대답은?"

"아, 내가 그 질문에 대답 안 했죠, 참."

수는 마치 까맣게 있었다는 듯 너스레를 떨며 그의 검은 눈을 똑바로 응시했다. 그리곤 보란 듯이, 그룹 리포트 때, 병원에서 그가 그녀에게 했던 두 문장을 차례로 내뱉었다.

"호랑이 형님하곤 싫어요. 안 돼요."

그리곤 깔끔히 돌아서는 수의 입가에 웃음이 비실배실 새어 나왔다.

통쾌한 복수였다.

⚜

"그럼 누구야. 너 자꾸 엿 먹이는 놈. 그러고 보니 너 저번 학기에 리포트 누락되고 캐비닛 물품 도난당한 적도 있었잖아."

"넌 좀 닥쳐, 킹. 어떡해, 멍뭉아, 너 누가 스토킹하는 거 아냐? 자기랑 사귀어달라고 그렇게 무섭게 쫓아다니는 거 아냐?"

선우가 한껏 우울한 표정으로 걱정스레 응시하자 수는 문득 떠오른 누군가의 얼굴을 지우고는 그의 푸들 같은 곱슬머리를 부드럽게 헝클였다. 그 모습에 상혁이 조소를 띠며 예의 시니컬하게 말했다.

"썬, 너 정신을 집에 두고 왔구나. 고등학교 때 기억 안 나냐? 기억상실증이야? 내가 학교 킹카였는데도 불구하고 밸런타인데이 때 나보다 여자애들한테 초콜릿을 많이 받은 게 어디의 누구시더라. 그 돼지 같던 학교 짱을, 자기 건드렸다는 이유로 팔을 개처럼 물어뜯어 열아홉 바늘 꿰매게 만든 장본인이 누구시더라. 이런 사내대장부 중에 대장부인데 어떤 미친놈이 멍뭉이한테 물려 죽으려고 스스로 사지로 뛰어들겠…… 악! 아파, 이 자식아!"

말을 마치기도 전 명치에 그대로 주먹으로 찔러 넣는 수의 일격에 상혁의 입에서 욕지거리가 한바탕 쏟아져 나왔다. 수업 전 공부에 집중하던 학생들이 힐난하듯 따가운 눈초리를 보냈고 상혁은 찔끔 난 눈물을 닦고는 미안하다는 듯 사방에 살짝 고개를 숙여 보였다. 참 날라리 같아 보여도 은근 예의 바른 성격이라는 걸 이럴 때 가끔 느낄 수 있었다.

그러고 보니 이상했다. 기억을 더듬어 보니 3학년 때부터 종종 이유 모를 일들이 일어나긴 했다. 처음엔 운이 안 좋아서 그렇다고 생각했는데 지금 보니 한 사람의 소행임에 틀림없었다.

그렇다면 즉, 같은 의대생의 소행이라는 건데.

수는 오후 수업을 마치곤 도서관에서 한참의 끈덕진 공부까지 마친 후 의문을 해결하지 못한 채로 과외 알바를 하기 위해 학생의 집으로 찾아갔다. 학생의 부모가 워낙 열렬해서 아이를 종합반에 풀로 돌리다 보니 다른 아이들과 달리 과외시간은 늘 새벽 1시 반이었다. 아이의 다크서클도 나날이 내려가고 수의 다크서클은 이미 한 바퀴를 두른 일 년간의 사투였다.

그룹 과외로 두 집을 한 번에 돌고 새벽 3시가 다 되어서야 집으로 가는 걸음이 한 움큼 더 무거워졌을 즈음이었다. 옥탑방의 문이 살짝 열려 있었다. 뭔가 이상한 낌새를 느끼고 걸음을 멈춘 수는 재빠르게 옥탑방 앞마당을 둘러보았다.

겨울바람이 거세 인기척을 들을 수 있을 리 만무했다. 순간 돋는 소름에 빠르게 고개를 돌렸지만 이미 늦은 후였다.

검은 복면을 쓴 장정 두 명이 순식간에 그녀의 양팔을 잡아챘다. 수는 다리를 치켜 올려 그들을 차보려 애썼지만 남자 두 명의 힘을 검도 조금 하는 여자가 당해낼 재간은 없었다. 게다가 양팔을 포박당한 상태로 그대로 바닥에 쓰러지자 위에서 갈비뼈를 타고 내리 누르는 또 다른 복면의 사내에 수는 신음을 억지로 삼켜냈다.

"당신들…… 뭐야. 도둑이면 다 가져가. 난 아무것도 보지 못했으니까."

그들은 말이 없었다. 수를 내리누르고 있는 자가 수장인지 고갯짓을 하자 다른 두 명이 단단히 그녀의 몸을 붙잡고 고정시켰다.

순간 정면에 있던 자의 품에서 핸드 나이프가 나왔다. 수의 커다란 눈이 침착함을 잃고 무수히 흔들리자 그는 그 광경이 만족스러운지 신랄하게 웃어댔다. 손에 든 나이프로 그녀의 얼굴을 위협하던 그는 천천히 목덜미를 타고 내려가 옷으로 향했다.

셔츠의 단추 하나를 보란 듯이 칼로 그어 떼버리더니 나머지 단추도 서서히 뜯는 것을 보고 수는 그제야 상황을 인지한 듯 몸부림쳤다.

"뭐 하는! 이거 놔! 이 개새끼들이……!"

"난 너같이 뻣뻣한 년들이 세상 꼴 보기가 싫어. 뻔히 여리여리하게 생겼는데 남자인 양 거칠고 뻣뻣하게 구는 게 너무 싫단 말이지."

갑작스러운 음성이었다. 나이프를 든 채 나른하고 긁는 듯한 그 음성은 분명 들어본 적 있는 것이었다. 수가 미친 듯 필사적으로 머리를 굴리고 있을 때쯤 그는 그녀의 셔츠를 손으로 거칠게 뜯어냈다. 얇은 이너웨어마저 칼로 찢어버린 그는 여실히 드러난 속옷에 킥킥 비웃었다.

"이것 봐. 십대 애도 이런 흰 촌스러운 속옷은 안 입겠다. 이거 완전 이쪽으론 숙맥이잖아?"

수는 그제야 아차 싶어 이를 악물었다. 저 음성, 저 말투, 분명 들은 적이 있었다. 의심은 확고해지고 곧 확신이 되었다. 그가 누구인지, 분명히 알 수 있었다.

"김 선배."

갑작스러운 수의 말에 그의 손에서 나이프가 툭 떨어졌다. 꽤나 놀란 듯 그가 일순 행동을 멈추자 그녀를 붙잡고 있던 두 명의 팔이 느슨해졌다. 그때를 놓치지 않았다. 수는 미리 봐두었던 마당의 빗자루를 필사적으로 손에 쥐려 애썼지만 손이 닿지 않았다. 수의 몸부림에 그제야 정신을 차린 그들이 다시금 거칠게 그녀를 내리눌렀다.

"이 새끼들아, 꽉 안 잡고 뭐 해!"

그는 이 상황이 답답한지 결국 복면을 집어던져 버렸다. 빛 하나 없는 옥탑방 마당의 짙은 어둠 속에서도 그의 뾰족하고 저질스러운 얼굴은 여실히 눈에 보였다.

그는 냉소를 지으며 수의 가슴을 주물럭거렸다. 수가 악다구니를 내뱉으며 저항하자 그가 뺨을 거칠게 내려치고는 그녀의 청바지 버클을 손으로 풀었다.

"별것도 아닌 게 학생들 많은 데서 개망신을 주더니. 이렇게 깔고 보니 애 은근 예쁘장하게 생겼네."

비릿한 피 맛이 감도는 입안보다 지금 이 상황에서 풍기는 피비린내에 구역질이 났다. 발버둥 치면 칠수록 그의 손찌검은 매서워졌고 바지를 풀어헤치기 직전이 돼서야 수의 눈에서 눈물이 떨어지며 손발이 덜덜 떨리기 시작했다.

아까 상혁이 지나가듯 했던 말을 귀담아 들었어야 했다. 한창 범인을 물색 중일 때, 상혁은 대수롭지 않게 말했었다.

"왜 그때. 김 선배 그 개새끼가 후배 성희롱하는 거 멍뭉이가 봐서 그 새끼 말리니까 그 미친놈이 멍뭉이한테도 성희롱을 해가지고 얘가 팔 꺾고 때려눕히고 난리도 아니었잖아. 그때 그 새끼가 집안 백 써가지고 되레 멍뭉이가 징계 먹고, 다행히 그쪽도 죄목이 안 좋으니 쉬쉬하듯 넘어가긴 했지만. 설마 그 새끼가 아직 앙심을 품은 건 아니겠지? 벌써 일 년 전인데."

퍽!

"아악!"

패닉 상태였던 수의 흔들리는 시선이 제 위에 올라탔던 김 선배가 바닥으로 볼품없이 추락하는 몰골로 향했다.

그는 그대로 옆에 고꾸라지며 연신 고통스러운 신음을 내뱉었고 그 모습에 당황한 이들이 도망치려 했지만 그들마저 연속으로 바닥에 쓰러지며 자신들의 팔을 부여잡고 꺽꺽거렸다. 어둠 속인데다 눈물로 인해 시야가 보이지 않자 수는 덜덜 떨리는 몸으로 겨우 상체를 일으켰다. 그때였다.

눈앞에 흐릿하게 보이는 긴 인영이 그녀의 몸에 커다란 검은 외투를 덮어주었다. 그가 하는 대로 외투를 순순히 입자 그는 지퍼를 목 끝까지 닫아주고 그녀를 바라보았다. 수는 아직도 정신을 채 추스르지 못해 덜덜 떨리는 두 손을 맞잡고 있었다.

"정신 들어? 수야, 수야."

고막을 부드럽게 울리는 낮은 음성이었다. 그 음성 하나에 저편으로 날아갔던 정신이 단박에 돌아오며 수는 어안이 벙벙해져 눈물 그렁한 눈을 깜박였다. 어둠 속, 한쪽 무릎을 꿇고 앉아 시선을 맞추던 그는 짙은 어둠보다 더 짙은 눈동자를 빛내며, 조각처럼 날렵한 얼굴보다 더 선단이 날카로운 살기를 드러내며 뒤의 널브러진 세 명을 노려보았다. 그러곤 다시금 수를 찬찬히 응시하다 그녀의 떨리는 손을 커다란 손아귀로 감싸며 꽉 잡았다.

"잠깐만 여기 있어. 내가 볼일이 있어서."

도은은 몇 초 상간의 여유를 두고 천천히 일어나며 바닥에 두었던 것을 다시 손에 집어 들었다. 아까의 둔탁한 타격음이 긴 막대일 거라 생각했지만 그건 오산이었다. 그의 손에 들린 건 옥상 아무 데나 널브러져 있던 벽돌이었다.

김 선배는 머리를 맞아 혼절한 상태였다. 남은 두 명은 피 흘리는 팔과 다리를 부둥켜안고는 필사적으로 기어 도망가는 중이었다. 도은은 그들에게 느릿하게 걸어가 한 명을 붙잡고는 발로 그의 팔을 바닥에 짓이기며 고정시켰다.

"네가 왼팔 잡았지 아까."

퍽!

"아아아아악! 내 팔! 씨발, 부러졌어!"

뼈가 부러지는, 소름 끼치는 소리와 함께 비명이 고요한 사방을 물들였다. 도은은 그런 그를 쓰레기 버리듯 바닥에 밀어버리고는 다른 한 명에게 다시 다가갔다.

"네가 오른팔."

상황은 똑같았다. 뼈가 부러지는 소리가 다시금 들리며 남자는 혼절한 채 바닥에 쓰러졌다. 도은은 저벅저벅 다시 걸어가 이미 기절해 있던 김 선배의 멱을 잡고 뺨에 두어 대 주먹을 날렸다. 이가 부러졌는지 바닥에 무언가 툭 떨어졌고 그때 정신을 차린 그는 도은의 서슬 퍼런 낯을 보고 경기를 일으키듯 온몸을 발발 떨었다.

머리에서 흐르는 피가 눈을 따갑게 하는지 연신 핏줄 선 눈을 넘어갈 듯 희번덕거리는 그에 도은은 지나치게 태평한 얼굴로 슬쩍 입꼬리를 올렸다.

"넌. 좀 많지."

"아아아, 안 돼. 안 돼! 악!"

"옷도 다 찢어놨고."

퍽!

"으으으아아!"

"때리기도 했고."

퍽!

"커억!"

"게다가…… 추잡스러운 개쓰레기 같은 짓을 하려고."

처음은 왼팔이, 그다음엔 오른팔이, 그리고 다음엔 왼다리, 마지막으로 오른다리까지 부러졌을 때 김 선배는 이미 기절한 뒤였다. 도은이 끝나지 않았다는 듯 벽돌로 그의 머리를 가격하려 했을 때 수는 발악을 하며 소리쳤다.

"그만!"

수의 비명에 도은의 손이 멈췄다. 그리곤 아직도 덜덜 떨고 있는 그녀에 그는 손에서 벽돌을 떨구곤 핸드폰을 꺼내 어딘가에 전화를 했다. 그 상황에서도 그는 너무도 태연했다.

"강 비서님, 새벽에 죄송합니다. 부탁드릴 일이 있어서요. 지금 이리로 사람 보내서 쓰레기 몇 개 치워주셔야겠습니다. 저번에 말한 그 쓰레기예요. 학교에도 미리 연락해 주셨으면 합니다."

도은은 통화를 마치곤 죽은 듯 누워 있는 그들을 지나쳐 다시금 수의 앞으로 왔다. 그리곤 그녀를 앞으로 안아 들고는 집 안으로 들어가 불을 켜곤 원룸 한가운데에 그녀를 앉혔다. 수는 멍한 표정으로 그를 바라봤고 그는 그녀의 앞에 앉은 채 커다란 손을 그녀의 얼굴 가까이로 옮겼다. 순간 수가 긴장이 풀리지 않은 듯 심하게 움찔했다. 도은은 더 천천히 그녀의 얼굴에 다가가 눈물자국을 손등으로 부드럽게 쓸었다.

"밖에 있는 쓰레기들, 죽은 거 아니야. 의대생이 때릴 곳 안 때릴 곳 정도는 구분해 줘야지. 한 일 년은 고생하거나 후유증이 있을 순 있지만 적어도 죽을 가능성은 제로니까 진정해."

도은의 차분한 음성에 수가 웅얼거렸다. 놀란 나머지 딸꾹질을 시작한 수의 알아들을 수 없는 말에 그가 그녀를 향해 고개를 더 숙였고 그녀는 어렵사리 다시 말을 이었다.

"여길. 딸꾹 어떻게…… 딸꾹."

도은은 수를 그림 관찰하듯 빤히 보다 그녀의 맞아 부은 뺨과 터진 입술을 손등으로 쓸며 쓰게 혀를 찼다.

"스토킹, 인정."

"나쁜 딸꾹! 새끼…… 딸꾹."

"그거 밖에 있는 쓰레기 말하는 거지?"

물 흐르듯 자연스러운 그의 어투에 그녀가 인상을 찌푸렸다. 그때 문득 그는 미간을 험악하게 구기며 고개를 저었다.

"내가 했던 말 취소."

"……뭘요, 딸꾹."

수가 잠시 눈살을 찌푸리자 도은은 눈으로 방을 쭉 훑다 구석지에 있던 구급상자를 꺼내 들어 그녀의 부은 뺨과 입술을 소독했다. 그리곤 다시금 그 지독하게 빤한 시선으로 그녀를 샅샅이 훑더니 그제야 말을 이었다.

"보면 기분 좋을 줄 알았는데, 아주 엿 같네. 너 우니까."

도화선의 심지가 그대로 타들어가는 것 같았다. 몇 초의 시차를 두고 침묵과 함께 팽팽하게 끊어져 버린 긴상이었다.

수는 그대로 대성통곡을 하듯 울어버렸다. 아까의 두려움이 명치를 타고 입 밖으로 다 토해질 때까지 수는 눈물 콧물을 쏟아내며 아이처럼 엉엉 울어버렸고 도은은 그 모습 또한 빤히 보고 있다가 조심스레 자신의 외투를 아직 입고 있는 그녀를 품에 꼭 안았다. 등을 천천히 토닥거려도 보고 슬슬 밑으로 쓸어도 보고, 그의 행동은 마치 어린아이를 어르고 달래는 듯했다.

그의 품은 따뜻했다. 따뜻함을 넘어서 두터운 외투를 뚫을 만큼 뜨거웠다. 밖에 있었음 그의 몸에서 모락모락 연기가 피어나도 이상하지 않을 거라 생각했다. 그의 큰 손아귀가 부드럽게 등을 쓸어내릴 때마다 이상하게 안도감이 느껴졌다. 스트레스 받을 만큼 꼴도 보기 싫었던 그인데 어쩐지 지금은, 평온했다.

그렇게 한참이 지나 딸꾹질도 울음도 다 멎어갈 때 즈음 밖에서 인기척이 들렸다. 사람 네댓 명이 무언가를 질질 끌고 내려가는 소리였고, 그 소리가 다 사라진 뒤 문가에 선 검은 인영은 깔끔한 음색으로 보고하듯 입을 열었다.

"지시하신 일 처리했습니다. 가보겠습니다. 참고로 주군 아버님은 모르십니다."

그 음성이 누구에게 향하는 것인지는 명확했다. 도은은 대답하지 않았고 밖의 검은 인영은 자취를 감추었다. 도대체 이 남자는 뭐 하는 집안의 자제인 걸까, 고급 대형 세단에 기사 정도가 아닌, 뭔가 더 대단한 집안의 사람일지도 모른다는 일차원적인 생각들이 들었다.

한참을 울고 났더니 의식이 몽롱해졌다. 수는 그대로 깊은 잠에 빠져들었다. 문득 시선을 완전히 놓기 직전, 누군가 이불을 덮어주곤 이마에 헝클어진 머리카락을 다정하게 쓸어 넘겨주었다. 누군지는, 뻔했다.

학교는 다시금 결석이었다. 이러다 정말 이번 학기의 장학금은 영원히 안녕인 것만 같아 두려웠지만 그것보다 더 두려운 건 학교에 파다하게 번질 소문이었다.

그렇게 일주일을 앓다 상혁과 선우가 찾아와 성화를 부리는 바람에 사건의 전말을 말하게 되었고, 선우가 엉엉 울어버리는 바람에 주객이 전도되어 수가 되레 선우를 달래야 했다. 상혁은 연신 욕지거릴 내뱉으며 사건의 주동자를 저주하기 바빴다. 그리곤 그들의 삼엄하지 않은, 어수룩한 보조 아래 엄청난 용기 끝에 나간 학교는 너무나 잠잠했다. 그리곤 서무실의 정보통에게 정보를 빼온 상혁으로부터 그녀는 놀라운 소식을 전해 들었다.

“멍뭉아, 그 김 새끼 있잖아. 서무부에 아는 누나한테 학적부 조회해 달라 했는데 세상에, 그새 그 새끼 자퇴했나 봐. 이사장이 아빠 친구고 세계로 수출하는 의료 기구 만드는 중견기업 사장 아들이랍시고 엄청 뻐기더니, 지도 잘못한 걸 알긴 아는 모양이네. 근데 이상하게 일이 쉽게 정리됐다. 물론 다행이지만. 진짜 이상하지 않냐?"

수는 입을 꾹 다물고는 관심 없다는 듯 고개를 끄덕였다. 수가 안도의 한숨을 쉬며 책을 올려 공부를 시작하자 그제야 그들은 입을 다물며 쉬쉬 소리를 냈다.

겉으로 내색 안 했지만 심장이 두근박세근박 쳤다. 머리가 어질한 것도 같았다.

김 선배의 집안은 교내에 소문이 자자했다. 무려 디 메디컬이라는 중견기업 사장의 첫째 아들이었다. 이사장과 김 선배의 아버지는 막역한 친구 사이라 듣기도 했다. 그런 사람이 학교를 이리 순순히 자퇴했다니, 그것도 사지의 뼈가 부러지고 평생 후유증이 있을지도 모를 만큼 크게 다쳤었는데.

"정신 들어? 수야, 수야."

수는 갑작스러운 떠올림에 자신이 놀라 헛숨을 집어삼켰다. 왜 갑자기 그 음성이 떠올랐는지 모르겠다. 비단같이 부드럽고 나지막이 심장에 내려앉는 짙은 음색이 그저 떠올랐다.

수는 시름 깊은 한숨을 내쉬었다. 순간 강의실의 자그마한 수다 소리마저 사그라졌다. 이럴 때면 원인은 하나였다. 그녀의 시선이 자연스레 다른 사람들이 바라보는 곳으로 향했다. 그는 평소와 다름없이 제 뒤에 자리를 잡고 앉았고 사람들은 그런 그에게 말을 걸고 싶어 하는 눈치였지만 쉽사리 용기 내는 사람은 없었다.

"야, 너 진짜 사과한 거 맞아? 너 때문에 우리 말라죽을 거 같아. 지금도 노려보고 있다고!"

그녀의 귀에 대고 절박하게 소리 죽여 발악하는 상혁과 선우였다. 그는 언제나와 같이 그녀를 지긋이 응시하고 있었다.

수는 한숨을 내쉬다가 문득 큰 결심이라도 하듯 목을 가다듬고는 그에게 먼저 말을 걸었다.

"호랑이 형님, 뒤통수 따가워 공부 못하겠으니까 이리 옆에 와서 같이 앉읍시다."

"허억."

"커걱……."

숨이 넘어갈 만큼 경악한 것은 비단 상혁과 선우뿐만이 아니었다. 강의실에 있던 모든 이들이 귀를 쫑긋 세우고 있다가 단체로 헛숨을 집어삼켰고 몇몇 여성들은 수가 강단 있는 멋있는 남자라도 되는 양 눈에 하트를 달고 쳐다봤다. 그러다 사람들의 숨 넘어가는 소리는 다시금 이어졌다. 도은이 알겠다는 듯 바로 자리에서 일어나 그녀의 옆자리로 향한 탓이었다.

수를 중심으로 오른쪽에 자리를 잡았던 상혁이 쏜살같이 일어나 자리를 내주었고 도은은 간단한 고갯짓과 함께 자리에 앉아 아무 일 없다는 듯 책을 꺼냈다. 그러던 중 그가 갑자기 그녀의 해부학 영문 서적 위에 있는 글씨를 가리키며 물었다.

"물 수가 아니라 대나무 수였어?"

"한자 좀 아시는군요, 호랑이 형님. 맞아요."

도은의 표정이 자못 이상했다. 항상 형형하던 검은 눈동자가 뭔가 놀란 듯 느슨해졌다. 그의 표정이 더 신기해 빤히 감상하던 수는 순간 짙게 풍기는 그의 우디 향에 거리가 너무 가깝다는 생각을 하곤 황급히 의자를 좀 더 옆으로 물렸다. 그의 열기에 옆 얼굴이 뜨끈한 것도 같았다.

"대나무처럼 곧게 살아가고 물처럼 부드러우면서도 강한 사람이 되라는 뜻으로 그걸 쓰셨대요, 엄마가. 근데 궁금한 게 있는데. 진짜 호랑이라는 뜻이에요? 도은."

"맞아."

"어흥어흥 한 이름이구만."

수가 흰 덧니를 드러내며 호랑이 흉내를 내자 도은은 그것마저도 웃음기 없이 빤히 바라보았다. 그러자 수는 멋쩍게 기침을 해댔다.

"호랑이 그림에 왜 항상 대나무가 그려져 있는지 알아?"

갑작스레 던진 도은의 질문에 수는 의아하게 고개를 갸웃했다. 그는 여전히 진지한 얼굴로 말을 이었다.

"세상 무서울 거 없을 것 같은 호랑이에게도 유일한 천적인 코끼리가 있거든. 코끼린 대나무 가시에 찔리는 걸 무서워하기 때문에 호랑이는 쉴 곳이 필요하면 항상 대나무밭에 들어가 몸을 뉘이지."

"그래서?"

"그러니 호랑이인 내가 대나무인 너에게 끌리는 건 당연하다는 거지."

"미쳤네."

"맞아. 너한테 미친 놈이지."

그 혼자 진지하기가 그지없었다. 뜨거운 시선에 숨이 멎을 듯이 답답했다. 그리고 수는 곧 자신의 판단이 틀렸다는 걸 확신했다.

옆보단 뒤가 낫다. 옆에서 느껴지는 이글거리는 시선에 오늘의 수업 또한 안녕이었다.

오늘의 마지막 수업인지라 강의실엔 학생들이 썰물처럼 빠져나간 후였다. 상혁과 선우를 따라 자리에서 일어나려던 수의 팔을 잡은 건 도은이었다. 저번처럼 팔을 빼면 그만이었지만 잠시 마음이 동한 그녀는 친구들을 먼저 보낸 뒤 대치 상태의 사람처럼 그의 옆에 팔짱을 꿰고 앉았다.

"왜요?"

"물어볼 게 있는데. 혹시 독신주의자야?"

'웃어야 돼 말아야 돼.'

너무도 진지하게 묻는 그에 그녀는 저도 모르게 웃음을 터뜨리곤 저 또한 진지하게 대답했다.

"아닙니다, 호랑이 형님."

"그럼 하나 더. 왜 호칭이 형이지? 계속 보니 다른 사람한테도 나이가 많은 남자면 무조건 형이던데."

"오빠라는 단어가 입에 안 붙어서. 내가 낯간지러운 소리는 딱 질색이라."

"그러면서 말이 또 짧고."

"아, 거 되게 까탈스럽네. 그러니까 다들 호랑이 앞에서 벌벌거리지. 저기, 저거 봐. 고라니가 무슨 백두산 호랑이 만난 것처럼 다들 발발거리며 피하는 거. 그러다 진짜 외톨이 돼요. 성격 좀 고쳐."

도은이 웃었다. 갑작스레 웃어버리는 그의 모습에 수는 얼이 빠진 채 그의 웃는 낯을 빤히 보았다. 고르고 하얀 건치에 시원스러운 입매가 활짝 휘어지는 모습을 보니 저도 모르게 따라 웃게 되었다.

그의 표정이 조금 더 느슨해졌다.

"성격 고치면 나 안 싫어할래?"

"나 안 싫어하는데?"

수가 저번 그의 말을 따라하듯 말투까지 비슷하게 말했다. 그는 의아하게 고개를 갸웃했다.

"근데 왜 안 넘어오지?"

"그렇게 웃으면 막 많이들 넘어오셨나 봐?"

"어."

너무도 직설적이고 숨김없는 그의 대답에 수는 다시금 얼빠진 표정을 지어 보였다. 그녀의 다양한 표정을 감상하던 그는 혀를 찼다.

"이상형이 어떤데."

"음…… 딱히 없는데."

"두루뭉술하게라도."

그의 재촉이 흡사 먹이를 기다리는 강아지의 세찬 꼬리질 같았다. 첫인상과 진짜 모습이 이리 다른 사람이 있나 싶어 수는 헛웃음을 삼켜야 했다.

"일단 범위를 좀 축소해 보자면."

경청하듯 빤히 보는 그에 수는 그의 아까와 같은 웃음을 지어 보였다. 덧니가 빼족 입술 사이로 드러나며 고양이처럼 보였다.

"그쪽은 아닌 게 확실해요."

도은의 입가가 헛웃음에 부드럽게 휘었다. 차갑다 느껴졌던 그 평온하고 건조한 얼굴이 언젠가부터 꽤나 인상적인 부드러움의 소유자라, 그리 느끼기 시작한 때였다.

분명 이상했다. 하지만 그 이상함의 화근은 자신이었다.

언젠가부터 당연하게 그녀의 무리들은 도은과 같이 앉아 수업을 듣고 같이 밥을 먹었다. 그 익숙함에 주변 사람들의 경악의 시선이 의아함으로 바뀌고 어느새 깊은 호기심에서 호감으로 변하면서 이상함은 시작되었다. 차가워 뵈는 호랑이가 사실은, 차분한 성품과 잘생김으로 무장해 그리 다다가기 힘든 인상의 왕자님이 되어버렸음을 알아버리기라도 한 듯 말이다.

일단 여자 의대생들 사이에서 한바탕 대란이 벌어졌다. 수가 그와 친하다 생각했던 건지, 처음엔 작은 선물과 쪽지들을 대신 그에게 전해달라는 부탁에 몇 번은 전해주었다. 하지만 다시금 반송을 해대는 그 탓에 돌려주는 귀찮은 일 또한 그녀의 몫이 되면서 수가 일절 대행 업무를 하지 않게 되자 여자들은 애가 타는지 직접 그에게 접근하기 시작했다.

수줍은 얼굴로 다가와 인사를 건네고 커피를 내밀고, 그것도 모자라 수재 소리를 듣고 살았음직한 이 시대의 똑똑한 여성들의 이성은 우주 저편으로 날아간 지 오래인 듯 그가 혼자 있을 때마다 핸드폰을 들이밀며 번호를 죽어도 받아야겠다는 듯 애교 섞인 웃음을 지었다. 하나 그 모든 노고가 수포로 돌아갈 때면 다들 깊은 상심을 내색했지만 눈에 하트는 아직도 여전했다. 그런 난장판을 매일 지켜보는 같은 클래스의 남자 학생들이 어떤 반응일지는, 굳이 설명할 필요 없었다.

시간은 유수와 같이 빨랐고 중간고사의 하드코어한 출제 범위와 드라마틱한 문제 난이도에 모두들 과락을 겨우 면한 표정이었지만 유일하게 그 무리에서 제외된 건 그녀와 도은뿐인 듯했다. 그건 그의 공이 컸다.

나란히 앉아 같이 수업을 듣게 되면서 수는 깨달은 게 있었다.

인정하기 싫지만, 그것 때문에 첫인상이 최악인 그였지만, 그의 머리는 정말 비상했다. 대강당 네 개의 칠판을 빼곡히 매우는 매 수업의 방대한 공부 량에 학생들은 물론 수 또한 잠을 포기한 채 암기를 위해 일주일 밤낮 뇌 뚜껑을 뜯어내 꾸역꾸역 밀어 넣을 때도 그는 세 시간의 수업이 끝나면 이미 모든 내용을 암기한 후였다. 처음엔 그의 말이 믿기지가 않아 수업이 끝난 뒤 칠판을 모두 지우고 똑같이 써보라 비꼬기도 했지만 정말 삼십 분에 걸쳐 토씨 하나 틀리지 않고 모든 내용을 다시 쓰는 그의 모습에 더 이상의 의심은 거두었다.

게다가 알바로 인해, 혹은 기타 사건들로 인해 개학부터 파란만장했던 이번 학기 공부 시간이 턱없이 부족해 발발거리던 수를 구원해 준 건 도은이었다. 수가 졸음과 사투를 벌이다 매번 장학금이란 단어를 우주 저편으로 집어던져 버리곤 자꾸만 책상에 엎드려 졸 때마다 그는 수업이 끝난 후 자신이 정리한 노트를 주었다. 그 노트는 말 그대로 하늘에서 뚝 떨어진 금덩어리와 같았고 그 결과 저 멀리 도망갔던 장학금이 다시금 안정적으로 그녀의 품에 들어올 여지를 마련할 수 있었다.

그래도 희한한 것은, 수는 여태 고맙다는 말 한마디 그에게 한 적 없다는 거였다. 평소에 버릇처럼 사람들에게 하던 그 단순한 말 한 마디가 어째서인지 그에게만은 쉽사리 내뱉을 수 없었다.

왠지, 인정하기 힘든 기분이었다. 그게 어제까지 두 달 사이 벌어진 일이었다.

시험 준비에 잠을 못 잔 듯 다크서클이 얼굴 전면을 지배하며 피폐해진 과대는 오늘만은 쌩쌩하기 그지없는 표정으로 파란 트럭 뒤에 잔뜩 실린 이마어마한 물량의 박스를 하나씩 일일이 확인했다. 4학년 전체 MT가 아닌 개별 MT에 가져갈 술의 양이 이만한 건 주당들만 모인 A반만이라는 게 교내 공공연한 비밀이었다.

"소주 서른 궤짝, 피쳐 열다섯 박스 오케이. 고기 이거 몇 근이지? 아, 40근, 오케이. 라면 종류별로 열 개씩 오케이. 게임할 소품 하나 두 개 오케이. 링거액도 빵빵하게 챙겼지? 오케이, 출발!"

과대의 힘찬 소리침에 캠퍼스 앞 광장에 모인 사십여 명의 의대 4학년 A반 학생들은 곧장 MT의 메카 춘천으로 향하는 대형 버스에 올라탔다.

먼저 자리를 잡고 앉아 있던 수가 꾸벅꾸벅 졸 때쯤 화장실에 갔다 온 상혁과 선우 중 한껏 꾸며 더 예쁘장해진 선우가 그녀의 옆자리에 앉았다. 그러곤 곤히 자고 있는 수의 머리를 자신의 어깨에 기대게 하곤 혼자 배시시 웃었다. 상혁은 그 모습이 익숙한 듯 절레절레 고개를 저으며 그렇게 좋냐 하고는 옆의 다른 좌석으로 가 느슨하게 몸을 기대고 앉았다.

"아! 오빠 진짜 가시는구나. 안녕하세요, 오빠!"

버스 입구와 가까이 앉아 있던 여학생들의 열화와 같은 반응에 누가 올라탄 것인지는 뻔했다. 남학생들은 이제 면역이 되었는지 자연스레 그를 보곤 고개를 숙여 반갑게 인사했다. 그의 무기이자 가장 큰 흠이기도 했던 차가운 인상은 사실 지나친 잘생김에 버무려진 차분한 성품 때문이라는 걸 깨달은 시간이 지남에 따라 그는 그들에게 더 이상 무서운 호랑이가 아닌, 뇌는 섹시하고 몸은 더 섹시하고 얼굴은 역대급인 의대 창립 이후 역대 최고의 킹카로 바뀌어 버렸다.

수는 시끄러운 인기척에 슬쩍 눈을 떠 그를 확인하고는 다시금 세상 관심 없다는 듯 다시금 후드를 뒤집어쓴 것도 모자라 꽉 조여 시야를 차단한 후 선우의 어깨에 고개를 묻었다. 그렇게 차는 춘천으로 출발했고 도착을 삼십분쯤 앞둘 무렵이었다.

"말 달리자-! 말 달리자!"

남학생들은 어르신들의 관광버스가 다 무엇인가 진정한 여흥을 보여주겠다 작정한 듯했다. 술을 마시지도 않은 상태로 버스 안의 학생들은 광란의 노래를 불러대기 시작했고 운전수의 짙은 한숨과 귀마개는 옵션이었다. 이번 MT는 전체 MT가 아닌 A반만의 여행이기도 했거니와 교수가 빠진, 그야말로 젊은이들의 축제와 같은 탓이었다.

결국 시끄러운 노랫소리에 잠에서 깬 수는 문득 졸린 눈을 비볐다. 후드를 쓰고 끈까지 졸라 묶은 목이 답답해 끈을 풀러 후드 모자를 벗은 그녀는 부스스한 머리칼을 손으로 대충 비비적거리다 창밖을 응시했다. 춘천이라는 이정표에 적힌 숫자가 얼마 남지 않았음을 확인하고 선우에게 설레는 표정과 함께 말을 걸

요량이었다.

"썬, 우리 묵을 숙소에 방 따로 있…… 헉."

수는 다급히 말을 삼키고 떡 벌어진 입을 다물 줄 몰랐다. 친절하게도 그녀의 턱을 손수 손으로 닫아준 상대방은 자신의 어깨를 손으로 주무르며 저릿한 손을 쥐었다 폈다 했다.

"우리의 첫 동침이네?"

도은의 큰 입매가 익살스레 휘어지는 모습에 수는 커다란 눈을 팍 찌푸리고는, 동침은 개뿔 버젓이 앉아 있는 거구만 흥- 하며 창가로 고개를 돌렸다. 잠잘 때 피부가 따끔거리는 걸 무시하지 말았어야 했다. 이미 여자들의 질투 어린 서릿발 같은 시선이 자신에게 꽂히는 걸 봐버렸을 땐 상황은 끝난 터였다.

숙소는 꽤나 괜찮았다. 우거진 산새 사이 계곡은 막바지 봄의 세찬 물줄기를 흘리고 있었고, 그 너머 드넓게 펼쳐진 광활한 밭의 시골 정취가 꼭 엄마의 고향 모습과 비슷해 흡족했다. 맑은 공기에 폐는 청량한 맛으로 한껏 부풀어 잔기침이 나올 정도였다. 저절로 미소가 지어졌고, 오랜만의 평온함이었다. 매번 가기 싫다 하는 수가 사실은 알바 때문에 가고 싶어도 못 간다는 걸 아는 친구들이 회비를 먼저 냈다며 억지로 끌고 오는 것 또한 그녀의 그런 해맑은 모습을 보고 싶어 하기 때문인지도 몰랐다.

"멍뭉이 오랜만에 조그만 콧구멍에 콧바람 쐬니까 어때. 너한테 꼬리가 있었음 지금 모터 단 듯 흔들었을 거라고. 큭큭, 장난 아니게 귀엽다. 이 얼빵한 표정 봐. 너도 성별이 피메일이 맞긴 했구나."

"꺼져. 뭐래."

헤벌쭉 풍경을 감상하다 수는 볼을 쿡쿡 찌르는 상혁의 낄낄거림에 민망함을 담은 강한 주먹으로 그의 배를 찔렀다. 장난이었기에 그도 아파하진 않았다.

수가 선우와 함께 풍경을 구경하러 옆으로 이동하는 순간 뒤에 드리우는 그림자에 상혁이 흠칫 몸을 굳혔다. 상혁보다 머리 하나는 더 큰 도은이 그의 어깨에 팔을 두르자 다른 사람들이 그들의 친함에 부러운 시선을 날렸다. 하나 당사자인 상혁은 가볍게 얹은 그의 팔이 점차 헤드록의 형태로 바뀌며 서서히 목을 조르는 통에 사색이 된 얼굴로 급히 말을 이었다.

"왜 또 이러십니까, 형님. 저 아무것도 안 한 거 같은데요."

"지나친 스킨십이 얼마나 민폐인지 가르쳐 주려고. 지금 이 느낌 정도랄까."

도은이 고른 이를 드러내 씩 웃으며 팔에 근육이 도드라질 만큼 힘을 주자 상혁이 컥컥거리며 서둘러 말을 이었다.

"저 새끼 저거 저거 썬은 맨날 형님 없을 때 멍뭉이한테 찰싹 붙어 쓰담거린다고요. 저 새끼 잡아요, 네? 형!"

"선우는 예외."

"아, 왜요!"

시큰둥한 도은의 반응에 상혁의 눈에서 스파크가 튀기며 격하게 억울함을 호소했다. 그는 멀찌감치 떨어진 곳에서 이미 수에게 딱 달라붙어 서로의 머리를 쓰담쓰담하며 풍경을 감상하며 노는 그 둘을 보며 혀를 찼다.

"재는 남자 아니잖아. 한참 어린 유치원 막냇동생이지."

"성별이 남자잖아요! 억울합니다, 형! 왜 맨날 나한테만 그래."

"내가 보기에 넌 남자니까."

도은이 헤드록을 풀며 시큰둥하게 말을 내뱉자 상혁은 순간 콜록이며 잔기침을 내뱉곤 어쩐지 으스대며 어깨를 한껏 폈다. 그의 말이 꽤나 만족스러운 듯한 표정으로 실실 웃으며 도은의 돌덩이 같은 가슴팍을 살짝 쳤다.

"형 은근히 사람 설레게 하는 재주 있는 거 알아요? 근데 왜 멍뭉이한텐 안 통할까 몰라."

"내가 묻고 싶다."

"아니, 재를 왜 좋아해요? 재는 고등학교 때도 너무 사내아이 같아서 여자들한테 인기가 많았던 녀석인데? 남자애들은 재랑 목욕탕 가도 아무 느낌이 없을 거라고 할 정도로 완전 동성 친구였다니까요?"

도은은 잠시 고개를 갸웃거리고는 딱히 대답을 하지 않았다. 그저 글쎄, 라고 짧게 말하곤 그는 얼빵하게 입을 벌리고 있는 상혁을 지나 이미 그들의 소리를 듣곤 가재미눈을 뜨고 홱 가버리는 그녀를 따라 숙소로 들어갔다.

수는 숙소 뒤편 비닐하우스를 개조해 만든 야외 바비큐장에서 다른 요리 당번들을 도와 토치로 숯에 불을 붙였다. 웬만한 남학생도 쩔쩔매며 몸을 사리는 일이지만 오 분도 채 안 되어 손쉽게 불을 붙이는 수의 주위로 여학생들이 반한 듯 몰려들어 알랑알랑 말을 걸며 수다 꽃을 피웠고 숯을 퍼 나르던 남학생들은 역시 자랑스러운 전우다! 라는 표정으로 엄지 척을 들며 그녀의 어깨를 툭 치곤 지나갔다.

술상이 세팅되고 후배를 괴롭히는 선배 하나 따라오지 않은 프리한 그들만의 파티가 시작되었다.

해가 어둑어둑해질 무렵 비닐하우스 내에는 고기 굽는 연기가 자욱했고, cc들은 혼란을 틈타 자취를 감춘 지 오래였으며, 비닐 밖으론 비틀거리며 담배를 피우는 무리와 잔뜩 괴로운 자세로 바닥을 향해 여러 번 구토를 쏟아내는 이들도 간혹 눈에 띄었다.

하나 진정한 주당들은 아직 밤은 길다는 듯 고기 한 점에 소주 석 잔을 털어 넣는 기세로 왁자지껄 일탈을 즐겼다. 그중 수의 무리도 여전히 건재했다. 상혁은 소주 세 병을 마셨음에도 멀쩡한 걸음으로 총총 담배를 피운다며 밖에 나갔고 선우는 이미 테이블에 고개를 처박곤 꿈나라로 향하는 중이었지만 말이다.

"야, 넌 불알친구들이랑 놀지만 말고 우리랑도 좀 놀자. 어째 맨날 알바 간다고 튕기냐, 짜식!"

"그래! 우리 목욕탕 가서 때도 밀어주고 바나나 우유도 하나 까야 하는데! 아 맞다, 너 여자지. 미안 미안!"

진담인지 취중 헛소린지 알 수 없게 남학생들은 수를 잡고 놓아주질 않았다. 4학년 대부분은 이미 군필자로서, 즉 수와 나이차가 나는 두세 살 정도 나는 사람들이었다. 수의 짧은 머리칼을 헝클어뜨리거나 어깨에 손을 올리곤 알 수 없는 군가들을 불러대는 통에 수는 나이차가 무색하리만치 퉁명스레 꺼져 이 형들이 진짜-! 를 외치며 그들이 건네는 술잔을 예의상 몇 번 받아줬다. 그들에게 그녀는 여자가 아닌 전우와 같은 느낌이라, 연거푸 잘을 돌려 마시며 우애를 다진 후에야 그녀를 풀어주었다.

수가 지옥을 뚫고 제자리로 돌아올 무렵 그제야 도은의 주변을 둘러싸고 웃음꽃을 피우던 여학생들이 삼삼오오 제자리로 돌아갔다. 갑작스러운 해산에 의아하게 그를 마주 보고 앉아 고기를 집어먹은 수는 주위를 두리번거렸다.

"에? 왜 가는 거야들?"

"너 오면 가게 되어 있어."

"왜요?"

"수는 북적이는 거 싫어하니까 돌아오기 전까지만 앉아 있어."

"응?"

"라고 말했거든."

태평하지만 부드러운 음색으로, 검은 눈동자로 지긋이 응시하는 그의 눈매에 순간 수가 움찔했다. 같이 술 세 병을 먹었음에도 그는 발음 하나 흐트러뜨리지 않았고, 검은 눈동자는 오히려 더욱 또렷했다. 오히려 물기를 한껏 머금어 한껏 촉촉해진 그의 눈빛은 꽤나 술을 불러일으키는 그윽함이었다.

잠시 그의 모습에 멍했던 수는 정신을 차리곤 멋쩍게 앞에 놓인 술을 원샷했다. 쓴 소주가 달게 넘어가며 식도를 적시자 수는 만족스러운 표정으로 고기를 두어 점 집어 상추에 커다랗게 싸서는 입에 우걱 집어넣고 우물우물 씹기 바빴다. 햄스터처럼 빵빵해진 볼로 열심히도 씹는 그녀의 모습에 도은의 커다란 손이 그녀의 뺨을 쿡 찔렀다. 그 손짓 한 번에 뺨이 데일 것같이 뜨거워 수가 더욱 화들짝 놀라며 몸을 뒤로 물렸다.

"뭐 하는 짓?"

"귀여워서. 말 그대로 멍뭉이 같아."

"내 참, 살다 살다 나한테 귀엽다는 말 하는 사람 저 두 명 이후에 또 나타나셨네. 어째 주변에 다들 취향 이상한 사람들만 있어, 왜."

"내 취향이 어때서."

"몰라 물어요? 내가 진짜 좋은 거예요, 아니면 이렇게 꾸준히 장난치는 거예요?"

"장난으로 보여? 왜지?"

그가 진심 어린 궁금함을 담아 버릇처럼 미간을 살짝 찌푸렸다. 짙은 눈썹이 매혹스럽게 휘어지는 모습에 장난이라곤 조금도 찾아볼 수 없었다.

수는 빈 잔에 소주를 따르곤 나름 심각하게 숨을 가다듬었다. 진심이라, 이를 어쩐다.

"우리 반 퀸카 인영이 봐요. 걔. 완전 예쁘잖아. 몸매 끝장, 얼굴은 더 끝장. 게다가 뇌까지 완전 섹시. 상혁이랑 쌍두마차로 매니저들이 명함 주며 들르라고 하기 바쁜 애예요. 근데 어째서 날? 맨날 후드 티에 청바지 돌려 입고 화장도 안 하고 머리도 이렇게 짧아서 내가 봐도 난 예쁜 타입에서 완전 동떨어진 앤데 도대체 왜 날?"

속사포로 억울함을 토로하는 수의 눈이 동그랗게 끔뻑이는 모습에 그의 검은 눈동자가 술잔의 소주처럼 찰랑였다.

"너 예뻐."

"……뭐요?"

수는 저도 모르게 기가 차 반문했다. 그는 그런 그녀의 행동이 더 이해 안 간다며 대놓고 의아하게 눈살을 찌푸렸다. 그 와중 그의 긴 눈매가 수려했다.

"너니까. 너라서. 너라는 사람이 좋아."

"……."

"예쁜 여자 수도 없이 봤거든. 그런 내가 한눈에 반했는데 당연한 거 아닌가?"

너무도 진지하게 말하는 통에 수의 턱이 다시 벌어졌다. 도은은 다시금 부드러운 손길로 그녀의 턱을 닫아주고는 소주잔을 입으로 기울였다.

명치에서부터 화끈한 열기가 치밀어 오르는 게 느껴졌다. 화가 아닌 부끄럽고 민망한 기분에 수는 자리에서 일어나 조금 비틀거리는 걸음으로 비닐하우스를 나갔다. 술기운에 그런지 모르겠지만, 꽤나 좋은 묘수가 떠오른 탓이었다.

그리곤 다른 이들과 담배를 피우고 있던 상혁에게로 다가가 빤히 쳐다보자 그가 의중을 알아차린 듯 당연하게 담배 한 가치를 꺼내 내밀었다. 그에 수가 퉁명스레 명치를 내려치자 상혁은 격한 담배 연기 섞인 기침을 내뱉으며 툴툴거렸다.

"아니면 왜 나왔어. 밤엔 아직 추운데 빨리 들어가. 있다 게임하러 숙소로 들어갈 거래."

"너 잠깐 나 좀 안아봐라."

수의 갑작스러운 말에 상혁이 입에 잘근 물고 있던 담배가 바닥에 떨어졌다. 주변에 있던 같은 반 남자애들의 턱은 이미 빠져 얼빵하게 굳어 있었다. 이런 말을 제가 할 줄 저도 몰랐는데 그들은 오죽했으랴.

"너…… 술 너무 많이 마신 거 아냐? 컨디션 안 좋아? 약 사다 줄까?"

상혁이 진심으로 걱정하는 표정으로 수의 이마를 손으로 짚었고 그녀는 탁 손을 쳐 낸 뒤 대뜸 그의 품에 뛰어들어 그를 꼭 끌어안았다. 상혁의 큰 키와 체구는 그녀를 끌어안기에 가장 이상적이었다.

주변에 있던 이들이 경악을 하다못해 나는 못 봤다는 식으로 서둘러 도망갔다. 하나 정작 일을 벌인 당사자는 태평했다. 잠시 그 상태로 있던 수는 등 뒤로 어정쩡하게 허공에 맴돌다 굳어버린 상혁의 팔을 떼어내며 아무렇지 않게 그의 품을 벗어났다. 상혁 또한 여전히 태평한 얼굴로 인상을 찌푸린 채였다. 무슨 말을 할지 고민하는 기색이 역력했지만 그는 이내 단호한 표정이었다.

"나 좋아하는 사람 있어."

"웃기고 있네. 그래서 뭐 어쩌라고."

"나 좋아한다고 고백하려는 거 아냐?"

"미쳤냐? 실험 좀 해보려고. 이게 원래 심장이 떨려야 맞는 거지? 좋아하는 거라면?"

이상한 뉘앙스에 상혁이 그제야 실험이라는 단어를 인지해 내곧 이미 돌아서서 가버리는 그녀의 뒤통수에 불이 나게 욕지거리를 내뱉었다.

"야, 이 자식아! 내가 실험용 쥐야! 카데바냐! 이 새끼가 진짜!"

수는 신경도 쓰지 않고 천천히 느릿하게 걸음을 옮기며 머리를 쥐어짰다.

이상한 놈이, 자신을 좋다고 달려든다. 맹수를 닮은 눈매만큼이나 맹렬하고, 지독하게.

때론 호랑이 같았고 때론 부들부들한 고양이와도 같은 몸짓으로 마치 장난처럼, 그러나 진심 그득하게 매번 자신을 좋아한다 말했다. 가만히 생각해 보면 오해에서 비롯한 인연은 꽤나 꾸준히 이어지고 있었고 그 짧은 시간 속에서도 그는 계속 자신의 마음을 봐달라고 했고, 제게 위험한 일이 있을 때면 호기로운 장군처럼 나타나 멋지게 구해내었다.

때론 별거 아닌 것처럼 도와주는 일이 손에 꼽기 힘들 만큼 많았다. 공부가 그 대표적이었다. 그게 여자로서 뿌듯하긴커녕 커다란 부담으로 다가왔다. 마음에 없는 상대가 자신을 좋아한다고 한들 그건 자신에겐 조금도 중요하지 않은 일이었다. 그리고 그전, 자신의 마음을 알고 싶었다. 그래서 아까와 같은 일을 저지른 거다.

연애를 해본 적은 없었다. 그럴 여유가 없이 바삐 지나갔던 시간들이다. 하나 풍문으로 들어볼 때 분명 좋아하는 감정이 있는 상대 앞에선 쉴 새 없이 심장이 떨린다고들 했다. 방금 상혁을 껴안았을 때 아무런 감정도 없이 그저 밍밍하다 못해 무미건조했던 자신을 보고 그 말이 사실이라는 걸 다시 한 번 깨달았다. 테이블에 쓰러져 있는 선우에게도 가서 해볼까 싶었지만 선우는 평소에도 저를 껴안고 머리를 비벼댔기 때문에 실험해 볼 가치도 없었다. 가족과 같은, 귀여운 남동생을 보는 느낌이다, 그 녀석은.

그러니 이제 이 문제의 시발점인 한사람만 남았다.

수가 한참을 골똘히 생각에 잠겨 마지막 가로등이 있는 시골길을 걸어갈 무렵 누군가 그녀의 팔을 부드럽게 잡아 돌렸다.

"자꾸 걸어 나가 지구가 둥글다는 걸 확인할 셈이야?"

수는 예상한 사람이 눈앞에 있자 슬며시 덧니를 내보이며 웃었다. 적시적소에 나타난 그 때문에 지은 웃음이었지만 그걸 본 도은은 마치 황금이라도 본 콜럼버스처럼 따라 미소를 띠며 그녀의 차디찬 손을 잡았다.

"차갑다. 돌아가자. 가로등도 더는 없어."

도은의 손은 마치 화로 불 근처에 있다가 막 나온 것처럼 뜨거웠다. 아마 자신의 손이 차서 더 통증 같은 온기가 느껴진 탓일 수도 있었다.

수는 말을 하려다 입을 굳게 다물었다. 상혁에겐 편히도 나왔던 그 말이 왜인지 그의 얼굴을 마주 보고 있자니 도저히 입이 떨어지지 않았다. 그는 아직 그녀의 손을 잡은 채였다.

"왜 그래."

오늘의 그는 표정이 조금은 다채로웠다. 자신을 가늠하려는 듯 빤히 보는 그의 눈빛은 정말 궁금함으로 가득 차 있었다.

"……아니에요. 돌아가요. 과대 녀석, 한 사람이라도 빠지면 마냥 기다리는 스타일이니까."

수는 그에게 붙잡힌 손을 빼내곤 성큼 앞으로 걸어갔다. 그의 발소리가 등 뒤에서 조용히 들렸다.

숙소에 들어가자 이미 1층의 60평 가까이 되는 넓은 거실엔 사십여 명의 사람들이 모여 있었다. 그녀와 도은이 동시에 들어오는 것에 의문을 가지는 사람은 없었다. 다들 술에 취한 상태였다.

첫 번째 게임은 요즘 인기 있는 암전 좀비 게임이었다. 사회자인 과대가 몰래 좀비 한 명을 지정한 채 암전과 동시에 게임은 시작됐다. 사십여 명의 사람들은 언제 술에 취해 비틀거렸냐는 듯 숨소리 하나 내지 않고 구석구석 숨어 있었다. 좀비가 된 사람은 암흑을 뚫고 더듬더듬 촉각과 청각만을 의지해 사람들을 찾아 다녔고, 시간이 흐를수록 비디오 없이 사운드만 크게 들리는, 사람 죽어가는 비명과 함께 '항복!'이라는 외침이 시시각각 난무했다.

게임에 집중하지 못하고 구석에 조용히 앉아 있던 수는 인기척을 느끼곤 같은 사람인가 싶어 귀를 쫑긋 세웠다. 하지만 당최 감은 오지 않았고 두 눈을 허공에 아무리 깜박여도 빛 하나 없는 시야는 칠흑의 어둠이었다.

순간 머리 위로 내려지는 손길과 함께 누군가 거세게 팔을 낚아채 있는 힘껏 물어버리는 통에 수는 상대방의 배를 뻥 차버리며 '항복!'이라고 짜증스레 외쳤다.

결국 수는 허공에 손을 휘저으며 바보처럼 더듬거리는 걸음을 옮겼다. 발치에 걸리는 사람의 머리를 물자 비명을 지르는 이는 선우였고, 물린 곳이 꽤나 아팠는지 징징거리며 돌아다니는 그의 소리에 웃음이 터져 나왔다.

"썬아, 킹 어딨어. 아직 사람이야?"

"힝, 아직 사람이야. 킹 목소리 못 들었어. 너 이렇게 세게 물기 있어? 나 머리에서 피 나는 거 같아."

선우는 진짜 아픈지 계속해서 머리를 부비는 소리가 들렸고 수는 미안한 표정으로 그의 머리칼을 어루만지다 상혁이 있을 법한 곳을 찾아 벽을 훑으며 뒤졌다. 그러다 문득 근처에서 익숙한 담배 냄새를 맡았다. 골초에 가까운 상혁에게서 나는 냄새라 장담한 수는 허공을 휘젓다 순간 뭔가 손에 걸리자 무작정 잡아 움켜쥐었다. 상대방은 반항 없이 가만히 있었고 수는 머리칼을 쓸어

내리다 손으로 잡고 있던 목을 송곳니로 있는 힘껏 꽉 깨물었다.

"으악! 항복, 항복! 야, 그만 물어! 살점, 내 살점!"

이곳저곳 킥킥거리는 소리로 가득했다. 상혁은 아픈 목덜미를 움켜쥐곤 자신을 문 사람을 향해 주먹질을 하듯 손을 뻗었고 수는 그의 머리를 밀고는 대수롭지 않게 다음 타깃을 찾아 어슬렁거렸다. 그때였다.

발치에 누군가의 발이 닿자마자 서둘러 그쪽으로 몸을 돌렸지만 어두운지라 비틀하며 무게중심이 흔들렸다. 어둠 속에서 바둥거리다 결국 바닥으로 고꾸라지던 수는 딱딱한 방바닥이 아닌 폭신한 느낌에 잠시 멍하니 몸을 굳혔다.

익숙한 우디 향이 코끝을 간질였다. 너른 품에 폭 안기는 것을 보니 체구가 다부지고 키가 큰 남자였다. 누군지는 뻔했다.

"이 게임을 왜 하는지 이제야 알겠다."

자신을 깔듯이 위에 올라탄 그녀의 귓가에 도은이 속삭였다. 낮은 음성에 섞인 뜨거운 숨에 순간 등골이 저릿했다. 수는 빠르게 그의 품을 벗어나며 일부러 시니컬하게 말했다. 목소리는 죽인 채였다.

"입 열었으니 좀비 확정. 일어나서 사람들 잡아요."

"입 열면 안 물어도 좀비 되는 거였어?"

"아까 게임 룰 안 듣고 뭐 했어요."

"너 보고 있었지."

"하."

"쳇, 좋은 기회를 놓쳤네."

아쉬움이 뚝뚝 묻어나는 도은의 음성에 수는 일부러 명치를 집고 온 체중을 실어 일어났다. 그러나 신음 하나 없는 그는 멀쩡하게만 보였다.

"삐삐! 타임 오버! 사람 승! 거기 마지막 한 사람 이리 나와서 제비 뽑으시고-."

호각 소리와 함께 불이 켜지고, 갑자기 쏟아진 불빛에 모두가 진짜 좀비인 듯 인상을 찌푸리며 눈을 껌벅였다. 마지막 승자인 여학생은 의대 퀸카인 인영으로 환호를 지르며 제비를 뽑았고 과대는 싱긋 웃으며 익살스레 그녀가 뽑은 번호를 흔들었다. 인영이 왕 게임의 왕인 셈이었다.

"23번! 23번은 앞으로 나와주세요."

게임 시작 전 각자가 번호를 뽑았었다. 수는 주변을 둘러봤지만 일어서 나가는 사람은 없었다. 상혁과 선우가 서로를 보았고 수 또한 아니라며 고개를 저었다. 그때 바닥에 아직 엎어진 자세 그대로 앉아 있던 도은이 한숨을 내쉬며 일어서선 앞으로 걸어갔다.

순간 모든 사람의 눈이 반짝이며 환호성이 터져 나왔다. 우승자는 한눈에 봐도 득템을 한 듯 미소를 띠고 있었다. 과대가 인영에게 한 명 더 뽑으라고 뽑기 통을 흔들었지만 그녀는 고개를 저으며 입을 열었다. 시선은 도은을 향한 채 인영은 자신이 들고 있던 종이를 허공에 흔들었다.

"23번, 16번에게 키스해."

환호성은 더 커져서, 다들 제 일처럼 난리를 피워대고 있었다. 모두들 흥미진진하게 두 사람이 마주 선 광경을 바라보며 침을 꿀떡 삼키고 있는 와중 도은의 시선이 군중들 사이 수에게로 향했다. 정확히 마주한 그 시선에 수는 심장이 따끔한 것 같았다. 자신과 눈이 마주친 순간 왜인지 그가, 꽤나 즐거운 것처럼 입가를 휘었기 때문이었다.

인영은 조금의 지체 없이 사십여 명이 보는 앞에서 그에게 먼저 다가갔다. 도은은 기다렸다는 듯 그녀의 허리를 감싼 채 고개를 숙이다가 문득 입술이 아닌 귓가로 입술을 내렸다. 일순 사람들이 의아하게 쳐다봤고 인영은 뭔가 움찔하더니 그에게서 떨어지며 과대를 쳐다봤다. 그녀의 표정이 썩 밝지만은 않았다.

"번호 다시 호명할게요. 나 말고 35번. 23번과 키스해."

"에에-!"

갑자기 한 발 뒤로 빼는 퀸카에 야유가 울려 퍼졌지만 인영은 별다른 설명 없이 자리를 벗어나더니 결국은 숙소를 나가 버렸다. 그녀와 친한 여학생들이 따라 나가는 모습도 보였지만 수는 그것을 상관할 여유조차 없는 표정으로, 사색이 된 채 멍하니 도은을 바라봤다.

"35번! 빨리 나와요 안 나오면 벌금 십만 원. 자자, 빨리빨리 합시다. 다음 술자리 게임이 또 기다리고 있어요오-."

사람들이 주변을 둘러보며 서로의 번호를 확인했다. 선우와 상혁 또한 마찬가지였고 문득 그들은 수의 번호를 확인하곤 헉

소리를 내며 입을 가렸다. 그녀의 손에 들려 있는 종이에 선명하게 적혀 있는 35번을 발견한 것이었다.

"아! 35번 여기 있어요, 여기!"

"야, 이 새끼!"

상혁이 그 종이를 낚아채며 허공에 흔들었다. 선우는 발을 동동 구르며 수를 쳐다봤다. 35번의 정체를 안 사람들은 처음엔 놀랐지만 곧 아까보다 더 큰 환호성을 귀가 찢어져라 울렸다. 하지만 수는 웃지 않았다. 오히려 창백하게 질린 채 도살장에 끌려가는 소처럼 사람들의 등 떠밀림에 겨우 그의 앞에 선 그녀였다. 그리곤 눈앞에 실실 웃고 있는 그의 얼굴을 마주하곤 짜증 섞인 목소리를 억누른 채 복화술로 조용히 읊조렸다.

"우연은 아닐 테고, 내 번호를 어떻게 알았을까."

"아까 봤지. 네 뒤에서. 난 키가 크거든."

"이 뻔뻔한……!"

수의 말이 끝나기도 전이었다.

성큼 다가온 도은이 그녀의 목덜미를 감싸며 끌어당겨 입을 맞췄다. 수는 화들짝 놀라며 그대로 굳어버렸다.

사람들의 환호 소리는 이미 들리지 않게 되었다. 수가 안간힘을 써 꾹 닫은 입에 승부욕이라도 느낀 듯 도은은 나머지 한 손으로 그녀의 허리를 품에 끌어안으며 후드티 안으로 손가락을 밀어 넣었다.

맨살에 닿은 그의 손은 평소에 느꼈던 것보다 훨씬 뜨거웠다.

뚫어져라 쳐다보는 그의 검은 눈동자는 아까보다 더욱 촉촉하게만 보였다. 수는 숨이 턱 막혔다. 저도 모르게 움찔하며 숨을 쉬기 위해 입을 벌렸다. 그때였다.

찰나의 순간을 놓치지 않고 파고 들어오는 그의 행동은 물 흐르듯 유연했다. 격하지도 난폭하지도 않지만 그렇다고 느리지도 않았다. 부드럽게 입안을 침범한 혀가 놀란 수를 달래려는 듯 천천히 움직였다. 심장이 아찔하게 뛰어대며 죽겠다 소리쳤다. 몸이 떨리는 게 당황해서인지 놀람 때문인지도 알 수 없었다. 심장을 따라 얼굴로 치밀어 오르는 격한 뜨거움에 자꾸만 숨을 참을 수 없었다. 부드럽지만 벗어날 틈이라곤 조금도 주지 않은 채 밀어붙이는 그에 숨이 한계치에 부딪쳐 수가 그의 단단한 가슴팍을 다급히 손으로 밀어내려 할 때 즈음이었다.

"워워-. 아우, 너무 찐합니다. 소름! 하지만 우린 건전하고 순수한 성인들이기에 여기까지만. 자자, 박수, 박수!"

과대의 중재가 있고서 도은은 수에게서 떨어졌다. 벌겋게 충혈된 입술을 내려다보던 도은이 손등으로 그녀의 입술을 닦으며 슬쩍 미묘한 미소를 띠고 있었다. 마치 숙원사업을 해결한 듯한 통쾌한 그의 표정에 수는 그제야 우주로 날아가 버린 정신줄을 단단히 붙잡고 이를 악물며 주먹을 움켜쥐었다.

"김인영에겐 뭐라고 한 거예요?"

"나 35번 좋아한다고. 네 향수 냄새 머리 아프다고. 떨어지라고. 진짜야. 지독했어."

도은이 큰 입매를 반달로 휘었다. 손 한번 잡아보려 남자들이 줄을 서는 학교 최고 퀸카를 그런 식으로 까다니.

수는 결국 헛숨을 내뱉었다.

사건은 거기서 끝났다. 그 뒤로 이어진 술자리 게임에 다 술떡이 되어 넉다운이 된 채 여자 남자 할 것 없이 그대로 기절하듯 잠에 빠졌다. 수와 두 친구 모두 마찬가지였고, 다음 날 일어나선 모두가 중병에 걸린 환자처럼 화장실로 향해 구토를 반복했고 시체처럼 누워 서로가 놓아주는 포도당 링거를 맞으며 숙취를 해소했다. 그때 멀쩡한 것은 도은 한 사람뿐이었다. 그는 오히려 아주 상쾌하다는 듯 혼자만 멀끔한 몰골로, 학교로 돌아가는 버스 안에서 여전히 수의 옆자리를 차지하고 앉아 시시때때 시선으로 그녀를 괴롭혔다.

"우리 집 놀러 갈래?"

"술이 덜 깼네. 미쳤구만, 이 양반."

수는 시니컬하게 거절하곤 그대로 눈을 감았다. 그렇게 4학년 마지막 엠티는 장렬하게 끝이 났다.

최악이었다.

⚜

소문은 삽시간에 교내에 퍼졌다. 그들의 진한 키스 벌칙은 사람들의 입에 오르내렸고 그 둘이 이미 사귀기라도 하는 것처럼 사람들은 관심을 쏟았다. 수는 자신이 멘탈 적으로 최강이라 자부했지만 아닌 모양이었다.

수는 스트레스로 인해 소화불량이 다시 올 정도였는데도 도은은 뻔뻔하기도 했다. 평소처럼 수의 옆에 찰싹 붙어 같이 수업을 듣고 밥을 먹고 공부하는 걸로도 모자라 이젠 그녀가 조금의 틈만 보이면 은근슬쩍 스킨십을 하기 시작했다. 참다못한 수가 빈 강의실에서 그의 명치에 있는 힘껏 주먹을 날리기도 했지만 운동신경이 월등한 그는 손쉽게 막아내고는, 마치 애인이 애교를 떠는 것을 받아주는 것처럼 실실 미소를 쪼개며 웃었다. 수는 엠티에서 돌아오며 자조했던 최악이란 단어는, 비단 지금 써야 하는 거라 믿어 의심치 않았다. 그게 일주일 전이었다.

그리고 오늘, 수가 유일하게 쉬는 일요일이었다. 그녀의 집으로 두 마리의 성난 초식동물이 뛰어 들어왔다. 두 손엔 소주와 맥주 캔과 각종 안주가 가득한 채였다. 상혁은 노란 머리를 쥐어뜯다 수의 후드티 멱살을 쥐어 잡으며 이리저리 흔들어 댔다.

"고래 싸움에 새우 두 마리의 등이 터져 즙이 되게 생겼어. 어떻게 할 거야, 너!"

평소 같았으면 주먹이 날라와도 백번이 날라와야 정상이건만 수는 애꿎은 맥주만 원 샷하곤 캔을 구겨 바닥에 대충 던졌다. 캔이 바닥에 부딪치는 소리가 마치 그녀의 멘탈이 산산이 부서지는 소리 같았다.

상혁과 선우는 수군거리며 수의 상태를 알아차렸고 노선을 바꿔 어르듯 입을 열었다.

“괜찮아, 키스 한 번인데 뭐. 프랑스에서는 그냥 아침저녁으로 이웃끼리 뽀뽀하는 게 인사인데 안 그래?”

“그렇게 진한 키스를. 그것도 내 첫 키스를. 그렇게 많은 사람들 앞에서…….”

빠각!

심심풀이 안주로 가져온 호두 두 알이 수의 손 안에서 구르다 거세게 깨졌다. 남자도 깨기 힘든 호두 두 알을 부숴 버린 그녀의 악력에 상혁은 입을 꾹 다물며 마른침을 삼켰다.

“멍뭉아, 화내지 말고. 우리 좀 살려주라. 요즘 네가 형 피해 다니는 통에 우리 전화에 불난단 말이야.”

“내 전화는 뭐 편히 누워 쉬는 줄 아냐? 요즘 배터리가 평소보다 두 배는 빨리 닳아. 어떤 미친 범이 하도 전화를 해대서.”

상혁과 선우는 진작 도은과 번호를 교환한 모양이었다. 공부 잘하는 도은의 두뇌에 편승할 속셈으로 교환했겠지만 둘은 그의 잔꾀에 자신들이 넘어가 곤욕을 치르는 셈이었다. 또한 수는 번호를 알려준 적도 없는데 어떻게 알았는지 시시때때로 오는 연락에 노이로제가 걸릴 지경이었다. 모든 건 엠티 이후부터였는데 키스의 충격과 술에 취해 도은을 피해 다니다 구석에서 잠이 들었을 때 그가 번호를 가져간 게 아닐까 싶었다. 아니, 상혁과 선우의 번호를 알고 있다면 초반부터 제 번호도 알고 있었음에 틀림없었다. 단지 자신에게 전화를 하지 않았던 것뿐일 터였다.

"멍뭉아, 멍뭉아. 너 진짜 호랑이한테 물려 죽는 거 아냐?"

선우는 멍뭉이를 외쳐 대며 그녀의 별명보다 더 강아지 같은 모습으로 귀를 축 늘어뜨린 채 수에게 엉겨붙었다. 그런 그의 어깨를 아이 달래듯 토닥이던 수에게 상혁이 넌짓 말을 걸었다.

"근데, 너 요즘 이상하긴 하다."

"뭔 소리야 그게."

"아니, 그렇잖아. 학교에서 네 옆에 찰싹 붙어 있는데도 내버려 두고, 스킨십해도 화만 잠깐 내지 가만 내버려 두고, 네가 널 모르냐? 칼 같은 네 성격에 싫은 사람이 그러는데 그걸 그냥 놔둔다고? 진즉 죽였으면 죽였지 말 같지 않은 소리 하고 있네."

"하고 싶은 말이 뭐야."

"너 혹시…… 도은이 형 좋아하는 거야?"

빡!

"악!"

수의 손이 상혁의 이마를 거세게 내려쳤다. 그대로 맞아 뒤로 넘어간 상혁이 골을 잡고 끙끙거리다 결국 욕지거리를 내뱉으며 일어나 제자리로 돌아와선 붉어진 이마를 문질렀다.

"아니면 말을 하지, 새끼가! 아우 아파!"

상혁이 소리치며 아파하든 말든 수는 아직도 품에 안겨 있는 선우의 머리를 쓰담쓰담하며 가만히 생각에 잠겼다.

그와의 급작스러운 포옹, 키스. 그건 상혁과 선우와의 느낌과는 확연히 달랐다. 비교 자체가 되지 않았다. 순간적으로 멈췄다 다시 뛰는 심장의 아드레날린이 폭발하듯 척추가 저릿하며 명치가 욱신거렸다. 그 장면을 다시 떠올리는 것만으로도 손발 끝이 개미가 꼬집듯 저릿해 미칠 지경이었다. 그래서 더 인정하기 싫었다. 저도 모르게 물 흐르듯 흘러가 버려, 그라는 사람에 제멋대로 끌려들어가 버릴까 두려웠다.

또다시 며칠이 흘렀다. 잠잠했던 누군가가 다시금 화기에 휘발유를 들이붓지 않았으면 그저 그 나름의 평온하고 바쁜 일상들이었을 터였다.

얼마 전 경찰서에서 온 전화를 무시한 게 화근이었다. 경찰의 말로는 생물학적 아버지가 폭행시비로 입건됐다고 했다. 보석금이나 합의금을 얘기하기에 수는 딱 잘라 거절했었다. 구치소에서 썩을 만큼 썩게 내버려 두라고. 그로부터 수 일 후 걸려온 임 아저씨의 전화 내용에 수는 가슴이 무너졌다.

어떻게 합의금을 낸 것인지 구치소에서 나온 그가 엄마에게 해코지를 하려는 걸 임 아저씨가 다행히 발견한 모양이었다. 사고가 나기 전 해결한 덕분에 엄마는 다치지 않았으니 안심하라고 그는 말했었다. 하지만 분노가 목 끝에 피처럼 흘러나오는 통에 수는 긴 통화를 하지 못한 채 전화를 끊었다.

핸드폰을 부여잡은 손이 얼마나 떨렸는지 모른다. 엄마의 목소리는 일부러 듣지 않았다. 듣는 즉시 울음이 터질 것 같았던 탓이다. 그리곤 기어이 생물학적 부친은 수의 눈앞에 나타났다. 그는 평소와 같이 비틀거리는 걸음에 온전치 못한 정신으로 패악을 부리며 돌이나 병을 집어 던졌고, 차마 때리진 못하고 피하던 중 돌 하나를 피하지 못해 목 옆에 긴 생채기가 남게 되었다. 꽤나 깊은 상처는 수일이 지난 지금도 아직 딱지가 사라지지 않았다.

"너네 엄마 룸살롱 여자라며?"

신랄한 비웃음과 야유가 귓가에 울려 퍼졌다.

수는 잠시 상기시킨 기억을 억지로 지워내며 붉어진 눈가를 아프게 비비곤 빈 강의실을 급히 나와 가방을 어깨에 고쳐 들었다. 넋이 나가 있느라 과외 알바에 지각한 것이다.

서둘러 복도를 지나다 누군가와 부딪쳤고, 수는 미안하다 고개를 숙이곤 다시 걸음을 옮기려 했다. 하지만 익숙한 우디 향과 함께 팔을 잡아당기는 상대방에 그녀는 난감한 숨을 내쉬곤 고개를 들어 그를 마주했다. 수업을 같이 들을 뿐 필사적으로 마주하기를 피했던 도은이었다.

수는 붙잡힌 팔을 빼내며 인상을 찌푸렸다. 머릿속이 터져 버릴 것 같은 상황에 그까지 마주하기 싫어 여태껏 피했던 건데, 이렇게 그와 단둘이 마주하다니 낭패였다. 순간 도은의 시선이 수의 목에 생긴 긴 상흔에 멈췄다. 그의 표정이 순식간에 서슬 퍼렇게 굳어졌다. 첫인상의 싸늘함 그대로였다.

"그 상처, 뭐야."

도은의 손이 목가로 다가오자 수는 그의 손을 내쳤다. 복잡한 머리에 더 이상 그와 얽혀 논쟁을 벌이기 싫었다. 그래서 애꿎은 그에게 더 짜증스러운 대답을 했는지도 모르겠다.

"내가 왜 그쪽한테 시시콜콜 얘기해야 하는데."

"처음 본 날에도 너 이마에 상처 있었어. 도대체 뭔데."

"그쪽이야말로 나한테 온 신경을 몰두하는 이유가 뭔데."

"말했잖아. 좋아한다고."

"웃기시네."

수는 냉소를 지으며 그를 밀치고 걸음을 옮겼다. 하지만 몇 발자국도 못 가 그에게 다시 붙잡혔다. 도은의 긴 눈매가 화염으로 뒤덮여 차갑게 내려앉았다. 시원한 입매에 드러나는 송곳니는 평소보다 날카로운 빛을 더했다.

"그 남자 누구야. 집 앞에서 깽판을 치던 그 남자."

수의 낯빛이 파랗게 굳어갔다. 도대체 그걸 어떻게 알고 있는 거야, 이 남잔. 어디까지 알고 있는 거야.

"남몰래 뒷조사가 취미신가?"

"우연히 본 거야. 그땐 네가 누군지도 몰랐어."

"그럼 그때로 돌아가면 되겠네. 서로 모르던 때로."

수는 화에 붉게 충혈된 눈을 부릅뜨며 그를 향해 이를 갈았다.

"주제넘게 남의 일에 간섭하지 마요. 저번엔 어쨌는지 몰라도, 이번엔 그쪽이 해결할 일 아니야."

"수야!"

"이거 놔!"

도은의 손을 매섭게 쳐 내며 수는 그 자리를 도망치듯 빠져나왔다. 목의 상처가 뒤늦게 욱신거렸다. 서두르느라 익숙한 캠퍼스의 내리막길을 내려오다 앞으로 고꾸라질 뻔했다.

이제 봄과 달리 낮에는 따가운 햇볕을 맞으며 과외가 있는 학생 집으로 뛰었다. 다행히 많이 늦지는 않았고, 남학생의 부모도 집을 비운 터라 욕먹지 않을 수 있었다.

연달아 있던 과외까지 마무리한 후, 시간은 어느덧 새벽 1시를 지나고 있었다.

수는 좁은 골목길을 지나다 집 근처에서 걸음을 멈췄다. 깜빡이는 고장 난 가로등 밑, 낯설지 않은 인영이 비틀대며 서 있는 몰골에 그녀는 이를 갈았다. 지금 당장에라도 사지를 두들겨 패고 싶은 심경은 저번과 변함이 없었다.

마주하고선 역시 같은 패턴이었다. 그는 돈을 요구했고 수가 더 이상 줄 돈이 없다고 하자 온갖 패악을 다 부리며 난리를 쳐댔다. 그가 담벼락 옆 쓰레기 더미 사이에 꽂혀 있는 부러진 삽자루의 머리 날을 집어 들었다. 순간 등골이 오싹해진 수가 뒷걸음질 쳤다. 비틀거리며 달려드는 그의 몸짓에 황급히 막을 걸 찾았지만 주변엔 아무것도 없었다.

찰나의 순간. 후시딘으론 어림도 없겠구나- 딱 그 생각뿐이었다.

퍽!

둔탁한 타격음이 들림과 동시에 수는 눈을 질끈 감았다. 골목길 안은 금세 적막해졌다. 아무런 고통도 느껴지지 않아 의아해진 수가 질끈 감았던 눈을 떴다. 눈앞에 보이는 건 푸른 외투와 그 안에 숨은 단단하고도 너른 품이었다.

그녀를 끌어안은 누군가 날아오는 삽자루를 등으로 맞은 것이다. 수가 떨리는 고개를 들어 올렸을 때 시간은 멈췄다. 비릿한 신음과 함께 도은은 품 안에 있는 그녀의 안색을 살폈다.

"수야, 괜찮아?"

나지막하고 부드러운 음성이었다. 고막을 뚫고 뇌리를 파고드는 그 음색에 수의 커다란 눈이 흔들리며 점차 그렁하게 눈물이 고였다.

수를 품에 안은 채 고개를 돌린 도은은 악귀의 형상만큼이나 서슬 퍼런 살기를 남성에게 드러냈다.

"돌아가시죠. 무력을 쓰고 싶지 않습니다."

그의 음성이 적막한 밤거리에 낮게 깔렸다.

뒷일은 뻔했다. 다시금 경찰서에 갈까 두렵다는 듯 그는 삽자루를 집어 던진 채 비틀거리는 걸음으로 내달렸다. 소란이 끝난 골목은 평소처럼 적막했다.

수는 긴장이 풀리자 참았던 신음을 내뱉었다. 놀란 정신을 간신히 추슬렀을 때가 돼서야 그가 삽자루를 정통으로 맞았다는 사실을 인지해 냈고, 그녀는 황급히 그의 등을 더듬으며 당황한 눈을 깜박였다.

"다쳤죠! 어디, 어디 다쳤어요. 출혈 있어요?!"

패닉 섞인 음성에 도은은 수의 가녀린 어깨를 양손으로 강하게 잡아 쥐곤 마주 보았다. 단호한 그의 태도에 수는 멍하니 그를 올려다보았는데 그는 너무도 멀쩡했다.

"안 다쳤어. 그러니 진정해. 숨 크게 내쉬어."

부드러운 음성이었다. 그 목소리에 떨리던 몸이 점차 진정되었고 커다란 눈도 금세 일그러졌다.

생명을 담보로 한 그의 무모한 행동에 분노가 치밀었다. 그렇게 상관하지 말라 했는데도 매번 이렇듯 불쑥 멋대로 끼어드는 그의 행동에 화가 났다. 만약 크게 다치기라도 했다면, 그 끔찍한 생각을 하는 것만으로 피가 끓어올랐다. 자신을 매번 혼란스럽게 하는 그가 싫었다.

그리고 그에게 쉽게도 흔들리는 자신은 미치도록 싫었다.

"도대체 나한테 왜 이러는 거야!"

악다구니와 함께 수의 충혈된 눈에 차오른 눈물이 기어이 뺨을 타고 흘러내렸다.

"다 알지, 당신. 이젠 다 알겠네. 그래서 내가 우습니? 집안 사정은 개판이고 가난에 찌들어 살아보겠다고 발버둥치는 꼴이 우스웠어? 그래서 심심풀이 땅콩처럼 매번 이렇게 사람을 들쑤시는 거냐고! 난 당신이랑 그딴 장난질 칠 여유가 없는 사람이야. 그러니까 제발 꺼져 달……!"

도은이 그녀를 끌어안았다. 다부진 팔이 조금의 여유도 없이 그녀의 몸을 껴안았다. 수는 푸른 코트 너머로도 그의 세찬 심장 박동을 느낄 수 있을 만큼 그가 지금 자신만큼이나 격앙되어 있다는 걸 알 수 있었다.

"날 욕해도 좋고 무시해도 좋고 비웃어도 좋고 설령 좋아하지 않는다 해도 좋아. 네가 하는 모든 건 다 좋아. 그러니까."

"……."

"나 밀어내지만 말아주라, 수야."

그의 나지막한 속삭임에 심장이 내려앉았다.

처음엔 장난이라 생각했다. 그 다음엔 장난치곤 꽤나 성심성의라 생각했다. 그 다음엔 설마 진심이야? 하고 의심했고, 그 다음엔 쉽게도 마음을 내주는 그를 가볍다 외면했다. 그리고 정신을 차려보니 급속히, 치밀하게 파고드는 그가 언젠가부터, 무거웠다. 이 사람은 도대체, 왜 이리 진심일까. 왜 이렇게까지 자신에게 진심일까. 간신히 버티고 있던 거대한 벽이 무게를 견디지 못하고 균열이 가는 기분이었다. 살짝만 건드리면 위태롭게 무너져 내릴 터였다.

한참을 흘려 이젠 다 말라 버렸다 생각한 눈물이 다시 물고를 트고 쏟아지기 시작했다. 그의 감정이 심장을 날카롭게 파고들어 숨조차 쉴 수 없던 탓이었다.

얼마나 그렇게 부둥켜안고 있었는지 몰랐다. 한참이 지나고 난 후 그가 나지막한 신음을 집어삼키는 모습에 수는 그를 옥탑방으로 데리고 갔다. 구석에 아무렇게나 처박힌 구급상자를 꺼내고 바닥에 이불을 깐 수는 입구에 서 있는 그를 향해 손을 까닥거렸다.

"여기 누워요. 등 보이게 상의 벗고."

"벗고 이불 위로 누우라니, 땡큐지."

"엎드려 누우라고요! 등 드레싱하게!"

장난기 그득한 목소리에 수는 바락 성을 냈다. 그는 알았다는 듯 고개를 끄덕이곤 코트를 벗고 얇은 니트도 스스럼없이 벗어 던졌다.

드러난 그의 몸은 조각과 같았다. 헬스로 무작정 근육을 불린 게 아닌, 운동을 즐기는 사람의 촘촘하고 세밀한 근육이 모여 형광등 불빛에 따라 음영을 드러내는 근사한 작품과 같았다. 그의 구릿빛 피부와 어울릴 만한 건강하고 다부진 몸이었다. 하지만, 뭔가 이상했다.

작은 상처들이 있었다. 한두 개가 아닌 셀 수 없이 많은 작은 상처들이 그의 등에 자리 잡고 있었다. 작게 찢기거나 파인 상처들은 꽤나 오래전의 상처였고 이유는 분명해 보였다. 맞아서 생긴, 깊진 않지만 지속적인 충격에 남은 흉들이었다. 그래서 의문이었다. 부잣집 도령의 몸에 어째서 저런 흉들이 있는지.

시선을 느꼈는지 도은이 슬쩍 고개를 돌려 마주 보자 수는 황급히 시선을 돌렸다. 그는 보란 듯이 엎드려 눕곤 가만히 기다리고 있었다. 그제야 수는 그의 근육을 따라 손을 움직이며 상태를 확인했다.

승모근 밑으로 일직선의 긴 상흔과 함께 피멍이 들어 있었다. 찢어진 부위를 살피니 다행히 깊지는 않아 꿰맬 필요까진 없었지만 주변 조직의 혈관까지 들쭉날쭉 터져 울혈이 심했고 딱 봐도 근육 손상이 의심되었다. 생각보다 심한 상처인데 이토록 멀쩡히 움직이는 그가 신기할 따름이었다.

수는 거즈로 상처를 소독하며 입을 열었다. 그의 상처에 자신의 상처가 떠오른 탓이었다.

“생물학적 아버지래요, 그 사람.”

“그래.”

“도박 중독, 알코올 중독, 가정 폭력범이죠. 뭐, 애초에 호적상 부부가 아니니 폭행 치사범인가.”

“그렇겠지.”

“엄마는 아파요. 고아로 살면서 날 낳고 나선 안 해본 일 없이 다 하다 결국 온몸이 망가졌더라고요.”

“그렇구나.”

그의 대답은 너무도 심플했다. 하지만 성의 없는 말이 아닌, 진심으로 답해주고 있다는 느낌을 받았다.

수는 문득 그의 뒤통수를 응시했다. 빼곡한 검은 머리칼 옆으로 식은땀이 흐르고 있었다. 내색은 안 해도 꽤나 아픈 모양이었다.

“왜 아무것도 안 물어요? 뒷조사로 다 안 내용이라서?”

“뒷조사 한 적 없어. 그런 사람 정돈 충분히 제압할 능력이 되는 네가 아무것도 안 한 채 매번 당하고만 있으니 대충 감이 온 거지. 너에겐 싫으나 좋으나 손을 댈 수 없는 사람이라는 거."

"시궁창이에요. 똑똑한 사람이라면 더러운 건 피하는 법이에요."

"내가 있는 진창에 비하면 거긴 1급수야."

역시나 그를 말로 이길 수 없었다. 평소엔 그리 뚫어져라 쳐다보더니 지금은 얼굴을 보여주지 않았다. 표정 관리가 전혀 되지 않는 지금의 자신을 배려해서일 거라 그녀는 생각했다.

수가 거즈로 상처를 소독하는 사이 그가 작게 신음을 내뱉었다. 순간 수의 손이 멎었다. 옥탑방은 조립식 건물이라 적막할 때면 작은 소리도 크게 울렸다. 그의 낮은 숨소리에 괜히 귀가 벌게지며 심장이 쿵 내려앉았다.

수는 서둘러 드레싱을 마치곤 거즈로 테이핑을 했다. 치료를 하고 보니 상처가 꽤 커서 흉터가 남을 수도 있겠다는 생각이 들었다.

"얼굴 빨간데."

갑작스러운 그의 말에 그녀는 멍하니 고개를 들었다. 그의 휘어진 큰 입매엔 장난기가 덕지덕지 묻어 있었다.

"왜, 너무 섹시했나."

"아 양반이 뭐래는 거야! 치료 끝났으니 당장 나가요!"

"나 환자야. 회복할 시간은 줘야 착한 의사지."

"난 의대생이거든요. 일부러 드레싱 엉망으로 했어요. 크게 흉이나 남아버리라고."

"와, 더 섹시해지겠네."

한 마디도 지지 않는 도은은 자리에 일어나 앉아 멀찍이 던져 둔 니트를 주섬주섬 입었다. 그의 몸짓에 따라 잘 짜인 복근이 유려하게 움직였다. 니트 뒤에 피가 덕지덕지 묻은 것을 보곤 수는 시큰하게 아리는 명치를 꾹 눌렀다.

도은은 가만히 그녀를 응시하다 이불을 팡팡 두드렸다.

"이리와."

"싫은데요."

"허튼짓 안 해. 네 목 소독해 줄게. 혼자선 힘든 부위잖아."

"거울 보고 혼자서도 잘하거든요?"

"기말고사 노트 만들어줄게."

내내 튕기던 수는 일순 움찔했다. 그 마음을 간파하기라도 한 듯 도은은 승리의 미소를 지으며 그녀의 팔을 잡아끌어 자신의 곁에 앉혔다.

조심스러운 손길이 수의 목에 닿았다. 소독약 냄새와 우디 향이 미묘하게 섞이며 코끝을 간질였고, 그의 긴 손가락이 목덜미를 스칠 때면 저절로 온몸이 간질거렸다. 숨소리마저 들릴 만큼 가까운 거리에서 그의 뜨거운 체온을 마주하고 있자니 그대로 데어버리는 건 아닌가 싶었다. 얼굴이 뜨끈했고 입술은 바싹 타들어갔다. 네 속쯤이야 빤히 안다는 듯 바라보며 씩 웃는 그의 찰랑이는 검은 눈동자도, 신경 쓰였다.

"누구예요, 당신."

본능적으로 나온 말이었다. 처음부터 지금까지 궁금했지만 꾹 참고 모른 척했던 의문이었다.

소독을 마친 도은은 수의 목에 연고를 바르곤 지저분해진 주변을 정리하고 나서야 고개를 들어 그녀를 마주했다. 그는 뭐가 그리 좋은지 짙은 미소를 띠고 있었다.

"왜. 이제야 나라는 사람에 대해 궁금해졌어?"

"처음부터 궁금했죠. 참은 거뿐이지."

"왜 참았는데? 남들은 안 참고 다 물어보던데."

"난 남들과 다른가 보지."

"맞아. 넌 남들과 다르지. 난 그런 널 좋아하는 탕아고."

도은이 지긋이 수를 바라보았다. 그의 말만큼이나 무거운 시선이었다.

그 시선이 부담스러워 수는 살짝 시선을 돌렸다.

"이사장의 막역한 친구 아들을 그들의 바운더리 안에서 산산이 부숴도 뒤탈 하나 없는 사람 아니고요?"

"그렇다면 나 좋아해 줄 거야?"

대수롭지 않게 말하는 도은에 그녀는 헛숨을 내쉬었다. 저렇듯 뜬금없이 들이댈 때마다 하루에도 열댓 번씩 심장이 철렁 내려앉았다.

"내가 아까 왜 내 사정을 설명했다 생각해요?"

"날 떼어내려는 네 계략은 진즉 간파했지만 안타깝게 됐네. 처참하게 실패했어."

"부로 환심을 사려는 그쪽 계략도 실패네요. 부질없게."

"와, 역시. 매력 터진다."

"아, 좀!"

수는 홧김에 그의 복부에 주먹을 뻗으려다 급히 손을 멈췄다. 부상자였다. 슬금슬금 손을 거두는 수의 행동에 도은은 낮게 그르렁거리듯 고른 이를 드러내며 웃었다. 싱그럽다, 느꼈다.

수는 시계를 보곤 학을 뗐다. 새벽 2시가 넘어가고 있자 수는 빨리 나가라는 듯 그를 재촉했지만 도은은 방바닥에 몸을 붙여 놓기라도 한 듯 미적거리다 벽에 몸을 기댄 채 나른하게 누웠다.

"갈 힘이 없어. 등이 너무 아파."

"방금 완전 건강해 보였거든요? 빨리 안 일어나요?"

"그럼 내 집으로 가자."

"기어이 욕지거리 듣고 싶은 거죠 진짜!"

"알았어. 안 누울게. 네 곁에 얼씬도 안 할게. 이러고 기대고 자다가 내일 같이 데이트 하러 가자."

"데이트는 개뿔! 나 진검 들고 와요, 진짜!"

한참의 실랑이가 이어졌다. 결국 승자는 도은이었다. 수는 세상 맥없는 척을 하며 아프다는 그에게 덮을 이불을 던져 주곤 그에게서 최대한 멀리 떨어진 대각선 방향으로 가 이불을 몸에 둘둘 말곤 누웠다. 옆엔 진검이 놓인 채였다.

"딱 거기 있어요. 눈 떴을 때 1cm라도 가까워져 있으면 등 뒤에 상처 다 헤집어 버릴 테니까."

수가 토끼 같은 눈을 동그랗게 뜨며 협박조로 말해도 소용없었다. 등 때문인지 옆으로 누운 도은은 수를 똑바로 바라보다가 실실 웃으며 눈을 감았다. 그 모습에 수의 눈꺼풀 또한 무거워졌다.

얼마나 지났을까. 잠깐 눈을 감았다 떴다고 생각했는데 온몸이 써늘했다. 조립식집이라 그런지 서늘해선 안 되는 초여름에도 새벽녘은 차가운 공기가 감돌았다. 손발이 지독히 찬 수는 오한이 들어 잠결에도 살아보겠다고 이불을 얼굴까지 둘둘 감싸 몸을 새우처럼 구부렸다. 순간 온기가 느껴졌다. 그제야 잔뜩 웅크린 몸을 바로 펴곤 다시금 깊은 잠에 빠졌다.

다시 눈을 떴을 땐 옥탑방의 창문으로 봄의 아침햇살이 들어오고 있었다. 등 뒤로 이상하리만치 따뜻한 온기가 느껴졌다.

수는 퍼뜩 정신을 차리곤 고개를 돌렸다. 곤히 잠에 든 듯한 그가 바로 뒤에서 그녀를 품에 꼭 안고 있는 채였다. 수가 놀라 일갈을 하려다 결국 입을 다물었다. 새벽녘 추워했던 자신에게 온기를 나눠주려 그랬던 건가.

긴 눈매 밑으로 짙은 속눈썹에 의해 음영이 졌다. 순한 아기처럼 평온하게 자고 있는 그는 평소와는 전혀 다른 분위기였다.

수는 조심스레 몸을 일으켜 그의 품을 빠져나왔다. 그리고 그의 등을 살짝 살펴보았다. 상처에서 진물은 나지 않은 것 같았고 열이나 이상 징후도 없는 듯했다. 그의 앞머리를 조심스레 쓸어 이마에 손을 가져다 대니 체온도 정상인 것 같았다. 그것에 작은 안도감을 느꼈다.

"수야……."

잠결에 갈라진 음성은 평소보다 더욱 낮았다. 척추를 타고 내리는 찌릿한 감각에 수는 잠시 이를 악물기도 했다. 적막한 옥탑방을 느슨하게 울리는 그의 음성에 놀라기도 잠시, 그는 잠꼬대처럼 그저 꿈속을 헤매고 있었다.

반쯤 흘러내린 이불을 목 끝까지 덮어준 수는 한참이나 그를 바라보았다. 가슴 쪽이 간질거렸다. 균열이 가고 간신히 버티고 있던 벽은 진즉 무너졌다. 간신히 틀어쥐었던 물줄기를 거침없이 쏟아냈다. 그에게로 이미, 흘러가 버렸다.

2. 사하 : 거침없이 빠져들다

시간은 유수히 흘러갔다. 평소와 다름없는 나날들이었다. 여전히 알바와 학업에 치여 잠잘 시간은 부족했고 두 친구는 수다스러웠고, 그는 언제나 그녀의 옆자리였다. 단지 달라진 것이 있다면, 그가 옆에 있는 것이 이젠 당연하다 생각할 만큼 익숙해져버린 그녀뿐. 세뇌 교육의 힘이란 무서웠다.

"드디어 시험 끝이다! 와아아아!"

마지막 해부학 수업의 시험 종료음이 들려왔다. 다들 환호성을 질렀다. 시험이 끝났다는 것보단 이제 방학이라는 사실 때문일 터였다. 수는 자신의 시험 점수가 꽤나 안정적일 거라 예상했다. 굳이 말하지 않아도 누구 덕분인지는 두 친구도 도움을 받았으니 알 터였다.

“장학금은?”

수의 등 뒤에서 누군가가 껴안듯 다가왔다. 이렇듯 부지불식간 스킨십을 해대는 그에 이미 적응이란 적응은 다 해버린 수는 허리에 둘러진 팔을 떼어내며 머리 하나는 더 위에 있는 그와 눈을 맞추기 위해 고개를 들었다. 수는 입고 있던 가운의 주머니를 들춰 보이며 보라는 듯 고갯짓했다.

“여기 내가 가지고 있는데, 안 보여요?”

도은의 시원한 입매가 보란 듯이 휘어졌다. 긴 눈매도 부드럽게 웃음기를 띠었다. 그의 커다란 손이 머리카락을 부드럽게 헝클어뜨리며 비비자 지나가는 이들 또한 그들의 모습에 적응이 됐다는 듯 별 반응을 보이지 않았다.

“내일부터 방학인데 우리 다 같이 멍뭉이 집에서 먹고 마시고 진탕 놀아볼…… 악!”

캠퍼스 화단을 지나 입구로 나가는 길이었다. 상혁이 설렘 가득한 말을 마치기도 전 뒤에서 수와 걸어내려 오던 도은은 꽤나 세게 그의 머리를 휘갈겼다. 제대로 맞아 한참을 소리 죽인 침음을 내뱉던 상혁이 눈에 불을 켜며 바락 대들었다.

“아, 형 좀! 안 그래도 멍청한 머리 더 멍청해지면 어떡하려고! 우리는 고등학교 때부터 수랑 동고동락하면서 가까이 생활한 사람들이라고요! 재가 깨벗고 드러누워도 아무런 감정도 없…… 으악! 알았어! 잘못했다고! 잘못했다니까!”

상혁이 연거푸 엉덩이를 발로 맞은 후에야 도은을 향해 손을 싹싹 빌었다. 그 모습이 너무도 익숙해 수는 고개를 절레절레 저으며 먼저 내리막길을 걸어내려 갔다. 그새를 못 참고 다시 찰싹 옆에 붙은 도은이 은근슬쩍 그녀의 허리에 팔을 감쌌고, 수가 인상을 찌푸리며 한소리를 하려던 즈음이었다.

빵– 빵–.

원래, 의대 캠퍼스는 다른 학과랑은 좀 다른 분위기다. 평범한 가정, 혹은 자신과 같이 힘든 환경의 사람들도 있지만 대부분은 전문직 부모님, 혹은 중소기업 사장 등 어느 정도 여유가 있는 집안 자제들이 많은 학과였다. 부와 가난은 되물림된다는 말이 딱 어울리는 곳이었다. 그렇기에 주차장에는 어린 학생들이 타기엔 너무도 값비싼 외제차가 즐비했고, 저들은 수준이 맞는 친구들과 어울려 일반 학생들과는 다른 물에서 노는 걸 자랑했다.

그렇기에 빨간 스포츠카의 옆에 서 어딘가를 향해 보라는 듯 클랙슨을 울리는 남자의 모습 같은 건 늘 있는 일인 양 어색하지 않은 터였다.

클랙슨 소리에 주위에 있던 여학생들이 웅성거렸다. 간혹 얼굴을 붉히며 지들끼리 좋아 수군거리는 모습도 보였다. 얼굴이 뚜렷이 보이진 않지만, 누가 봐도 키 크고 누가 봐도 고급 슈트를 입은 체구는 단단한 게 좋아 보이고, 레이벵 선글라스를 멋들어지게 쓴 얼굴은 누가 봐도 잘생김이 묻어났다. 그리곤 그를 향해 점차 가까워질 무렵, 남성의 시선이 이쪽을 향해 있다는 걸 깨달았다.

"도은아."

선글라스를 벗으며 도은을 부르는 소리에 그들의 걸음이 멈췄다. 도은을 뺀 모두가 같은 생각일 터였다. 선글라스를 벗은 남자는 도은과 꽤나 비슷한 분위기를 풍기고 있었다. 도은보단 훨씬 유한 분위기로 서글서글한 인상의 남자는 얼굴이 닮은 것도 아닌데 분명 도은과 같은 분위기를 풍기고 있었다.

"형?"

도은은 반색을 하며 그를 반겼다. 놀라고 당황스럽지만 분명 반가운 표정이었다. 처음 보는 그 표정에 수는 저 남자가 그에겐 굉장히 중요한 사람이라는 걸 단박에 알 수 있었다.

"형, 가요. 방학 때 보자고요."

상혁이 인사하고 선우 또한 손을 흔들자 수의 옆에 찰싹 붙어 있던 도은이 그녀를 멀찍이 밀어냈다. 수가 의아해하기도 전, 그가 저를 부른 남자에게 뛰어갔다.

한참을 도은의 뒷모습을 보고 선 수는 문득 찌릿하게 관자놀이가 저렸다. 멀찍이서도 느낄 수 있는 강렬한 시선이 자신에게 꽂힌 걸 느낀 탓이었다. 도은과 비슷하지만 분명 다른 그 뚜렷한 시선의 주인은 스포츠카 옆에 선 남자였다. 그는 짙은 미소를 띠고 있었다.

다시 선글라스를 쓴 남자는 도은이 차에 올라타자 운전석 문을 열었다. 그리고 수를 향해 살짝 손을 흔들어 보이고 차에 탔다. 쏜살같이 사라지는 차의 뒤꽁무니를 쫓는 사람들의 시선은 여전했다.

그렇게 일주일이 흘렀다. 도은과 그렇게 헤어지고 두 친구는 수의 집에서 광란의 술파티를 마치곤 널브러져 다음 날 저녁에야 본인들의 집으로 돌아갔다. 수는 지난 일주일간 아침부터 오후까지는 과외 알바를, 저녁에는 도장 알바를 하고 10시가 넘어서야 집에 돌아와 공부를 하는 똑같은 패턴을 반복했다.

도은에게선 연락이 전혀 없었다. 매일 불쑥 집에 찾아와 가라는데도 안 가고 끊임없이 괴롭히거나 시도 때도 없이 전화를 하던 그가 아무런 연락이 없으니 이상하게 심란했다. 이 또한 세뇌 교육의 폐해라는 사실에 화가 나면서도 심란한 마음은 당최 사그라지지 않았다. 뒤숭숭한 마음 때문인지 도장에서 성인 부 수업을 마치고 나오다 사고를 당하기도 했다. 제대로 앞을 보지 않고 딴 생각을 하다 아직 대련 중이던 사람의 목검에 맞아 어깨에 피멍이 든 것이다.

저녁 11시, 녹초가 되어 외투도 그대로 입은 채 차디찬 바닥에 널브러지듯 엎드려 누운 수는 그대로 잠에 빠져들었다. 누군가 머리카락을 쓸어내리지 않았다면 다음 날 아침까지 자고 있었을지도 모르겠다. 그 손길이 익숙해 굳이 감은 눈을 뜨지 않아도 알 수 있었다.

"본인 집이야, 아주. 키도 없는데 어떻게 들어왔대."

"복사했지. 저번에 너 자고 있을 때."

"중범죄만 고루 저지르는구만."

"사랑의 이름으로?"

"널 용서하지 않겠다."

수의 대답에 그는 퍽 즐겁다는 듯 낮게 목젖을 울렸다. 세일러문의 대사로 대꾸한 수는 여전히 잠에서 허우적거렸다. 도은이 천천히 머리를 쓰다듬는 것에 기분이 나른해져서 더 잠에서 깨기가 힘들었다.

수는 문득 눈을 팟 뜨더니 눈살을 찌푸리며 냉소를 내뱉었다. 여전히 엎드려 누워 그를 보지도 않은 채였다.

"살아 있긴 했나 보네."

툴툴거리는 반응에 도은은 꽤 기쁜 듯 목소리를 높였다. 외로웠어? 라며 머리카락을 쓰다듬다 꾹 끌어안는 그에 수는 엎드려 있는 자세 그대로 팔꿈치로 그의 배를 찔렀다. 도은이 앓는 소리를 내며 말했다.

"아버진 가업을 이으라 하고 난 의사가 되고 싶었고. 결국 나 나름의 양보가 하버드 졸업이었거든. 착실히 하라는 대로 했으니 이젠 내 방식대로 살려고 귀국해선 의대에 편입한 거야. 그게 꽤나 싫으셨나 봐. 요리조리 피해 다녔는데 기어이 외국에 있는 형까지 불러 날 집에 데려가려고 한 거 보면."

"그럼 본가에서 일주일간 있었던 거예요?"

"탕아를 어떻게 가둬. 잠깐 해결할 일이 있었어. 지금은 다 해결됐어."

성심성의껏 한 대답엔 모든 사건의 정황이 담겨 있었다.

"근데, 형이 있어요? 그때 그 스포츠카?"

"응. 세 살 차이."

"어쩐지 비슷해 보이더라. 외모는 다른데 전체적인 분위기라든가 특히 그 눈빛. 누가 봐도 형제인지 딱 알겠어."

"이복형이지만 많이 닮았지, 우린."

"아……."

수는 어색하게 고개를 끄덕이며 더는 질문을 하지 않았다. 쉽지 않은 얘기를 아무렇지도 않게 내뱉는 데에 되레 더는 질문할 수 없었다.

도은은 수를 따라 바닥에 드러누웠다. 엎드려 있는 그녀의 몸을 억지로 감싸 안아 품에 가뒀다. 등 뒤에서 껴안은 자세라 도은의 숨소리가 수의 목덜미를 간질였다. 몇 번 그의 품을 벗어나려 애쓰다가 수는 포기했다. 반복된 학습 효과의 결과물로 자신이 벗어나려고 할수록 그가 더 달라붙는다는 것을 깨달은 것이다. 힘에 차이가 있으니 무력은 어림도 없었고 결국 피가 말라 죽는 건 그녀일 터였다.

순간 도은이 수의 목덜미에 고개를 파묻었다. 냄새를 맡듯 크게 숨을 들이마시고 내쉬는 통에 숨결이 닿아 화들짝 어깨를 움츠린 수는 고통 섞인 신음을 내뱉었다. 그가 정색을 하며 파뜩 몸을 일으켰다.

"왜, 어디 아파?"

"아니요. 도장에서 어깨를 좀 다쳐서. 아무것도 아니에요."

"봐봐."

"아, 어딜 본다 그래!"

옷에 손을 대려는 그를 매섭게 내치곤 수는 인상을 팍 찌푸렸다. 하지만 그는 물러날 생각이 전혀 없는지 긴 눈매를 굳히며 검은 눈동자를 번뜩였다.

"딴 뜻 없어. 걱정돼서 그래. 보여줘."

말투는 달래듯 유했지만 그의 눈에는 이미 강압이 가득 차 있었다. 이리 실랑이를 하다 결국 그녀가 질 것이 뻔했다. 수는 혀를 차며 외투를 벗곤 그에게서 등을 돌아 셔츠 단추 두어 개를 풀었다. 그리곤 비장하게 한숨을 내쉬곤 옷가지를 슬슬 내리며 딱 어깨가 보일 만큼 한 뒤 앞섶을 단단히 부여잡았다.

"봐요. 그냥 멍든 거라니까."

그가 어떤 표정을 짓고 있을지는 훤했다. 세상만사 다 마음에 안 든다는 듯 눈매를 찌푸리며 칠흑 같은 눈동자를 분노로 번뜩일 터였다. 역시나 이어진 대답 또한 예상과 같았다.

"또 졸았지, 너. 그러게 알바 좀 줄이라니까. 네가 철의 여인이야? 로봇이야? 하루에 세 시간도 못 자면서 무슨 배짱이야 너."

"내 생활비에, 엄마 생활비에. 어쩔 수 없어요. 그리고 웬 성질?"

"내가 도와준대도 거절할거잖아, 너. 자존심은 세가지고."

도은의 말이 제대로 그녀의 자존심을 긁었다.

"쓸데없는 소리. 나 혼자 할 수 있거든요!"

옷을 다시금 입고 한소리 따지려는 수에 도은은 힘으로 그녀의 몸을 다시 등지게 돌린 후 버럭 소리쳤다.

"속상하니까!"

그리곤 구석에 있는 구급약을 꺼내 그녀의 어깨에 발랐다. 입김을 호호 불어가며 조심스레 바르는 그 덕에 그다지 아프지는 않았다. 치료가 끝난 후 도은은 짙은 한숨을 내쉬더니 등 뒤에서 그녀의 허리를 껴안으며 다치지 않은 왼 어깨에 고개를 숙였다. 그의 숨소리가 피부를 간질였다.

"속상하다, 진짜……."

"내 몸인데 왜 호랑이 형님이 속상해. 참나."

"누가 네 거래. 내 거야. 그러니까 함부로 쓰지 마. 아끼라고."

수는 짐짓 놀란 표정을 숨기려 고개를 숙였다. 심장이 철렁 내려앉았다. 붉어지려는 목덜미와 귀를 숨기려 그의 품에 빠져나오기 위해 애를 썼지만 소용없었다. 목덜미에 고개를 묻고 살짝 입을 맞추는 도은의 행동에 수는 어깨를 소스라치게 움츠리며 분풀이를 하듯 그의 허벅지를 세게 내려쳤다.

"뭔 헛소리야. 내 몸도 내 게 아니면 도대체 난 뭘 가져야 하는데. 안 그래도 가진 거 없어 서러워 죽겠구만!"

"나 가졌잖아."

"……."

"네가 다 가져갔어, 수야."

다시금 심장이 쿵 내려앉았다. 중저음의 부드러운 음성엔 애정이 그득 담겨 있었다. 그가 그렇게 부를 때면 자신의 이름이 엄청 특별해지는 기분이었다. 행여 미친 듯 뛰는 심장을 그에게 들킬까 수는 안간힘을 다해 숨을 다잡아야 했다.

한참 그러고 있다 문득 아직도 어깨에 고개를 기대고 있는 그의 낯빛이 핼쑥하다는 것을 알아챘다. 잔뜩 지친 그의 표정을 그제야 바라본 수는 망설임을 깨곤 입을 열었다.

"많이 혼났어요?"

"응. 마음이 아파."

"약 발라야겠네."

수는 답지 않는 어리광을 부리는 그에게 맞춰주듯 순순히 대답했다. 그가 너무도 피곤해 보였기 때문이었다.

"바르고 있잖아, 지금."

도은은 더욱더 그녀를 끌어안았다. 등 뒤로 느껴지는 그의 체온은 여전히 뜨거웠다.

오랜만에 엄마에게서 전화가 왔다. 엄마의 우는 소리에 놀라 새벽에 잠에서 퍼뜩 깨 멍한 정신이 단박에 차려졌다. 또 그 사람이 엄마에게 해코지를 했나 싶어 사정을 캐보니 대답은 의외였다. 엄마의 집에 찾아온 그를 기다리던 경찰이 연행해 갔다고 했다. 또한 그의 가족이 그를 정신분열증 명목으로 병원에 감금했다고, 이젠 안심하라고 경찰이 설명했다며 엄마는 안도 섞인 울음을 터뜨렸다.

여태껏 수차례 경찰에 신고를 해도 그들은 구치소에 며칠 가둘 뿐 별반 조취를 취해주지 않았었다. 또한 정신병원에 처넣으려 해도 호적상 남남인 그들이 할 수 있는 일은 없었고, 하려 해도 친부임을 증명해야 하는 여러 가지 과정이 복잡했다. 그의 가족을 찾아 부탁을 해볼까 했지만 정신이 온전치 못한 상대방에게선 아무런 정보도 들을 수 없었으며 그런 몰골로 다니는 걸 보면 이미 연이 끊어진 지 오래일 터였다.

사실상 그 어떠한 방법도 없이 그저 엄마를 덜 괴롭힐까 싶어 수가 대신 죽어라 당하기만 했던 수년간이었다. 한데, 이리 갑자기 시커먼 하늘에 한줄기 섬광이 내리다니 믿기지가 않았다. 수는 한참을 생각에 잠겼다가 문득 무언가를 깨달았다.

“해결할 일이 있었어. 지금은 다 해결됐어.”

도은의 나른한 음성이 떠오름과 동시에 복잡했던 생각은 일순 정리되었다. 놀랍지도 않았다. 일주일간 그가 발 벗고 뛰어다녔을 모습이 안 봐도 눈에 훤했다. 이게 며칠 전의 일이었다.

그리곤 오늘, 수는 예상치 못한 사람과 마주앉아 있었다. 도서관에서 공부를 마치고 나오니 정문에는 그, 도은의 형이 있었다. 그가 아는 척을 하기에 수는 도은은 여기 없다고 말했지만 그의 방문 목적은 다름 아닌 그녀였다.

"첫눈에 반하겠어."

"어떤 사람이 형님과 똑같은 말을 했는데."

"그 어떤 사람이 내 동생이겠네."

수의 무미건조한 대답에 그는 도은과 똑 빼닮은 큰 입매를 부드럽게 휘었다. 주아상. 중성적인 이름이었지만 정작 당사자는 한눈에 봐도 장신에 체구도 단단해 보였다. 도은과 꼭 닮은 검은 머리칼은 한 올의 흐트러짐 없이 쓸어 넘겨진 채 그의 성격을 대변했고 짙은 눈썹과 긴 눈매, 조각 같은 콧날과 얼굴선은 도은과 비슷했다.

하지만 도은같이 차가운 인상이 아닌 전체적으로 유하고 부드러운 느낌이 들었다. 수는 형제가 비슷한 분위기를 풍기고 있다 생각했던 건 자신의 오판이었음을 깨달았다. 도은의 호랑이 같은 거친 기백과 달리 아상은 존재감은 강렬했지만 구름처럼 부드러웠다. 도은과는 전혀 다른 뭔가가 있었다. 그 뭔가가 자꾸만 신경에 거슬렸다. 좋은 인상의 수려한 사내를 눈앞에 두고 드는 감정이라기엔 이상했다.

"도은이와 무슨 관계?"

능청스레 입가를 휘며 묻는 그에 수는 어깨를 으쓱했다. 그것 때문에 온 거구나 싶어 코웃음이 났다. 형은 형인 모양이었다.

"동문의 학우죠."

"내 눈엔 그렇게 안 보이던데. 일부러 피하는 게 더 이상해 보일 때도 있지."

"눈이 좋으시네요. 그 멀리서 선글라스를 끼고 그런 것까지 보시고."

"눈이 아닌 감이 좋아서. 나랑 사귈래?"

"죽을래요?"

"학우라며."

"학우 사이인 거랑 댁이랑 사귀는 건 도대체 무슨 연관일까요."

"도은이가 집에 데려갔어?"

갑작스러운 질문에 수는 의아하게 눈살을 찌푸렸다. 질문의 의도가 뭔지 몰라서였다.

"아니요. 가자고 조르는데 안 갔어요. 왜요. 애라도 먼저 밸까 봐요?"

"오, 역시. 보자마자 왠지 너에겐 그랬을 거 같더라."

"무슨 뜻이죠?"

"좀 사귄다 싶던 여자랑도 일주일을 못 가. 그렇다고 밤일 못한다는 건 아니고. 그간 만났던 여자들을 보면 꽤나 능숙할 테니 걱정 말고."

수는 인상을 찌푸리며 덧니가 드러날 만큼 으르렁거렸다. 아상은 짓궂은 미소를 띠며 다시금 말을 이었다.

"하고 싶은 말은, 그 녀석, 절대 자기 집에는 아무도 안 들인다는 거야. 나 외에는. 근데 넌 불렀단 말이지. 그것도 졸랐다고? 그 녀석이?"

"그래서, 저 지금 혼나는 중인가요?"

한마디도 지지 않고 따박따박 말을 이은 수는 이제 아는 이의 가족에 대한 예의 차리기라곤 집어던진 채였다. 아까의 첫 인상 중 거슬리는 게 뭔지 이제야 가늠이 왔다. 서글서글한 게 아닌 능글능글한 거였다, 이 사람은. 도은과는 전혀 극과 극의 성격인 거다.

"너 진짜 마음에 드는데. 이걸 어쩌지."

형은 개뿔.

끝까지 사람을 골리며 아상은 커피 잔을 들어 한 모금 마셨다. 긴 눈매가 부드럽게 휘며 그녀를 응시했다. 그 시선이 피부를 뚫을 듯 강렬해 수는 왠지 속이 답답했다. 자신이 어떤 사람인지 꿰뚫어보는 듯했다. 그래, 이런 시선은 도은과 도플갱어였다.

커피숍을 나왔을 땐 이미 하늘이 어둑해져 있었다. 컨디션이 좋아 일찍 끝낸 공부 덕에 오늘은 꿀잠을 실컷 자보자 싶었지만 이미 아상 때문에 망했다.

아상이 발레파킹 시킨 차 키를 받아든 순간 수는 간단히 목례를 하곤 제 갈 길을 갔다. 하지만 몇 걸음도 못 가 그에게 붙잡혔고 수는 그의 손을 뿌리치곤 커다란 눈을 찌푸렸다.

"또 농담할 게 남았나요, 아상 형님?"

"도은이 오늘 선봤어. 오늘 널 봐야 할 본론은 이거거든."

수의 눈매가 굳었다. 금세 아무렇지 않다는 듯 표정을 정리했지만 그 찰나를 놓치지 않고 아상은 짓궂은 미소를 띠었다.

"아버지가 꽤나 완강한 스타일이셔서. 강압에 의해 봤고, 더한 강압에 의해 약혼도 할 거야. 이미 집안끼리는 얘기 끝났어. 곧 의대도 그만두겠지. 그녀석이 너랑 마주할 기회는 영영 없을 거고."

"그래서요."

"말과 달리 표정관리 안 되는데? 그냥 학우라며."

놀리듯 더욱 짙은 미소를 띠는 그에 수의 눈이 크게 일그러졌다. 부들 떨리는 주먹을 애써 내리누르며 수는 보란듯 실소를 지었다.

"도대체 어떤 가업인진 모르겠지만 대단한 집안은 맞나보네요. 근데 그게 뭐요. 주 씨 집안 혼사 계획이 뭐 그리 대수라고 연관 없는 나까지 알아야 해요? 왜 이런 걸 알려주는 건데요."

"넌 일회용이 아니니까."

"뭐요?"

"보니까, 딱 감이 오네."

수는 눈살을 더욱 찌푸렸다. 씩 웃는 그에게서 신경을 건드렸던 그 묘한 분위기가 피어올랐다. 부드러움을 가장한 날카로운 그것이 피부를 찔러대는 것만 같았다.

"그 녀석이 지긋지긋하다 생각해? 싫은데 자꾸만 엉겨 붙어서."

"그런데요."

"그건 핑계잖아. 너 같은 애가 정말 싫었음 그 녀석을 옆에 뒀을 리 만무하지."

"그쪽이 날 언제부터 알았다고."

"너한텐 그게 중요한 게 아닐 텐데. 자의든 타의든, 그 녀석이 네 눈앞에 영영 나타나지 않는다면 어쩔 건데."

허를 찔렸다. 잠시 멍해서 아무 생각도 들지 않았다. 그의 단조로운 비꼼에 이렇게 큰 타격을 받을 줄은 몰랐다. 그리고 이어진 그의 말이 딱 그러했다.

"너, 후회 안 할 자신 있어?"

평창동의 언덕 끝. 세상 사람들을 발치에 놓은 이들마저 내려다볼 수 있는 곳에 지어진, 높은 돌담벼락만큼이나 긴 마당의 돌길을 한참을 걸어야 당도할 수 있는 삼 층짜리 서양식 한옥이 있었다.

응접실 미닫이 유리문 밖으로 마당 한 곁 연못가에 심어놓은 커다란 벚나무는 푸른 잎이 무성해야 할 계절임에도 바스락 메말라 죽어가고 있었다. 마치 집 안에 흐르는 삭막한 공기를 대변하는 듯했다. 이 집에 구금된 것도 언 일주일이 지났는데 마치 시간이 멎은 것 같았다.

도은은 시계의 초침소리가 울릴 만큼 적막한 응접실 소파에 앉아 멍하니 창밖 풍경만을 응시하고 있었다. 달리 시선 둘 곳을 찾지 못한 탓이었다. 찻잔은 이미 식은 지 오래였고, 그럼에도 상석에 앉은 노신사는 말이 없었다. 긴 기다림 끝에, 노신사는 좋은 풍채만큼이나 기백 있는 음성으로 입을 열었다. 일주일만에 처음인 대화였다.

"기어이 네 하고 싶은 대로 하겠단 말이지."

"사람 시켜 몇 번을 불러들이셔도 제 대답은 같습니다. 부질없는 짓 마세요."

"공들여 가르쳤더니 기껏 의사 나부랭이를 하겠단 말이지."

"공들여 가르치신 만큼 잘 배워 돌아왔으니 제 할 도리는 다 했습니다. 이젠 제 뜻대로 살겠단 것뿐입니다."

"네 형은 이미 자리 잡았다."

"그러니 그대로 물려주시면 되겠네요."

쾅!

"철없는 짓은 이제 그만하면 됐다! 당장 들어가서 일 배워!"

노신사, 강운의 손에 들린 찻잔이 부서질 듯 탁상에 처박혔다. 흘러넘친 차가 손과 바닥을 흥건히 적셨음에도 강운은 격노한 음성보다 더 차가운 검은 눈동자를 빛내며 도은을 응시했다. 맹수의 포효에도 전혀 주눅 든 기색이 없던 도은은 되레 그와 똑같은 눈빛으로 마주했다.

"이 집에 들어왔을 때부터 지금까지 저에게 바라시는 일 다 해드렸습니다. 그러니 이제부턴 제 뜻대로 살겠어요. 이리 불러내셔도 제 대답은 언제나 같을 겁니다. 가보겠습니다."

도은은 주저 없이 자리를 박차고 일어났다.

쨍그랑!

도은의 얼굴에 스친 찻잔은 큰 파열음을 내며 바닥에 떨어졌다. 파편이 목재 바닥 사방으로 튀며 그의 발치에 어지럽게 흩어졌다. 찢어진 이마에서 뜨끈한 피가 흘러 얼굴을 적셨다. 도은은 대수롭지 않게 흐르는 피를 손등으로 쓸어내렸다. 그는 맹수와 같은 긴 눈매를 번뜩이고는 화로 격앙된 숨을 토해내는 강운을 향해 실소를 내뱉었다.

"예전 같지 않으시네요. 진즉 던지셨어야 했던 것을."

"어디서 말장난을 하는 거냐."

"제가 감히 누구 앞이라고 말장난을 하겠습니까. 있어왔던 일을 말한 거죠."

"어리석은 놈. 조금만 욕심 부리면 다 네 것인데 그걸 왜 몰라!"

"아버지야말로 왜 모르십니까! 당사자인 저도 원하지 않고 회사의 이사진들도 원하지 않는데 도대체 왜 혼자만 바라고 계시냔 말입니다!"

강운과 똑 닮은 포효였다. 서슬 퍼렇게 굳은 도은의 긴 눈매가 분노로 떨렸다.

고등학생 때부터 시작된 끝이 없는 지루한 싸움이었다. 갑자기 나타난 아버지란 사람은 엄하고 무서웠다. 아버지가 원하는 대로 완벽해지지 못하면 가혹한 형벌이 이어졌다. 그 고통이 결국 흉터가 되었을 때, 도은은 그의 말에 더 이상 대적하지 않았다. 상대가 되질 않으니 포기했다는 게 옳았다. 아버지가 바라는 학교에 들어가고 바라던 학위까지 얻게 되면 끝날 줄 알았다. 하지만 그게 모든 것의 시작일 뿐이었다. 그것 때문이다. 그 모든 것을 끊기 위해 도은은 지금 이 자리에서 발악을 하는 중이었다.

악 쥔 두 손에 퍼런 핏대가 섰고, 도은은 격앙된 숨을 가라앉히곤 낮게 뇌까렸다.

"어렸기에 따랐을 뿐입니다. 이젠 어리지도 않은 제가 더 이상 아버지 말을 따를 이유는 없습니다. 제 말에 책임지듯 이제부턴 일절 아버지의 원조 따윈 받지 않겠습니다. 서로 모르던 때로 돌아가면 되는 겁니다. 다시는, 부르지 마세요."

도은이 정중히 고개 숙이곤 몸을 돌렸다. 문고리를 잡아 여는 도은에게 천둥 같은 강운의 꾸짖음이 들려왔다.

"네가 싫다고 하면 내 아들이 아닌 게 될 것 같으냐? 다른 이들이 떠드는 말에 쉽게 휘둘려서는. 약해 빠진 놈."

문고리를 잡은 도은의 손이 멈췄다.

"다른 이들이 쉽게도 떠드는 그 말을, 왜 저에겐 말씀해 주시지 않는 건데요. 어머니에 대해 한 번이라도, 답해주신 적 있습니까?"

"쓸데없는 일이야."

도은의 큰 입매가 떨리며 끝내 실소를 머금었다. 쓸데없는 일이라, 그것에 심장이 옥죄었다. 피가 흐르고 진물이 흐르던 상처에 겨우 흉터가 생겼는데 그는 아무렇지도 않게 또 다른 상처를 내고 있었다. 그것에 피가 거꾸로 솟으며 온 신경이 뒤틀렸다. 항상 이런 식이었다. 그렇기에, 더 이상 이곳에 있을 이유가 없었다.

"아버지 또한 쓸데없는 걸 바라고 계시죠. 싫습니다. 싫어요. 아버지와 관련된 건 그게 뭐든 이젠 다 싫습니다."

"그 여자 때문이냐? 내가 모를 거 같든?"

나지막한 강운의 음성에 도은이 숨을 삼켰다. 올 게 왔다 생각했다. 그는 그제야 뒤돌아 노신사를 마주했다.

"꾸짖으시려거든 제 선에서 끝내세요."

"안 지도 얼마 안 됐으니 깊은 사이는 아니겠지. 얼마 후면 약혼이다. 정리해."

"집안끼리 멋대로 정한 혼사에 제가 따를 이유 없습니다."

"사돈 될 사람 지인 아들을 반병신으로 만들었으면 됐다! 한 가족 될 사이에 더는 재희 속 태우지 마라. 그 정도 집안이면 너에게도 훗날 큰 도움이 될게다."

"제 말은 듣지도 않으시는군요."

"그럼 그 여자가 내 말 듣게 해주랴?"

도은의 칠흑 같은 눈동자가 형형하게 번뜩였다. 이성을 잃기 직전이었다.

"개입하지 마세요. 그땐, 저도 가만 안 있습니다."

"그게 싫으면 하라는 대로 해."

"싫습니다."

"이놈이!"

"절 이제 그만 놔두세요! 전 주 씨 집안 자식 아닙니다!"

울분에 찬 고성과 함께 도은은 악문 이를 으득거리며 붉어진 눈가를 일그러뜨렸다.

"전 죽으나 사나, 어머니 자식이에요."

도은은 끝내 뒤돌아보지 않고 응접실을 나왔다. 복도를 성큼 걸어 나가는 그의 뒤로 강운의 외침이 들렸지만 도은은 오히려 두 귀를 손으로 막아버렸다. 삐걱대는 목재 바닥의 시리도록 차가운 한기에 분노로 점철된 몸이 식어 내렸다.

복도에서 마주치는 일손 돕는 직원들의 인사를 받는 둥 마는 둥 거택을 나온 도은은 마당의 너른 돌길을 한참 걸어 내려가 대문을 열고 나와서야 참았던 숨을 연거푸 내뱉었다. 애꿎은 돌담을 벽으로 수차례 내려치기도 했다. 그래도 분은, 풀리지 않았다.

대기하던 기사가 차 문을 열며 그를 맞았다. 도은은 기사에게 거절 의사를 밝히곤 찬찬히 걸어 내려갔다. 큰길에 도착하려면 이십 분은 걸어야 할 길이었다. 그 정도면 생각할 시간은 충분했다.

도은은 나른한 숨을 내뱉었다. 어느새 하늘은 어둑해져 있었고 아무리 연거푸 숨을 몰아쉬어 봐도 답답하게 심장을 짓누르는 응어리는 쉬이 가시지 않았다.

어느새 큰 도로변까지 나온 도은은 택시를 잡아타 집으로 향했다. 창문 밖으로 보이는 사람들이 저마다 퇴근길의 가뿐한 걸음 내디디며 한풀 식은 저녁의 열기에도 손부채질을 해댔다.

"잠깐, 여기서 멈춰주세요."

도은이 급히 차를 세웠다. 기사가 왜 그러냐 물었지만 그는 주머니에서 돈을 꺼내 쥐어주곤 급히 차에서 내렸다. 그리곤 동동거리며 바쁜 걸음을 재촉하는 한 여자의 뒤를 멀찍이서 따랐다. 골목으로 들어서는 그녀를 계속해서 뒤따라 걸었다. 일주일 만에 보는 수였다.

짧은 머리카락이 열기를 머금은 바람에 휘날렸다. 마른 체구에도 동그라니 화장기 없는 흰 얼굴은 더위와 싸우느라 붉게 상기되어 있었고 청바지와 빛바랜 스니커즈를 신은 모습 또한 여전했다. 바삐 오던 길인지 땀에 젖은 머리칼을 쓸어 넘기며 걸음을 재촉한 여자는 후미진 골목길을 따라 더 허름한 다가구 주택의 끝 옥탑방 철제 길을 올라가고 이내 모습이 보이지 않았다.

"이제 안 보이네……."

도은은 위를 향해 고개를 들었지만 옥탑방은 육안으로 보이지 않았다. 그는 잠시 그러고 있다 몸을 돌리곤 내려가는 길에야 헛웃음을 내뱉었다. 지나가던 수의 뒷모습을 쫓아온 자신이 꽤나 미친놈처럼 느껴진 탓이었다. 생각해 보니, 그녀를 처음 봤을 때부터 그랬다.

학기가 시작되던 날, 집 앞으로 기사가 찾아왔었다. 아버지를 모시는 사람이었고, 그가 한사코 버티는 통에 결국 그 차를 타고 학교로 가던 길이었다. 기사의 실수로 점차 학교에서 멀어졌고 결국 이 동네의 좁은 골목길까지 와서야 내비 설정을 다시금 하는 통에 도은은 차에서 내려 잠시 한숨을 돌리고 있었다.

"우리 옥탑방 그 아가씨 있잖아. 의대 다닌다는. 옆집 철수 엄마가 그러는데, 아니 왜, 철수 엄마 몇 년 전에 광주서 살았잖아. 저 아가씨 엄마랑 같은 동네였었대. 근데 세상에나, 젊었을 적 술집 여자였다나 봐. 몸을 어찌나 함부로 굴렸는지 지금 심장이 안 좋아 골골댄다나 어쩐다나. 미혼모로 혼자 자식 키운 모양인데, 근데 자식은 어떻게 의대를 보냈는지 몰라."

"에구, 뻔하지. 그 애미에 그 자식이겠지. 저 아가씨 생긴 건 영 그런 여자들하고 다르게 생긴 거 같더만 못쓰겠네. 에구, 얼른 내보내! 집값 떨어져!"

"안 그래도 저 미친놈이 자꾸 저 아가씨 찾는 통에 나도 미치겠어, 그냥."

"어디, 어디. 누구 말하는 건데."

"조용히 좀 해! 들리겠어. 저기 술병 든 걸인 같은 놈 있잖아. 자꾸 와서 행패 부리고. 말도 못해, 말도. 에휴, 계약 끝나면 나가라고 해야지, 원."

신랄하게 누군가를 비꼬던 아줌마들의 대화가 신경에 거슬렸다. 평소 같았음 귀 기울이지도 않았을 터인데 그날은 유독 그 아줌마들의 대화에 신경이 곤두섰다. 그들이 입에 올리는 이야기가 미치도록 화가 났다.

도은은 다른 사람의 일에 개입하길 극히 꺼려 하는 사람이었다. 남 일엔 관심도 없었고 남이 내 일에 관심 갖는 것도 못 견디는 사람이다. 한데, 결국 그들을 가로막곤 기어이 한 소리를 했다.

"몸 함부로 굴린다고 해서 심장이 나빠지진 않습니다. 선천적일 확률이 크죠. 누군갈 씹으려거든 알고 씹으세요."

아줌마들은 어이없어 했지만 도은의 인상을 보곤 급히 자리를 피했다. 도은은 그 뻔뻔한 행태에 코웃음을 쳤다. 그리고 그 후에 바로 그녀를 봤다. 옥탑방에서 내려오는 여자가 아까 그들 대화의 주인공이라는 사실은 불 보듯 뻔했다.

황급히 집을 나서는 여자의 앞을 추레한 행색의 술 취한 사내가 가로막았다. 고성이 들렸고 그의 손에 들린 술병이 기어이 여자의 이마에 부닥치곤 떨어졌다. 파열음과 고성이 난무한 그 상황에 더는 방관할 수가 없어 개입하려던 찰나였다. 순간 다른 중년 남성의 등장에 상황은 정리되었다. 꽤나 잊지 못할 장면이었다.

그리곤 학교에 도착해서, 도은은 아까 그 여자를 다시 보았다. 강의실에 들어선 후로 내내 힐끗거리는 주변 사람들의 시선이 느껴졌지만 신경 쓰지 않고 있었는데, 당당하게 제게 말을 거는 그녀를 본 순간 저도 모르게 시선이 꽂혔다.

멀리서 봤을 때완 다른 느낌이었다. 키가 크고 마른 체구에 입은 옷은 추레했고 얼굴에 화장기도 없어 그리 눈 둘 곳 없는 외모라고 판단했었다. 한데 가까이서 보고 있자니 도은은 자신의 생각을 수정하기로 했다.

연예인처럼 예쁜 얼굴은 아니었다. 누구나 봐도 미인이라 여길 만한 획일화된 외모가 아닌 건 확실했다.

피부가 하얬다. 짧은 머리칼과 검은 눈동자, 염색을 한 것처럼 옅은 갈색 눈썹이 화장기 없는 흰 피부와 잘 어울렸다. 쌍꺼풀진 커다란 눈매는 초롱초롱 영민해 보였고 작지만 오뚝한 콧날과 앙다문 입술은 동그란 얼굴과 꽤나 잘 조화를 이뤘다. 머리칼이 짧고 입고 있는 옷이 남자다워 여성스러움이 가려져 그렇지 오히려 짙은 화장을 하면 안 어울릴 청순한 느낌의 외모였다.

간단히 말해 꾸미지 않고서도, 피딱지까지 붙은 볼품없이 부은 얼굴임에도, 빛났다. 눈부시다, 느꼈다. 그리곤 그대로 빠져버렸다. 아줌마의 대화에 화가 나 끼어들었을 때, 맞고 있는 모습을 봤을 때, 그리고 그의 앞에서 다른 이들처럼 주눅 들지 않고 당당히 쳐다보는 커다란 눈을 봤을 때부터, 빠져들고 말았다. 이제껏 경험해 보지 못한, 처음 느낀 이해할 수 없는 감정이었다. 그녀 앞에 서면 언제나 그랬다. 그때 기억 속 해묵은 누군가의 말이 떠올랐다.

"첩의 자식 주제에 같잖아서. 쟤네 엄마가 룸살롱 여자였다잖아. 아버지가 저리 대단한 사람이면 뭐 해. 출신이 쓰레기인데. 그래도 나중에 어찌될지 모르니 저 새끼 비위만 맞춰주자고. 친분 유지해서 우리들한테 나쁠 거 없잖아. 어쨌든 저치도 주아제약 회장 아들이니까."

사람들이 떠들어대는 말엔 칼이 있다. 도은은 그걸 잘 알고 있었다. 그 칼날이 지나간 자리에 생긴 상처는 눈에 보이지 않아 처음엔 괜찮지만 어느새 문득 거울을 보면 살점이 떨어지고 피가 흐르는 것이다.

그래서 지나가는 아줌마들의 별거 아닌 뒷담화에 이미 그녀라는 존재가 신경 쓰였다. 같은 의대생이라는 걸 알았을 땐 놀랐다. 동시에, 뒤에서 쑥덕거리며 곁에 다가올 엄두도 내지 못하는 이들과 달리 자신 앞에서 주눅 들지 않고 당당한 그녀에게 관심이 꽂혔다.

틈만 나면 강의실에 엎드려 자지만 공부도 열심히 일도 열심히, 사람을 대하는 태도도 가식 없이 진솔히, 매 순간 최선을 다하는, 정말로 당당한 여자였다. 그렇기에 외양을 꾸미지 않아도 빛이 나는 것만 같았다.

도은은 어느새 온 신경을 다해 그녀를 쫓고 있었다. 처음부터 이미, 그녀에게 반한 것이다.

사람과 얽히기 싫어하고 혼자 있는 걸 좋아하는데도 도은은 그녀를 쫓았다. 싫다는 사람을 굳이 붙들려 했다. 자신이 생각해도 미친놈이었다. 그러다 쓰러지는 그녀를 품에 안았을 때 깨달았다. 응급실 침대에서 순하게도 자는 그녀의 흘러내린 머리칼을 쓸어 넘겨주며, 고른 숨을 내뱉는 그녀를 몇 시간이고 지켜보며 확신했다. 안 지 얼마나 됐다고, 그녀에 대해서 뭘 안다고, 누군가 들으면 비웃음을 살 만한 터무니없는 말이었지만, 스스로 장담했다.

내 사람이다, 확신했다.

그렇기에 그녀를 겁탈하려 했던 쓰레기에 피가 거꾸로 솟았다. 이성과 냉정은 집어치운 지 오래였다. 사지를 부러뜨리면 수습하기 위한 과정에서 아버지가 알게 된다는 것도 그때는 생각나지 않았다. 모녀에게서 그 남자를 떼어놓기 위해 그렇게 싫다 부르짖던 집안의 힘을 쓴 것에도 수치심은 없었다. 그녀가 고통스러워하지 않는다면 다 상관없었다. 이왕이면 행복도 자신이 줄 수 있기를 간절히 바랄 뿐이었다. 그렇다면 매번 도망가기 일쑤인 그녀가 언젠간 자신의 손에 잡힐 것만 같았다. 도은은 지금도 여전히, 온 힘을 다해 그녀에게 다가가는 중이었다.

옥탑방 밖에서 불 꺼진 집을 바라보고 있는데 전화가 왔다. 아상이었다.

[뛰쳐나갔다며. 목소린 생각보다 꽤나 멀쩡한데?]

"cctv라도 보는 거야? 어째 항상 모르는 게 없어."

이복형인 그는 영리한 사람이었다. 도은은 그가 단순히 머리가 좋은 자신과는 다르다고 생각했다. 회장의 장남이라는 걸 숨기고 본인의 능력만으로 평사원으로 입사해 이 년 만에 대리, 다시 일 년 반 만에 과장을 달며 초고속 승진을 하고 난 후에야 아상은 회사에 스스로의 신분을 밝혔다. 그만큼 이사진들의 신임이 두터웠고 차기 대표가 되기에 손색없는 사람이었다.

도은이 그를 처음 만난 것은 고등학교 때였다. 함께한 지 몇 년 되지 않았고, 어머니조차 다른 사이였지만 도은은 감히 다른 집의, 동복형제들보다 우리가 더 우애 깊을 것이라 장담할 수 있었다. 그는 언제나 자신을 챙겨주었고 말하지 않아도 항상 자신의 편이 되어주었다. 그만큼 형은 그 집안에서 유일무이, 도은에게 가장 소중한 존재였다.

[이 형님은 너에 관한 거라면 모르는 게 없지. 저번에 부탁했던 그 일 때문이냐?]

"뻔하지. 이것저것. 항상 그렇잖아."

[아버지가 다시 사람을 보낸 모양이다. 너 잡아오라고. 약혼도 거절하고 기어이 의사가 되겠다 하니 아버지도 강수를 두실 모양이야.]

"놀랍지도 않아. 그래서, 그거 알려주려 전화한 거야?"

도은의 말투는 차분했지만 그 안에 담긴 작은 초조함을 아상이 놓칠 리 없었다. 전화 너머 휘어져 있을 입꼬리가 눈에 선했다.

[항상 있던 일을, 내가 고작 이런 거 알려주려 전화했겠어? 근데 하나만 묻자. 진정, 그 여자가 좋아 죽고 못 살겠어? 그 여잔 널 그리 생각지 않는 거 같던데.]

"……수를 만났어? 형이 왜."

도은이 얼빠진 음성으로 황급히 물었다. 걱정이 그득한 그의 음성에 아상은 코웃음을 치며 대수롭지 않게 대꾸했다.

[동생을 애정하는 형의 마음 아니겠니.]

도은은 이를 으득 갈았다. 이럴 때 보면 그는 영악하기 그지없었다. 남들이 속을 모르겠는 사람이라 말하는 데는 이유가 있었다.

"맞아. 나 혼자 그래. 그러니 수 만나지 마. 내 문젠 내가 알아서 해."

[만나는 여자마다 일주일을 못 가더니. 사람이라는 동물이라면 누구든 치 떨리게 싫다던 녀석이 이렇게 갑자기. 진심이냐?]

"그렇다 하면 나 도와줄 거야?"

[하…….]

아상의 기막힌 숨소리가 들려왔다.

도은은 형만큼 자신을 잘 아는 사람은 없다고 생각했다. 이런 말은 장난으로라도 내뱉지 않는다는 걸, 이 정도면 진심을 넘어 절박하다는 것쯤은 그도 잘 알 터였다.

[감당은 너 혼자 하는 게 아냐. 여태껏 그랬듯 네 식대로 버텼다간 네가 좋아 죽고 못 사는 그 여자가 다칠 수도 있어. 그건 알겠지.]

아상의 음성엔 장난기란 더 이상 없었다. 진지하고 차분한, 하지만 특유의 여유로움은 여전했다.

"알아."

[알면, 가출 끝내고 알아서 잡혀 들어가. 이왕이면 네 발로 들

어가고.]

"그게 계획이야?"

[일단은.]

아상은 판을 설계하고 수십 수 앞을 머리로 그리는 사람이었다. 그러니 그가 저리 말하는 데는 이유가 있을 거라고 생각했다. 도은은 고개를 끄덕였다.

"알았어. 얼굴만 보고."

다시금 아상의 기가 막힌 헛웃음이 들려왔다.

도은은 그대로 전화를 끊고 수의 집으로 향했다. 수를 직접 보고서야 모든 시름은 녹아내렸다.

언제나, 그렇다.

⚜

집 키를 바꾸었다. 핸드폰도 꺼두었다. 방학이라 학교도 쉬니 그와 마주치지 않을 만반의 준비를 끝냈다고 생각했는데 그건 오산이었다. 알바를 끝내고 집에 온 수는 옥탑방 앞을 지키고 있던 도은에게 그대로 잡히고 말았다. 하지만 수는 그를 외면했다.

"나 한동안 너 못 만나러 올지도 몰라. 볼 시간도 아까운데 이러지 마라, 수야."

"누가 아쉽대? 그쪽이 매일 들러붙는 통에 내 생활은 엉망이 됐어. 잘됐네. 가버려."

"너에게 아직 난 조금도 중요하지 않은 존재야?"

"착각하지 마. 한 번도 중요했던 적 없어."

도은의 검은 눈동자엔 절망이 가득 차는 게 보였다.

그저 화가 났다. 친부의 일을 제멋대로 해결하는 등 그 중요한 일들을 한 번도 얘기해 주지 않은 그에게, 아니, 그가 선을 본 것에, 약혼을 할 수 있다는 것에, 어쩌면 학교를 그만둘지도 모른다는 것에 심장이 발치로 떨어지는 것 같은 절망을 느낀 자신에 대한 분노였다.

수는 이미 그에게 이렇게도 쉽게 휘둘리고 있었다. 주도은이라는 사람이 벌써 습관이 되어 잠시 잠깐의 틈에도 공허함을 느꼈다. 한데 아예 그가 떠나 버린다면.

그대로 며칠간 그런 일의 반복이었다. 결국 그가 찾을 수 없는 곳으로 가자는 게 수의 목표였다. 볼품없이 흐트러져 버린 마음을 정리할 시간이 필요했다.

도장에도 방학이란 것이 있었다. 과외도 마찬가지였다. 비록 일주일뿐인 방학이지만 그 덕에 수에게도 그만큼의 휴일이 주어졌다. 수는 그대로 짐을 싸 광주로 내려갔다. 광주 시내에서도 버스로 한참을 들어가야 있는 시골의 엄마 집에서 하루 온종일 그녀를 끌어안고 잤다. 옆집에 사는 임 아저씨에게 가 인사도 하고 엄마와 도란도란 얘기도 하고 산책도 가고. 평온한 일상을 보내니 이제야 숨통이 좀 트인 기분이었다.

수는 청바지 복장으로 한적한 시골길을 걸었다.

"항상 밀어내기만 하는 구나. 이번엔 어디까지 밀어낼 건데."

그의 침통한 표정이 떠올라 가슴이 먹먹해졌다. 농사를 지으러 새벽부터 나간 어르신들로 인해 한산한 동네는 대낮의 뜨거운 볕에 공하게 아지랑이를 피웠다.

숨이 막혀 그늘을 찾다 버스 정류장까지 와버린 수는 멀리서 덜덜 소리를 내며 달려오는 노후된 마을버스를 멍하니 응시했다. 한 시간에 한 번씩 오는 이 동네 유일의 교통수단이었다.

버스가 정류장에 정차했다. 문이 열리고 쳐다보는 버스 기사 아저씨에 수는 고개를 저었다. 그러나 버스는 바로 출발하지 않고 뒷문이 열렸다. 이런 한적한 동네에 누구인가, 하고 고개를 돌린 수는 놀라서 눈을 휘둥그레 떴다.

버스는 검은 연기를 풀풀 풍기며 출발했다. 매캐한 연기 자욱한 정류장에서 수는 제 앞에 걸어와 선 상대방을 올려다봤다. 놀람과 당혹에 수는 어떠한 행동도 하지 못한 채 굳어 있었다.

"여길 어떻게……."

"내가 어떻게 여기까지 온 줄 알면 넌 아마 장난으로라도 날 혼내지 못할 거야."

버럭 화를 내려던 수는 헛숨을 삼켰다. 그의 입가에 붉게 멍울이 잡혀 있는 상흔이 눈에 띄었다.

오른뺨 가운데에도, 이마 아래 관자놀이 쪽에도, 뭔가에 맞은 듯 찢어진 상처들은 치료도 받지 않은 건지 검붉은 피딱지가 그대로 앉아 있었다. 묻고 싶은 마음은 간절했지만 수는 일부러 더 그런 내색을 삼켰다.

수는 그를 모른 체하고선 획 돌아서 집으로 향했다. 도은은 짐가방도 없는 단출한 차림이었는데 한 손엔 웬 빨간 쇼핑백 하나만 들고 있었다. 그녀의 뒤를 따라 걸었다. 한참 후, 수는 걸음을 멈추고 돌아서며 큰 눈을 반쯤 찌푸렸다.

“돌아가요. 버스 한 시간에 한 대뿐이고 이 다음 차가 막차니까.”

“너 만나러 온 거야.”

“만났으니 가면 되겠네.”

“왜 화가 난 건지 모르겠지만, 수야. 얘기 좀 해.”

“할 얘기 없으니 돌아가라고요!”

수는 불같이 화를 내며 턱턱 막히는 숨을 거칠게 내뱉었다. 끓는 열기에 타버릴 것 같은 여름의 태양 때문은 아니었다.

“수야, 여기서 뭐 하니?”

멀찍이 도복이 든 가방을 메고 걸어오는 이는 임 아저씨였다. 비지땀을 흘리며 더위에 벌겋게 탄 얼굴을 닦아내며 그들에게 다가온 그의 시선이 문득 도은에게 멈췄다. 한참을 위아래로 살펴보던 그가 고개를 갸웃했다.

“여기 사람이 아닌데? 뉘신가?”

“안녕하세요. 수와 같은 과 동기, 주도은이라고 합니다. 수 보러 왔어요."

고개를 정중하게 숙이며 예의 바르게 말하는 도은에 임 아저씨의 작은 눈이 크게 떠졌다. 몇 초 후 그는 반색을 하며 도은의 등을 호탕하게 두드렸다.

"아이고, 영판 반갑구만! 잘 왔어, 아주 잘 왔어! 더운데 뭐 하냐, 수야, 빨리 집에 데리고 가지 않고. 너희 엄마도 엄청 반가워할 거야."

"아저씨, 그게 아니라……."

"감사합니다, 아저씨!"

난색을 표하며 손사래를 젓는 수의 말을 가로막으며 도은이 꾸벅 고개를 숙였다. 수는 결국 절망적인 얼굴을 손으로 가려 버렸다.

그 뒤는 뻔했다. 임 아저씨의 성화에 기차처럼 줄줄이 그를 따라 집으로 들어간 그들은 마침 집에 있던 수의 엄마, 영숙을 마주했다. 임 아저씨가 신나 설명하는 말에 영숙 또한 반색을 하며 도은을 반겼고 수의 표정은 더할 나위 없이 어두워졌다.

임 아저씨는 집에 가봐야 한다며 대문을 나섰고 수와 도은은 신이 나 시원한 홍차를 내온 영숙과 툇마루가 훤히 보이는 거실에 자리 잡고 앉았다. 어색한 침묵이 흐를 거란 수의 예상과 달리 그와 엄마는 화기애애한 대화를 꽃피우고 있었다.

도은의 얼굴에 난 상처를 보며 영숙이 '얼마나 아플까……' 하니 그는 '어머님이 치료해 주실래요?'라고 넉살좋게 물었다. 그 상황에 철저히 도태된 것은 수였다.

"어머니, 이거 녹용이랑 홍삼이 들어간 건강식품이에요. 중년 어머님들 몸에 좋다니까 꼭 챙겨 드세요."

"아유, 뭘 이런 걸 다. 학생이 무슨 돈이 있다고."

보고 있자니 기가 찼다. 수는 이렇게 소외될 될 바엔 나갔다 오자 싶어 밖으로 향했지만 금세 흙바닥을 지글지글 끓이는 듯한 아지랑이에 질려 걸음을 돌려 자신의 방으로 들어갔다.

수는 낡은 이불 위에 누워 멍하니 천장을 바라봤다. 고등학생이 돼서도 혼자 자는 걸 무서워해 엄마가 붙여놓은 야광별은 아직도 그 자리 그대로 있었다. 그랬던 그녀가 서울에서 혼자 자취생활을 하고 있었다. 세월은 역시나 유수와 같았다. 잠깐 눈을 감았다 생각하고 정신을 차렸을 땐 어느새 창밖이 어둑해져 있었다.

시계는 벌써 오후 7시를 가리켰다. 수는 문 밖에서 풍기는 고소한 밥 내음에 몸을 일으켰다. 거실로 나오니 도은이 상을 닦고 수저를 놓으며 영숙이 만든 음식을 상으로 옮기는 게 보였다. 너무나 자연스러운 모습에 벙쪄 문가에 서 있자니 영숙이 그녀를 타박하며 잔소리를 했다. 그 모습에 얼핏 그가 웃기도 했다.

도란도란 모여 저녁 식사를 하고 수는 영숙을 도와 설거지를 했다. 도은은 거실에 폈던 상을 정리하고 걸레로 바닥까지 잘 닦는 중이었다. 영숙이 수의 허리를 쿡 찌르며 물었다.

"진짜 무슨 사이야? 그냥 친구가 이리 먼 곳까지 널 따라왔을

리는 없고. 그것도 선물까지 사들고."

"뭔 소리야. 안 지도 얼마 안 된 사람이야. 지난 학기에 편입한 사람이라고."

"저 녀석, 너 많이 좋아하는 거 같은데?"

"엄마는 좀!"

수는 버럭 화를 내다 급히 소리를 죽였다. 거실을 힐끗 봤지만 그는 여전히 걸레질에 열중하고 있었다. 영숙이 피식 웃었다. 작은 입매에 드러나는 덧니와 고양이처럼 휘어지는 입매 모두 수와 판박이였다.

"사람 괜찮더라. 착하고 인성도 바른 거 같고 또 어찌나 사근사근한지. 세상에 저렇게 훤칠하게 생겨가지고 귀티가 좔좔 흐르는 놈이 너같이 성격 안 좋은 애를 예뻐라 해주니."

"저치가 좋아하면 뭐 해. 내가 아닌데. 요즘 아주 죽겠단 말이야."

수는 눈살을 찌푸리며 설거지를 끝내곤 고무장갑을 휙 벗었다. 영숙은 딸의 얼굴을 빤히 들여다보고는 피- 하고 코웃음을 쳤다.

"엄마 앞에서 거짓말하고 있네. 얼굴에 다 보여, 이것아."

"뭐가. 뭐가 보이는데, 뭐가."

"너만 빼고 다 알아, 이것아."

"뭐?"

수는 영숙을 보며 의아하게 눈살을 찌푸렸다. 영숙은 딸의 볼을 손등으로 사랑스레 부비며 웃었다.

“엄마가 말했지? 무슨 일이든 때가 있다고. 아무리 좋은 것도 때를 놓치면 잃어버리는 거야.”

“……엄마, 허리 아프겠다. 얼른 들어가 누워. 그러다 또 디스크 도질라.”

수는 일부러 말을 돌리곤 부엌을 나와 그를 못 본 척 지나쳤다. 반나절 만에 땀에 젖은 트레이닝복을 갈아입곤 열기가 식은 마당으로 나왔다. 그와 한 집에 있는 게 부담스러웠다. 대문을 벗어나 한적한 골목을 한참을 걸으니 익숙한 발소리가 뒤쫓았다.

시골길엔 가로등이 거의 없었다. 칠흑의 어둠이란 단어는 이럴 때 쓰는 말이었다. 한 치 앞도 알 수 없는 어둠, 하늘의 무수히 많은 별이 가로등을 대신해 희미하게 앞을 비추는 그 길을 걷는데 뒤쫓아온 도은이 그 앞을 마주섰다. 수 또한 걸음을 멈춘 채 무미건조하게 그를 응시했다.

“난 할 말 없다니까요?”

“분명 이러는 이유 있잖아. 그게 뭔지 난 알아야겠어.”

“이유 없어요. 설령 이유가 있다 한들 바뀌는 건 없잖아요?”

“그게 무슨 소리야.”

“그건 그쪽이 더 잘 알지 않나?”

수는 그를 피해 보란 듯이 다시금 걸어 나갔다. 빨라진 걸음을 금세 따라잡아 다시 앞을 가로막은 도은은 기어이 그녀의 어깨를 양손으로 붙잡아 단단히 고정시켰다. 죽어도 놓지 않겠다는 그의 결연한 의지가 느껴지는 악력이었다.

"아무리 생각해 봐도 너에게 잘못한 게 없잖아, 내가!"

억울하다는 듯 긴 눈매를 찌푸리며 터뜨리는 말에 수는 코웃음을 쳤다.

"잘못할 게 뭐가 있어요? 우린 아무 사이도 아니고, 그쪽은 곧 떠날 건데."

"뭐?"

도은이 의아한 듯 눈살을 찌푸렸다. 그의 시선에 수는 더 화가 나 숨을 격하게 내뱉었다.

"아직도 모른 체할 셈이에요? 언제 말할 생각이었는데요. 아님 떠날 때까지 한 마디도 하지 않을 생각이었어요? 어쩜…… 그렇게 사람이 간사할 수가 있죠!"

"수야, 그게 무슨……."

"그렇게 부르지 마!"

몸서리를 치며 수는 제 어깨를 쥔 그의 손을 밀쳐 냈다. 그가 자신의 이름을 부르는 게 싫었다. 심장을 파고들어 손끝을 저리게 만들곤 했던 낮은 음성이 이 순간엔 미치도록 싫었다.

수의 몸이 떨렸다. 화를 참을 수가 없어 사지가 덜덜 떨리고 심장마저 요동쳤다. 답답해 죽겠다는 얼굴로 서 있는 그를 보자 화는 더 치밀었다.

"선봤다며, 약혼한다며, 학교 그만둔다며. 떠난다며, 당신!"

긴 눈매가 크게 떠지며 놀라 굳었다. 그의 반응에 그제야 모두 사실이라는 게 여실히 와 닿았다. 순간 심장이 아프게 욱신거렸다. 그 통증에 바로 설 수 없을 것만 같았다.

“근데 나한테 왜 그랬어. 싫다는데 왜 억지로 밀고 들어와! 왜 멋대로 도와주고 난리야. 왜 나한테 당신이란 버릇들을 심어놔. 네가 뭔데 사람을 헤집어놔. 이리 쉽게도 떠날 거면서 도대체 왜!”

수의 악다구니가 고요한 시골길을 울렸다. 온통 적막한 사위가 거친 숨소리로 가득했고 칠흑의 어둠 속 유일하게 반짝이는 건 도은의 맹수와 같은 형형한 눈동자였다.

도은은 그제야 낮은 숨을 토해냈다. 난감한 표정으로 자신의 이마를 짚은 그는 이를 악물었다.

“형이 그 말만 했어?”

“그게 뭐가 중요한데!”

“다른 말은 없었어? 가령 너에 대해 묻는다거나.”

수의 팔을 잡아당기며 초조하게 캐묻는 도은은 이미 그쪽으로 정신이 팔려 있었다. 수는 손목을 비틀어 그의 손아귀에서 보란 듯이 빠져나와 죽일 듯 그를 노려보았다.

도은은 입을 다물곤 낮은 숨을 내쉬었다. 하지만 검은 눈동자만큼은 가득 그녀를 담은 채였다.

“그래서, 네 마음이 아파? 아파서 이렇게 화를 내는 거야?”

뜬금없는 질문에 수는 멍하니 표정을 굳혔다. 도은은 짙은 한숨을 내쉬며 흘러내린 머리칼을 쓸어 넘겼다. 그에게서 풍기던 초조함과 당혹감은 사라지고 검은 눈동자는 금세 흥미로 반짝였다.

"왜 아파. 난 너에게 한 번도 중요한 적 없던 사람인데."

"안 아파. 누가 아프대?"

수가 앙칼지게 말했다. 도은은 다시금 평소와 같이 차분해졌다.

"그래서 말 안 한 거야. 넌 날 중요하게 생각하지 않으니까. 내가 내일 없어져도 넌 슬퍼하기는커녕 홀가분할 테니까. 약혼하고 학교 그만두고 가업 이어받을 거야. 떠나는 그날까지 너에게만큼은 말하지 않았을 거야. 네가 원하는 대로 꺼져 주는 거야. 어때. 이제 속이 후련해? 그래서 이렇게 화가 나 있는 거야?"

"……."

"이런 게 싫으면 말해. 지금 당장."

"뭘."

"가지 말라고."

수의 눈이 흔들렸다. 손발의 떨림은 멈췄고 심장마저 쿵 내려앉았다. 도은은 그녀의 모든 걸 강렬한 눈으로 담고 있었다.

"지금 말하지 않으면 난 영영 널 떠날 거야. 평생 네 눈앞에 나타나지 않을 거야. 그러니 한 마디만 해."

"……."

"가지 말라고 해."

수의 눈동자가 갈피를 잃고 흔들렸다.

지금 당장 그를 붙잡고 싶은 마음을 억누르고 있었다. 자존심, 그것보다는 지금 그를 붙잡으면 그에게서 영영 헤어 나올 수 없다는 위기감이 본능적으로 치고 올라왔다.

내 것. 아끼는 것. 가난한 살림에 그런 건 사치였다. 어릴 적, 단 하나뿐이었던 토끼 인형을 지금도 아끼고 애지중지한다. 한 번 내 것이라 생각하면 죽어도 놓지 않는다. 비록 너무 오래되어 잿빛으로 변하고 군데군데 털이 빠져 흉물스러워 보이기까지 하는 인형조차 손에서 놓지 못할 정도로 수는 제 것에 대한 집착이 강했다.

그런 만큼, 지금 함부로 손을 뻗으면 다시는 놓지 못할지도 모른다. 그게 두려웠다.

길게 이어지는 침묵에 도은은 담담히 뒤돌아 가버렸다. 긴 다리만큼이나 그의 보폭은 컸고, 수가 잠시 눈을 감았다 떴을 뿐인데 그는 이미 어둠 저편으로 묻혀 흐릿해 보였다.

"너 혹시…… 도은이 형 좋아하는 거 아냐?"

"얼굴에 다 보여, 이것아. 너만 모르고 다른 사람들은 다 알아."

모른 척했다. 심장이 쿵 떨어져 당혹감이 드러날까 더 세게 부정했다. 이유는 단 하나였다.

나도, 안다. 그래서 무서운 거였다.

"너, 후회하지 않을 자신 있어?"

도은과 똑 닮은 큰 입매를 흥미롭게 비틀던 아상의 음성이 불현듯 스쳤다. 가슴 한 곁 자신도 모르게 담아뒀던 말이었다.

"젠장!"

수는 뛰었다. 늦은 저녁, 한낮의 열기가 식어버린 흙길은 미열만이 가득했다. 신고 있던 검은 슬리퍼가 바쁜 뜀박질을 견디지 못하고 도랑으로 떨어졌다.

수는 겨우 그를 붙잡아 세웠다. 도은의 표정은 삭막하기만 했다. 그는 한 마디도 하지 않은 채 그녀를 샅샅이 응시했다. 그 부담스러운 시선에 수는 이를 바득 갈며 그대로 그의 멱살을 잡아 유도하듯 땅바닥에 내리꽂았다.

철퍼덕!

그의 운동 신경이라면 충분히 피할 수 있는 것이었지만 그는 순순히 넘어가 주었다.

바닥에 누운 도은의 위로 올라탄 수는 씩씩거리며 그를 노려봤다. 그녀의 큰 눈은 아직도 흔들리고 있었다.

'가지 마!'

목구멍으로 수백 번도 더 치미는 그 말을 내뱉으면 그뿐이었다. 한데 알량한 자존심은 끝까지 그걸 막았다. 말하고 나면 마음을 모조리 들켜 버릴까, 생각만으로도 심장이 뜨끈했다. 도은의 멱살을 쥔 수의 손이 떨렸다.

수의 고뇌를 알아챈 도은의 입가가 결국 평온함을 저 멀리 집어던져 버린 채 휘어졌다.

"안 갈게."

도은은 상체를 듦과 동시에 수의 팔을 잡아끌었다. 순식간에 가까워진 거리에서 도은은 가로등 밑 흐릿한 불빛보다 더 촉촉한 시선으로 그녀를 응시했다. 웃음기 섞인 그의 나른한 숨소리가 수의 뺨에 와 닿았다.

"수야."

애정 가득한 낮은 음성이 은은하게 심장을 파고들었다. 그의 입술이 닿자 수는 저도 모르게 눈을 감았다.

엠티 때의 키스와는 달랐다. 도은은 땀에 젖은 수의 앞머릴 쓸어 넘기며 목덜미를 감싸 당겼다. 부드러운 손길에 휩쓸려 입을 벌린 수를 보물처럼 조심스레 안은 도은은 그녀의 치열을 혀로 더듬다 더 깊이 파고들었다. 농밀하게 혀가 얽히며 좀체 놔주지 않는 그에 수는 차오르는 달뜬 숨을 참지 못했다. 힘에 겨워 그의 가슴팍을 밀어내고서야 도은은 그녀에게서 입술을 떼곤 옭아맸던 손을 풀었다.

도은의 검은 눈동자가 농익은 빛을 띠었다. 그 시선에 수는 자신마저 흔들리는 것만 같았다.

도은은 제 위에 반쯤 누운 수를 있는 힘껏 껴안았다. 놀란 수의 주먹세례를 받으면서도 뭐가 좋은지 연신 웃음보를 터뜨렸다. 그가 이토록 애처럼 웃는 모습은 처음이었다.

그렇게 길바닥에 누워 한참 숨을 돌리다 근처 도랑의 물 흐르는 소리에 홀려 그들은 도랑가에 발을 걸치곤 앉았다. 어둠에 적응이 된 눈엔 저 멀리 있는 가로등보다 하늘의 별빛이 더 눈부셨다. 발치에 흐르는 물줄기의 잔잔한 소리를 따라 네 개의 크고 작은 발이 흔들흔들거렸다.

"내가 붙잡지 않음, 정말 떠날 생각이었어요? 정말 아무런 말도 하지 않고 홀연히 떠나려고? 나 보란 듯이?"

"그럴 일은 없었어."

"그건 또 뭐야."

"네가 날 붙잡아줄 거란 확신이 들었으니까. 난 너한테 그 정도 믿음이 있거든."

믿음. 그 단어가 마음을 붙들었다. 수는 애써 내색하지 않으며 대수롭지 않은 척 말을 이었다. 그러나 그는 그녀의 미묘한 표정 변화를 이미 알아채곤 넌지시 웃고 있었다. 수는 살짝 인상을 찌푸렸다.

"……내가 밀어내기만 한다며? 무슨 배짱으로?"

"너만 빼고 다 알아."

"……진짜 뭔 소리래."

도랑에 흐르는 물줄기를 보며 발을 까닥거리던 수의 옆모습을 그가 응시했다. 계속되는 시선에 수가 고개를 돌려 마주 보자 도은은 더할 나위 없이 환하게 웃고 있었다. 그의 긴 눈매는 따듯했고, 미소를 머금은 큰 입매는 부드러웠다.

"네가 나 좋아하는 거."

"……."

"난 그걸 믿지."

수는 쿵 소리를 내는 심장이 들킬까 애써 입을 악다물며 다시금 도랑으로 시선을 고정했다. 아무 말 없는 그녀에 도은은 익숙하다는 듯 다시금 하늘의 별을 바라보았다.

그때, 그녀가 말했다.

"알아. 나도."

꽤나 큰 용기였다.

목울대를 울리는 낮은 웃음이 들렸다. 그러나 그의 시선은 여전히 하늘의 별을 세는 중이었다. 몹시도 즐겁게 오르락내리락하는 그의 목선을 보며 수는 결국 피식 웃음을 내뱉었다.

깊은 밤을 지나 새벽으로 향하는 시간까지 둘은 꽤나 오래 얘기를 나눴다. 대부분은 시답지 않은 것들이었지만 그중에는 꽤 중요한 얘기들도 있었다.

집으로 돌아가는 길에 문득 수는 그의 얼굴에 난 상처에 대해 물었고, 도은은 순순히 대답했다.

"이곳에 내려오기 직전 널 찾아갔을 때, 네가 독설을 날렸을 때. 사실 아버지 명령으로 감금된 중이었어. 그날은 몰래 도망쳐 나온 거였고. 의사 되겠다는 것도 마음에 안 들어 하시는데 약혼까지 안 하겠다 버티니 그분 성격상 예견된 일이었지. 이 상처들은 그것에 대한 훈장이랄까."

수의 표정이 굳어졌다. 수는 걸음을 멈추고 날 선 눈으로 도은을 올려다보았다.

"그럼 애초에 떠날 생각이 없었던 거네? 그 문제들 정리하느라 아버지에게 얻어터져 온 거고? 그럼 이미 상황이 다 끝난 거였는데, 이 난리판을 만든 건 다 나한테 그 빌어먹을 말 들으려는 그쪽 설계였고, 혹시 형도 그쪽이 보낸 거 아냐?"

그제야 문제를 깨달은 도은이 난감한 기색이 역력한 얼굴로 얼른 변명을 내뱉었다.

"그게, 네가 하도 본심을 말 안 하니까 나도 오기가 나서 그런 거긴 한데. 근데 수야, 나 여기가 너무 아프다."

그가 어색하게 웃으며 괜히 얼굴의 상처 부위가 아픈 척을 했다. 수는 손을 부들부들 떨며 아까의 장난과도 같은 주먹질이 아닌 대차게 몇 번이나 주먹질을 날렸다. 그 와중에도 얼빵하면서도 화사한 도은의 미소에 화는 저절로 사그라졌다.

집에 도착한 두 사람은 늦은 귀가를 걱정하던 영숙에게 마당에 선 채 꽤나 혼이 났다. 도은은 영숙에게 애교를 부리며 살갑게도 굴었고 낮보다 더 화기애한 분위기 속에 수는 안방으로 들어가 그대로 곯아떨어졌다. 그에 대한 스트레스로 며칠간 잠을 제대로 자지 못했었던 결과였다.

아침에 눈을 떴을 때 수는 옆 이부자리가 시원한 것을 보고 엄마가 밤새 방에 들어오지 않았다는 걸 깨달았다. 거실로 나가보니 도은과 영숙은 사이좋은 모자처럼 정답게 머리를 서로에게 기댄 채 티브이를 보던 자세 그대로 잠들어 있었다. 상에는 먹다 만 복숭아가 덩그러니 놓여 있었다. 그 모습에 저도 모르게 웃음이 터진 건 비밀이었다.

그날 해가 질 저녁 즈음 임 아저씨가 근처 어시장에서 가져온 물 좋은 생선을 한아름 가져다주었다. 몇 마리는 구워 먹고 몇 마리는 회를 떠 먹고, 뼈들은 추려 매운탕을 해 넷이 술까지 걸치며 화기애애한 저녁 시간을 보냈다.

임 아저씨는 술에 취해 전라도 사투리로 영숙과 맛깔난 대화를 나눴고 도은은 하나도 못 알아듣겠다는 얼굴로 연신 고개를 갸웃거리며 기계처럼 장단만 맞췄다. 그 모습이 웃겨 웃음에 술 한 잔, 시답잖은 얘기에 술 한 잔. 그렇게 밤은 깊어갔다.

술이 거나하게 취해 영숙과 임 아저씨는 거실에 드러누운 지 오래였다. 둘 다 주량이 약한 터였다. 도은은 방에서 이불과 베개를 꺼내 각각 이부자리를 봐드린 후 그들이 깰까 조심스레 거실을 나와 툇마루에 앉아 밤바람을 즐기고 있는 수의 옆에 앉았다. 등 뒤로 임 아저씨의 거나한 코골이가 들렸다. 도장 관장답게 소리 또한 호방했다.

"아쉽다. 너도 술에 취했으면 좋았을 텐데."

"겨우 이슬 세 병에? 취하면 뭔 짓을 하려고. 참나."

말은 그렇게 해도 수의 고개는 흔들흔들 나른했다. 툇마루 옆 기둥에 고개를 기댄 채 콧노래까지 흥얼거리던 수는 자신을 사랑스럽게도 바라보는 그의 시선에 언뜻 그를 쳐다보고는 입꼬리를 올렸다.

"엄마가 저렇게 행복해하는 거 오랜만이에요."

"너도 기분 좋아 보이네."

"당연하지. 엄마가 웃으니까. 엄마가 웃으면, 난 다 좋아."

"네가 웃어서 나도 기분 좋아."

도은의 큰 입매가 부드럽게 휘어졌다. 헤헤 웃는 수의 상기된 두 뺨이 귀여운 듯했다.

수는 흘러내린 머리칼을 대충 손으로 털어 비비고는 툇마루 밑에 찰랑찰랑 흔들던 두 발을 서로 부딪쳤다. 영락없는 술 취한 사람의 이유 없는 행동이었다.

"다 형 덕분이에요."

"내가 뭘."

"전부 다. 고마워요, 꼭 말하고 싶었는데. 지금 기분 너무 좋아서 하는 말이니까 다시 묻지는 말고."

"뭐라고? 못 들었는데?"

도은이 일부러 귀를 만지며 어리둥절해하는 표정을 지었다. 수는 큰 눈을 찌푸리며 됐다곤 칫- 혀를 찼다. 언뜻 그의 목울대가 울리는 웃음소리가 들렸다.

수의 머리가 갈피를 못 잡곤 기둥에 부딪치려 하자 도은이 얼른 손을 뻗어 그녀의 머리를 감쌌다. 수가 싫다며 고개를 팩 흔들자 그는 알았다며 달래듯 제 어깨에 그녀의 고개를 기대게 하곤 꼿꼿하게 앉았다. 수는 못 이긴 척 가만히 고개를 두었다.

"호랑이 형님은 가족 얘기를 전혀 안 하네. 친구 얘기도 안 하고."

"동문은 있지만 너희 세 명처럼 친구라고 부를 사람은 없고, 가족 중엔 형이랑만 친해."

"아버지와 사이 안 좋은 건 알고, 어머니하고도 그렇다고요?"

"어머니하곤 애틋했지. 지금은 돌아가셨지만. 그래서 보고 있음 좋더라. 너와 어머님의 모습이."

수는 퍼뜩 정신이 들었고, 잠시 입을 다물었다. 하지만 도은은 대수롭지 않게 어깨를 으쓱였고 말을 이었다.

"형이 내 아버지이자, 엄마이자, 형이자, 친구야. 얘기하자면 기니까 다음에. 네가 내 모든 모습을 다 좋아해 줄 때. 그땐 다 말해줄게."

"지금은 아닌 거 같아?"

"그럼 지금이 맞는 거 같아?"

"글쎄다."

수의 장난스러운 대꾸에 도은은 쓰게 웃고는 그저 말없이 고개를 들어 처마 끝으로 보이는 별을 응시했다. 그의 분위기가 차분히 가라앉았다. 수는 그가 무겁고, 깊이 내려앉는단 생각이 들었다. 아직 뜨거운 열대야의 숨에 더 그랬다.

문득 수는 그의 뒷머리에 손을 올렸다. 부드럽게 위에서 아래로, 쓸어내리듯 토닥토닥을 몇 번 반복하는 그녀의 손짓에 도은은 의아한 얼굴로 어깨에 기댄 채 눈을 감고 있는 그녀를 내려다보았다.

"위로?"

"비슷한 거."

"차라리 키스를 해주지. 난 그게 더 좋은데."

"이 형님 술 많이 자셨네. 주사가 심각해."

"알았어. 그럼 좀 더 쓰다듬어 줘."

도은이 그녀의 머리에 대고 비스듬히 고개를 기댔다. 호랑이는 순한 양이 되어 강아지의 손에 몸을 맡겼다.

수는 그 뒤가 잘 기억나질 않았다. 깜빡 졸은 모양이었다. 몸이 들리는 느낌에 어렴풋이 눈을 떠보니 그가 자신을 안고 방에 들어와 자리에 눕혀주고 있었다. 열대야임을 망각한 것인지 목까지 이불을 덮어주는데도 무거운 눈꺼풀을 이기지 못할 때 즈음 그가 넌지시 속삭였다.

"오빠라고 불러봐."

"형, 왜 이러십니까."

잠결에 취했음에도 칼같이 철벽을 치는 수에 도은은 결국 웃어버렸다. 그녀 또한 실소를 뱉으며 눈을 감았다. 겁이 많아 잠에 들기까지 수십 번은 눈을 감았다 뜨며 주변을 살피는데, 이날은 그러지 않았다. 눈을 감아도 느껴지는 따뜻한 시선에 마음은 한없이 편했다. 이마 위 앞머리를 손으로 쓸어 넘기는 뜨거운 손길 또한 기분 나쁘지 않았다. 그가 방을 나간 것은 그로부터 한참 뒤였던 것 같다.

다음 날, 한낮의 태양은 여전히 뜨거웠다. 덥다던 그가 마당에서 영숙이 뿌려주는 물로 등목을 하고 있었다. 등의 선명한 근육 라인을 따라 주루룩 흐르는 물줄기에 수는 저도 모르게 쏠린 시선을 황급히 거뒀다. 아무것도 못 본 척 툇마루에 걸터앉아 다리를 살랑살랑 흔들고 있자니 그가 젖은 머리를 수건으로 닦으며 물기 그렁한 상체를 그대로 드러낸 채 그녀의 앞에 섰다.

"뭐 느낀 바 없어?"

"뭔 소리래."

"탐나면 가져도 돼. 너한텐 뭐든 다 줄게."

"아, 뭐래 진짜!"

수가 옆에 있던 복숭아를 집어 던지자 그는 단숨에 받아내고는 보란 듯이 한 입 깨물었다. 돌아서 영숙에게 쪼르르 가서는 자신이 매정하다며 하소연하는 도은은 더 이상 호랑이가 아니었다. 고양이도 저보다 살가울 순 없었다.

그렇게 평온한 하루하루였다. 이 얼마만의 소소한 행복인지 가늠도 되지 않았다. 나흘 내내 동고동락하며 거실에서 자는 생활도 익숙해졌는지 도은은 떠나야 할 날 아침에는 아침 식사를 손수 차리기도 했다. 꽤나 훌륭한 요리 솜씨에 영숙이 칭찬을 아끼지 않았고 도은은 너스레를 떨며, 수한테 장가오려면 이 정도는 기본이죠, 라고 대꾸했다. 그 말에 먹던 된장국을 뿜은 건 수뿐이었고 영숙은 기특하다며 그의 검은 머리칼을 쓰다듬었다. 후는 예의 작별이었다.

수는 영숙과 짧은 인사를, 배웅하러 온 임 아저씨에겐 긴 작별 인사를 하는 것을 끝으로 서울로 향했다. 물론 그와 함께였다. 대문 밖으로 나와 손을 흔들던 그들은 수에게 끝까지 세뇌 교육을 하듯 말했다.

"다음 방학 때도 둘이 꼭 같이 놀러 와라!"

서울로 올라가는 고속버스에서 수가 잠에서 깼을 땐 고개가 그의 어깨에 기댄 채였다.

"우리, 겨울 방학 때도 꼭 같이 오자. 그땐, 우리 둘 다 본과에 멋지게 진학해서."

"그래요."

"네가 빛나는 이유를 알겠어. 저런 분들의 사랑을 먹고 자라면, 반짝반짝 빛이 나나 봐."

그의 한마디에 모든 것이 담겨 있었다. 뭔가 뭉클했다. 심장 한 곁이 간질거렸다.

집안도, 부도, 두뇌도, 모든 걸 다 가진 남자였다. 한데 단 하나 갖지 못한 것이 있다면 이런 행복이 아닐까, 생각했다. 복잡한 가정사에 한없이 입이 무거운 그에 심장이 욱신거렸다. 처음으로, 그의 압박 때문이 아닌 그녀 스스로 던진 관심이었다.

수가 몸을 일으키려 하자 그는 커다란 손으로 그녀의 머리를 다시금 기대게 꾹 눌렀다. 따뜻한 손이 가는 머리칼을 토닥토닥 쓸어내렸다.

"한 시간은 더 가야 해. 자."

수는 마지못한 척 도은에게 고개를 기댔다. 뺨이 붉어진 건 뜨끈한 그의 체온 때문일 거라 억지로 세뇌했다.

⚜

길다면 길고 짧다면 짧은 방학이 끝났다. 2학기 시작과 함께 의대엔 다시금 공부와의 전쟁이 시작됐다. 의대생들 모두 밥이 코로 넘어가는지 입으로 넘어가는지 모르는 채 한 손으론 수저질, 다른 한 손엔 의학 서적을 들고 과제를 기한 내에 끝내기 위해 막판 스퍼트를 내고 있었다.

수와 친구들도 마찬가지였다. 그중 유일하게 책을 보고 있지 않는 도은이 식판을 보지도 않고 수저질을 하기 바쁜 수의 숟가락에 차례차례 반찬을 올려줬다. 그걸 당연하게 받아먹는 수를 본, 맞은편에 앉아 식사를 하던 상혁과 선우의 입이 놀라 벌어졌다. 입에 머금고 있는 국물은 당연히 줄줄 샜다.

"두 사람…… 방학 때 뭔 일이 있었던 거야?"

상혁이 얼빠진 목소리를 내뱉자 문득 도은이 고개를 들어 긴 눈매를 찌푸렸다. 매서운 눈초리에 그들은 못 본 척 허겁지겁 다시금 식판에 고개를 묻곤 밥 먹는 데만 열중했다. 그때였다.

지나가던 과대가 봉지에 담긴 과자 하나를 집어 수의 입에 물려주곤 지나치며 말했다.

"그거 겁나 맛있다. 한번 먹어봐-."

수는 손가락 정도 되는 길이의 과자를 입에 물고 있다 한입 씹었다. 우연히 고개를 든 선우가 사색이 되어 삿대질을 했다.

"야, 멍뭉아! 그거 먹지……!"

열혈 식사 중이던 상혁까지 고개를 들곤 수의 입에 물린 과자에 사색이 되어 허공에 손을 휘저을 때였다. 이미 한 입을 씹어버린 수가 영문을 몰라 멍하니 멈춰 있을 때 도은이 고개를 숙이더니 그녀의 입에 물려 있던 과자를 삼키듯 입술을 맞댔다. 놀라 벌어진 수의 입안을 혀로 쓸어내듯 훑으며 남아 있던 과자 부스러기까지 모조리 꿀떡 삼켜 버린 그는 그제야 입술을 떼며 그녀의 입가도 손으로 닦아냈다.

"허억……."

"꺼걱……."

갑작스러운 사건에 놀란 건 수뿐만이 아니었다. 공부하랴 먹으랴 바쁜 학생들 모두 그 장면을 본 것인지 사레에 들린 듯 연신 놀란 얼굴로 기침을 하느라 난리였다. 수는 기절초풍하여 두 눈을 껌뻑이며 어버버 입을 달싹였지만 놀란 마음에 말도 나오지 않았다. 하지만 사건의 당사자인 도은은 어깨를 으쓱할 뿐이었다.

"왜. 너 갑각류 알레르기 있다며. 예전에 얘네들이 말해주던데. 이거 꽃게 과자야."

수는 멍하니 상혁과 선우를 응시했다. 그들은 희게 질린 얼굴로 채 하지 못했던 말을 신음처럼 내뱉었다.

"그 과자 꽃게 들어가 있다고……."

"근데 뭐 걱정할 건 없겠다…… 형님이 테크닉이 워낙 좋으셔 가지고 싹 다 훑으셨네."

상혁의 말에 수는 그제야 상황을 판단하곤 입안에 있던 침까지 모두 휴지에 황급히 뱉어냈다. 그리곤 뒤늦게 붉게 달아오른 얼굴을 식판을 향해 팍 숙이곤 숨을 몰아쉬었다. 학생식당에 있는 사람 전부 자신을 쳐다보는 것만 같아 미칠 것 같은 와중 아무렇지도 않게 밥을 먹는 그가 얄미워 수는 그의 발을 힘차게 지르밟았다. 낮은 신음을 내뱉으며 인상을 찌푸리는 도은에게 그녀는 이를 악물며 낮게 속삭였다.

"내가 사귀는 거 비밀로 하자고 했어, 안 했어."

"나 아무 말도 안 했어."

"이게 안 한 거야? 어? 차라리 말을 하지 그래!"

수가 소리 죽여 이를 갈아도 도은은 짓궂게 웃을 뿐이었다. 그때 선우가 강아지 같은 얼굴로 의아하게 말했다.

"근데 우리 캠퍼스에서 둘이 사귀는 거 모르는 사람도 있나? 예전부터 행동에서 다 티 났잖아. 도대체 뭐가 비밀이라는 거야?"

"그래, 썬. 말 잘했다. 간만에 옳은 말 했다, 너."

상혁이 선우의 머리를 쓰담쓰담 하자 선우는 의기양양하게 웃었고 수는 한숨을 내쉬며 붉어질 대로 붉어진 얼굴로 자리를 박차고 일어났다. 식당을 떠나기 전 도은의 등짝에 매섭게 주먹을 내리친 건 당연했다.

품에 책을 껴안고 미친 듯이 내리막길을 내려가던 수는 문득 걸음을 멈췄다. 눈앞에서 걸어오는 이가 한눈에 시선을 사로잡았다. 여전히 고급 슈트가 무척이나 잘 어울리는 키 큰 남성은 여유로운 걸음걸이로 수의 앞에 섰다. 그리곤 갑자기 그녀를 껴안았다.

"오늘도 여전히 예쁘네?"

"이 손은 풀고 말씀하시죠, 형님."

수는 굳은 표정으로 그를 밀어내곤 뒤로 한 걸음 물러섰다. 아상은 여전히 능구렁이 같은 웃음을 지으며 쓰고 있던 선글라스를 벗어 앞주머니에 꽂았다.

"둘이 잘됐다며? 그 녀석 요즘 세상 사는 게 즐거워 보이더라. 너도 그래 보이네."

"형.님.이 제일 즐거워 보이시네요. 중간에서 되게 재밌으셨나 봐요?"

"당연하지. 첫눈에 마음에 들었거든, 네가."

"감사해서 눈물 나려고 그러네. 형.님."

수는 이를 으득 갈며 애써 웃어보였다. 문득 도은이 지나가듯 했던 말이 떠오른 탓이었다.

"나에게 형은 아버지이자, 엄마이자, 친구이자, 형이지."

그에겐 소중한 사람이었다. 그러니 자신이 싫다 한들 대우는 해주고 싶었다. 그래서 입가에 경련이 날 것 같은데도 억지로 웃기를 멈추지 않았다.

아상은 그녀의 억지웃음을 보곤 큰 입매를 휘었다. 속을 빤히 꿰뚫는 그의 시선에 수가 눈을 피할 즈음이었다. 아상과 수 사이를 비집고 들어오는 장신이 있었다.

도은은 수의 손을 잡으며 제 몸으로 그녀를 가린 채 아상을 향해 환한 미소를 지어 보였다.

"형이 여긴 웬일로?"

"도은, 형 전화 씹냐?"

"설마. 수업 중이라 못 받은 거겠지."

도은이 너스레를 떨며 대답하자 아상은 코웃음을 치며 어깨를 으쓱했다. 그리곤 눈높이가 비슷한 도은을 응시하다 씩 한쪽 입꼬리를 올렸다.

"내가 시달리다 못해 혹을 좀 달고 왔는데. 감당은 네가 해야겠다. 난 할 만큼 실드 쳐 줬어."

"그게 무슨……."

"도은아!"

갑작스러운 하이 톤의 음성에 수는 시야를 가리고 있던 도은의 옆으로 고개를 내밀었다. 순간 도은이 수의 손을 놓으며 뒤로 한 걸음 물러났고, 수는 덕분에 그를 피해 아상의 옆에 서야 했다. 그리곤 눈에 보이는 광경에 일순 큰 눈을 굳혔다.

글래머러스한 몸매를 부각시키는 딱 붙는 베이지색 원피스에 킬힐을 신은 늘씬한 미녀가 도은의 품에 안겨 있었다. 도은은 빠르게 그녀를 품에서 떼어내며 긴 눈매를 날카롭게 찌푸렸다.

"너 무슨 짓이야."

그녀는 영락없는 고양이의 모습이었다. 전형적인 서구적 미인형 얼굴임에도 쌍꺼풀 없이 커다란 눈매는 동양적이기까지 해 묘한 분위기를 풍겼다. 말하자면 그냥, 미인이었다.

"너야말로 무슨 짓이야. 어떻게 그렇게 하고 나서 연락 한 통이 없을 수 있어."

"신재희. 내가 충분히 알아듣게 말한 거 같은데."

"나도 충분히 알아듣게 말했어, 너한테. 죽어도 너 포기 안 한다고."

오고가는 공방 몇 마디에 수는 상황을 충분히 알 수 있었다. 도은의 약혼 상대자다. 저 여자가.

도은은 문득 수를 바라보고는 난감하게 이를 악물었다. 재희를 뿌리치고 수에게 가려 하자 그녀는 굵은 웨이브 진 긴 머리칼을 흩날리며 그의 팔을 꽉 잡고 매달렸다.

"아버님이 보자셔. 너 안 갈 게 뻔하니까 나도 따라온 거야. 같이 가자. 우리 아빠도 평창동에 가 계셔. 얘기 좀 해."

수의 인상이 더할 나위 없이 굳어가자 옆에 선 아상이 그녀의 귀에 속삭였다.

"둘이 고등학교 동창이야. 유학도 같이 갔었지. 예전부터 어르신들끼리 결정한 정략 상대자들인데, 어때, 실제로 눈앞에서 신재희를 보니."

"뭐라 대답하면 형님 성에 찰까요."

"글쎄. 네가 미치고 팔짝 뛰면 좀 재미있을 거 같은데. 저 몸매, 저 얼굴이 도은이 취향의 정석이거든. 넌 좀…… 의외의 케이스지."

이 상황을 지나치게 즐기고 있는 아상의 대답에 수는 이를 으득 갈았다. 순간 도은의 낮게 뇌까린 차가운 음성이 쏟아졌다.

"형이 아버지한테 전해. 정 원하시면 저번처럼 경호원 시켜 무력으로 데려가라고. 내 발로는 안 가."

상황을 방관하던 아상에게 긴 눈매를 흘긴 도은은 재희를 뿌리치곤 수의 손을 잡아 성큼 그 자리를 벗어났다. 곧바로 재희가 그들의 앞을 막아섰다. 그녀는 매서운 눈으로 수를 노려보았다. 수도 지지 않고 재희를 보았다. 눈에서 스파크가 튀길 만큼 두 사람의 시선은 한 치의 양보도 없었고 그 와중 재희의 앙칼진 하이톤의 음성이 도은에게 향했다.

"이 여자야? 네가 말한 그 사람이?"

"그래. 다음에도 이런 식이면 그땐 이 정도로 끝나지 않을 거다."

도은이 앞을 막아선 재희를 옆으로 밀치곤 수의 손을 꼭 잡은 채 가던 길을 내려갔다. 하지만 얼마 가지 못하고 그는 급히 멈춰 서야만 했다. 저 앞에서 걸어오는 노신사 때문이었다.

군데군데 희게 샌 머리를 염색하지 않은 그대로 깔끔히 쓸어 올린 그는 육십대 초반 정도 되어 보였지만 큰 키와 듬직한 풍채로 딛는 걸음걸음에는 나이가 무색할 만한 기백이 담겨 있었다. 또한, 등 뒤로 세 명의 젊은 수행원을 대동한 노신사는 한눈에 봐도 보통 인사는 아니었다.

노신사의 발걸음은 정확히 도은의 앞에 멈춰 섰다.

짝!

솥뚜껑 같은 커다란 손이 삽시간에 도은을 후려치고 지나갔다. 맥없이 돌아간 도은의 고개와 함께 그의 옆에 있던 수의 얼굴은 희게 질렸다. 주변을 지나가던 이들 모두 갑작스러운 사태에 숨죽이며 굳어버렸고, 그 와중 유일하게 멀쩡한 이는 노신사 하나뿐이었다.

노신사의 시선이 수에게 향했다. 짧다면 짧은 그 순간, 그의 긴 눈매와 큼지막한 이목구비를 마주한 순간 수는 짧은 탄식을 삼켰다. 도은이 나이를 먹는다면 저럼직한, 판박이의 얼굴이었다.

"한심한 놈. 따라와."

낮은 음성이었다. 차분했고 중후했지만 날 선 포효처럼 들릴 만큼 강단 있는 음색이었다.

도은은 아무 일도 없었다는 듯 노신사를 마주하곤 굳게 입을 다문 채였다. 순간 재빠르게 다가온 재희가 도은의 팔짱을 끼곤 이미 걸음을 돌려 내려가고 있는 노신사 쪽으로 끌었다.

도은은 재희를 뿌리치며 멍하니 굳어버린 수를 향해 살짝 눈을 찡긋했다.

"연락할게."

그의 한쪽 뺨은 이미 붉게 부어오른 채였다. 저도 모르게 눈살을 찌푸린 수가 돌아서는 그를 본능적으로 잡으려 하자 제지한 것은 아상이었다.

"이거 놔요."

"상황 악화시키지 마. 도은이 죽이려고 그래?"

"어떻게 자기 아들을. 항상 저런 식이십니까?!"

수의 목소리가 격앙되었다. 아직 주위의 시선이 집중되어 있는 상태라 아상은 선글라스를 다시 끼며 수의 손목을 잡곤 학교를 벗어났다. 어안이 벙벙하여 그가 하는 대로 끌려가던 수가 뒤늦게 정신을 차리곤 그를 뿌리쳤을 땐 이미 인적 드문 공원이었다. 지나가는 이 없는 한적한 나무 그늘 밑에서 아상은 수를 마주보곤 혀를 찼다.

"직접 보고 나니 어때. 이제 좀 미치고 팔짝 뛸 거 같아?"

"이 상황에 장난이 하고 싶어요?"

"어떤 상황인데. 도은인 평생 한결같이 겪었던 상황 말이야?"

수는 일순 말문이 막혔다. 심장 한가운데를 묵직한 돌이 짓누르고 있었다. 그녀의 생각을 꿰뚫기라도 하듯 아상은 입매를 살짝 비틀고는 공원 가운데 있는 인공 호수를 응시했다.

"겉으론 잔잔해 보이지. 근데 조약돌 하나 던져도 파장은 어마어마해. 아마 저 호수 반 정도에 물결이 일렁일걸."

"하고 싶은 말이 뭐예요."

"저 녀석은 지가 조약돌이 아닌 커다란 바윗돌을 집어 던진 걸 알아. 근데 파장은 혼자 감당하는 게 아니라는 걸 몰랐을 뿐이지."

"다 알면서 부추긴 건 다름 아닌 형님이에요."

"아니. 다 알고 선택권을 줬지, 너한테. 근데도 결국 부추긴 것도 너지."

"그래서, 내가 생각 없이 벌인 상황이라고 직시하게 하려고 일부러 저분을 데려오기라도 했다는 말이에요?"

"그래."

수의 흰 얼굴이 더욱 희게 질렸다. 발치로 떨어진 심장을 겨우 붙잡자니 손이 떨렸다. 이 사람 도대체 뭐야, 수는 이성적인 생각을 할 수 없었다.

아상은 나른한 한숨을 내쉬며 선글라스를 벗어 앞주머니에 꽂았다.

"도은인 똑똑한 놈이지만, 감정적이야. 키우던 강아지 하나 죽었다고 보름을 물도 안 마시고 울던 애니까. 근데 넌 이성적이야. 지나치게 이성적이지. 도은일 받아들인 것도 진심으로 죽고 못 살아서는 아니잖아? 그저 부잣집 차남에 너한테 도움도 되고, 미치게 좋아한다니까, 네가 손해 볼 건 없으니까 그냥 계속 좋아하게 놔둔 거잖아, 안 그래? 도은이에 대해 알고 있는 게 하나라도 있긴 있어? 물어볼 생각이나 있었어? 그 녀석은 말하기 싫어했겠지만 네가 조그만 관심이라도 보였으면 진즉 다 털어놨을 거야. 넌 그냥 계속 피했을 뿐이야. 그 녀석을 더 알아버리면 빠져

나올 마지막 기회마저 잃어버릴까 봐."

"……."

"그 정도론 너 절대, 도은이 감당 못해."

날카로운 송곳이 조금의 틈이 벌어진 부분을 계속해서 후벼 파고 있었다. 수는 쉽사리 대꾸하지 못했고, 그게 더 날카로운 송곳이 되어 박혔다.

"그 녀석 처음 봤을 땐 저 모양 아니었어. 어미의 죽음으로 슬퍼하긴 했지만 그래봤자 평범한 고등학생이었단 말이지. 그런데 세상 싸늘하게 사람들에게 다가가지도, 다가오게 하지도 않고 외톨이처럼 지내게 된 거야. 왜일 거 같아."

"……."

"그 녀석을 알아버리면 누구든 다 줬던 마음을 쉽게도 가져가 버렸거든. 앞에선 웃고 뒤에선 욕하면서. 허울뿐인 빈껍데기라면서."

"……."

"어차피 떠날 거라면 이쯤에서 그만둬. 이미 문을 다 열고 들어온 거 같겠지만 겨우 하나 정도 열었을 뿐이야. 결국 중간에 갇혀 오갈 데 없는 건 너란 얘기지. 네가 가장 크게 다치는 거야. 도은이도 그걸 알고 답지 않게 아버지 앞에서 저리 순한 양이 되어버린 거고."

수는 파리하게 질린 흰 얼굴을 구겼다. 큰 눈매는 이유 모를 화에 붉게 충혈되었다. 수는 큰 눈을 잠시 감았다 뜨곤 겨우 입을 열었다.

"또 다시 충고해 주시니 고맙네요. 조심히 가시고요."

주저 없이 돌아서는 수의 뒤로 아상이 넌지시 말했다.

"비상구로 나가는 법은 잘 알 테고, 혹여 더 들어오고 싶다면."

수는 돌아보지 않았다. 아상은 그녀의 등 뒤로 싱그러운 미소를 지어 보였다.

"연락해. 나 마스터 키 가지고 있거든."

수는 대꾸하지 않았다. 흔들리는 발걸음을 겨우 다잡으며 걷고는 이를 으득 갈았을 뿐이었다.

평소와 같은 하루였다. 그날 이후 도은에게선 문자 한통 온 것이 전부였다.

〈당분간 연락 못 할 거야. 잘 지내고 있어. 곧 찾아갈게.〉

궁금해 미칠 지경이었다. 재희라는 여자가 신경 쓰이는 건 부정할 수 없었고 그보다 더 신경 쓰이는 건, 그였다. 아버지를 뒤따라가던 그의 축 처진 어깨가 아직도 눈에 선연했다. 누구도 쉽사리 다가오지 못하게 만드는 첫 인상을 지나 친해지고 싶어도 어려워할 수밖에 없게 만드는 그였다. 한데 그날의 그는, 약했다. 그런 그가 편하게 지내고 있는 것은 아님이 분명했다. 그것에 속이 바싹 타들어갔다. 그럼에도 수는 그에게 연락을 하지 않았다. 그를 더 사지로 몰아세우고 싶진 않았다. 여태껏 그래왔듯 무관심이, 그녀가 할 수 있는 일의 전부였다.

아상의 말이 맞을지도 모른다. 자신은 그를 진심으로, 좋아하고 있는 게 맞는 걸까.

도은은 일주일간 학교에 나오지 않았다. 과제가 끝난 후 바로 시작된 중간고사 준비에 모든 의대생들이 전쟁과 같은 시간을 보낼 때에도 그는 오지 않았다. 과제를 제출하지 않은 그의 해부학 낙제는 확정이었지만 학년 탑인 그의 실력이면 시험으로 충분히 만회할 수 있을 것이었다.

학생들은 킹카의 두문불출에 대한 이유를 수에게 물으러 매번 몰려들었지만 그녀 또한 아무것도 아는 것이 없었다. 늘 그렇듯 시험을 잘 보기 위해 평소와 같이 잠을 포기한 채 공부에 매진했는데도 집중은 되지 않았다. 그것을 제외하곤 예전과 같은 하루였다.

매일 들러붙는 도은이 귀찮다고 생각한 게 바로 엊그제 같은데 막상 그가 없으니 빈자리는 꽤나, 컸다. 하루는 상혁과 선우와 기숙사 스터디 룸에서 공부를 하였다. 수는 저도 모르게 옆에 앉은 선우에게 '형, 이거 좀 가르쳐 줘'라고 했다가 지레 놀랐다. 친구들이 놀란, 걱정하는 미묘한 표정이 따라온 건 당연했다.

그렇게 도장과 과외 알바로 평일을 바삐 지내고 난 주말의 일요일이었다. 도은을 못 만난 지 2주가 넘어가는 시점이었다.

딱 하루 쉬는 날이 되자마자 아침부터 핸드폰은 상혁과 선우의 전화로 불이 났다. 예전엔 자주 술이 꽐라가 될 때까지 마시고 같이 자취방에서 자기도 하는 막역한 사이였는데 최근 방해꾼 한 명으로 인해 소원해진 터라 더 그런 듯싶었다. 하지만 무시하며 계속 받지 않던 중 벨이 다시금 울렸다. 분명 상혁과 선우일 거라 장담했다.

수는 결국 잠을 깨곤 비척이며 전화를 받아 들었다. 목소리는 잔뜩 갈라져 있었다.

"전화하지 말고 그냥 집으로 쳐들어와, 이 자식들아. 답지 않게 내외하냐?"

[한국대 의대 서무실인데요.]

전화 너머 중년의 여성이 딱딱하게 말을 뗐다. 그리곤 이어진 말에 수는 스프링처럼 누운 자리에서 일어나 앉을 수밖에 없었다.

[한 학년 중 상위 5% 학생 장학금 규제가 바뀌었습니다. 그래서 이수 학생의 장학금 자격 박탈로 인해 이번 학기 장학금을 반환해야 한다고 알려드리려 전화했습니다.]

말이 안 됐다. 이미 학기가 시작했고, 이미 받은 장학금을 돌려줘야 한다는 말도 안 되는 규제 변경에 수가 차분히 반박하자 서무실 여직원은 여전히 딱딱한 음성으로 이사장의 지시라는 말과 함께 일주일 기한 내에 장학금을 반환하지 못하면 한 학기 유급이라며 전화를 끊었다. 이사장이 언급되는 순간, 수는 뇌리를 스치는 생각에 탄식을 내뱉을 수밖에 없었다.

신장원. 왜 그 생각을 못했을까. 예전, 장학금을 받는 학생들을 독려 차원에서 불렀던 이사장실에 그의 딸로 추측되는 사진에서 신재희란 이름을 본 적이 있었다. 유년시절 대회에서 입상을 한 것인지 큰 현수막에 대문짝만 하게 박힌 이름 아래 해맑게 웃고 있는 아이의 모습이 인상 깊어 기억에 남았었다. 신재희, 그 이름을 듣고 바로 기억했어야 했는데.

"결국 중간에 갇혀 오갈 데 없는 건 너란 얘기지. 네가 가장 크게 다치는 거야."

아상의 말이 떠올랐다. 수는 머리를 세차게 저었지만 그 말은 뇌리에 박혀 쉽사리 사그라지지 않았다.

'그나저나 육백만 원이 넘는 학비를 일주일 안에 어떻게 마련한담…….'

수는 그대로 멍하니 한참을 앉아 있었다. 통장엔 여윳돈이라곤 이백만 원밖에 없었고 그건 한 달 생활비가 포함된 돈이었다. 아무리 아껴 쓴다 해도 월세 삼십만 원 외 이십만 원은 써야 하고 남는 백오십만 원은 육백만 원 중 극히 일부밖에 되지 않았다.

수는 바로 관장에게 전화를 했다. 그는 사정을 묻지도 않고 바로 다음 달 월급을 미리 주었다. 사 년의 시간 동안 그와 저 사이에 그만한 의리가 있다는 걸 다시금 상기시킨 일이었다. 그래도 아직 이백만 원이나 남았다.

생각의 정리가 되지 않아 수는 저녁까지 멍하니 시간을 낭비했다. 겨우 정신을 차린 건 전화벨이 울린 덕분이었다. 전화를 건 이는 임 아저씨의 아들 진욱이었다.

[누나! 나 드디어 제대했다!]

그는 전화를 한 지 한 시간이 채 되지 않아 수의 집에 쳐들어왔다. 이틀 전 제대를 해 본가에 들어가지도 않고 친구들과 내리 술에 취해 지냈다 했다. 임 아저씨에게 내려가기 전 자신을 보기 위해 왔다는 그의 말에 수는 콧방귀가 절로 났다. 저녁 느지막이 전화를 한 거 보니 하룻밤 지낼 곳이 없어 온 것이 뻔했다. 그래도, 이 년 만에 본 그의 얼굴은 반가웠다.

"누나…… 대학 가면 예뻐지겠다더니, 이게 무슨 일이야."

옥탑방 현관문을 열자마자 마주한 진욱이 안타깝기 그지없는 얼굴로 내뱉은 첫 마디였다. 오랜만에 보는 동생을 반갑게 끌어안으려던 수는 결국 욕지거리를 내뱉으며 거칠게 진욱의 목을 헤드락을 걸었다. 그 와중에도 그는 웃고 있었고, 그녀 또한 마찬가지였다. 고등학교 때 처음 만났던 그들만의 특이한 애정 표현이었다.

임 아저씨의 아들인데도 진욱은 외모만큼은 임 아저씨를 닮은 구석이 전혀 없었다. 사별한 사진 속 아주머니의 얼굴을 꼭 닮아 시골 아이답지 않게 뽀얀 피부의 여리여리하고 곱상한 소년이었다. 외적으로 임 아저씨를 닮은 곳을 굳이 찾자면 딱히 크지 않은 키 딱 하나였다. 한데 이 년 만에 마주한 그는 확연히 달라져 있었다. 뽀얗고 곱상하던 얼굴은 뙤약볕 훈련에 잔뜩 타 구릿빛에 부리부리한 인상이 되었다. 아버지를 따라 꼬꼬마 시절부터 십 년 넘게 검도를 죽어라 해도 근육이 좀 채 늘지 않던 여리여리한 몸은 군대 생활 체질에 맞았는지 꽤나 품이 커져 있었다. 이 년 사이 그는 어엿한 사내가 되어 있었다. 단지 아쉬운 게 있다면 남자는 군대에 가면 키가 큰다는 속설은, 거짓인 듯했다.

수는 진욱을 위아래로 훑으며 고개를 끄덕이곤 비슷한 키의 그의 짧은 밤톨 같은 머리칼을 쓰다듬었다.

“내 동생, 이제 다 컸네. 다 컸어.”

“아, 뭐야. 한 살 차이밖에 안 나거든? 아우, 쪼만한 게 누나라고 봐줬더니.”

진욱이 수의 손을 쳐내며 퉁퉁 부은 입술을 댓 발 내밀었다. 그러나 얼굴엔 장난기가 가득했다. 그의 가슴팍에 주먹질을 하는 수의 행동 또한 그랬다.

“나하고 비슷한 키면서. 어디 오랜만에 한번 붙어볼까? 아직 덜 맞았지?”

“좋아. 나도 예전의 임진욱이 아니라고.”

검을 잡은 것처럼 자세를 취하며 서로 열심히 합을 겨누던 그들은 결국 박장대소를 하며 있는 힘껏 껴안았다. 오랜만에 만난 오누이의 모습, 딱 그러했다.

아직도 군복을 입고 있는 진욱은 싸온 짐을 풀어 사복으로 바꿔 입고는 배고프다며 어리광을 부렸다. 수는 선우가 퍼다 나른 설렁탕을 한가득 데워 상을 차려주었다. 반찬이라곤 김치 하나였지만 세 그릇이나 비워낸 진욱에게 임 아저씨 근황을 전해주니 그는 도리어 영숙의 근황을 물어보았다. 잘 지낸다는 말에 안도의 한숨을 내쉬는 그가 예뻐 수는 말없이 김치 한 조각을 더 숟가락에 올려주었다. 그 또한 말없이 웃으며 날름 잘도 받아먹었다.

식사 후 진욱은 좁은 원룸 한가운데 벌러덩 배를 드러내며 누웠다. 그의 시선이 단출한 단칸방을 빙 둘러보았다.

"야, 누나야, 이런 곳에 여자 혼자 살기엔 너무 위험하지 않아?"

"고맙다. 넌 여자로 봐주는구나."

"썬 형이나 킹 형도 마찬가지야. 불알친구처럼 어울려서 자도 그 형들 딱 선 그어놓고 자더만. 다리 한 짝 누나한테 안 걸치던데?"

"엉겨 붙으면 디지게 맞으니까 버릇 되서 그런 거지. 훈련의 결과야."

"아…… 어쩐지. 난 또 미래에 형님 될까 약간 기대했는데 역시나. 물 건너갔군."

"야!"

"아이구, 성질 봐라. 그러니 누가 좋아해."

진욱이 살살 놀리며 비웃자 수는 그를 때리려다 한숨을 내쉬곤 픽 웃어버렸다. 수도 부른 배와 무거운 눈꺼풀을 이기지 못하고 이불도 깔지 않은 채 바닥에 드러누웠다. 잠시 눈을 감았다 뜬 것 같을 때 즈음 수는 문을 두드리는 소리에 깜짝 놀라서 자리에서 일어났다. 옆에선 진욱의 드렁드렁 코고는 소리가 여전했다. 웃통을 훌렁 벗어버리는 잠버릇 또한 그대로였다.

수가 덜 깬 잠에 눈을 비비적거리며 문앞에 서자 밖에선 애가 타는 듯 다급하게 문고리를 잡아당기는 소리가 연거푸 들려왔다. 대답하는 목소리에 짜증이 어렸다.

"누구세요."

"나야. 문 열어."

수는 놀라서 상대방의 음성을 다시금 되새겼다. 그는 답답한지 다시금 쾅 문을 두드렸다.

"나라고."

"어, 어. 잠깐만요."

수는 황급히 문을 열곤 눈앞에 서 있는 도은을 커다래진 두 눈 가득 응시했다. 집에서 입던 옷 그대로인 듯 편한 트레이닝복 차림의 도은을 보고 수는 반갑게 웃었다. 하지만 그의 긴 눈매는 서슬 퍼렇게 굳어 있었다.

"누구야?"

"뭐? 아."

진욱의 코 고는 소리가 우렁찼다. 문 밖까지 들렸음직한 그 소리에 대수롭지 않게 수가 대답을 하려는데, 그 대답을 기다리지 못한 도은은 그녀를 옆으로 밀치곤 안으로 들어갔다. 신발을 신은 채 방 한가운데 선 도은은 반쯤 벗은 채로 넋 놓고 자고 있는 진욱을 내려다보며 이를 갈았다. 그의 서슬 퍼런 낯에 상황을 인지한 수가 재빨리 그의 팔을 잡아 돌리려 했으나 이번에도 그가 더 빨랐다.

"뭐 하는 거야! 잠깐!"

도은이 자고 있던 진욱의 멱살을 잡은 채 힘으로 들어 올리자 진욱이 잠에서 깼다. 얼결에 깨어난 진욱은 멱살을 잡힌 채 잠에서 덜 깬 음성 그대로 수를 쳐다봤다.

"누나, 이게 지금…… 무슨 상황?"

"잠깐, 지금 뭘 오해한 건지 대충 감은 오는데 진욱이는……."

"오해? 이 새끼가 헐벗고 네 방에 누워 있는데?"

도은이 매섭게 수를 노려봤다. 긴 눈매에 담긴 검은 눈동자는 이미 이성을 잃은 듯 날카롭게 일렁였다. 수가 당황해선 그게 아니라며 연거푸 말했지만 도은이 으득 이를 갈며 진욱을 향해 차갑게 뇌까렸다.

"답은, 이 핏덩이한테 물어보면 되겠네."

멱살을 잡은 도은의 손에 힘이 들어가자 진욱이 컥컥거리다가 문득 작은 눈을 크게 떴다. 그제야 감이 잡혔는지 진욱은 수와 도은을 번갈아 보고는 어색하게 웃었다.

"아하하, 누구신진 모르겠으나 절대 그런 상황이 아니고요. 누나랑 저는 그런 사이 아닙니다, 절대."

"누가 네 누나야."

퍽!

도은의 주먹이 진욱의 얼굴을 내려쳤다.

"윽!"

맥없이 돌아가는 고개와 함께 진욱의 입가가 찢어졌고 그가 채 몸을 추스르기도 전에 도은이 연거푸 그를 내려쳤다. 짐승의 포효와 같았고, 자비란 없었다. 돌로 사람을 내려치던 악귀 같은 그의 모습이 다시금 눈앞에 펼쳐지고 있었다. 사색이 된 수가 떨리는 손으로 도은을 말렸지만 이미 이성을 잃은 그의 힘을 감당할 수 없었다.

수가 그의 팔에 매달리며 다급하게 외쳤다.

"임 아저씨 아들이라고! 갓 제대해서 집에 내려가기 전에 하룻밤 자고 가려던 거야! 도대체 무슨 생각을 하는 거야!"

"이 새끼 꼴을 봐! 임 아저씨 아들은 남자 아냐? 내가 어떤 심경으로 몇날 며칠을 지냈는데 넌……!"

긴 눈매가 처절하게 일그러지며 도은은 차마 말을 잇지 못했다. 그의 눈엔 절망과 분노가 혼란스럽게 엉켜 있었다. 호랑이의 포효와 같은 서슬 퍼런 음성과 하악질에 수는 그대로 얼어버렸다. 칼날과 같은 오해에 심장이 저렸지만 그보다 더 큰 두려움이 엄습했다.

도은은 수에게서 시선을 떼곤 진욱을 죽일 듯 노려보았다. 그리곤 그의 멱살을 잡은 손에 더욱 힘을 주었다. 분노로 떨리는 도은의 손엔 진욱의 코와 입에서 묻은 피가 가득했다.

"이 핏덩이가 감히……."

평생 검도로 단련이 된 진욱은 힘 한 번 써보지 못한 채 도은의 손아귀에서 정신을 잃은 상태였다. 도은이 다시금 그를 향해 주먹을 들어 올렸다. 이러다 진욱이가 죽겠다 싶어 수는 필사적으로 그에게 매달려선 팔을 덥석 물어버렸다.

"윽!"

퍽!

본능적으로 도은은 수를 밀어냈고, 뒤로 거세게 넘어진 그녀가 신음을 내뱉었다. 그의 팔꿈치에 옆구리를 가격당한 탓이었다.

배를 감싸며 웅크린 수의 신음소리에 그제야 도은의 행동이 멈추었다. 멱살을 잡은 그의 손의 힘이 풀리자 진욱은 바닥에 널브러졌고, 도은은 놀란 얼굴로 황급히 그녀에게 다가왔다.

배를 잡고 웅크리고 있는 수의 어깨를 잡은 도은의 손이 당황으로 떨렸다. 엉망으로 일그러졌던 검은 눈동자도 그제야 제 모습을 찾았다.

"수야, 괜찮……."

탁!

수는 그의 손을 매섭게 쳐 내며 이를 악물고는 바락 소리를 내질렀다. 그녀의 큰 눈은 실망감으로 잔뜩 일그러져 있었다.

"임 아저씨 아들이라고! 내가 계속 말했잖아, 임 아저씨 아들이라고! 그게 무슨 뜻인지 몰라서 그래? 친동생 같은 애인데 도대체 무슨 짓을 한 거야, 이 나쁜 새끼야!"

수는 그를 밀쳐 내곤 기절해 있는 진욱에게 다급히 달려갔다. 그의 상태를 살피곤 얼굴에 묻은 피를 손으로 연거푸 닦아낸 그녀가 끅 울음을 내뱉었다.

"욱아, 진욱아. 정신 좀 차려봐. 응? 욱아."

수가 연신 그의 뺨을 두드렸다. 잠시 후, 끙 소리를 낸 진욱이 눈을 뜨자 수는 안도의 한숨과 함께 펑펑 울어버렸다. 진욱은 눈을 뜨자마자 본 수의 눈물에 놀라 입을 어버버거렸다.

그러다 진욱은 멀찍이 서 있는 도은을 보고 몸을 움찔했다. 엉망이 되어버린 몸을 겨우 일으키며 찢어진 입가를 간신히 벌려 말했다. 평소 수의 앞에서 장난기 많고 개구지던 진욱은 없었다. 진지하기 그지없는 표정으로 뚜렷하게 도은을 응시하는 그는 그저 사내였다.

"사정 아시는진 모르겠지만, 저한텐 친누나예요. 친누나 집에서 하룻밤 자는 게 뭐 그리 이상한 일입니까. 꼴이 이런 건 제 잠버릇이라 그런 거예요. 이게 잘못이라면 저 또한 할 말이 없습니다."

도은은 말이 없었다. 두 사람을 바라보던 그는 그제야 무언가 잘못된 걸 깨달았는지 큰 입매를 난감하게 벌린 채였다. 하지만 수의 반응은 냉정했다.

"당장 나가."

"……수야."

"병원 가자, 욱아."

도은의 기운 빠진 목소리에도 수는 그를 거들떠보지도 않고 진욱을 부축하며 일어섰다. 얼굴이 퉁퉁 부은 진욱을 온몸으로 부축하느라 낑낑대는 그녀를 뒤따라 나온 도은은 기어이 진욱을 본인이 들쳐 업고는 계단을 내려갔다. 성질 낼 기운도 없는 수가 매섭게 노려보자 도은은 풀 죽은 얼굴로 집 앞에 세워둔 차를 가리켰다. 이 동네엔 어울리지 않는 흰색 세단이었다

그의 음성은 차분했다.

“차 타고 가는 게 더 빨라. 일단 가서 나한테 화내.”

반박할 여지는 없었다. 진욱을 병원에 데려가는 게 더 급했다.

결국 차에 올라타 병원에 도착하는 순간까지 수는 아무런 말도 하지 않았다. 응급실에 진욱을 눕히자 얼마 후 온 의사는 맞은 것이 훤한 진욱의 얼굴을 보곤 치료와 함께 ‘진단서 떼어드려요?’라고 말했다. 수가 으득 이를 갈며 도은을 노려보자 치료받고 난 진욱이 되레 중재를 하듯 아니라며 의사를 돌려보냈다.

진욱의 몰골은 말이 아니었다. 거즈 밴드를 코와 턱에 덕지덕지 붙인 그는 어쩐지 아무렇지 않아 보였다. 뼈에 이상이 있거나 흉이 질 만한 상처는 없다는 의사의 말이 조금도 위로가 되지 않아 수가 한껏 속상해하고 있는데 진욱의 반응은 더 없이 쿨했다. 오히려 도은을 향해 웃기까지 했다.

“주먹이 아주 맵던데요?”

“미안. 내 잘못이야. 치료비는 걱정하지 마. 손해배상도 다 할게.”

“손해배상은 됐습니다. 몇 대 맞은 거 가지고. 사지도 멀쩡한데. 나한테도 잘못 있어요. 오해 소지를 만들었으니까. 그제 제

대를 하다 보니 누나 남친 생긴 거 전혀 몰랐어요."

진욱이 의젓하게 고개를 가로젓자 도은은 아니라고 말하곤 급히 응급실을 나갔다. 치료도 끝났겠다, 이제 응급실을 나가려 하는데 간호사가 와 그들을 잡았다. 정밀검사를 위해 하루 입원을 해야 한다는 말에 둘은 의아해했지만, 곧 입원수속 서류를 들고 들어오는 도은을 보며 상황을 납득했다. 요즘 대학병원 입원실을 구하기가 하늘의 별따기라고 하더니 그에겐 해당없는 이야기인 듯했다.

도은이 나선 덕에 1인실에 묵게 된 진욱은 그 상황에서 좋다고 실실거리더니 금세 곯아떨어졌다. 잠든 그의 옆 소파에 앉아 있던 수는 옆에 서서 안절부절못하고 있는 도은을 쳐다보지도 않은 채 자리에서 일어섰다. 가라고 해도 가지 않고 버티고 있는 그가 꼴 보기도 싫었다.

수는 병실을 나와 병원 옥상으로 올라갔다. 깊은 밤인지라 사람 없는 옥상에서 새벽녘 불빛이 드문 거리를 내려다보며 심란한 심신을 달랬다.

수는 난간에 팔을 기댄 채 숨을 있는 힘껏 들이마셨다 내쉬었다. 얹힌 듯 답답한 속이 그렇게 하면 풀릴 듯해서였다. 하지만 답답한 속은 여전했다. 선선한 바람에 한숨을 내쉬는 순간, 뒤에서 느껴지는 인기척에 수는 획 돌아서 상대방을 노려보았다.

"실망이야."

목소리는 탁하게 가라앉아 있었다. 끅끅거리며 울어댄 통에 눈두덩이도 따끔거렸다.

"미안해. 내 잘못이야. 변명 안 할게."

도은은 난감한 표정 그대로 시름 가득 뇌까렸다. 수는 그 모습에 이해를 할 수 없다는 듯 흰 얼굴을 쓸어내렸다.

"도대체 왜 그런 거야? 고작 웃통 벗고 누워 있다고 사람을 개 패듯 패는 게 정상적인 일이야? 계속 말했잖아. 아니라고. 아니라고! 나한테 조금의 믿음도 없었어? 내가 그렇게 믿지 못할 사람인 거야, 그쪽한텐?"

"그런 게 아니야!"

"그럼 도대체 왜 그런 건데! 당신 그런 사람 아니잖아."

"불안하니까!"

연거푸 몰아붙이는 통에 도은이 버럭 소리쳤다. 고요한 옥상을 울리는 외침에 수는 일순 말을 멈췄다. 멍하니 벌린 입은 그대로였다. 검은 눈동자가 흔들렸다. 허공에 늘어진 그의 손이 떨렸다.

도은은 긴 눈매를 일그러뜨리며 큰 손으로 구겨진 눈가를 쓸어내렸다. 그 손길에 고뇌가 가득했다.

"내가 억지로 밀어붙인 거 아니까! 넌 그저 휩쓸린 거지, 나와 같은 마음이 아닌 거 아니까! 그래서 불안했어. 넌 쉽게도 날 떠날 거 같아서. 이미 떠난 거 같아서!"

포효하는 그에 수는 심장이 쿵 내려앉았다. 불안해하는 그가 진정 위태로워 보였다. 아까의 악귀 같은 모습을 떠올리자니 더욱 그러했다. 자신에게 그토록 매달리는 그가 의아하기도 했다.

도대체 왜, 어째서, 그는 저렇게까지 맹목적일까. 또한 자신은 왜 그를 저렇게까지 만들었을까.

그렇게 자신이, 못 미더웠을까.

"도은일 받아들인 것도 진심으로 죽고 못 살아서는 아니잖아? 그저 부잣집 차남에 너한테 도움도 되고, 미치게 좋아한다니까, 네가 손해 볼 건 없으니까 그냥 계속 좋아하게 놔둔 거잖아, 안 그래? 도은이에 대해 알고 있는 게 하나라도 있긴 있어? 물어볼 생각이나 있었어? 그 녀석은 말하기 싫어했겠지만 네가 조그만 관심이라도 보였으면 진즉 다 털어놨을 거야. 넌 그냥 계속 피했을 뿐이야. 그 녀석을 더 알아버리면 빠져나올 마지막 기회마저 잃어버릴까 봐."

아상이 심어둔 가시가 아프게 꿈틀거렸다.

연약하게 타들어가던 심지의 마지막 불길이 꺼져 버렸다.

타악!

수는 그의 멱살을 잡았다. 거침없는 손길에도 피하지 않고 가만히 있는 도은에 수는 손아귀 가득 울분을 담아 움켜쥐었다.

"나는 아니었을 거 같아? 나라고 그동안 신간 편하게 있었을 거 같냐고! 그래놓고 뭐가 어째? 나와 같은 마음이 아니니까? 불안해? 얼어 죽을! 좋아한다 들이밀 땐 언제고 눈앞에 약혼녀까지 나타나서 미치고 팔짝 뛰겠는데! 그래놓고 연락도 안 하더니 2주만에 나타나서는!"

도은의 긴 눈매가 놀라 굳어졌다. 흔들리는 검은 눈동자와 함께 그의 낮은 목소리 또한 작게 흔들렸다. 그런 모습은 처음이었다.

"그랬어?"

수는 기가 찬 숨을 내뱉었다. 화가 나서 이가 달달 떨릴 정도였다.

"네가 내 모든 것을 다 좋아해 줄 때 그때. 그땐 다 말해줄게."

그 말을 가슴에 담아두고 있었다. 너무도 쓸쓸해 보여서 묻지 않았다. 꾹 참고만 있었다. 그러다 겁이 났다.

그래, 아상의 말이 맞을지도 모른다. 그게 더 열이 뻗쳤다.

"그랬다! 왜! 굳이 말을 해야 알아? 난 그쪽 믿으니까! 나 또한 그 정도 믿음은 있거든!"

멱살을 잡아 흔드는 수의 거친 몸짓에 따라 도은의 몸이 같이 흔들렸다. 멍하니 서 있는 그를 흔들던 수의 몸짓이 점차 수그러들더니 이내 멈췄다.

손이 떨리고 있었다. 일그러진 큰 눈 가득 눈물이 고였다.

"넌 날 좋아한다는 거. 그걸 믿지."

그의 미소 어린 음성이 떠올랐다.

수의 입에서 채 내뱉지 못했던 말이 느리게 흘러나왔다.

"근데 형은 나한테 그 정도의 믿음도 없어?"

결국 눈물이 떨어졌다. 분하고 억울했다. 한다고 하고 있는 건데, 그가 전혀 몰라주는 거 같아서. 이런 감정은 처음이었다.

도은의 커다란 손이 제 멱살을 움켜쥔 수의 손을 감쌌다. 맥없이 풀어지는 손에 도은은 와락 수를 껴안고는 그녀의 머리에 고개를 기댔다. 그의 품은 여전히 뜨거웠고 그녀의 귓가에 내려앉는 나지막한 목소리는 여전히 그윽했다.

"믿지. 항상 믿지."

그의 가슴에 기댄 귓가로 거친 심장 소리가 선연히 들려왔다. 쿵쿵, 빠른 속도로 터질 듯 뛰어대는 맥박이 그의 심경을 대변하고 있었다.

"잘못했어. 용서해 줘."

몸이 으스러질 듯 껴안는 그에 수는 뜨거운 온기보다 더 뜨끈한 통증에 눈물을 흘리다 말곤 이를 악물었다. 옅게 흘러나온 신음에 도은이 화들짝 놀라 그녀를 살폈고, 옆구리를 잡아 쥐는 수를 본 그가 쓰게 혀를 찼다.

"아직도 아픈 거야? 당장 치료받으러 가자. 빨리."

도은이 걱정 그득한 눈매를 찌푸리며 다급히 내뱉는 말에 수는 고개를 저으며 그를 향해 손짓을 했다. 그에 순하게 몸을 숙여 시선을 맞춰오는 그를 향해 수는 대뜸 있는 힘을 다해 주먹을 내다 꽂았다.

퍽!

"윽……."

이를 악물곤 몸을 구부리는 도은을 향해 코웃음을 치며 수는 멀쩡히 몸을 곧추 세우곤 실소를 내뱉었다. 그리곤 언제 눈물을 흘렸냐는 듯 손등으로 눈가를 쓱 닦아냈다. 옆구리가 뻐근하게 아프긴 했지만 참을 만한 통증이었다,

"치료 다 받았어. 안 아프네, 이제."

뒤도 돌아보지 않고 쿨하게 가버리는 수의 뒷모습에 도은은 헛웃음을 내뱉었다. 곧 뒤를 따라 내려간 도은이 연신 검사를 받자고, 치료를 받자고 졸라댔지만 수는 모두 묵살했다. 애가 타라는 벌이었다.

병실에 들어가니 진욱은 코를 드렁드렁 골며 잘도 자고 있었다. 팔에 꽂힌 링거액이 아까울 지경일 만큼 건강한 남아였다. 잠버릇을 못 고치고 병원 가운마저 벗어던진 채 자고 있는 그의 모습에 도은은 이제야 확신했다는 듯 고개를 끄덕이곤 이불을 대충 덮어주고는 소파에 널브러졌다.

간이침대의 이부자리를 살핀 수가 의아한 듯 눈살을 찌푸렸다.

"여기서 자게요?"

"나 가면 둘이 있잖아."

"아직도 의심하는 거야?!"

"아니. 그냥 네가 나 외에 다른 남자와 동침하는 게 싫어. 그

게 친동생 같은 녀석이라도."

"……미치겠네."

수는 고개를 절레절레 흔들고는 간이침대에 앉았다. 거센 코골이를 해대는 진욱 때문에 병실 안은 한시도 조용하질 않았다. 수는 이미 소파 밑으로 긴 다리를 뻗고 누운 그를 보았다.

살이 좀 빠진 것 같았다. 원래도 시원하고 날렵한 이목구비가 한층 더 날카로워진 것도 같았다. 한 번도 본 적 없는 트레이닝복에 신발 또한 실내 슬리퍼인 것을 이제야 보았다.

시선을 느낀 것인지 몸을 일으킨 도은이 그녀를 마주하곤 씩 웃었다. 평소의 시원한 웃음이었다.

"너 보고 싶어서 창문으로 도망 나와서 그래. 해 뜨기 전에 집에 돌아가야 하고."

수는 무심코 피식 웃다가 이내 걱정 그득하게 큰 눈을 찌푸렸다.

"갇혀 있던 거예요? 뭐 때문에. 약혼 안 하겠다고 해서?"

"그것도 있고. 난 언제나 아버지와 전쟁 중이지."

"으흥."

수가 대답을 흐리자 도은은 의아한 표정으로 그녀를 응시했다.

"아무것도 안 묻네. 또."

"먼저 말해주든가."

도은은 대답이 없었다. 입안에 얘기가 머물다 다시금 들어가는 것이 눈에 보일 만한 망설임이었다. 그래서 강요하고 싶지 않았던 거다. 지금 그처럼 죽어도 하지 못하는 얘기 하나쯤, 자신도 있었다. 그게 그는 좀 더 많을 뿐인 것 같았다.

수 또한 가만히 공백을 느끼다 다시금 입을 열었다. 쿨한 음성이었다.

"그래서 안 묻는 거지. 또."

"서운해?"

"이해해."

"나중에, 조금만 더 나중에. 적어도 지금 문제는 해결하고 그 다음에."

무거운 음성이었다. 문득 아상의 가시가 다시금 비집고 들어왔다.

"그 녀석을 알아버리면 누구든 다 줬던 마음을 쉽게도 가져가 버렸거든. 허울뿐인 빈껍데기라고."

그의 불안은 그것이리라 생각했다. 그럼에도, 수는 아무런 말도 하지 않았다. 오히려 장난 식으로 넘겨 버렸다.

또다시, 피했다.

"열심히 해야겠네. 더 분발하고."

비단 그를 향한 말은 아니었다. 그는 모를 것이었다.

도은은 기대도 하지 않았다는 듯 너털웃음을 터뜨렸다.

"네가 한 마디만 해주면 그럴 수 있을 거 같은데."

"뭔데요."

"좋아해."

"자요."

"한 번도 그 말 안 한 거 알아?"

"그쪽은 한 번 하고 계속 안 한 거 알아요?"

"좋아해."

툭 튀어나온 말에 수는 멍하니 그를 응시했다. 도은은 큰 입매를 반달로 휘며 다시금 말했다.

"좋아해. 수야."

제가 이름을 불러주는 걸 좋아한다는 걸, 도은은 알아챈 듯싶었다. 낮은 목소리 가득 애정을 담아 부르는 말에 수는 이불 속에 있던 두 손을 꼭 맞잡았다. 요란하게 떨어져 버린 심장 소리가 행여 그에게 들릴까 얼굴이 붉어지기도 했다.

수는 아무 일 없었다는 듯 침대에 누워선 그를 등지고 돌아누웠다. 그리곤 아직도 대답을 기다리는 그에게 쿨하게 말했다.

"알아요."

"대답은?"

"알잖아."

"쳇."

도은은 자리에 다시 드러누웠고, 소파 밖으로 널브러진 긴 다리가 흔들흔들거렸다.

"세 시간밖에 못 있어. 다시 가야 해."

"운전하려면 빨리 자요."

"간이침대는 좁아서 둘이 못 눕겠지?"

"많이 졸린가 보다. 헛소리도 하고."

"근데 진짜 치료받아야 되는 거 아냐? 옆구리 좀 보자."

"미쳤어. 어딜 본대!"

퍽!

수는 냉큼 일어나 베고 있던 베개를 집어 던졌다. 정통으로 얼굴을 맞은 도은이 큭큭 대며 웃었다.

그렇게 잠에 빠져들 무렵이었다. 시끄러운 진욱의 코골이에 깊은 잠이 들진 못했다. 문득 뺨을 감싸는 뜨거운 온기에 수가 눈을 뜨자 눈앞엔 그가 서 있었다. 창으로 들어오는 새벽의 푸르스름한 빛이 그의 짙은 이목구비를 따라 깊은 음영을 만들었다.

도은은 수의 이마에 쪽 입을 맞췄다. 떼기가 아쉬운지 한참을 그러고 있던 그는 입술을 떼곤 커다란 손으로 그녀의 작은 얼굴을 감싸곤 부드럽게 쓰다듬었다.

"금방 해결하고 올게. 나 믿지?"

속삭이는 목소리에 아쉬움이 역력히 묻어났다. 수는 잠시 망설이듯 입을 달싹이다 이내 말을 삼켜 버렸다. 그것에 자책했다. 왜 말하지 못하냐고. 하지만, 결국 내뱉지 않았다. 친구들에겐 잘만 하던 말인데 그에겐 너무 힘들었다.

역시, 피해 버렸다.

"빨리 해결해. 안 그럼 진짜 바람피워 버릴 테니까."

"하하, 알았어."

도은이 병실을 나가고, 수는 아침 해가 중천으로 떠오를 때까지 그렇게 그대로 있었다. 그의 손길이 머문 뺨을 매만지자 심장이 지끈거렸다.

3. 마음의 무게라는 건

진욱은 멀쩡히, 혹은 좀 덜 멀쩡한 모습으로 고향으로 내려갔다. 미안해하는 수에게 진욱은 되레 장난기 역력한 모습으로 '많이 좋아하나 봐, 못생긴 누나를. 전생에 나라를 구했나?'라며 놀려댔다. 고속버스터미널에서 손을 흔들며 '디지게 패놓고 헤어지면 죽는다!' 하고 가는 진욱을 보니 수는 은근 눈가가 시큰했다. 진욱은 제 친동생이다. 수는 그를 처음 만났을 때부터 그리 생각했다.

학비는 여전히 해결되지 않았다. 약속한 기일은 더 가까이 다가오고 있었다. 채워지지 않는 이백만 원에 대해서 도은에겐 입도 뻥긋하지 않았다. 안 그래도 곤란한 그의 상황에 기름을 붓고 싶진 않았다. 그리고 오후, 수는 일진이 안 좋은 날이라 확신했다. 쉬지 않고 울려대는 핸드폰 화면에 뜬 주아상이라는 이름이 명확했다.

[나 도와주면 네가 원하는 만큼 알바비 콜.]

그에 받아치듯 수는 일말의 고민도 없이 대답했다.

“이백만 원이요. 그거 맞춰주면 안 따지고 나도 콜.”

그는 너털웃음을 터뜨리곤 약속 장소를 통보하듯 읊어주며 전화를 끊었다. 나른하게 덧붙인 마지막 말에 수는 놀라지 않았다.

[나한테 부탁할 정도면, 학비 채우는 게 꽤나 막막했나 보지?]

그가 알고 있다는 사실에 새삼 놀라진 않았다. 왠지 그 사람이라면 알고 있을 거라고, 그간 겪어본 바로 당연하게 인식됐을 뿐이었다.

그렇게 이틀이 흘렀다. 과외가 없는 날이었고 도장엔 미리 말해 하루 오프를 냈다. 수는 학교 수업을 마치고 서둘러 청담동의 뷰티숍으로 향했다. 1층은 명품 셀렉숍, 2층은 미용실, 3층은 메이크업 스튜디오로, 수가 한 달에 한 번 커트만 하는 동네 미용실과는 다른 부촌 한복판에 있는 유명 헤어숍이었고, 예약은 당연 아상이 잡아놓은 것이었다.

일은 일사천리였다. 덥수룩하게 자란 머리칼을 살짝 다듬었을 뿐인데 동네 미용실에서 했던 것과는 느낌부터가 확연히 달랐다. 세련된 머리 스타일과 더불어 평소에 하지도 않던 메이크업을 받고 생전 처음 보는 명품 옷을 스태프들이 입혀주는 대로 입은 후

거울에 비친 모습에 잠시 멍하긴 했었다. 그대로 감탄할 시간도 없이 수는 아상이 대기시켜 놓은 기사 딸린 세단에 타 그가 말했던 약소 장소인 호텔로 향했다.

입구의 안내원에게 아상이 미리 보내온 금색 초대장을 내밀자 안내원은 2층의 파티 홀까지 수를 안내했다. 저녁 8시 반. 홀에는 이미 많은 사람들이 있었고 그 인파들 한가운데 사람들에 둘러싸여 있던 아상이 수를 발견하곤 잽싸게 그녀의 앞으로 왔다.

온화한 미소를 띤 아상의 시선이 수의 머리부터 발까지 훑었다. 짧고 가벼운 헤어스타일은 보르도 베레모와 잘 어울렸고, 워싱 블루진과 흰 실크 블라우스, 얇은 양가죽 재킷, 심플한 플랫슈즈까지 모두 딱 맞춘 듯 잘 맞았다.

아상은 하나하나 빠짐없이 확인한 뒤 약간 고개를 갸웃하더니 갑자기 껴안듯 다가왔다. 순간 놀란 수가 뒷걸음질 치며 그의 손을 쳐 내려 했지만 그의 날쌘 움직임을 피하지 못했다. 분명 운동을 할 줄 아는 이의 몸놀림이었다. 놀란 수의 반응에도 아랑곳하지 않고 그녀의 목을 껴안듯 닿았다 떨어진 아상은 씩- 긴 입매를 반쯤 휘었다.

“도은이 검도 가르친 게 누구라고 생각해?”

수는 커다란 눈매를 살짝 찌푸렸다. 멀찍이 물러선 아상은 만족스럽다는 듯 고개를 끄덕였다. 아상의 손이 지나간 후, 수의 목엔 커다란 다이아가 박힌 심플한 디자인의 목걸이가 걸려 있었다.

“역시, 예쁘다.”

"다행이네요. 돈이 어마어마할 텐데 당연히 예뻐야지."

"아니, 너."

"농담이 지나치네요."

"농담 아닌데? 넌 내가 아는 누군갈 무척이나 닮았거든."

끝까지 여유로운 아상의 긴 눈이 뱀처럼 휘었다. 수는 이를 악물었지만 곧 아상의 주변으로 슬금슬금 모여드는 사람들 때문에 다시금 인상을 펼 수밖에 없었다. 그가 당부했던 말이 떠오른 탓이었다.

"부모 잘 만난 탕아들의 사교 모임이야. 놀려고 만든 자리는 아니고, 다들 부모의 성화에 못 이겨 사업에 도움이 될 만한 친구 혹은 배우자감을 가려내려는 게 모임의 목적이지."

"근데 난 왜 가야 하는데요. 이백만 원 벌어 좋긴 하지만."

"마스터키가 어떤 건지 보여주려고?"

"뭐래."

호텔에서의 파티를 직접 보는 것은 처음이었다. 티브이 드라마에서처럼 클래식 음악이 흐르고 드레스를 입은 사람들이 우아하게 담소를 나누는 자리는 아니었다. 하지만 화려한 드레스가 아닐 뿐이지 그들이 입은 청바지나 원피스, 수트, 캐주얼 정장 등은 모두 엄청난 고가일 게 분명했다. 그들은 바 옆에 서서, 혹은 테이블에 앉아 이야기를 했다. 무대에선 유명 아이돌 가수가 노래를 불렀다. 주위에 삼삼오오 모인 사람들은 수가 신문에서만 보던 대기업 자제들의 얼굴들이었고 그들의 주변엔 그만큼 많은 사람들이 몰려들었다. 아상은 그 쟁쟁한 사람들 한가운데에서도 뒤처지지 않아 보였다.

그의 주변엔 끊임없이 사람들이 몰려들었다. 시답지 않은 안부를 건네고, 일 얘기를 하고, 명함을 주고받고. 이곳은 단순한 모임이 아니었다. 전장인 것이다.

"아상 형, 벌써 전략본부장 되셨다면서요? 일부러 평사원으로 들어가 일하시더니…… 이야, 축하드립니다. 소문 파다하대요. 아버지가 주 회장님 뒤를 이을 분은 형밖에 없다고 어찌나 친분 유지하라고 난리던지."

도은과 동문이라며 자신을 밝혔던 사람이었다. 덩치가 크고 맹해 보이는 그와 같이 무리를 지어 온 이들 역시 특별히 인상이 남는 이는 없었다.

아상은 어깨를 으쓱하곤 대수롭지 않게 말했다.

"난 뒷받침할 뿐이야. 아버지 뒤를 잇는 건 동생이 제격이지."

"형도 참 겸손하십니다. 동네 중소기업도 아니고 걔가 어떻게 그 뒤를 잇습니까. 그냥 첩도 아니고 술집 여자의 자식인……."

"뭐라고?"

넌지시 되묻는 아상의 표정을 마주한 남자는 급히 말을 멈추곤 희게 질린 얼굴로 난색을 표했다. 아상은 분명 미소를 띠고 있었지만 긴 눈매만은 차갑게 굳어 있었다.

남자는 손에 들고 있던 샴페인을 지나가던 웨이터에게 건네고는 언제 그랬냐는 듯 급히 손사래를 쳤다.

"아이고, 제가 술이 과해서 실수를…… 이만 가보겠습니다."

남자의 무리들은 모두 이때다 싶어 자리를 벗어났다. 그들의 대화를 가만히 듣고만 있었던 수는 말없이 아상을 쳐다봤다. 그는 쉴 새 없이 찾아오는 다른 이들을 상대하고 있었다.

"네 엄마 룸살롱 여자라며?"

갑자기 떠오른 누군가의 신랄한 말투에 수는 욕지거리를 억지로 삼키곤 샴페인을 들이켰다.

동문은 있어도 친구는 없다던 도은의 말이 무슨 뜻인지, 이제야 명확히 깨달았다. 속이 끓었다. 이 상황도 불편했고, 저리 쉽게도 입을 나불거리는 이들의 면상을 더 이상 보고 싶지 않았다. 부지불식간 들어온 정보 하나에 머리는 이미 홍수가 날 지경이었다. 최대한 빨리 이 일이 끝나길 바랐다.

수의 곁으로 아상이 다가왔다.

"이번에도 피하려고?"

의미는 명확했다. 제 앞에 나타날 때마다 웃는 낯으로 가시를 박아 넣던 이유를 이제야 깨달을 수 있었다.

수가 손에 든 빈 샴페인 잔을 꽉 움켜쥐곤 그를 노려봤다.

"이러려고 데려온 거였네. 피하지 못하게 하려고."

"말했잖아. 난 선택권을 주는 거라고. 가고 싶으면 가. 이백만 원은 이미 네 통장에 넣었어. 막지 않아."

아상의 긴 눈매가 반달로 휘었다. 수는 지나가는 웨이터가 든 샴페인을 뺏어 들고는 그가 보는 앞에서 말끔히 들이켰다. 쓴 속에 달달한 알코올이 시원하게 들어갔다.

"안 가. 이 샴페인 달달하니 맛있거든요."

아상이 즐거운 듯 입꼬리를 휘었다. 수의 귓가로 큰 키를 숙인 그가 낮게 속삭였다. 웃음기 가득한 음성이었다.

"이제, 더 달아지겠네."

직원의 안내를 받아 들어오는 한 쌍의 커플이 보였다. 두 사람 모두 사람들의 시선을 단번에 쓸어 모을 만큼 훤칠한 선남선녀였다. 편히 즐기고 있던 사람들이 슬금슬금 그들에게 다가가는 것도 보였다. 그 무리엔 아까 도은의 동문이라면서 아상에게 말을 걸었던 남자도 있었다. 간사하게도 표정을 바꾼 채 환한 웃음으로 먼저 인사를 건네는 그들을 보자 수는 속에서 신물이 올라오는 것 같았다.

사람들의 시선을 즐기는 여자는 쌍꺼풀 없는 눈을 휘며 살갑게 얘기를 나눴고 남자는 입구에 들어설 때부터 질렸다는 듯 긴 눈매를 날카롭게 굳힌 채였다. 군중 사이로 의미 없이 흩어지던 그의 시선이 수에게서 멈췄다.

일순 정적이 흐르는 것 같았다. 아이돌 가수의 빠른 비트의 노래가 아주 먼 곳에서 들리는 것처럼 윙- 울리기만 했다. 제 앞으로 모여든 사람들을 밀치며 성큼성큼 다가오는 그의 모습 때문인지도 몰랐다.

"수야, 여긴 어떻게……."

도은은 놀란 게 역력한 표정을 숨기지 못했다. 그 못지않게 수도 놀랐기에 대답은 하지 않았다.

그래, 사교 모임. 당연히 그도 올 수 있을 거란 사실을 왜 인지하지 못했는지 모르겠다. 아상의 말솜씨에 놀아나 정신이 없었다.

도은은 한껏 차려입은 수를 위아래로 한참을 뚫어지게 살펴보다 그 옆에서 빙글 웃고 있는 아상에게 시선을 던졌다. 형이 이리 해놨어? 라는 명확한 시선에 아상은 어깨를 으쓱하며 대뜸 수의 어깨에 손을 올려 자신 쪽으로 끌어당겼다. 수가 발끈해 그의 발을 밟으려 하자 아상은 왜, 가려고? 라며 도발했다. 수는 결국 이를 으득 갈며 가만히 서 있었다.

아상은 도은을 향해 보란 듯 수를 끌어안으며 미소를 띠었다.

"보고 싶다고 징징댔잖아. 그래서 데려왔지. 그 꼴로 데려올 수는 없었고."

"……손은 좀 치우지?"

"여기라고 아버지 첩자가 없을 거 같아?"

아상이 넌지시 소리 죽여 하는 말에 도은은 살짝 인상을 찌푸리다가 이내 수를 지긋이 바라보고는 쓰게 웃었다.

"보고 싶었어."

"이번에도 카톡 하나 달랑 보내놓고?"
"넌 그조차 답장도 없었고."
"여전히 하면 안 되는 상황일 거라 예상했으니까."
"그래서 안 보고 싶었어?"
수는 결국 실소를 내뱉었다. 살짝 풀어진 그녀의 표정에 도은도 따라 미소를 지었다. 한데 그 훤한 낯빛이 꽤나 날카로워져 있었다. 며칠 전 잠깐 보았을 때보다 살이 더 빠진 것 같았다.
수는 다시금 표정을 굳히곤 무거운 톤으로 말을 이었다.
"아직도 그런 상황인가 보네."
"아직은. 곧 해결할 거야."
"그럴 기미가 안 보이는데."
수의 시선이 다른 이들과 웃고 있는 재희에게 향했다. 도은은 혀를 차곤 잔뜩 찌푸려진 긴 눈매를 어렵사리 폈다. 그리곤 빤히 그녀의 낯을 바라보곤 쓰게 웃었다.
"지나치게 예쁘다."
"누가 했던 말이랑 똑같네. 이 정돈 아니었지만."
"누가 그딴 소릴 했는데."
"누굴 거 같은데?"
도은이 정색을 하며 힐끗 아상을 응시했고 결국 긴 눈매를 마음에 안 든다는 듯 좁혔지만 아무런 말을 하지는 않았다. 수는 그제야 오늘 하루 처음으로 살짝 웃고는 안도의 한숨을 내쉬었다.
생경한 분위기, 생소한 옷, 모든 것이 불편하고 불안했는데 이제야 안정감이 드는 기분이었다.

"이게 무슨 그림이야?"

어느새 도은의 곁으로 와 그에게 팔짱을 낀 재희는 아상에게 어깨를 감싸인 채 서 있는 수를 마음에 들지 않는다는 듯한 눈으로 보았다. 그러나 재희는 앙칼진 눈매를 슬그머니 풀더니 의아하다는 듯한 표정을 지었다.

"설마 내가 착가한 거?"

"아니. 정확히 인지한 거. 단지 오늘은 특별 케이스."

"오빠까지!"

"소리 죽여. 사람 많은 데서 또 깽판 칠 셈이야?"

아상의 시니컬한 대꾸에 재희는 애교 섞인 짜증을 내며 도은을 잡아 끌어 멀찌이 가버렸다.

수는 나지막이 한숨을 내쉬며 머리를 쥐어 잡았다. 수는 그대로 홀을 나가려다가 이백만 원을 읊조리는 아상에 의해 어쩔 수 없이 걸음을 멈추고 말았다.

그 뒤론 식사가 이어졌다. 형제인 아상과 도은은 당연히 한 테이블에 앉았고, 그 바람에 수와 재희까지도 한 테이블에 마주보고 앉아야 했다. 식사 내내 불편한 것은 말할 필요도 없었다. 수의 앞에서 보란 듯이 도은에게 이것저것 음식을 챙겨주던 재희는 예전 얘기를 꺼내기 시작했다. 도은에 대해 모르는 것이 없는 재희에겐 그의 사소한 습관이나 추억까지 꺼낼 수 있는 얘기 보따리는 무궁무진했다.

"그거 먹지 마. 나 줘."

"왜. 맛있어 보이는데."

"빨리 내놔봐."

수가 입으로 가져가려던 샐러드를 내놓으라는 도은 때문에 실랑이가 벌어졌다. 수는 큰 눈을 반쯤 찌푸리고 샐러드를 찍은 포크를 그의 앞으로 내밀었고 도은은 날름 그걸 먹곤 역시, 하며 긴 눈매를 좁혔다.

"그거 먹으면 안 되겠다. 게살 들어갔어."

"헐, 맛있게 보였는데."

"차라리 이거 먹어. 트러플."

"윽, 싫어. 아까 먹었는데 맛없어. 이거 풀떼기만 골라 먹으면 안 되나? 게살 발라서."

"쓰러지기만 해. 저번처럼 곱게 응급실에 퍼다 놓진 않을 거니까."

"그거 아직도 우려먹어요? 무슨 곰탕 끓이나?"

아무렇지 않게 도은과 대화를 나누다가 순간 미묘하게 바뀐 공기 흐름에 수는 주변을 돌아봤다. 무엇이 그리 신기한지 수와 도은을 번갈아 보며 소리 죽여 쑥덕이는 이들이 한가득이고 재희의 얼굴은 단단히 굳어 있었다. 아상이 갑작스레 웃음을 터뜨리지 않았다면 그 분위기에 숨이 턱 막힐 뻔했다.

"큭큭, 역시. 내가 사람 하나는 잘 보지."

"뭔 소리야."

아상의 웃음소리에 도은이 불쾌한 듯 고개를 들자 그 주위로 모였던 시선은 삽시간에 흩어졌다. 그 모습이 흡사 학교에서의 학우들 모습과 흡사해 수는 여기서도 그가 어떤 캐릭터인지는 알 것 같았다.

후식으로는 딸기 케이크가 나왔다. 계속 말이 없던 재희가 웨이터에게 한소리 했고, 죄송하다며 도은의 접시를 급히 치즈 케이크로 바꾸는 웨이터에 수는 의아하게 그를 응시했다. 음식을 가리는 사람이 아닌데 이상해서였다.

수의 반응에 재희는 코웃음을 치며 굵은 웨이브 진 머리칼을 우아하게 뒤로 넘겼다.

"흥, 도은이 딸기 알레르기 있는 거 몰랐어요? 아는 게 뭐야 도대체. 도은이 좋아하는 거 맞아요?"

"……."

"뭐, 이유야 뻔하지. 그간 도은이 옆에 알짱거렸던 여자들처럼 뭐 하나 얻어낼 속셈이겠지."

재희의 폭언에 수는 큰 눈을 찌푸렸다. 되레 도은이 발끈하며 자리에서 일어나려 하자 아상이 지긋이 그의 어깨를 눌렀다. 보는 시선이 많았다.

전쟁 같던 파티는 끝났다. 삼삼오오 모인 사람들이 홀을 빠져나갔다. 저마다 개인적으로 2차를 가려는 듯 사람들은 더 신나 보였다. 수는 그때다 싶어 잽싸게 화장실을 가는 척 홀을 나와 비상구로 향했다. 신경을 써 그런지 머리는 깨질 것처럼 아팠고

속은 불편했으며 마음은 무거웠다.

"도은이 좋아하는 거 맞아요?"

저를 고까워하는 사람의 툴툴거림 같은 건 쉽사리 넘겨 버려도 될 말일 뿐인데, 그럴 수가 없었다. 하루 온종일, 아니, 몇 주 내내 생각하고 고민하던 게 신랄하게 내뱉는 그녀의 말에 확신이 되어 가슴에 와 박힌 탓이었다.

지난 육 개월보다 오늘 하루 동안 도은에 대해 안 것이 더 많았다. 그는 자신의 대부분을 꿰고 있지만 정작 저는 그에 대해 아무것도 모른 셈이다. 그가 말해주길 기다렸다는 건 사실 변명이었다. 분명 한 번 더 물었다면 그는 진즉 말해줬을 거다. 이복형에 대한 것도 스스럼없이 털어놨던 그였다. 피한 건 되레 자신이었다.

그래, 매번 피했다. 그도 그걸 알고 있었을 거다. 결국 그가 불안에 미쳐 날뛰기도 했었다. 그게 너무, 속상했다.

"그런 게 아니야……."

혼잣말과 함께 수가 비상구 문을 잡을 무렵이었다. 화장실에서 나온 늘씬한 여인이 갑자기 수를 돌려 세우고는 대뜸 뺨을 후려쳤다. 아무도 없는 텅 빈 복도에 날카로운 소리가 울려 퍼졌다.

수는 어안이 벙벙하여 잠시 넋을 놓았다가 정신을 차리곤 아픈 뺨을 손등으로 쓸었다. 살짝 배어 나온 핏물에 눈을 찌푸린 수는 눈앞에 서 씩씩거리는 재희를 노려봤다. 그녀가 중지에 낀 태양 모양의 반지에 붉은 피가 묻어 있었다.

"나 때렸습니까, 지금?"

"그래, 때렸다. 주제 파악 못하고 설치는 거 같아서."

"그쪽이랑 나 상황이 바뀐 거 아니에요? 든든한 뒷배에, 약혼까지 하실 분이 뭐가 겁나는데."

"그러는 넌 뭐가 그리 당당한데. 쥐뿔 가진 것도 없는 게 왜 이렇게 사람 거슬리게 하는 거야. 아, 짜증 나! 네가 아니었음 난 진즉 도은이와 약혼하고 그이 또한 후계자 수업을 받았을 거야. 너 같은 꽃뱀 때문에 일이 얼마나 어그러졌는지 알기나 해?"

수는 이를 악물었다. 부들부들 떨리는 그녀의 눈꺼풀이 화를 대변하고 있었다.

"그 사람 좋아하는 거 맞아요?"

"그럼 싫어하는데 미쳤다고 그 오랜 세월을 쫓아다녔겠어?"

"아무것도 모르는 나도 그가 가업 잇는 거에 학을 뗀다는 건 압니다. 의사 되는 게 꿈이라 그 먼 길 돌아온 사람이에요. 근데 기어이 그 사지로 밀어 넣겠다고요?"

재희가 어이가 없는 표정으로 기가 찬 헛숨을 내뱉었다.

"와, 이거 봐. 네가 꼬드긴 거였네. 어쩐지 도은이가 한순간에 다른 사람처럼 바뀌었다 했더니 다 네 짓이었어!"

재희는 수의 피가 묻어난 반지를 있는 힘을 다해 복도에 집어 던져 버리곤 표독스럽게 그녀를 노려봤다.

"도은일 옆에서 본 세월만 족히 십년이야. 그 누구보다 그는 내가 가장 잘 알아. 너야말로 도은이 좋아하는 거 아니잖아. 그럼 어떻게 그에 대해 그렇게도 모를 수가 있어? 너야말로 돈 몇 푼 뜯어내려고 꽃뱀처럼 붙어 있는 거 아니냐고! 제발 좀 떨어지라고!"

"도은일 받아들인 것도 진심으로 죽고 못 살아서는 아니잖아? 그저 부잣집 차남에 너한테 도움도 되고, 미치게 좋아한다니까, 네가 손해 볼 건 없으니까 그냥 계속 좋아하게 놔둔 거잖아, 안 그래? 도은이에 대해 알고 있는 게 하나라도 있긴 있어? 물어볼 생각이나 있었어? 그 녀석은 말하기 싫어했겠지만 네가 조그만 관심이라도 보였으면 진즉 다 털어놨을 거야. 넌 그냥 계속 피했을 뿐이야. 그 녀석을 더 알아버리면 빠져나올 마지막 기회마저 잃어버릴까 봐."

아상의 가시가 살점을 파고들었다. 그것을 억지로 빼내고 단단히 힘을 줬다. 피하지 않았다. 피하고 싶지 않았다. 이런 건, 처음이었다.

"그래. 죽고 못 사는 거 아니었어. 그냥 좋아한다니까 나도 모르게 휩쓸려 갔어. 그땐 그랬어. 근데 지금도 그렇다고 누가 그래요."

수의 목소리가 떨렸다. 뿔난 황소처럼 으르렁대는 재희를 노려보는 수의 숨이 점차 격해졌다.

"몰라도 상관없었고 알아봤자 바뀌는 것도 없는데 내 관심 하나 해결한답시고 섣불리 물은 말에 그가 상처받을까 봐 그저 기다린 겁니다. 그러다 피했어요. 그에 대해 알아가는 게 나도 모르게 겁이 났어요. 그래서 결국 아무것도 몰라요. 근데 그게 뭐요. 겁내면 안 돼요? 피하면 안 돼요? 처음이라 서툴러서. 겁이 나서 그랬을 뿐인데. 왜 내 마음을 가볍다 멋대로 단정 짓고 장담들 하는데요. 당신들이야말로 나에 대해 뭘 안다고."

재희에게 한 말은 아니었다. 마음속에 가시처럼 박힌 아상에게 하지 못했던 말이었다. 그땐 아무 말도 하지 못했지만, 지금은 생각이 명확했다.

아상의 말은, 틀렸다.

"이게 어디다 대고!"

재희의 손이 다시금 허공에 들리자 수는 있는 힘껏 그녀의 팔목을 잡아 옆으로 꺾어 내렸다. 더는 때리지 못하게 하기 위함이었다. 손을 붙잡힌 재희가 악 비명을 지르곤 소리쳤다.

"이거 안 놔! 너 학교에서 아예 잘리고 싶지, 어? 너 잘라 버릴 거야. 그뿐인 줄 알아? 병원 사회가 얼마나 좁은지 알아? 아버지 말 한 마디면 넌 의사가 되도 평생 의사 짓 못할 거야. 알고나 까불어!"

"왜. 장학금 회수해서 사람 엿 먹인 걸로는 모자라나 봐요, 이사장 따님. 마음대로 해요. 어차피 가진 거 없는 인생이니까."

"이거 놓으라고!"

바락바락 소리를 내는 재희에 수는 시니컬하게 대꾸했다.

"내가 사라지면 그 사람이랑 약혼할 수 있을 거 같아요? 그치들이 다 아는 척 떠들어대는 말에 그 사람만 넝마가 되었는데. 하물며 그 사람이 그렇게 좋다고 매달리는 그쪽이 그치들과 똑같은 짓을 하고 있는데?"

"얘가 뭐래는 거야, 진짜! 그럼 뭔데. 대기업 회장인 아버지가 버젓이 있는데도 의사 나부랭이 하겠다는 게 말이 돼? 아무리 서자라도 세상 반을 가질 수 있는데 그건 잘못된 생각이지! 그럼 바로잡아 줘야지! 내가 그리해 줄 수 있어. 그를 도와줄 수 있다고. 한데 넌 아무것도 못 하잖아. 너 따위가 뭘 할 수 있는데!"

"난 아무것도 못 해줘. 그럴 능력도 힘도 아무것도 없어. 근데 그런 당신 말에 기죽을 만큼 순박한 사람도 아니야, 난. 상대방 행복을 위해 떠나보내거나 그런 짓 난 못해. 아니, 안 해. 그도 분명 그걸 원하지 않을 테니까. 몰랐어?"

"……뭐?"

"그에 대해 아무것도 모르는 건 당신들이야."

차분함을 넘어 차갑게 뇌까리는 수의 말에 재희의 일그러진 얼굴이 서서히 굳어졌다. 그럼에도 수는 멈추지 않았다.

"당신이 그를 안 세월이 얼마나 길고 그를 좋아하는 마음이 얼마나 대단한 건진 모르겠지만 그쪽 절대로 그 사람 마음 못 얻어. 왜인 줄 알아? 그가 좋아 죽고 못 사는 내가, 이미 그 사람 많이 좋아하거든. 어쩌면 그 사람보다 더."

"……."

"당신들이 앞에선 웃고 뒤에선 비웃는 그 사람이 나한텐 너무 소중해. 그래서 절대 안 놓을 거야. 날 만나면 그 사람 인생이 구겨지고 당신을 만나면 그 사람 인생이 핀다 해도 절대 당신 같은 사람에겐 못 줘. 아니, 안 줘! 그러니 한번 해보자. 개싸움 한번 해보자고. 내 장담하건대 그쪽."

"……."

"나 절대 못 이겨."

멍하니 수를 바라보는 재희의 얼굴이 경련이라도 나는 듯 떨렸다. 그때였다.

"그 정도면 됐어."

차분한 이의 음성에 수는 재희의 팔을 풀어주고는 그쪽으로 고개를 돌렸다. 복도 끝에서 천천히 다가오는 이는 도은이었다. 재희는 울먹이며 아픈 팔을 보란 듯이 그에게 내밀었다.

"도은아, 저 여자가 내 팔을 막……."

"싸운 거야? 어디 봐봐."

도은은 재희를 쳐다보지도 않고 수의 몸을 이리저리 살폈다. 뺨 한가운데 긁힌 상처에서 시선이 멈췄을 때 도은의 눈매는 더할 나위 없이 날카롭게 굳어졌다.

"맞았어? 네가?"

"어."

"검도 한 건 어디다 써먹고!"

"누가 몰라서 그래? 상황 더 곤란하게 만들면 안 되잖아! 지금도 그쪽 충분히 곤란해 보인다고!"

가뜩이나 열 받는데 도은이 화를 내는 게 더 천불이 올라 수도 언성을 높였다. 도은은 답답한 듯 얼굴을 손으로 쓸어내리곤 끝까지 화를 냈다.

"그걸 왜 네가 신경 써! 내가 누구 때문에 이러고 있는데!"

"누구 때문인데!"

"그걸 몰라 물어?"

"난 할 말 없는 줄 알아? 나야말로 누구 때문에 지금 여기에 있는 건데!"

지지 않고 화를 내는 수의 반응에 도은은 잠시 숨을 고르곤 뒤를 돌아 울먹이며 서 있는 재희를 응시했다. 붉게 부은 팔을 감싸고 있는데도 대수롭지 않은 시선으로 그쪽을 슬쩍 쳐다보고 마는 그는 차갑고 냉소적인 표정이었다.

"장학금 얘긴 뭐야. 정말 네가 그런 거야?"

"그게 아니라 학교 규칙이 바뀌……."

"사전 공지도 없이 급히 바꾼 규칙이라면 너희 집안에서 한 것 맞겠네. 한국대도 썩었군."

"도은아!"

"내가 지금 이러고 있던 건 적당히 분위기 맞춰주며 시간을 벌어보려 했던 거야! 지켜야 할 사람을 보호할 유일한 방법이라서! 근데 어른들이 아닌 네가 주동자가 될 건 생각도 못했다."

맹수의 포효 같았다. 복도를 울리는 그의 노성에 재희의 몸이 움츠러들었다. 그는 서슬 퍼렇게 긴 눈매를 일그러뜨리며 간신히 화를 억누른 채 말을 이었다. 낮고 차분했으며, 그렇기에 더 날이 서 있었다.

"회사엔 관심도 없고 어떻게든 거기서 벗어날 궁리뿐인 나를, 너희 집안은 단단히 잘못 판단했어. 후계자는 내가 아닌 형이 될 거야."

재희는 허를 찔린 듯 수를 힐끗 봤다. 수는 보란 듯이 그녀의 시선을 피하지 않았다. 재희는 도은의 팔을 붙잡곤 다급하게 말을 이었다.

"그게 아니야! 아버진 그렇겠지만 난 고등학교 때부터 널 좋아하……!"

"내가 봉급쟁이 의사가 된다 해도? 한 달 봉급이 네가 들고 다니는 가방 하나 값도 안 될 텐데. 그런 나라도 네가 좋아한다고?"

재희가 움찔했다. 그녀의 두툼한 입술이 어색하게 휘어졌다.

"……아버님이 용납하실 리 없어."

"아버지와 등진 지 오래야. 유학 마치고 온 뒤론 어떠한 지원도 받지 않았어. 이런 건 몰랐겠지, 너희 집안은."

재희의 낯빛이 파리하게 질렸다. 전혀 몰랐다는 듯 눈매를 정처 없이 흔드는 재희를 보는 도은의 입꼬리가 비릿하게 비틀어졌다.

"너 또한 내 배경을 좋아해 덤벼든 거잖아. 첩의 자식이라도 좋은 집안의 자식이니 내 곁에 있으면 뭐라도 떨어질 거 같아서.

형을 노리기엔 어림도 없고 만만한 날 상대하려 한 거겠지, 네 집 안에선."

"도은아……."

재희의 눈물 그렁그렁한 흔들리는 시선이 다시금 수에게 향했다. 하지만 그녀에게서 기어이 눈물을 뽑아낸 것은 도은이었다.

"널 좋아하지 않았지만 싫어하지도 않았어. 넌 적어도 뒤에서 날 비웃진 않았으니까. 근데, 이젠 싫다."

검은 눈동자가 일그러지며 포효했다. 쉽게 다가서지 못할 만큼 발광하는 도은에 그 누구도 섣불리 입을 떼지 못했다.

"다시 한 번 이 녀석한테 손대봐. 그땐, 이 녀석처럼 얌전히 안 넘어가. 그 팔, 내가 부러뜨려 버릴 테니까."

간신히 화를 참는 도은의 두 손이 부들 떨렸다. 그 상황에서도 기어이 앞을 가로막고 선 재희를 그는 가차 없이 밀어버렸다. 종잇장처럼 볼품없이 밀려나 벽에 부딪친 재희가 결국 크게 울음을 터뜨렸지만 도은과 수, 그 누구도 돌아보지 않았다.

복도를 돌아 나오자 아상이 벽에 기대고 서 여유롭게 팔짱을 끼고 있었다. 얼굴에 띤 싱글벙글한 웃음을 보니 얘기를 다 듣고 있었던 게 분명했다. 그에게 한마디도 싫은 소리 한 적 없던 도은의 표정은 완벽히 굳어 있었다. 화가 가라앉지 않은 거친 숨이 맹수의 하악질 같기도 했다.

"형 작전은 망했어. 그러게 내가 이건 아니라 했잖아."

"네가 보기엔 그러냐?"

아상의 시선이 수에게 머물렀다. 붉게 부어오른 뺨에 뚱한 표정을 짓고 있는 수를 향해 아상은 큰 입매를 말아 올렸다. 누가 봐도 즐거워하는 모습이었다.

"내가 보기엔 정확한데."

수는 큰 눈을 좁히며 그를 노려봤다. 그가 내내 그녀의 속을 긁어놓은 이유가 이것이었다. 이곳에 불러들인 이유는 그것이었다. 개싸움이 났는데도 저리 싱글벙글한 것을 보면 그의 목표는 달성한 듯싶었다.

영악한 남자. 속을 모르겠는 위험한 사람. 처음으로 그리 생각했다.

수가 엘리베이터에 타기 전 아상이 그녀의 귀에 속삭였다. 누구도 듣는 이 없는 그들만의 대화였다.

"열었네. 하나 더."

"난 하나도 고맙지 않은데. 이상하게."

수의 시니컬한 대답에도 아상은 웃을 뿐이었다.

도은은 호텔 앞에 대기해 있던 차의 조수석에 수를 밀어 넣듯 태우곤 출발했다. 차는 빠르게 대교를 넘어갔다. 분명한 과속이었다.

"장학금 얘기 왜 안 했어."

수는 아차 싶어 입을 다물었다. 그러다 대수롭지 않게 받아쳤다.

"할 기회도 없었잖아. 감금되어 있던 주제에."

"임 아저씨 아들 왔을 때, 그때 기회 있었잖아. 하긴 기회가 많았어도 얘기 안 했겠지."

"그렇게 날 잘 알아?"

"어. 잘 알아. 넌 자존심이 세잖아. 특히 나한테. 어떤 말로 형이 널 꼬드겨 여기로 불러냈는지도 내 입으로 말할까?"

수는 이를 악물곤 창밖으로 고개를 돌려 버렸다. 무서운 핏줄. 좋은 머릴 왜 그딴 데 쓰는지. 도은이 아상과 꼭 닮았다는 사실을 다시금 깨달았다.

도은의 차는 수의 동네를 그냥 지나쳤다. 수는 창문 밖으로 보이는 익숙한 버스 정류장을 보았지만 그에게 말을 걸지는 않았다. 다 죽여 버리겠다는 표정으로 차를 몰고 있는 그에게 섣불리 말을 걸기보단 과속하는 차 안에서 애꿎은 보조 손잡이를 꽉 움켜쥐었다.

얼마 후 차가 정차한 곳은 옆동네, 고급 맨션이 주를 이룬 부촌이었다. 학교에서 좀 산다는 녀석들이 이곳에서 자취한다는 얘기를 들은 적이 있었다.

지하주차장에 차를 대곤 보조석 문을 연 도은은 가만히 있는 수에게 내리라며 고개짓했다. 하나 수가 쿨하게 무시하곤 움직이려 하지 않자 그는 몸을 숙여 안전벨트를 풀고 그 자세 그대로 그녀를 응시했다. 숨이 뺨에 닿을 만큼 가까운 거리에 수는 움찔했다. 하지만 그는 평온하기 그지없었다.

"쌀가마처럼 업혀 올라가고 싶음 그러고 있어. 나도 그게 더 취향이니까.”

도은은 평소와 달랐다. 사소한 거 하나도 맞춰주기 바빴던 그의 한 치 양보도 없는 모습에 수는 결국 차에서 내렸다. 그녀가 도망갈까 싶은지 도은은 그녀의 손을 꽉 잡아 쥐었다.

보안이 철저한 곳이었다. 엘리베이터 하나를 타는 것까지 거주자임을 확인하는 보안카드가 없으면 안 되는 이곳에서 그의 집은 가장 상층에 위치해 있었다. 한 층에 한 집밖에 없는 맨션답게 복층의 내부는 넓었다. 2층을 제외하고도 어림잡아 60평은 될 듯했다. 그러나 가구는 극히 심플하게 있어야 할 것만 있는 채라 내부는 깔끔함을 넘어 공허해 보이기까지 했다.

도은은 거실의 밤색 소파에 수를 앉히곤 방으로 들어갔다. 뭔가를 뒤적이는 듯 요란한 소리가 나고 방에서 나온 그의 손엔 구급 키트가 들려 있었다.

도은은 수를 마주 본 채로 바닥에 한쪽 무릎을 꿇고 앉았다. 수의 턱을 조심스레 잡아 쥔 그는, 뺨의 상처에 다시금 깊은 한숨을 내쉬었다. 소독을 하고 거즈를 대 밴딩을 하는 동안에도 그는 몇 번이나 이를 갈았다.

“어떻게 해줄까.”

소독약 냄새와 그에게서 풍기는 우디 향에 살짝 정신이 몽롱하기도 했던 수는 정신을 바로잡으며 눈을 살짝 찌푸렸다.

“그 여잔 나보다 몸도, 마음도 더 아플걸. 손목 관절을 꺾어놨으니 전치 2주도 넘을 거야. 착각하나 본데, 제대로 안 때렸을 뿐이지 맞고만 있었던 건 아니야. 그러니 화 그만 내지? 만날 시간도 아까운데 너무 이러지 말고. 게다가.”

“게다가?”

“그렇게 졸라대더니. 결국 형 집에 불러들였잖아?”

제가 했던 말을 고스란히 인용한 그녀에 도은은 결국 실소를 지었다. 수의 부은 뺨을 손등으로 비비던 그는 얼음주머니를 살포시 뺨에 댔다. 차가운 기운에 수의 어깨가 절로 움츠러들었다.

“그렇게 대면 아파.”

“그러게 누가 맞으래?”

통증에 인상을 찌푸리다 수는 이내 가만히 그가 하는 대로 있기로 했다. 순한 반응에 도은은 의아하게 긴 눈매를 좁혔다.

“오늘 좀 이상한데?”

“뭐가.”

“반응이 좀, 달라서.”

“어디까지 들었는데.”

“뭘 말이야.”

“아까 개싸움. 장학금 얘기 들었으면 중반부터는 다 들었다는 얘긴데.”

도은은 아차 싶은 표정이었다. 수는 따져 물을 생각이 없다는 눈빛으로 한숨을 내쉬곤 차분하게 말을 이었다.

“말 그대로야. 몰라서 그랬어.”

“에?”

"그쪽은 어떨지 몰라도 나한텐 다 처음 있는 일이라. 서툴러서. 겁이 나서. 그래서 피했어."

도은은 입을 다물었다. 긴 눈매가 놀라 굳기도 했다. 그녀의 속내를 있는 그대로 들은 건 처음이었다. 수는 멈추지 않고 다시금 말을 이었다.

"장담하건대, 그쪽만큼이나 나도 불안했어."

힘들게도 내뱉은 말이었다. 수의 큰 눈이 불안하게 떨렸다.

도은은 한층 너그러워진 얼굴로 지긋이 그녀를 응시했다.

"어른들 상대하기엔 벅찼어. 그래서 형이랑 계획을 짠 거야. 내가 날뛰다가 네가 다칠지도 몰라 걱정돼서, 너 보호하려고 일부러 거리를 뒀던 거지. 하라는 대로 따르는 척하며 이 일 끝낼 시간 좀 벌어보려고. 설마 내가 진짜 약혼이라도 할 줄 알았던 거야?"

"그게 아니라, 난 그쪽 아무것도…… 모르니까."

"누가 아무것도 모른대."

"솔직히 딸기 알레르기 눈치채지도 못했어."

수가 자책하듯 미간을 찌푸렸다. 풀이 죽은 듯한 그녀의 모습에 도은은 난감해하면서도 웃어버렸다.

"그야 딸기를 같이 먹을 일이 없었으니까. 복숭아 알레르기라면 어머님 댁에서 진즉 알았을 거야."

"그런 뜻이 아니잖아."

"그 대신 넌 남들이 모르는 걸 알잖아."

"그런 거 없는데."

"왜 몰라. 너한테밖에 안 보여준 건데."

수는 의아해하며 큰 눈을 깜빡였다. 얼음주머니를 뗀 도은은 한층 붓기가 가라앉은 그녀의 얼굴을 두 손으로 감쌌다. 정면으로 서로를 바라보는 자세였다.

"주아제약 회장 둘째 아들이 아니라, 그냥 날 알잖아. 그것도 아주 많이, 아주 잘. 그거 너만 아는 거야."

수의 눈은 이보다 더 커다래질 수 없을 정도로 크게 뜨였다. 본인의 말에 스스로 뿌듯해하며 웃고 있는 도은을 보는 수의 표정이 심상치 않았다.

"주아제약? 형네 가업이 그거였어? 그 대기업?!"

"아…… 몰랐나?"

"그럼 알았겠어? 한 번도 말 안 해줬잖아!"

태평하게 머리를 긁적이는 도은의 반응에 수는 광분하며 자리에서 일어섰다. 넓은 거실을 불안한 듯한 걸음걸이로 동동거리고 다니던 수는 태평히 앉아 있는 그를 내려다보며 얼빠진 얼굴로 물었다.

"진짜야? 농담이지?"

"왜. 이제 막 구미가 당겨?"

"얼어 죽을! 그런 줄 알았으면 엮이는 게 아니었는데! 어쩐지 매번 일이 복잡하다 했어!"

수가 진심으로 후회하는 듯하자 도은은 긴 눈매를 찌푸리며 이를 으득 갈았다.

"남들과 반응이 너무 다른 거 아냐? 다른 여자들은 껌뻑 죽던데."

"남들과 다른 내가 좋다며! 그럼 그 여자들이랑 만나든가!"

"진심이야?"

"아니! 죽을래?! 바람은 용서 못해!"

뇌를 거치지 않고 입으로 나오는 두서없는 말들이었다. 멘탈 붕괴가 확연히 보이는 수가 거실을 내내 정처 없이 돌아다니는 것을 도은이 붙잡아 세웠다.

"아까 다 들었지. 아버지랑 등진 지 오래라는 거. 나 가업 안 이을 거라는 거."

"……들었지."

"넌 성형외과가 꿈이라고 선우가 그러던데. 난 신경외과가 꿈이야. 지금 우리 같이 학교 다니고 있고, 이제 몇 개월 후면 본과도 진학할 거고 시험도 보겠지? 나란히 의사 돼서 넌 네가 바라는 대로 성형외과 의사 되서 돈 많이 벌고 난 망가진 신경 고쳐주고 뿌듯해하면서?"

"그렇지."

"그럼 질문. 내가 주아제약 회장 아들인 게 이 시점에 뭐가 문제야?"

"……그러네."

"진정할 거지?"

"응."

"이제 놓는다?"

도은은 붕괴된 멘탈을 간신히 부여잡은 수의 몸을 놓아주었다. 그 자리 가만히 선 수는 멍하니 그를 바라보았다. 그러다 대뜸 그의 발을 있는 힘껏 밟았다. 껑충거리며 아픈 발을 부여잡은 도은을 향해 수는 이를 으득 갈았다. 순식간에 일어난 일이었다.

"이제 보니 아주 계획적이네, 이 호랑이 형님이! 세상 상처받은 얼굴 하기에 안 물었더니 이거 말 못한 게 죄다 이런 거 아냐? 또 뭔데. 또 뭐냐고!"

"진정 좀 해!"

"내 뒤는 다 캐면서 지는 하나도 말 안 하고! 내가 오늘 신재희 그 여자보단 많이 알아야 속이 풀리겠으니까 당장 말하라고!"

수는 껑충 뛰어 그의 멱살을 잡곤 그대로 뒤로 밀었다. 요란한 소리와 함께 뒤로 넘어진 도은의 몸에 올라탄 채 수는 씩씩거리며 그를 내려다보았다. 어안이 벙벙해선 가만히 있던 그가 제 멱살을 쥐고 있는 그녀의 두 손을 제 손으로 덮어 감쌌다. 이 상황에서 그는 웃고 있었다.

"너 오늘 왜 이렇게 귀여워? 너 위험하다."

"호랑이 형님이 위험하겠지! 나한테 안 맞으려면!"

"그게 아니라. 여기 내 집인데?"

수는 정신이 번쩍 들었다. 맞다. 여긴 그의 집이었다. 그녀의 집에서도 둘이 붙어 있고 심지어 잠도 같이 잤었지만 왠지 이곳은 느낌이, 달랐다.

굳어버린 그녀를 보며 그의 큰 입매가 실실 휘어졌다.

“저 현관문 내가 들어올 때 락 걸어놨어. 그 말인 즉, 내가 지문 인식해야 열리고 닫혀. 강철이라 웬만큼 때려도 절대 안 부서지고. 너 혼자선 죽어도 못 열고 나간단 말이지.”

수는 힐끔 현관 쪽을 응시했다. 도은은 난감하기 그지없어 눈만 껌뻑거리며 있는 수의 손을 끌어당겨 앞으로 쏟아지는 그녀의 몸을 두 팔로 감싸 안았다.

코끝이 부딪칠 정도로 가까운 거리에서 도은은 놀라 굳어버린 수의 쏟아진 머리칼을 귀 뒤로 넘겨주었다. 그녀의 뺨은 물론이고 귀마저 시뻘겋게 물들어 있었다. 그런 수를 도은은 태평하게도 사랑스럽기 그지없다는 시선으로 바라보았다.

“농담이야. 설마 그러겠어, 내가?”

“그럼 이 손 좀 놔주지?”

“얘기 안 듣고 싶어?”

“왜. 아직도 때가 아닌 거 같아? 뭐 얼마나 더 해야 그쪽 양에 차겠어, 어!”

수가 으득 이를 갈며 내뱉는 말에 도은은 가볍게 입술을 내밀었다.

“키스해 주면, 생각 좀 해보고.”

수는 기가 찬 듯 헛숨을 내뱉으며 긴 눈매를 휜 채 눈을 감고 있는 그를 내려다봤다.

긴 속눈썹의 그림자가 그보다 긴 눈가에 너울졌다. 높은 콧날도, 살이 빠져 베일 듯한 턱 선도, 여전히 쓸데없이 잘생긴 얼굴이었다. 이런 사람이, 뭐 하나 부족한 것 없는 사람이, 자신이 좋다고 한다. 제가 좋아서, 죽고 못 살겠단다.

내뱉는 숨이 뺨에 닿을 만한 거리였다. 서서히 고개를 숙인 수는 그에게 입술을 맞대었다. 생각지도 못했는지 도은은 놀라 눈을 번쩍 떴고, 수는 눈을 질끈 감은 채 그의 얼굴을 꽉 잡은 그대로였다.

키스라기보단 뽀뽀에 가까운 행위 후에 수는 천천히 입을 뗐다. 그의 뺨을 부여잡은 손은 여전히 약간 떨리고 있었다. 수는 목구멍으로 수백 번은 더 치미는 걸 간신히 억눌렀던 말을 내뱉었다. 엄청난 용기였고, 더 이상 피하지 않겠다는 다짐과 같은 말이었다.

"좋아해."

처음으로, 말했다. 억눌렀던 만큼 말 한 마디 한 마디 마음을 담아서.

"당신 잘난 거 못난 거 모두 다, 전부 좋아해."

휘둥그레진 도은의 눈 속, 흔들리던 검은 눈동자가 깊게 가라앉으며 의미 모를 떨림을 자아내기도 했다. 그러다 그는 부드럽게 긴 눈매를 휘며 수의 허리를 끌어안곤 가볍게 몸을 뒤집었다. 수의 뒷머리를 손으로 받치는 것을 잊지 않으며 순식간에 위치를 바꾼 도은은 어리벙벙한 표정의 그녀를 내려다보더니 싱긋 웃으며 고개를 숙였다. 순식간에 입을 맞추고 놀라서 벌어진 그녀의 입안을 침범한 그는 유려하게 혀를 얽었다.

뜨거운 체온과 그보다 더 뜨거운 숨, 서로에게 밀착된 몸으로 느껴지는 심장 소리가 터질 듯 선명했다. 수는 제 허리를 끌어안은 그의 단단한 팔과 점차 고조되는 혀 놀림에 머리가 터져 버릴 것 같았다. 살짝 눈을 뜨니 그의 검은 눈동자에 자신이 비치는 게 보였다. 나른하지만 그윽했고, 선명하지만 탁하게 가라앉은 칠흑의 눈동자는 이미 차분함이란 내던진 채 격정으로 달아올라 있었다. 그 모습에 수는 저도 모르게 달뜬 숨을 내뱉으며 그의 셔츠를 붙들고 매달렸다.

도은이 입술을 떼며 그대로 그녀의 뺨을 지나 흰 목에 입을 맞췄다. 허리를 감쌌던 커다란 손은 이미 셔츠 안으로 파고들어 등줄기를 더듬어 내리고 있었다. 순간 수는 황급히 그의 가슴팍을 밀어냈다. 거부의 몸짓에 그 또한 행동을 멈추고 그녀에게서 몸을 떼었다.

수는 숨을 헐떡였고, 도은은 그보다 격하게 숨을 몰아쉬고 있었다. 사냥을 하는 맹수의 거친 헐떡임 같았다.

흐릿하던 검은 눈동자가 제 빛을 찾아갔다. 그제야 상황을 인지하곤 숨을 가다듬은 도은은 여전히 그녀의 위에 올라탄 채 웃었다.

"놀랐지."

"아니."

"표정은 아닌데?"

"……티 났나?"

도은이 웃으며 수의 뺨에 쪽 입을 맞추곤 옆으로 내려와 누웠다. 찬 기운이 그대로 느껴지는 시원한 대리석 바닥에 누워 잠시 흐트러진 숨을 고르던 그는 가볍게 입을 뗐다. 내용은, 가볍지 않았다.

"엄마는 고아였어. 먹고 살려고 안 해본 일 없었고, 그러다 술집 일도 했었지. 그때 태어난 난 미혼모 자식으로 중학교 때까지 살았어. 아버지가 누군지도 몰랐고, 난 극히 평범하고 넉넉하지 못한 형편의 중학생이었지. 그래도 좋았어. 엄마는 몸이 아프셨지만 날 너무도 사랑해 줬고, 돈이 없어 좋은 옷, 좋은 집은 없었지만 그래도 엄마랑 함께 산다는 게 행복했어. 딱, 너랑 같은 입장이었어."

도은의 어투는 차분했다. 너무 차분해서 마치 남의 이야기를 하는 것만 같았다. 수는 말없이 그의 고백을 들었다.

"엄마는 젊었을 적 교통사고 후유증으로 신경질환을 앓고 계셨어. 약이 없으면 통증을 이겨내기 힘들어했을 정도였지. 돈이 없으니 제대로 된 치료를 받기도 힘든 상황이었는데, 결국 돌아가셨어. 아버지의 비서라는 사람이 찾아온 게 그때야. 그렇게 내 친부라는 사람을 처음 봤지. 고등학교 입학을 앞둔 때였어."

수는 마치 자신의 얘길 듣고 있는 것 같았다. 그의 어린 시절은 놀랍도록 그녀와 비슷했다. 그게 얼마나 힘든 일인지 아는 수는 남 얘기처럼 담담히 말하는 그가 더 안쓰러웠다. 그의 심경이

어땠을지, 잘 알았다. 그래서 저도 모르게 눈물이 났다.

"엄마가 항상 말해주길, 아버지와 엄마는 너무도 사랑하던 사이라 했으니까. 단지 상황이 그러하여 서로를 떠난 거라 했으니 미워하지 말라 했거든. 아버지도 사정이 있어 그랬던 거라고. 내가 이해해야 한다고. 그렇게 항상 궁금해했던 아버지를 드디어 봤는데, 오히려 너무 싫은 거야. 차라리 지독히도 가난하거나 어디 하나 병신이라 사람 구실 못하는 사람이라면 어머니 말마따나 아버지라는 사람을 사랑했을 거야. 그럴 수밖에 없었던 이유가 있었을 테니까. 근데 너무 대단한 사람이라 오히려 원망스러웠어. 나와 엄마를 버린 건 그렇다 쳐도, 이렇게 대단한 사람이라면 우리 엄마 치료 정도는 해줄 수 있었지 않았을까. 좀 덜 힘들게 보낼 수 있지 않았을까, 그런 생각에 아버지를 증오했어. 좋은 음식, 사치스러운 옷에 명문 학교며 유명한 과외선생들, 남들이 다 부러워할 호화로운 생활을 하게 됐는데도 하나도 좋지 않았어. 아버지는 지독히 엄했고, 친구라 믿었던 사람들이 내 앞에선 살갑게도 비비더니 뒤에선 나와 내 엄마 욕을 해댔어. 나도 잘 모르겠는 내 상황을 마치 저들이 더 잘 아는 것처럼 떠들어댔어. 아버지가 그렇게 쉬쉬하게 했던 일들을 이미 그들은 다 알고 있었어. 내 엄마를 아버지를 꼬드겨 자식까지 밴 싸구려 술집 여자로 전락시키면서. 화가 났어. 쉽게도 단정 짓는 그들에. 한 모자의 인생을 시궁창에 박아 넣고도 되레 잘못은 엄마와 내가 했다고 말하는 사람들이 대단한 사람처럼 칭송해 대는 아버지에게 너무 화가 났어. 그런데도 내가 할 수 있는 건 없었어. 형은 알아서 잘 하기에 아버지가 신경 쓰는 부분이 없었지만, 난 유독 아버지의 손안에 있었어. 하루아침 생겨난 다른 아들이 여간 당신 마음에 들지 않았는지 아님 그저 내 존재가 싫었는지 그건 모르겠어. 1등을 하지 못하면 매질이 끊이질 않았고, 엄마에 대해 묻는 것 또한 금기된 일이었고, 도망을 가도 하루를 채 못 버티고 잡혀 돌아왔어. 벗어날 수도, 그대로 있을 수도 없는 나날에 날 잡아 준 게 아상 형이었어."

도은의 숨이 거칠어졌다. 질끈 눈을 감은 그는 그때를 회상하는 것만 같았다. 파리하게 질린 낯으로 이를 악다문 그는 몹시도 힘들어 보였다.

문득 수는 그의 등에 남아 있던 자잘한 흉터들이 떠올랐다. 지속적인 매질에 의한 흉터들이라 생각했지만 설마 했었다. 부잣집 도령이 그런 일을 당하고 있었을 거라고 누가 상상이나 했을까.

수는 헛숨을 삼키며 이를 악다물었다. 하나 당사자인 그는 금세 감정을 갈무리하곤 다시금 차분히 입을 열었다.

"형은 가장 큰 피해자였어. 어머니가 죽은 지 한 달도 안 돼서 나타난 나에 누구보다 혼란스러운 건 형이었을 거야. 게다가 형의 어머니가 죽은 이유가 첩이 있다는 걸 알아 신관 비난으로 자살한 거라면 더욱 그렇겠지. 아상 형이 말했으니까. 자신의 엄마를 죽게 만든 첩의 자식이 눈앞에 나타났는데 당연히, 달가울 리 없잖아. 본처는 부잣집 딸로 똑똑하지만 가난했던 아버질 많이도 사랑해서, 본인을 사랑하는 게 아닌 부를 원하는 아버지의 본심을 알면서도 결혼까지 강행한 거라더군. 하지만 형을 낳은 후에도 여전히 사랑해 주지는 않는 아버지에, 되레 시간이 지날수록 냉대를 하는 아버지에 줄곧 술과 약에 취해 살 만큼 심신 미약 상태였던 사람이었다고 형이 말하곤 했어. 그때 아버진 결혼 후에도 내 엄마를 만나고 있었고, 결국 내가 태어나게 된 거야. 본처는, 엄마와 아버지가 내가 태어나기도 전 관계 정리를 끝냈다는 걸 다 알면서도 제정신이 아닌 탓에 끝끝내 제가 사랑받지 못한 원망과 증오의 화살을 모두 내 엄마에게 돌린 거지. 결국 내가 본가로 들어오기 전 견디지 못해 자살까지 했고. 난 그런 본처가 불쌍했어. 내 엄마와 아버지는 그녀가 생각했던 그런 절절한 사이가 아니었을 테니까. 병약한 정신에 결국 스스로의 목을 죄었던 걸 테니까. 결혼 후 못 잊어 다시 만났다 한들, 그렇게 절절한 사이였다면 임신까지 한 내 엄마를, 그렇게 다친 내 엄마를 그리 다시 버리지 않았을 테니까. 그래서 내가 형이었다면, 그 모자가 싫었을 거야. 싫은 게 아니라 저주스러웠겠지. 결혼 후에도 만나 아이를 가졌고, 후엔 연을 끊었다 한들 본처가 망상을 하게 만들 충분한 이유를 제공한 모자였으니까. 제 어미를 그토록 고통스럽게 하고 그런 어미를 보는 저를 힘들게 하고, 결국 본처를 죽음까지 몰아넣은 모자 자체를 증오했을 거야. 팔은 안으로 굽으니까. 근데 형은 달랐어. 처음 본 날부터 먼저 다가와 줬어. 먼저 위로해 줬지. 그렇게 숨 막히는 집 안에서 유일하게 내

숨을 틔워주는 게 형이었어."

수는 옆에 누운 도은의 손을 꽉 잡았다. 눈물이 주룩 흐르는 것을 아무렇지 않게 닦으면서 그의 얼굴을 바라보았다. 도은은 고개를 돌려 그녀를 마주했다. 그는 이미 평소와 같은 미소를 띠고 있는 채였다.

"그래서 아버지와 난 지금도 전쟁 중인 거야. 난 어떡해서든 그 집안에서 벗어나려고, 아버진 날 기어이 당신 같은 괴물로 만들려고. 널 보호한답시고 순한 양인 척 굴었는데, 오늘 그것마저 완전히 망쳐 버렸어. 최선을 다해 널 지키겠지만, 그래도 너에게 피해가 갈지도 몰라."

"뭘 말이야."

"여러 가지. 아마 생각지도 못한 것까지. 아버진 그만한 인사니까. 만약 그렇다면……."

도은은 붉어진 수의 눈가에 남은 눈물을 손등으로 닦았다. 커다란 손의 뜨거운 온기만큼이나, 그는 떨고 있었다.

"날, 떠날 거야?"

도은의 검은 눈동자가 흔들렸다. 이성을 잃고 날뛰던 그때보다 더, 언제나 자신감 넘치고 또렷했던 칠흑의 눈동자는 불안에 휩싸여 있었다.

수가 씩 웃었다.

"나 잘 안다며."

"뭐?"

"나 그렇게 약해 빠진 사람 아니거든? 내 일은 내가 알아서 잘 하고 살았어. 앞으로도 그럴 거고. 그러니까 내 걱정 할 시간 있으면 당신 걱정이나 해."

"……."

"그 좋은 머리로 휘플(빈혈의 기구와 치료법을 연구하여 노벨 생리의학상을 수상한, 천부적인 두뇌와 신기에 가까운 외과 기술을 갖춘 전설적인 외과의사)처럼 못 되기만 해봐. 가만 안 둘 줄 알아."

수는 의기양양하게 눈을 휘어 웃었다. 도은은 벙찐 표정으로 그녀를 마주보다 이내 웃음을 터뜨렸다. 바람 빠진 웃음소리를 내며 웃는 그에 수는 그제야 속으로 쓴 미소를 삼켰다.

"네 엄마 룸살롱 여자라며?"

기억 속 묻어놨던 신랄한 음성이었다. 그에게도 밝히지 않았던 비밀이었다.

잠시 망설이던 수는 어렵사리 입을 열었다.

"사실 나 말 안 한 게 하나 있는데. 엄마도 젊었을 적……."

"알아."

"……뭐?"

"처음 널 본 날, 골목에서 아줌마들이 하는 얘기 우연히 들었어. 집 주인이라던가."

수는 바람 빠진 숨을 내뱉곤 자리에서 벌떡 일어나 앉았다. 희게 질린 그녀의 얼굴에 도은은 대수롭지 않게 그녀를 응시했다.

"그 아줌마들에게 난 고맙게 생각해. 덕분에 너라는 사람에게 관심이 생겼던 거거든. 나랑 너무 같아서. 아니었음 제대로 보려 하지도 않고 지나갔을 거야. 너 또한 당연히 남들처럼 간사한 사람이라 생각하면서. 그렇게 너한테 한눈에 반했지. 너라는 사람을 알아갈수록 더 많이 사랑하게 됐지. 네가 말했잖아."

"……."

"잘난 것도 못난 것도 다 좋아한다고. 난 진즉부터 그랬어."

수는 도은의 여유로운 웃음에, 허탈했다. 평생의 상처라 여겼던 것에 엄살이라며 후시딘을 발라주는 것만 같았다. 아무것도 아니다, 괜찮다, 그는 그렇게 말했다. 그 말이, 너무도 듣고 싶었다.

한참을 조용히 있다가 아버지의 지원을 일절 거절했다면서 이 좋은 집과 학비와 차는 다 뭐냐 물은 수에게 도은은 쿨하게 대답했다.

"학년 탑이라 나라 장학금 받고 있고, 나 화학과 학위 있잖아. 회사 연구팀 일 도와준 대가로 아상 형이 생활비 겸 봉급을 주고 있어. 차와 집은 아상 형이 가지고 있는 거 중 하나고. 형, 이런 거 많거든."

"와, 이런 게 하나도 아니고 여러 개 있으셔? 나 형님에게 급 반할 거 같은데."

"야."

도은이 긴 눈매를 좁히며 버럭 성을 내자 수는 너털웃음을 지었다.

"근데 차 있으면서 왜 안 타고 다닌 거야? 편하게 다니지 왜 나랑 같이 뚜벅이 생활을 해?"

"그야 같이 다니고 싶으니까. 붙어 있어야 빨리 친해지니까."

"나와 함께 그쪽 차를 타고 다니며 친해질 생각은 못했나 봐?"

"너 자존심 세니까, 당연히 싫다고 할 줄 알았지."

"왜 싫다고 해. 차가 백배 편한데. 날 너무 모르는 거지."

수는 툴툴거리며 코웃음을 쳤다. 솔직히 잠도 부족한 통에 차로 이동하자고 했으면 싫다고 하진 않았을 거다. 수는 고개를 저으며 다시금 말을 이었다.

"근데, 회사 일도 돕고 빡센 공부 량도 감당하는 그쪽 뇌는 용량이 어떻게 되시나? 나도 하나 사고 싶은데."

"시중에서 못 사지. 근데 이미 네 거잖아. 내건 다 네 거야."

"생활비도 형한테 받고 있는 주제에. 유산이라도 미리 받았으면 모를까."

"왜. 어마어마하게 재산 많은 줄 알았더니 빈껍데기 실상 보니 헛헛해?"

"아휴, 사람이 미운 거지 돈이 미운 게 아닌데. 사람 참 답답하다, 답답해."

수는 장난기를 가득 담아 손가락질을 하며 혀를 찼다. 도은이 박장대소를 하며 웃어버리는 통에 그녀 또한 따라 웃었다.

상혁과 선우가 함께 있었다면 여전했을 평소의 모습 그대로, 파도처럼 휩쓸고 갔던 아까의 사건은 아무것도 아니라는 듯 야참으로 라면을 끓여 밥까지 말아먹고 티브이를 보며 시답지 않은 대화를 하면서 그렇게 몇 시간을 있었다. 그러다 새벽녘 졸음이 몰려오자 위험한 집이니 방엔 들어가지 않겠다 버티던 수를 위해 결국 이불을 가지고 나오던 도은이 쿨하게 말했다.

"거실이라고 내가 딴짓 못할 거 같아? 날 너무 만만하게 봤는데?"

"아까 봐서 알아. 그러니 아껴둬. 쓸 날이 있을 테니까."

"지금은 아니야?"

"내 모든 걸 좋아해 줄 때, 그때. 그러니 곱게 자지?"

쓰디썼던 말투와 무거웠던 표정을 따라하는 수의 말에 도은이 실소를 짓다 긴 눈매를 좁혔다.

"그럼 진작 쓸 날이었어야 하는 게 맞는 건데? 왜 난 지금 이 순간에도 쓰지 못하는 거지?"

"그건 내가 정하는 거지. 안 잘 거야? 나 졸려."

수는 바닥에 깔린 이불 위 그대로 누워 새우처럼 몸을 웅크리곤 눈을 감았다. 그녀의 잠버릇이었다.

"빠른 시일 내에 정해. 애가 타다 못해 녹슬겠다. 망가지면 네가 책임져야 돼."

도은은 한숨을 내쉬며 수의 허리를 끌어 당겨 품에 가뒀다. 등 뒤로 느껴지는 뜨거운 체온을 느끼며 그대로 곯아떨어졌다.

새벽 내, 잠에서 깰라치면 도은이 잠기운 가득한 갈라진 목소리로 그녀의 귀에 이름을 불렀다. 수야, 그 한마디에 수는 다시금 깊은 잠에 빠져들었다. 수를 감싼 그의 손은 풀리지 않았다. 그것에 평온함이 들었다. 무척이나, 안도감이 들었다.

⚜

그 후로는 조용했다. 본가에 구금되다시피 있던 도은은 제집으로 돌아갔고 학교도 다시 나왔다. 그간 그의 두문불출에 궁금함이 많았던 학우들은 도은이 아니라 수를 쫓아다니며 꼬치꼬치 캐물었고, 수는 모르는 척 대답하지 않았다. 선우와 상혁은 오랜만에 얼굴을 비춘 도은에게 스스럼없이 들러붙어 왜 안 나왔냐며, 걱정했다고 그를 징그럽게도 괴롭혔다. 도은은 인상을 찌푸리며 저리 가라고 손을 내저었지만 수가 보기엔 그다지 싫어하는 눈치는 아니라 그 광경을 옆에서 즐겁게 방관했다.

등록금 문제 또한 해결되었다. 통장엔 아상이 약속한 이백만 원을 훨씬 넘는 육백만 원이 들어와 있었다. 수는 아상에게 따로 감사의 연락을 하진 않았다.

도은에게 소중한 사람이고, 따지고 보면 그 방식이 제 마음에 들지 않았을 뿐 결론적으로 위급할 때마다 그녀를 도와준 유일한 사람은 아상이었다. 그럼에도, 속을 모르겠는 그 사람이 마음에 들지 않았다. 사람을 손바닥 위에 올려놓고 놀렸으니 이 정도는 받아야 한다고 제멋대로 생각해 버렸다.

학교에선 한바탕 난리가 났다. 고지도 없이 멋대로 학교 규율을 변경한 이사장에게 시정을 요구하는 과대표들이 농성 아닌 농성을 벌였고 결국 이사장은 법규 변경 건을 취소하고 사과문을 게시했다. 장학금 제도는 예전으로 돌아왔고, 당연 수도 혜택을 다시 받을 수 있게 되었다. 하지만 이 같은 결론에 학생들의 시위가 끼친 영향력은 미미하다는 것을 모두가 알고 있었다.

사건이 해결되던 날 아침 귀티가 줄줄 흐르는 젊은 남자가 고지식해 보이는 몇 인사들을 데려와 이사장실에서 삼십분가량 머물다 간 것을 봤다는 학생이 한둘이 아니었다. 듣자 하니 인상착의가 딱 아상이었다. 수는 딱히 놀라지도 않았다. 도은의 집에서 잠들기 직전 장학금 문제로 인해 '앞으로 어쩌지' 란 그녀의 말에 '형이 해결할 테니 걱정 마'라던 도은의 말이 떠올랐기 때문이었다. 한데 이렇게 빨리 해결할 줄이야. 역시나 아상은 무서운 사람이었다.

중간고사를 치르고 다들 넝마가 되어 강의실에 널브러진 참이었다. 수 또한 심란한 마음에 그간 못했던 공부와 알바를 병행하느라 다크서클이 뺨까지 주룩 내려온 몰골로 강의실 책상에 엎드려 기절하듯 잠에 빠져들 때였다. 그녀의 책상을 요란하게 두들기며 다가온 상혁과 선우는 신나 죽겠다는 표정으로 수와 도은을 번갈아 쳐다봤다.

그들의 몰골도 살인적인 공부량을 감당하느라 처참하긴 마찬가지였다. 강아지를 닮은 선우의 곱상한 얼굴은 고된 밤샘에 푸석푸석한 푸들이 되어 있었고 연예인급으로 잘난 외모를 자랑하던 상혁 역시 퀭하니 쓰러지기 일보 직전이었다.

“다음 주 주말에 놀러가자! 썬 외삼촌 펜션 빈대!”

“싫어. 나 집에서 탱자탱자 잘 거야.”

“또 그런다. 결국 가면 잘만 놀 거면서. 외삼촌 펜션이 지금 비수기라 방 하나 빌려준다고 했어. 부산이니 멍뭉이 너 좋아하는 바다도 보고 맛있는 것도 많이 먹고. 응? 가자, 가자-.”

상혁과 선우가 엎드려 있는 수의 몸을 이리저리 잡고 흔들어댔다. 결국 수는 부스스한 머리칼을 넘기며 일어났고, 옆에 앉아 있던 도은이 그들의 손을 탁 내치며 수의 어깨를 감싸 끌어당겼다.

“내 거야. 손대지 마.”

“압니다, 알아요, 형. 쓸데없는 걱정 마시고 형도 다음 주 주말 시간이나 빼놔요.”

“내가 왜. 너희끼리 가는걸.”

도은이 당연하단 듯 하는 말에 상혁과 선우가 멍하니 그를 쳐다보곤 의아하게 눈살을 찌푸렸다.

“그럼 얘만 데리고 가자고 지금 이러겠어요? 형도 우리 친구니까 당연히 가야 하는 거 아니에요? 이 웬 뜬금없는 거리감?”

“그러게. 형은 너한텐 안 그러는데 우리한텐 항상 저래 서운하게, 그지, 멍뭉아?”

도은의 찌푸려진 눈매가 펴졌다. 그의 표정은 이해할 수 없는 것을 맞닥뜨린 것 같기도 했다.

상혁과 선우가 이번엔 도은에게 달라붙어 이리 저리 흔들어대며 가자고 조르는 통에 결국 병든 닭처럼 도은의 품에서 졸던 수가 머리칼을 쥐어 잡으며 소리쳤다.

"아, 좀 조용히 해! 간다고, 간다니까! 잠 좀 자자, 좀!"

그들은 그제야 도은을 놓아주곤 다음 주를 잊지 말라고 한 번 더 당부하고 사라졌다.

도은의 차를 타고 집으로 오는 길에 그대로 푹 자버린 수는 집 앞에 도착해서 깨우는 손길에 눈을 떴다. 차 밖으로 보이는 허름한 다가구 주택 건물에 수는 나른한 표정으로 그를 쳐다봤다.

"오늘은 안 갈 건가 보네?"

"생활비 받으려면 일은 제대로 해줘야지."

"가서 돈 많이 벌어오고. 성과 좋으면 형님한테 생활비도 좀 올려달라고 하고."

수가 장난스럽게 덧니를 드러내며 웃자 그가 따라 웃었다. 그윽한 미소는 언제 봐도 보기 좋았다.

도은은 수가 집에 들어가는 것을 확인하고 나서야 출발했고, 수는 옥상 난간에 기대어 서서 그의 차가 멀어지는 걸 지켜봤다. 좁은 골목을 잘도 빠져나가 큰 도로로 나가는 그의 차가 보이지 않게 되었을 때, 가을의 선선한 바람에 한기를 느끼며 수는 집으로 들어왔다.

수업을 듣고, 새벽까지 알바를 하고 돌아와 지쳐서 그대로 자는 일상들이 이어졌다. 단지 달라진 것이 있다면 빠듯한 일상 속에서 시간을 쪼개서라도 그와 시간을 보내는 것이었다. 예전엔 도은만이 수의 집에 다녀갔었다면 이젠, 수도 그의 집을 제집 드나들 듯 드나들게 되었다는 것이 큰 변화였다. 바쁜 시간을 쪼개 잠깐 얼굴을 보는 것밖에 하지 못하더라도 그게 좋았다. 그것도, 좋았다.

그리곤 약속한 주말이었다. 선우와 상혁은 약속시간보다 한 시간 빠른 새벽 6시부터 수와 도은을 그녀의 집 앞에서 기다리고 있었다.

"수야, 저것들 벌써 왔어. 이제 일어나자."

이미 씻곤 짐까지 챙겨 준비를 마친 도은은 이불을 몸에 둘둘 말곤 세상모르고 자고 있는 수의 머리칼을 쓸어 넘기며 귓가에 속삭였다. 수는 대충 대꾸를 하며 다시 눈을 감았다. 도은은 잠에 취해 일어나지를 못하는 그녀를 어깨에 메다시피 안고 집을 나섰다. 대문 앞에 주차되어 있는 차를 만지며 감탄을 해대는 상혁과 선우는 도은을 보자마자 반색했고, 그는 차 문을 열어주곤 고갯짓을 했다.

"뒤에 타."

"대박, 형 이거 이번에 아우디 신차 아녜요?! 우리 아빠한테 이거 사달랬다가 맞아죽을 뻔했는데."

"형, 나는 멀미해서 앞에 타고 싶은데."

"옆 자린 애 거야. 아, 둘 다 시끄러워! 빨리 타!"

상혁과 선우의 난리 통에 도은은 귀찮은 기색을 그대로 드러내며 버럭 소리를 질렀다. 그러나 험한 말과는 달리 수를 조수석에 앉히는 몸짓은 조심스럽기 그지없었다.

차 안에서 선우와 상혁은 거의 발광 수준으로 난리를 피웠다. 신나 죽겠다는 듯 스피커 빵빵한 음악까지 틀려는 그들에 수가 깰까 도은이 몇 번이나 정신 사납다며 욕지거리를 내뱉기도 했다. 하나 그럼에도 선우와 상혁은 멈추지 않았다. 그들에게 도은은 더 이상 호랑이 형님이 아님을 여실히 증명하는 시간들이었다.

그 난리 통에도 잘만 자던 수가 깬 것은 장장 네 시간 반이 걸린 부산에 도착하고 나서였다.

선우의 외삼촌이 하는 펜션은 해운대에서 조금 떨어진, 한적한 바다 앞 백사장을 풍경 삼아 자리한 멋들어진 목재 건물이었다. 총 세 동이 있었지만 이미 가을 끄트머리를 지나가는 계절 탓인지 펜션은 물론 백사장에도 사람 하나 찾아볼 수가 없었다. 간간히 동네 주민으로 보이는 이들만이 모래사장을 따라 산책을 하는 모습만 보였다.

산중 오두막을 연상케 하는 멋들어진 분위기와 그에 걸맞을 만큼 산타클로스 같은 후덕한 몸체에 그만큼 후덕한 인상으로 그들을 맞이하는 선우의 삼촌은 오랜만에 마주하는 조카와 조카 친구들을 일일이 으스러지게 껴안으며 웃었다. 특히나 그가 껴안았을 때 도은의 표정이 가관이었다. 어른에게 뭐라 하지도 못하고 어색하기 그지없는 모습으로 입을 꾹 다물고 있는 그를 지켜보던 수와 친구들은 결국 박장대소를 해버리고 말았다.

숙소는 깔끔했다. 아기자기하게 꾸며진 펜션은 복층 구조로 1층엔 거실과 부엌 및 욕실, 2층은 커다란 원룸 형태의 다락방처럼 꾸며져 있었다. 그대로 짐 가방을 대충 던져 두곤 바다로 향했다. 물놀이를 한다는 게 말도 안 되는 계절이었지만, 이미 한기를 머금은 늦가을의 수온과 머리칼이 정신없이 휘날리는 바닷바람에도 상혁과 선우는 신발을 벗어 던지고 백사장을 달려가 그대로 바다에 뛰어 들었다. 그들의 손엔 미리 준비해 온 튜브까지 들려 있었다.

"으아 씨발, 너무 추워!"

호기 어리게 바다로 뛰어든 어린 양 두 마리는 퍼렇게 질린 낯으로 학을 떼며 연신 외계어를 내뱉었다. 기듯이 백사장으로 겨우 나와 달달 떨고 있는 그들에게 수와 도은이 코웃음을 날릴 즈음이었다. 상혁과 선우가 무어라 쑥덕거리더니 생쥐 꼴을 한 채 수에게 달려들었다. 금세 상황을 파악한 수가 도망을 치려 했지만 이미 그들에게 팔다리가 잡혀 허공에 대롱 들리고 말았다. 수가 발악을 하며 소리를 질렀다. 누가 보면 괴한에게 납치라도 당하는 듯한 모습이었다.

"너네들 죽는다! 당장 내려놔! 나 진짜 가만 안 있는다!"

"여태 맞았는데 까짓 것 한 대 더 맞는다고 죽냐?"

"요즘 우리랑 안 논 벌이야!"

수의 발악에도 상혁과 선우는 실실거리더니 결국 저만치 물 위로 수를 던져 버렸다. 한참을 허우적거리다 겨우 일어난 수는 물 먹은 기침을 토해내곤 얼굴에 들러붙은 머리칼을 두 손으로 쓸어 넘겼다.

추위에 방언이 터진 건 수 역시도 마찬가지였고, 결국 바다에 빠진 생쥐 세 마리가 서로를 보며 실성한 듯 웃어댔다. 그리고 그 순간, 셋의 시선이 멀찍이서 그 난리판을 재밌는 영화 보듯 관망하고 있는 도은에게 향했다. 잠시의 침묵 끝에, 수가 그를 향해 돌진하는 게 신호탄이었다. 수가 오들오들 떨며 팔을 벌리자 도은이 그녀를 품에 안으며 입고 있던 외투를 덮어주었고 뒤따라온 상혁과 선우가 그의 옆으로 붙어 몸수색을 시작했다. 외투 주머니에 있던 차키와 핸드폰을 줄줄이 빼내자 도은은 짙은 눈썹을 비스듬히 올렸다.

그때였다.

"야, 잡아!"

"팔! 팔 잡으라고!"

"악! 이 형이 나 때렸어!"

"이 자식들이 제대로 잡으라고. 아우, 무거워!"

말 그대로 아수라장이었다. 수가 도은의 몸통을 꽉 안아 잡은 틈을 타 선우와 상혁이 덤벼들었고 각각 팔다리를 들고 낑낑대며 바다로 다가갔다. 안 들어가겠다고 발버둥치는 도은의 모습은 장관이었고 결국 그의 입에서 단말마 섞인 외침이 나오게 만들었다.

"너네 죽는다!"

그러나 그들은 무서울 게 없었고, 행동은 여전히 진행형이었다.

"걱정 마셔. 형이 먼저 죽을 테니까!"

풍덩!

바다에 빠진 도은의 팔이 한참 튜브를 찾아 허우적거렸다. 겨우 튜브를 잡고 거의 매달리다시피 하던 그는 중심을 잡고 서서히 일어섰다. 잠깐 사이 희게 질렸던 그의 얼굴이 그제야 안도 섞인 평정심을 되찾았다. 그걸 지켜보던 이들은 이미 물장구를 치며 박장대소를 하고 있었다.

"재밌지, 아주."

도은이 미역처럼 흘러내린 검은 머리칼을 두 손으로 쓸어 넘겼다. 화창한 태양 아래 쓸데없이 조각 같은 얼굴이 빛났다. 홀딱 젖어버린 흰 셔츠 아래 드러난 몸의 실루엣에 수는 넋을 놓고 그를 바라봤다.

"으아아! 사람 살려! 상어다, 상어!"

"형, 형! 내가 하자고 한 거 아냐! 멍뭉이가 그랬어! 재가!"

그 뒤는 뻔했다. 도은은 생쥐를 한 마리씩 잡아 복수를 했다. 물론 수도 그 복수전에서 무사할 수 없었고, 선우와 상혁은 꽁지가 빠져라 바다 추격전을 벌여야 했다. 가해자는 즐거워했고 피해자들은 물놀이가 끝날 무렵 기진맥진해 백사장에 드러누워야만 했다. 재밌자고 한 장난에 하얗게 불탄 건 그들이었다.

차게 식은 몸이 덜덜 떨릴 즈음에서야 물놀이는 끝났다. 후다닥 숙소로 돌아가 뜨뜻한 물에 씻고 몸을 말리고 나서야 추위는 조금 가셨다. 수는 1층 욕실에서 투닥거리는 소리를 들었다. 푸른 입술을 달달 떨며 상혁과 선우가 서로 먼저 씻는다고 난리더니 결국 같이 씻으면서도 싸우고 있는 모양이었다.

먼저 씻고 나온 수는 이불을 둘러 쓴 채 앉아 있었고 도은은 그녀의 뒤에 앉아 드라이기로 젖은 머리칼을 말려주었다.

따뜻한 온기에 수의 고개가 이리저리 휘청거렸다. 도은은 수의 머리를 제 가슴팍에 기대게 하곤 나른한 손짓으로 슬슬 그녀의 머리칼을 쓸어 내렸다.

"감기 걸리겠다."

"재미나게 놀았으니 까짓 것 걸리지, 뭐."

"그렇게 재밌었어?"

"형이 더 재미나 보이던걸."

"그랬나."

도은은 수의 목덜미에 고개를 묻고 숨을 들이마셨다. 뜨끈한 온기에 수가 몸을 움츠리자 그는 나른한 손짓으로 그녀의 허리를 감싸 더욱 품으로 끌어당겼다.

"좋은 냄새. 이대로 잤음 좋겠다."

"걔네 나올 때 됐어. 이 모습 보면 기절할걸."

"신경 안 써."

"내가 신경 써."

타다다닥!

양반은 못 되는 두 사내였다. 계단을 달음박질쳐 올라온 그들은 뜨거운 물로 씻어 상기된 얼굴에 잔뜩 들뜬 표정이었다. 수와 도은이 껴안고 있던 뭘 하던 개의치 않은 채 그들은 외쳤다.

“바비큐 타임이야! 얼른 가자!”

바비큐장은 숙소 바로 옆이었다. 이글이글 끓는 숯불 위로 삼겹살이 구워지고 격자무늬로 된 천장 위로 연기가 솟구쳤다. 알바생이 친절하게도 이것저것 챙겨주며 저녁의 만찬이 시작됐다. 좋은 안주, 좋은 풍경, 좋은 사람들이 모여 술잔을 기울이는 속도는 빨랐고 목재 테이블 밑으로 빈 초록 병이 하나둘 많아질수록 분위기는 무르익어 갔다.

“근데 도은이 형, 형은 왜 굳이 의사를 하려는 거예요?”

“왜. 적성에 안 맞을까 걱정 되냐?”

“아니 그게 아니라, 굳이 아버지 회사 안 들어가고 의사가 되고 싶다니까 이해가 안 되가지…….”

상혁이 일순 말을 멈췄다. 사레가 들려 술을 뿜은 수와 놀라 굳어버린 도은의 모습에 이상한 기운을 감지한 것이었다. 상혁은 숨 막히는 정적에 도은을 향해 어색하게 입을 열었다.

“고…… 나 뭐…… 잘못 말했나?”

“너, 그거 어떻게 알고 있어.”

도은의 긴 눈매가 날카롭게 굳었다. 술잔을 잡은 손에 힘이 들어가며 떨리는 것을 본 수가 급하게 그의 허벅지를 손으로 잡으며 그를 말렸다. 상혁은 테이블 밑 상황을 눈치채지 못한 채 태평하게 말을 이었다.

"아니, 그때 아버님이 오셔서 형 데려가던 날, 그분 얼굴이 낯익어서 이상하다 생각했거든요. 그러다 인터넷에서 우연히 신문기사 하나 봤다가……. 주아제약…… 맞죠? 장남분은 기사에 얼굴 실렸던데 소문 무성한 차남 얼굴은 없어서. 그래서 당연히 형이 둘째 아들이라고 생각했는데?"

"아, 맞다. 형, 그거 학교에서 아는 사람이 없지 참. 일부러 비밀로 한 거예요? 왜?"

"이 멍청하기 그지없는 썬아. 지들끼리 말 지어내서 떠들어대기 좋아하는데 학교에 알렸다간 아주 다 뜯어먹으라고 내주는 것밖에 더 돼? 그러니까 형이 말 안 한 거겠지."

"에? 왜 뜯어? 난 형이 누구든 아무런 상관없는데? 남 일에 왜 이렇게 관심이 많아. 지들이나 잘하지."

"그러게나 말이다. 당사자 아니면 진실은 모르는 건데, 남 얘기 쉽게 하는 걸 그렇게 좋아한다, 한국 사람들이."

"참 한가해."

"그러게."

옆에서 가만히 듣고 있던 선우까지 가세해 둘이서 묻고 답하고 떠들어대는 통에 도은의 굳어진 얼굴도 점차 느슨하게 피더니 이내 어이가 없는지 헛웃음을 내쉬었다. 옆에서 안절부절못하던 수 또한 이미 웃고 있었다.

"뭐라 말 좀 해봐, 형. 왜 우리들한테도 비밀로 했냐니까?"

"듣고 보니 그러네? 와, 진짜 치사하다. 멍뭉이한테는 진즉 말 했겠지?"

"야, 당근이지. 멍뭉이 표정 봐라. 저게 모르는 얼굴인가. 아, 형! 빨리 말해보라니까! 멍뭉이 너도!"

애먼 불똥이 결국 수에게까지 튀었다. 결국 도은에게서 속여서 미안하다는 소리가 나오고 나서야 두 사람은 화제를 다른 곳으로 돌리며 승리의 미소와 함께 하이파이브까지 했다. 아까 바다에서의 추격전의 복수라는 건 말 안 해도 뻔했다.

수는 어느새 완전히 풀어져 버린 도은의 멍한 낯을 보며 씩 웃었다. 그녀를 따라 그의 입꼬리도 작게 휘었다. 그 모습이, 보기 좋았다.

시간은 어느새 새벽 1시를 달리고 있었다. 숯불은 꺼지고 귓가엔 여전히 파도 소리가 울렸으며 발치에 나뒹구는 소주는 한 궤짝을 채워갈 즈음이었다. 다들 주량이 센 편이었지만 유독 한 사람만은 이미 정신이 안드로메다로 간 상태였다.

"으아앙-! 나 진짜 저 보트 타고 싶다고!"

"아 새끼 야밤에 보트 타다 죽고 싶냐! 그만 좀 짜라고!"

"킹이 나한테 화냈어! 으아앙-."

선우의 술주정이 오랜만에 나왔다. 수나 상혁에 비하면 주량이 약할 뿐더러 취하면 엉뚱한 것에 꽂혀서는 죽자고 늘어지는 버릇이었다. 이번엔 바비큐장 근처에 있는 보트에 꽂혀선 타고 싶다 징징대는 중이었다.

상혁이 선우의 입을 틀어막고 혼내도 보고 어르고 달래도 보았지만 선우의 생떼는 멈추질 않았다. 결국 자리를 박차고 일어나 비틀거리는 걸음으로 휘적휘적 걸어가는 선우를 본 상혁이 욕지거리를 내뱉곤 따라나섰다. 고등학교 때부터 언제나 그렇듯, 선우의 뒤처리를 하는 건 상혁이었다. 선우를 달래는 것은 도가 튼 상혁이니 걱정되지는 않았고, 술자리는 거기서 끝이었다.

술도 깰 겸 수와 도은은 산책을 하기로 했다. 바비큐장 옆에 놓여 있던 보트는 여전히 그대로였다.

하늘에선 별이 쏟아져 내렸고 눈앞에는 그림 같은 바다의 푸른 물결이 어둠을 머금고 넘실댔다. 한 손에 신발을 들고 맨발로 차가운 모래사장에 발자국을 남기며 그들은 천천히 걸었다.

총총 앞선 발걸음으로 신나게 발 도장을 찍어대던 수는 뒷걸음을 걸으면서 도은을 마주봤다. 달빛에 은은하게 비추는 그의 실루엣이 그림과 같았다.

“형, 연구소 일 돕는다는 게 어떤 일이에요? 약 개발?”

“맞아. 화학적 물질 뿐만이 아닌 천연 물질, 동물, 심지어 기생충까지 연구해 기존 약품보다 나은 것을 개발하려는 게 약 개발의 기본이야. 기존의 화학식을 변경하여 효능을 높이거나, 간혹 희귀병과 같은 불모지의 신약을 개발하는 경우도 있지만 보통 연구진들이라면 전자를 주된 목표로 삼아. 물론 주아제약도 그렇고. 지금 내가 돕고 있는 일은, 백금 착제 항암제를 보다 효과적으로 암세포의 복제를 막거나 없앨 수 있게 재결합하는 거지. 길고 지루한 업무야. 돈과 시간을 투자한 거에 비해 성과가 아예 없을 수도 있지."

수는 이제야 알겠다는 듯 고개를 끄덕였다.

"그래도 뭔가 도움이 되니까 형님이 형에게 일을 시키는 거겠지?"

"뭐, 일정 부분은."

"일은 재밌나 봐? 계속 바빴던 걸 보면."

"나름."

"어머님 일이 아니었음 혹여 연구소 일을 하고 싶어 하지 않았을까? 머리도 좋고 적성에도 맞는 거 같고. 내가 보기엔 그것도 나쁘지 않은데."

수의 질문엔 웃음기가 없었다. 도은은 그런 그녀를 가만히 응시하다 입꼬리를 휘었다.

"내가 회사로 들어갔음 좋겠어?"

"아니. 혹여 반항심에 꿈을 착각하는 걸까 봐."

"그렇게 멍청하진 않아 난."

"알지."

"어렸을 때, 꼬꼬마 아이였을 때부터 엄마 따라 병원을 종종 갔었어. 흰 가운을 입은 어른들이 아픈 사람들을 치료해 주는데 그게 만화 속 영웅들처럼 보이는 거야. 나도 커서 저런 사람이 되면 좋겠다 생각했지. 그러다 어머니 일이 내가 꿈을 정하는 데 정점을 찍은 거고. 어렸을 때 본 어머니 담당의가 아직도 기억나. 여의사였는데, 엄청 예뻤거든."

도은이 놀리듯 눈가를 찡긋했지만 수는 대수롭지 않게 코웃음을 쳤다.

"지금쯤 애 둘 낳은 아줌마가 되셨을걸?"

"그럼 다른 의미로 예쁘지. 여자는 나이 먹을수록 더 빛이 나거든."

"어쭈, 아주 첫사랑인가 봐? 눈이 반짝반짝 빛났는데 방금."

뒷걸음으로 걸으며 잘만 걷는 수가 익살스레 큰 눈을 휘자 도은은 너털웃음을 내뱉었다.

"널 보고 있으니까. 네가 내 첫사랑이잖아."

"웃기시네. 여자관계 복잡한 거 다 알거든?"

"말했잖아. 첫, 사랑이라고."

수는 작은 입술을 있는 힘껏 휘며 웃었다. 그러다 문득 떠오른 누군가에 그녀는 짐짓 표정을 굳혔다.

"아버질, 너무 미워하진 마."

갑작스러운 말에 그의 표정 또한 굳었다. 아버지란 호칭 하나에 그의 긴 눈매가 차갑게 내려앉았다.

"그 얘긴 하지 말자."

"분명, 그러한 이유가 있었을 거야. 형한테 말하기 힘든 이유가 있으실 거야."

"그만해, 수야."

"형도 아버질 사랑하잖아."

도은은 그 자리에 멈춰 섰다. 돌처럼 굳어버린 그를 따라 수 또한 그 자리에 섰다. 천천히 그의 앞으로 다가선 수는 내려앉은 어둠과 꼭 닮게 일그러진 그의 눈동자를 마주했다. 양손을 있는 힘껏 뻗어 도은의 뺨을 잡아 쥐었다.

"자식을 사랑하지 않는 부모는 드물어. 뒤늦게 데려온 자식 다 가지게 해주고 싶어 욕심을 부리신 게 형에겐 큰 아픔이었을 거야. 그 방식이 잘못되고 표현이 서툴러서 그런 것뿐, 아버진 분명 형을 많이 사랑하시는 거야. 그러니 조금만 더 기다려 드리자. 형 힘든 거 아는데, 다 아는데. 그래도 힘들게 기다렸으니, 조금만 더 아버지에게 시간을 드리자, 형."

"……."

"내가 옆에 있잖아. 항상 같이 있을게. 끝까지 내가 같이 있을게."

취한 건 맞는 모양이었다. 이토록 마음 깊이 숨겨둔 이야기를 할 용기가 생긴 것을 보면.

도은은 짐짓 놀란 듯 흔들리는 긴 눈매로 그녀를 마주 응시했다.

수가 그에게서 황급히 떨어져 뒷걸음질 칠 때였다. 돌에 발이 걸려 넘어질 뻔한 수를 도은이 재빠르게 부축을 하며 혀를 찼다.

"뒷걸음으로 걸을 때부터 알아봤다."

"나 잡아줄 거 알고 그렇게 걸었다."

"하. 말이나 못하면."

"안 되지. 그게 내 매력인데."

취했다는 걸 인지한 순간이었다.

좋아하는 사람과 새벽녘 아무도 없는 백사장에 발자취를 남기는 게 무척이나 좋았다. 귓가에 울리는 파도 소리와 바다 내음 섞인 바람도 숨소리가 닿을 만큼 눈 앞 가까이에 그가 있으니 달라 보였다. 저 멀리서 퐁퐁 작은 폭죽 소리와 함께 술 취한 이를 달래느라 고군분투하는 누군가의 비명이 들린 것도 같았다.

도은은 여전히 깊은 시선으로 그녀를 응시하고 있었다. 검은 눈동자가 너무 깊어 수는 거기에 그대로 빠질 것만 같았다.

"이젠, 너 없이 살 자신이 없어, 난."

"갑자기 무슨 소리야."

"혹여 네가 나중에라도 날 떠나다 말한다면 난 널 붙잡기 위해 무슨 짓을 할지 몰라. 네가 싫다고 발버둥 쳐도 절대 안 놓아줄지도 몰라. 그로 인해 네가 상처받는다 할지라도 아마 난 절대 그만두지 않을 거야. 널 기어이 내 옆에 둘 거야. 그래야 내가 사니까."

너무 낮고 잔잔해 고막을 지나 심장에 스며드는 음성이었다. 그 진심의 무게가 너무 무거워 심장이 바닥으로 쿵 떨어져 내렸다.

알고 있었다. 자신에게 무슨 일이 생기면 언제나 이성을 잃던 그가, 불안에 미쳐 날뛰던 그가 얼마나 무섭게 변할 수 있는지 수는 제 두 눈으로 봐왔다. 흡사 불길에 휩싸인 악귀처럼 지독하게 돌변하는 그를 보며, 자신이 그를 떠나게 되면, 그가 어디까지 무너져 내릴 수 있을지 생각하면 두렵다고도 생각했다. 그러니 지금 그가 내뱉는 말은 오롯한 진실이었다.

온몸의 털이 곤두섰고, 숨은 점차 가빠졌다.

도은은 말을 이었다.

"그러니까 네가 방금 한 말, 꼭 지켜. 간절히 바라건대, 끝까지 내 옆에 있어주겠다는 그 말, 꼭 지켜주라, 수야."

지독하게 쫓는 시선, 더 지독하리만치 낮은 목소리에 말끝이 짐짓 가늘게 떨렸지만, 그의 긴 눈매는 또렷하기 그지없었다. 검은 눈동자 가득 오롯이 그녀를 담고 있었다. 수의 심장이 다시 한 번 거세게 뜀박질 했다. 그래서 대답하지 않을 수 없었다. 마음은 이미 그에게 건너가 버린 후였다.

"그럴게. 끝까지, 그럴게."

누가 먼저랄 것도 없이 그대로, 입을 맞췄다. 도은의 손은 부서져라 수의 허리를 자신 쪽으로 꽉 끌어안았다. 작은 입술을 새처럼 부드럽게 지분거리는 그에 먼저 입을 연 것은 그녀였다. 도은의 목에 두 팔을 두르며 애가 다는 사람처럼 먼저 다가선 수의 몸짓에 그의 긴 눈매가 문득 휘어진 것도 같았다. 서로의 혀가 얽히고, 달뜬 숨소리는 파도 소리에도 선연히 들렸다. 짙은 입맞춤이었다.

입술을 뗐을 땐 수의 얼굴이 붉게 상기되어 있었다. 반면 도은은 차분해 보였지만 검은 머리칼에 숨겨진 귓불이 시뻘겋게 달아올랐고 검은 눈동자는 타들어갈 듯 강렬했다.

이때다 싶었다. 맨 정신엔 불가능한 일이었다. 술기운을 빌어 갖은 용기를 짜낸 것이다. 먼저 입을 연 것은 수였다.

"걔네들 못 들어오는 거 같은데. 달래기에 실패했나 봐. 썬 술 깰 때까지 절대 못 들어온다는 거지."

"그래서?"

넌지시 되묻는 도은의 짙은 눈썹이 의아하게 올라갔다. 수는 짐짓 인상을 쓰며 답답하게 입을 열었다.

"이 때다 싶지 않아?"

"그런가?"

"그런가? 그런가? 그게 끝이야?"

기가 차다는 듯 수가 연신 되물어도 그는 내내 영문을 모르겠다는 표정이었다. 결국 수는 됐다 하곤 획 돌아서서는 성큼성큼 먼저 가버렸다. 뒤에서 낮은 웃음소리가 들리고서야 수는 박장대소를 하는 그를 노려보았다.

"뭐야. 지금 나 놀린 거지!"

도은은 긴 다리로 단숨에 달려와 수를 번쩍 안아 들었다. 고운 백사장에 발자취를 남기며 빙글 돌아 그녀를 바닥에 다시 내려놓은 도은은 입이 댓 발 나온 수의 흰 뺨을 두 손으로 감싸 쥐곤 부드럽게 어루만졌다.

"말했던 때가 된 거 맞아?"

"입 다물어. 한 대 치기 전에."

"술기운에 두루뭉수리로 넘어가려는 거잖아. 내가 얼마나 고대하는 날인데. 어림도 없지."

수는 뜨끔했다. 용기가 나질 않아 술기운에 에라 모르겠다, 식으로 덤벼든 것을 그는 이미 알고 있었던 듯했다.

수가 난감하게 시선을 다른 곳으로 돌리자 도은은 그녀의 고개를 바로 잡아 마주 보게 만들었다. 꼼짝없이 잡혔다. 그의 검은 눈동자가 오롯이 그녀를 바라보고 있었다. 새벽 푸르스름한 바다 너울보다 진한 시선이었다.

"맨정신에 제대로. 네가 절대 나를 잊지 못하게."

도은은 수를 꼭 끌어안았다. 제 가슴팍에 고개를 묻은 수의 귓가에 그의 입술이 가까이 다가왔다. 뜨거운 숨이 섞인 낮은 속삭임이었다.

"전부 새겨 넣을 거야."

등골이 오싹했다. 고막을 타고 심장까지 스미는 그의 속삭임에 수는 이를 악물었다.

그대로 숙소에 돌아오니 상혁과 선우는 이미 1층에 널브러져 자고 있었다. 술에 취해 이불도 없이 서로를 꼭 끌어안고 추위도 잊은 채 세상모르고 자고 있는 그들을 보며 수와 도은은 웃고야 말았다.

다음 날, 넷은 숙소를 말끔히 정리하고 펜션을 나왔다. 다들 숙취로 퀭한 상태에서 부산 시장의 유명한 돼지국밥으로 속풀이를 하고 나서야 정신을 차릴 수 있었다. 그 후엔 여느 관광객과 비슷한 루트를 돌았다. 갓 잡은 해산물과 회를 배터지게 먹기도 하고 유명 관광지란 관광지는 다 돌며 사진도 찍고 마지막으로 케이블카를 타 부산 바다 전경을 눈에 담은 후에야 밤늦은 시각 서울로 향했다. 마지막 에너지까지 노는 것에 완전히 소진한 후였다.

다들 녹초가 된 터라 뒷좌석에 앉은 상혁과 선우는 완전히 곯아떨어진 상태였다. 조수석에 앉은 수는 휴게소에서 산 커피를 틈틈이 도은에게 대신 먹여주며 혀를 찼다.

"운전면허를 따둘 걸 그랬어. 저 둘은 아무짝에 쓸모가 없네."

"냅둬. 달밤의 달리기가 힘들었나 보지."

"꽤 너그러운데? 평소 같았음 진즉 후드려패서라도 운전대 잡게 했을 건데."

"이렇게 놀아본 거 처음이야."

"에? 진짜?"

"친구들이랑 여행을 간다는 건, 꽤 재밌는 일이네."

도은의 큰 입매가 휘었다. 도은의 옆모습을 가만히 바라보고 있던 수는 입꼬리를 휘다 그의 잘생긴 뒤통수를 쓱쓱 쓰다듬었다. 갑작스러운 터치에 도은이 의아하게 곁눈질을 했지만 수는 말없이 몇 번 더 쓰다듬다가 시트에 편히 몸을 기댔다. 여전히 그를 본 채였다.

"앞으로 자주 가면 되지. 국내 다 돌면 해외도."

"다음엔 둘이 가자."

"그래. 돈은 당연히 형이 내는 걸로."

"콜."

“나도 갈래, 나도.”

“나도 콜.”

갑작스레 대화에 껴든 상혁과 선우가 비몽사몽 정신에도 가겠다고 손을 들어 흔들어댔다. 절로 웃음이 나는 광경이었다.

서울에 도착한 시각은 저녁 12시가 가까울 무렵이었다. 차편이 끊긴 시각이었기에 선우와 상혁을 집 앞에 내려주곤 도은이 기어를 바꾸며 출발하기 전 옆자리의 수를 응시했다.

“내 집으로 갈 거야.”

“가. 새삼스레 웬 해설.”

“오늘 나랑 있자.”

당연한 걸 묻는다는 식으로 대꾸했던 수의 얼굴이 일순 멍했다. 나른하게 퍼졌던 몸이 바짝 긴장되며 정신이 번쩍 들었다. 뚜렷하게 빛나는 그의 검은 눈동자에 아무런 생각도 들지 않았다. 그저 작게, 고개를 끄덕였다.

그의 집 앞에 도착해선 도은이 그녀를 이끌었다. 꽉 잡아 쥔 그의 손은 여전히 뜨거울 만큼 따뜻했지만 평소와는 달랐다. 하나 수 또한 그의 손을 내치진 않았다.

엘리베이터에서 내려 그의 집으로 들어선 순간 불 꺼진 현관에서 도은은 지긋이 그녀를 응시했다. 검은 눈동자가 어둠보다 더 짙게 빛났고 그 안엔 오롯이 그녀만이 있었다. 순간 심장이 쿵 떨어져 내렸다.

누가 먼저랄 것도 없었다. 마주 본 시선이 신호탄이었다. 도은이 외투를 벗어던지며 수의 몸을 번쩍 들어 입을 맞추었다. 수 또한 도은의 허리와 목에 팔다리를 감아 키스에 응했다. 도은은 그녀를 들어 안은 상태로 성큼 걸음을 옮겼고 어느새 방에 들어와 침대에 그녀를 눕히곤 그 위로 올라탔다.

정신없는 키스가 이어졌다. 암막커튼이 쳐진 침실은 빛 하나 들어오지 않을 정도로 어두웠지만 어느새 익숙해진 두 눈동자는 서로의 모습을 눈에 담기 충분했다.

강렬한 키스 세례에 수는 참았던 숨을 어렵게 입술 사이로 내쉬었다. 그녀의 입술을 지분거리던 도은이 턱 선을 타고 목덜미에 고개를 묻었다. 그의 손은 이미 수가 입고 있던 셔츠 단추를 건드렸고, 순식간에 앞섶은 풀어 헤쳐졌다.

도은이 수의 귓불과 목덜미에 키스 비를 내렸다. 허리춤을 쓸어내리는 그의 뜨거운 손이 맨살에 그대로 느껴졌다.

"읏……."

수는 생경한 감각에 입술을 깨물며 신음을 삭였다. 처음 터진 신음에 도은이 옅게 웃음을 띠었다. 쇄골을 지나 작지만 봉긋한 가슴 사이에 고개를 묻은 도은은 놀라 흰 수의 등 뒤로 손을 올려 빠르게 브라를 풀어 내던졌다. 도은의 숨이 점차 빨라졌고, 그는 그녀의 가슴골을 지나 배에 입술을 묻었다.

조금의 지체도 없이 물 흐르듯 자연스러운 그의 행동에 수는 정신이 멍했고 머리는 터져 버릴 것만 같았다. 처음 경험하는 일이었다. 떨리는 걸 넘어서 긴장에 아무런 생각도 들지 않았고 심장은 전력질주를 한 마라토너처럼 미친 듯 뛰어댔다. 오직 눈앞에 그를 마주하는 것만으로도 벅차 그의 몸짓을 감당할 수 없었다. 그야말로 오버 페이스였다.

왔던 길을 거슬러 올라가던 도은이 수에게 다시 입을 맞췄다. 완벽히 밀착된 몸을 통해 잔뜩 성이 난 그의 온기가 그대로 피부에 느껴졌다. 도은이 수의 청바지의 단추를 풀던 순간이었다.

수는 다급하게 그의 손을 잡았다.

"잠깐만!"

그 말에 바로 행동을 멈춘 도은은 긴 눈매 가득 요염한 색기를 머금고 있었다. 숨소리는 거칠었고, 얼굴로 흘러내린 머리칼과 뜨거운 숨이 그가 얼마나 심취해 있는지를 대변하고 있었다. 정신을 차린 그가 다소 놀란 눈으로 그녀를 내려다봤다.

"왜, 불편했어?"

"아니, 그게 아니라……."

"싫으면 안 해도……."

"그게 아니라니까!"

걱정 그득한 도은의 눈빛에 수는 그의 말을 끊으며 발끈했다. 의아한 듯 긴 눈매를 좁힌 도은의 시선이 그녀의 몸에 머물렀다. 어깨부터 그의 셔츠를 움켜쥐고 있는 손까지, 그녀는 떨고 있었다.

그제야 도은은 작게 탄식을 내뱉으며 수의 붉게 물든 뺨을 한 손으로 감쌌다.

"미안. 몰랐어."

"……미안할 건 아닌데."

"말하지 그랬어."

"그런 걸 어떻게 말해! 뭐 하면서 말할까!"

무언가 억울한지 버럭 성을 내던 수가 팔로 자신의 눈을 가려 버렸다. 잔뜩 붉어진 얼굴을 가리기 위함이었지만 이내 그 팔을 치워 버리는 도은 덕에 그마저도 소용이 없었다. 도은은 웃음기 어린 미소를 띠곤 연신 그녀의 눈과 뺨에 쪽쪽 입을 맞추었다. 아까의 강렬했던 입맞춤과는 달리 현저히 느릿느릿한 속도였고 부드러웠다. 수의 입술에 한참을 키스를 하곤 뺨을 지나 귓불을 이로 잘근잘근 깨물던 도은의 짙은 숨이 귓가에 내려앉았다.

"긴장하지 말고, 그냥 편하게 있으면 돼."

도은은 제 셔츠를 벗어 침대 밑에 던졌다. 어둠 속에서도 명확히 보이는 그의 조각 같은 몸에 수의 시선이 닿았다. 도은은 수의 손을 잡아 제 가슴에 대곤 그대로 그녀에게로 몸을 숙여 온몸에 입을 맞췄다.

'이걸 들려주려 했구나, 지금 떨리는 건 나뿐이 아니라고.'

손바닥으로 느껴지는 그의 심장은 터질 듯 뛰어댔다. 작은 가슴을 손으로 어루만지기도 하고 가는 허리를 쓸며 등골을 쓸어내리는 통에 수는 바르르 몸을 떨며 작게 신음을 내뱉었다. 그러다 수가 제 소리에 놀라 입을 악다물자 도은은 흥분에 서서히 봉긋 선 그녀의 가슴을 부드럽게 입에 머금었다. 뜨거운 입안, 그보다 더 뜨거운 혀를 둥글리며 살갗을 자극하자 수가 그의 뒷목을 붙들며 잘게 떨었다. 막는 거라 생각한 건지 도은이 손을 잡으며 침대로 내리눌렀다. 그리곤 그녀의 가슴 돌기를 건드리다 이로 잘근 깨물었다.

"아! 읏……."

반사작용처럼 웅얼거린 신음에 수의 얼굴이 시뻘겋게 달아올랐다. 도은은 맹수처럼 그르릉 목울대를 울리며 계속해서 그녀의 상태를 살피듯 살갗을 탐닉했다. 얼굴이 흐트러지는 부위를 발견할 때면 부드럽게 혀를 놀리다 강하게 빨아들이는 그에 정신을 차리지 못하던 그녀의 악다문 입에서 신음이 새어 나왔다. 그럴 때면 그는 꽤나 만족한 듯 웃음을 흘렸다.

도은의 혀가 서서히 골을 타고 내려가 갈비뼈에 도달했다. 뼈의 결 사이를 간질이듯 이를 세워 여린 살을 살짝 깨무는 입술이 닿은 자리마다 붉게 수가 새겨졌다. 간지럽고도 저릿한 감각이 생소해 잡힌 손을 빼려 수가 버둥거리자 도은이 괜찮다는 듯 쉬-하며 허리를 어루만졌다.

"이상한 거 아냐. 지극히 정상인 거지."

"아윽……."

마치 수의 속을 빤히 들여다보고 있는 것처럼 그녀를 안심시켰다. 그리곤 아랫배를 혀로 둥글리며 강하게 빨아들이는 그에 그녀의 허리가 비틀어졌다. 척추를 타고 올라오는 생생한 열기에 손발이 오그라들기도 했다.

방 안엔 숨소리가 어지럽게 난무했다. 열에 들떠 다소 격한 숨을 내쉬는 수의 청바지와 하나 남은 속옷마저 벗겨 던져 버린 도은은 거슬러 올라가 뺨에 입을 맞췄다. 도은이 뇌쇄적인 시선으로 잔뜩 긴장한 수의 배를 어루만지다 서서히 은밀한 곳에 손을 대자, 그녀가 탄식 섞인 신음을 내뱉었다. 도은은 제 입술로 입을 틀어막고는 뜨거운 숨을 내뱉으며 부드럽게 그녀의 것을 어루만졌다.

"아! 그만해."

"안 돼. 이렇게 해야, 네가 덜 아파."

"으윽……."

단호한 목소리에 수가 초조하게 입술을 깨물었다. 뜨거운 손에 덩달아 뜨거워진 그녀의 은밀한 곳에서 서서히 액체가 묻어나왔고 그가 그 좁은 틈을 비집듯 천천히 손가락을 넣었다.

"아읏!"

좁은 내부를 파고드는 무언가에 놀라 수는 허리를 비틀었다. 하지 말라며 다급히 손을 잡자 도은은 그저 달래듯 입을 맞췄다.

아주 느리고 부드럽게 들어왔다 나갔다를 반복하는 손가락에 한 번도 침입을 허용한 적 없던 곳이 본능으로 움찔 조였다. 어느새 끈적한 소리를 내며 축축해지자 그의 손가락이 내부의 주름을 찬찬히 어루만지듯 원을 그리며 돌았다. 터질듯 뛰어대는 심장과 등골을 오싹하게 치고 오르는 감각에 수는 바르르 몸을 떨었다.

"어디가 좋아, 수야."

"으윽……."

수는 도은의 낮은 속삭임을 못 들은 척 눈을 질끈 감았다. 웃음을 흘린 그는 '할 수 없지-' 하더니 제 손으로 찾겠다는 듯 천천히 내부를 훑었다. 안 그래도 생경한 감각들에 포화상태인데, 일순 그의 손길이 스친 곳에 수는 다급하게 몸을 움찔거렸다. 생전 느껴본 적도 없는 이상한 감각, 그걸 참아보려 입술을 악 깨물기도 했다. 도은이 일그러진 수의 낯을 살피다 다시 그 부위를 건드리자 그녀가 재차 펄쩍 뛰며 그의 손을 제지했다. 그에 그가 나른한 숨을 내뱉곤 이를 세워 수의 가는 목을 깨물었다.

"여기가 좋구나."

"아아…… 읏."

투툭 소리를 내며 결국 그녀의 입술이 찢어졌다. 붉게 울혈이 져 비릿한 피 맛이 감돌았다. 도은은 혀를 차며 그녀가 입술을 깨물지 않도록 입을 맞대곤 상처 난 부위를 혀로 쓸었다.

확인을 마쳤다는 듯 서서히 손가락을 뺀 그는 흥건히 흘러내린 액체를 보며 만족스러운 미소를 지었다. 그리곤 단숨에 일어나 제 남은 옷가지를 벗어 던졌다.

침대 밑엔 그와 그녀의 옷가지가 어지러이 엉켜 있었다. 수는 상기된 얼굴로 달뜬 숨을 내뱉으며 그를 올려다봤다. 실오라기 하나 걸치지 않은 그의 다부진 전라가 눈에 보였다. 수의 몸을 거슬러 올라탄 도은은 혼탁해진 시선으로 그녀를 바라봤다. 거친 숨을 몰아쉴 때마다 움직이는 근육과 함께 배에 맞닿은 그의 존재가 뜨겁고 거친 존재감을 드러냈다. 수는 흐릿한 정신에도 오싹함을 느끼며 작게 헛숨을 내쉬었다.

도은은 침대 옆 선반에서 콘돔을 집어 제 것에 씌우곤 그대로 그녀의 위에 서서히 몸을 겹쳤다. 무게를 온전히 느끼게 될 그 자세에서 도은은 불안해하는 수를 안심시키려 그녀의 붉어진 눈두덩이와 달뜬 입술에 연신 입을 맞추었다. 도은의 손이 수의 허리춤을 끌어안아 당겼다. 수는 그의 품 안에 완전히 갇힌, 옴짝달싹할 수 없는 자세가 되었다.

도은의 검은 눈동자는 잔뜩 흐트러져 있었다. 평소의 평정심도, 차분함도 이미 집어던진 지 오래였다. 탁하고 그윽하게 번져 깊이를 알 수 없는 검은 눈동자가 오롯이 그녀를 응시하고 있었다.

“처음엔 아플 거야.”

도은은 수의 떨리는 두 팔을 자신의 목에 감아주곤 그녀의 귓가에 속삭였다. 흥분에 갈라진 음성이었다. 입구에 닿는 그의 잔뜩 성이 난 분신에 놀라 그녀가 굳어버린 때였다.

“뭐라…… 아윽!”

낮은 속삭임과 함께 단숨에 그가 그녀의 안으로 비집고 들어왔다. 아랫배를 그득 채우다 못해 찢어질 것만 같은 감각은 명백한 고통이었다. 데일 듯 뜨거웠고, 숨을 쉬지 못할 만큼 묵직했다. 예상치 못한 감각과 아픔에 숨을 끅 몰아쉰 수는 더욱 그의 목을 끌어안았다. 도은 또한 참지 못하고 낮은 신음을 흘리며 그 상태로 움직이지 않은 채 가만히 그녀를 기다렸다.

"쉬-. 괜찮아. 괜찮아."

"아파, 진짜 아파."

"괜찮아져. 쉬-."

불안정한 숨을 내뱉으며 주룩 눈물을 흘리는 수를 달래듯 연신 입을 맞추던 도은이 가볍게 허리를 움직이자 다시금 아픈 신음이 흘러나왔다. 그는 억눌린 낮은 신음과 함께 또다시 그녀에게 입을 맞추며 기다렸고, 잠시 후 다시 살짝 허리를 움직이는 행동을 반복했다.

"아윽……!"

주름 사이사이를 비집고 좁았던 공간을 억지로 늘린 그의 뜨거운 분신에, 통증에, 간신히 잡고 있던 정신은 나간 지 오래였다. 도은이 살짝만 몸을 틀어도 의지와 달리 고통 섞인 신음이 연신 입 밖으로 튀어나갔다. 이런 걸 사람들이 왜 하지, 도대체 뭐가 좋다는 거야! 갖은 욕지거리가 입 밖에 튀어나가려는 걸 억지로 삭인 수는 눈물을 뚝뚝 흘리며 눈을 들어 그를 응시했다.

"기대에 부응 못 해서 미안한데 으윽…… 주도은, 이 자식…… 진짜 너무 아프다고……. 이건 분명 내가 처음이라서가 아냐. 생물학적으로 봐도 그 사이즈가, 그건 좀 아니잖아!"

수가 억울함을 담아 그의 이름을 반말로 불러재끼자 도은이 너털웃음을 터뜨렸다. 이 상황에 웃냐! 싶다가도 열기를 머금은 그의 혼탁한 모습에 그녀는 절로 시선을 빼앗겼다.

도은이 땀에 젖은 수의 이마에 입을 맞추며 머리칼을 쓸어 넘겨주었다. 그 또한 그녀에게 맞춰주는 이 상황이 여간 힘들다는 걸 대변하듯 등줄기에 땀이 흐르고 있었다.

"처음만 그래. 약속할게. 나 아직 움직이지도 않았어."

"그치만……."

기어들어 가는, 수답지 않은 목소리에 도은은 겹쳤던 몸을 일으켜 앉아 제 쪽으로 그녀를 휙 끌어당겨 양 다리를 굽혀 세웠다. 어리둥절한 눈으로 쳐다보는 그녀에 그가 씩 웃었다.

"다시 불러봐, 수야."

"뭘."

"내 이름."

"뭐, 주도으…… 하윽!"

말을 잇기도 전 단숨에 밀고 들어오는 도은에 수가 극 숨을 몰아쉬었다. 투둑, 무언가 몸 안에서 찢어진 느낌에 소름이 돋아 잔뜩 경직된 순간 은밀한 곳에서 뜨거운 액체가 흘러내렸다. 도은이 나직한 신음을 내뱉으며 떨리는 그녀의 몸을 어루만졌다. 제 것에 묻어 흘러내리는 피를 손으로 만지던 그의 검은 눈동자가 혼탁한 빛을 띠며 번뜩였다. 흡사 피를 본 후 흥분한 짐승처럼, 하염없이 기다려 줬던 지금과는 달리 도은이 천천히 제 것을 빼더니 다시 거세게 밀고 들어왔다.

"으윽! 하아……."

숨을 쉴 수가 없다, 그럴 여유가 없다, 수는 생각했다. 적응할 여유도 없이 계속 들어왔다 나갔다, 천천히 왕복하고 있는 분신에 파들 떨리는 그녀의 허벅지 안쪽을 도은이 달래듯 쓸어내렸다. 참지 못한 통증에 그를 밀어내려 버둥거렸지만 그럴수록 도은은 그녀의 허리를 잡아 더욱 제 쪽으로 끌어당기며 느릿한 왕복을 계속했다. 살짝 허리를 틀며 미묘하게 각도를 달리 하며 왕복하는 그는 꼭 모래사장에서 잃어버린 반지를 찾는 사람처럼 집요했다.

"잠깐만, 가만있어 봐. 수야. 잠깐이면 돼."

땀에 젖어 흘러내린 도은의 머리칼이 흐트러진 긴 눈매의 칠흑을 가리고 있었다. 혼탁한 열기, 그보다 더 뜨거운 숨을 내뱉는 그에 '빌어먹을, 욕정에 눈이 멀었구나!' 싶던 수는 결국 포기하곤 눈을 질끈 감았다. 정신을 멍하게 할 만큼의 통증, 집요한 그, 머릿속이 아프고 아랫배는 더 아파 제 눈을 가려 버리자 도은은 바들바들 떨리는 그녀의 허벅지 안쪽과 잔뜩 겁을 먹어 경직된 아랫배를 부드럽게 매만졌다. 하지만 허리를 쉬지는 않았다.

"으윽! 잠깐만……."

"쉬이."

"아, 하읏!"

수가 신음을 내뱉었다. 분명 비명이 아닌 교성이었다. 순간 도은이 그제야 분주했던 허리를 멈추었다. 수는 뒤늦게 척추를 치고 머릿속까지 울리는 감각에 얼굴을 일그러뜨렸다. 통증인지 아님 어떠한 감각인지, 미묘한 경계선에서 위태로운 줄다리기를 하는 것만 같은 감각이 폭풍처럼 치밀어 오르자 척추가 저릿하게 울렸다. 도은은 그런 수의 발갛게 충혈된 눈과 발그스름한 얼굴을 살피다 다시 원을 그리듯 허리를 살짝 틀어 그 부위를 건드렸다.

"아읏! 하아……."

단숨에 치고 올라오는 감각에 수의 허리가 활처럼 휘며 은밀한 곳이 꽉 조였다. 도은이 큭- 신음을 내뱉으며 경련이 이는 그녀의 허리와 허벅지를 어루만졌다.

"이제 안 아프지, 수야."

"하아……."

도은이 안도의 숨을 내쉬며, 그녀의 무릎에 입을 맞추곤 서서히 몸을 뺐다 단숨에 그 부분을 파고들었다. 움찔, 경련하며 허리를 비트는 수에 도은은 탐스러운 엉덩이를 쥐어 잡아 더욱 제 쪽으로 끌어당겼다. 그리곤 천천히 왕복할수록 더욱 깊이, 좁은 내부에 찔러 넣었다.

어느새 은밀한 곳을 흥건하게 적신 물기에 그의 분신이 탄력을 받은 듯 매끈하게 왕복 운동을 계속했다. 경련이 이는 수의 아랫배를 어루만지던 도은이 살짝 압력을 가하며 제 허리를 틀어 강하게 넣자, 아까보다 훨씬 깊은 곳을 자극당한 탓에 수는 허리를 휘며 얼굴을 일그러뜨렸다.

"하윽!"

통증에 괴로워하던 수는 더 이상 없었다. 생전 처음 겪어본,

감당 못할 뜨거운 화마가 그녀의 몸을 덮쳐 정신을 앗아갔다. 수는 질끈 감았던 큰 눈을 몽롱하게 뜨며 색을 그득 담아 그를 응시했다. 흰 뺨은 더욱 붉게 물들었고 작은 입술 사이로 흘러나오는 신음은 달뜬 숨을 그대로 머금었다. 도은은 그제야 그녀를 적응시키려 억눌렀던 본능을 꺼내 제가 하고 싶은 대로 강하게 쳐올렸다.

"수야, 좋아?"

"아윽……."

낮은 음성이 음란한 소리로 가득 찬 공간을 울렸다. 짓궂은 말, 제 귀에 들리지 않는다는 듯 수는 잔뜩 허리를 비틀며 제 허리를 쥔 그의 손을 움켜잡았다. 강한 허리 놀림에 하늘까지 치솟는 감각이 무서워 바들바들 위태롭게 내부를 조이는 수에 도은은 행동을 멈추곤 입을 맞추며 경련이 이는 그녀의 복부를 어루만졌다.

"안 돼. 같이 가야지."

"윽……. 빨리. 해줘."

애가 타 도은의 목을 끌어당기며 재촉하는 그녀는 이미 제정신이 아니었다. 서서히 추락하는 게 무척이나 안타깝다는 듯 해갈되지 못한 열기에 미치겠는 심경이었다. 뺨이고 입술에 재촉하듯 입을 맞추는 수에 그가 웃었다.

"좋아? 얼마나 좋은지 말해주면 네가 원하는 거 다 해줄게."

짓궂기 그지없는 그가 목울대를 울렸다. 수는 도은이 참 지독한 사람이라고 생각하면서도, 그가 슬쩍 허리를 빼 더욱 깊은 곳을 비집고 들어오자 제 의지와는 상관없이 말을 퍼부어대는 입을 주체할 수 없었다.

"하윽……. 좋아. 좋아 죽을 거 같아. 그러니까 빨리, 응?"

"착하네."

도은의 큼직한 손이 그녀의 봉긋 선 가슴을 어루만지다 허리를 끌어 잡았다. 도은이 다시 맹렬하게 수가 참지 못하던 부분을 자극하며 거칠게 왕복했고, 그녀는 다급하게 그의 손을 쥐어 잡았다. 맹수에게, 단숨에 집어 삼켜진다. 딱 그것이었다.

거친 숨이 담긴 나지막한 신음도, 넘어갈 듯 달뜬 신음도 어둠의 정적을 깨며 어지럽게 뒤엉켰다. 제게 매달리는 수의 뒷머리를 끌어안고 격정적인 키스를 해대던 그가 신음 섞인 나직한 음성을 내뱉었다.

"수야, 날 봐."

수는 다시 천국 가까이 치솟은 아찔한 정신에 질끈 감았던 눈을 서서히 떴다. 맹수의 검은 눈동자가 집요하게 저를 좇고 있었다. 등골이 오싹함과 동시에 알 수 없는 쾌감에 수는 참지 못하고 신음을 내뱉었다.

"수야."

낮은 목소리가 온몸의 신경을 곤두세웠다. 살에 닿는 그의 체온과 열기에, 제 몸을 집어삼킬 듯 헤집으며 집요하게 탐닉하는 그의 존재에 타는 듯 몸이 뜨거웠다. 도은의 움직임은 여전히 맹수의 뜀박질처럼 강하면서도 거칠었다. 저도 모르게 경련을 하며 죄는 내부에 몇 번이고 바르르 몸을 떠는 수를, 그가 기어이 못 참겠다는 듯 탁한 신음을 내뱉었다. 너는 격정적이지 못할 거라 확신했던 그녀의 생각을 산산이 깨부수며 도은은 그녀의 질퍽한 내부 깊은 곳까지 제 성에 차게 헤집었다.

온몸이 으스러질 듯한 묵직함과 강한 몸놀림에 정신은 아득해지고 그에게 매달린 손발이 후들 떨렸다. 숨이 넘어갈 것만 같던 그때에 귓가에 거친 숨과 함께 내려앉는 그의 말에 심장은 기어이 땅으로 곤두박질쳤다.

“사랑해.”

“아…….”

“수야.”

도은이 격정적인 몸짓으로 그녀를 몰아붙였다. 삐걱대는 침대와 누구 것인지 모를 신음이 한데 뒤엉켜 어둠을 찢어발겼다. 한계치에 다다른 수가 울먹이는 신음이 터뜨리곤 바르르 몸을 떨며 늘어지자 도은 역시 마지막을 향해 부서질 듯 격렬히 움직이더니 그제야 참았던 신음을 쏟아내며 그녀의 위로 널브러졌다.

진이 빠져 구름 위를 정처 없이 떠다니는 기분이었고 온몸에 전기가 흐르듯 저릿저릿했다. 손가락 하나 발가락 하나도 제 맘대로 움직일 수 없었다.

도은은 거친 숨을 가다듬으며 수의 얼굴에 키스 비를 내렸다. 나른하게 풀어진 그의 긴 눈매엔 더할 나위 없는 애정이 묻어났다. 수는 커다란 눈을 무겁게 끔뻑거렸다. 온몸이 나른했고 아무런 생각은 들지 않았으며 눈앞엔 그가 있었다. 그의 얼굴을 만지고 싶었는데 그전에 눈이 감겼다. 낮은 웃음소리가 귓가를 맴돌았고 껴안아오는 그의 뜨거운 체온과 숨이 여실히 느껴졌다. 더할 나위 없는 행복이었다.

그대로 까무룩 정신을 놓았다.

4. 사랑하기에…….

"이수 양. 맞습니까?"

알바가 없는 일요일 낮이었다. 도은은 연구실 일 때문에 바쁘다고 하여 못 만난 지 며칠이 되었고, 수는 얼마 후 있을 기말고사 준비로 밤샘 공부를 하는 나날이었다. 아침이 가까워서야 겨우 잠들었다가 느지막이 일어나 집에 먹을 게 없어 근처 마트에서 장을 보고 돌아오던 수를 누군가 불렀다.

낯선 남자의 목소리에 수는 화들짝 놀라 고개를 들었다. 옥상으로 향하는 철제 계단 위, 검은 양복을 입은 단정한 외관의 사내 두 명이 버티고 서서 그녀를 응시하고 있었다. 수는 긴장을 하여 저도 모르게 한 걸음 계단 아래로 물러섰다.

"맞는데, 누구시죠?"

"주강운 회장님께서 부르셨습니다."

수는 그다지 놀라진 않았다. 언젠간 마주하게 될 것이라 마음의 준비를 하고 있었다. 그래서 잠시 기다려 달라고 말했다. 평소보다 정성들여 씻고 갖고 있는 것 중 격식을 갖춘 옷을 골라 갈아입고 준비를 하면서 마음을 다잡았다.

수는 검은 세단에 올라탔다. 차는 익숙한 동네를 넘어 평창동으로 향했다. 차창 밖의 풍경이 익숙한 것에서 생경한 것으로 변해갔다. 다닥다닥 붙어 있던 집들은 널따란 담을 보호막처럼 두른 저택으로, 주차된 차가 즐비했던 좁은 골목길은 사람 하나 없는 널찍한 도로로 바뀌어가며 차는 계속 오르막길을 올라갔다. 그리곤 그 높다랗고 커다란 거택들이 한눈에 내려다보이는 가장 높은 곳에, 거대한 위용을 자랑하는 한옥이 눈앞에 있었다.

담장의 끝은 보이지 않았고 거택으로 향하는 앞뜰의 돌담길은 길기만 했다. 마당에 자리 잡은 연못의 물레방아는 느릿하게 돌고 있었고 그 한 곁엔 벚나무가 있었다. 안내하는 직원의 뒤를 따라 미로처럼 이어진 복도를 지나 응접실 안에 들어서니, 아까 보았던 앞뜰이 응접실 창 너머로 그림처럼 자리 잡았다. 하나, 그 아름답고 고운 광경에도 탄성은 나오지 않았다. 거택 안은 호화로웠지만 그래서 더 삭막했고, 아름답기에 더욱 쓸쓸했다. 숨이 막히는 이 무거운 공기 때문일 것이라, 생각했다. 그 이유는 상석에 자리 잡은 노신사 때문이었다.

"앉게."

"예. 실례하겠습니다."

강운의 차분한 말씨에 수는 자리에 앉았다. 그는 여전했다. 그의 등 뒤에 걸린 족자 속 대나무 숲에 평안히 누워 있는 백호의 모습이 마치 그와 닮은 듯 보였다.

강운은 김 오르는 찻잔을 들어 한 모금 마셨다. 수의 앞에도 찻잔이 놓여 있었지만 손대지 않았다. 강운은 팔걸이에 팔을 걸치며 그녀를 응시했다.

"남의 시간 뺏을 거 없이 할 말만 하겠네. 도은이와 깊은 관계인가."

"예. 어르신."

"어찌 그걸 장담하는가."

"젊은 시절 쉽게 떠나보내도 되는 어설픈 감정으로 만나는 사이 아닙니다. 어르신도 그걸 아시니 절 부르신 거겠지요."

수의 위아래를 짧게 훑은 그는 나직이 낮은 음성으로 물었다.

"설마 손주가 생긴 건 아니겠지."

"저희 둘 다 중요한 시기입니다. 그럴 계획은 없습니다."

수의 대답에 주저함은 없었다. 이미 예상이라도 한 듯 답하는 그녀에 그의 긴 눈매가 살짝 찌푸려졌다. 하나 차분한 모습과 음성은 흐트러지지 않았다.

"애들 사교 모임에서 난리가 벌어졌다지. 결국 며느리 될 뻔한 아이가 자진해서 손 털고 나가겠다 나에게 말할 만큼. 그게 자네 때문이고.”

“예.”

“이미 소문이 무성한 도은이 주변에 더한 소문이 붙었어. 회사에 들어온다 해도 입지는 더욱 좁아질 테지.”

“그는 회사에 들어갈 생각이 없습니다.”

“그 애가 아상이가 키우는 연구팀 일을 돕고 있다는 거 아는가? 그 앤 재능이 있어. 지가 욕심만 내면 사람들 뒷말 따위 다시는 따라붙지 못하게 할 만큼. 좋은 집안과 연이 이어지면 그 아인 못해낼 것도 없지. 한데, 그녀석의 말도 안 되는 생각을 말리긴커녕 같이 부추기고 있는 게로구만.”

“그의 생각을 존중하는 겁니다.”

“말이, 당차군.”

“주눅 들 이유가 없습니다. 잘못해서 불려온 게 아니니까요.”

수는 흔들림 없는 시선으로 그를 마주봤다. 당차기 그지없는 모습에 강운은 큰 입매를 휘며 찻잔을 내려놓았다. 그는 탁상 위로 서류 하나를 꺼내 그녀의 앞으로 밀었다.

“읽어보시게.”

수는 서류를 손에 쥐곤 첫 장을 읽었다. 뒷장, 그 다음 장, 종이를 넘기는 그녀의 표정이 삽시간에 굳어갔다. 서류를 다 읽고 난 후, 수의 흰 피부는 백지장처럼 질려 있었고 테이블에 내려놓는 그녀의 손은 떨림을 채 숨기지 못했다.

“뒷조사, 하신 겁니까.”

"술집 출신 미혼모 엄마와, 온갖 전과는 다 있는 중독자 아버지라. 가관이군."

"그게 제 잘못은 아닙니다."

"그래, 너에게 잘못은 없지. 하나, 감히 내 아들 옆에 있을 생각은 말아야지."

강운은 큰 입매를 비틀며 미소를 지었다. 서릿발 어린 비꼼이었다. 수의 눈가가 화로 붉게 물들었다.

"그래도 헤어질 생각이 없다면요. 그땐 어쩌시렵니까, 어르신."

강운은 미소를 거두며 처음처럼 싸늘하게 말했다.

"바라던 건 다 어그러지고 원하는 건 전부 잃을걸세. 애먼 것을 넘본 대가가 너무도 가혹하다는 것에 치를 떨며 후회하겠지. 왜냐면 자네가 날 적으로 둬버렸거든. 하나, 다른 방도가 없는 것도 아니지."

그는 다른 서류를 던지듯 내려놓았다. 서류 앞장에는 미국 국립의과대학의 마크가 박혀 있었다. 유명 의학인들을 다수 배출한 학교로 들어가기도, 졸업하는 것도 까다로울뿐더러 상상을 초월하는 엄청난 학비에 좀 산다는 학생들도 엄두를 못 내는 커리큘럼이었다.

강운은 잔뜩 경직되어 있는 수와 달리 여전히 여유로운 태도로 말했다.

"가서 공부하고 돌아왔을 땐 자네의 그 한심한 집안을 일으켜 세울 수 있을 만큼의 능력을 갖출걸세. 이런 걸 바라고 도은이 옆에 있던 거잖은가."

평이한 말투 속 짙게 녹아 있는 경멸과 비꼼이 심장을 짓눌렀다. 하나 수는 그 앞에서 내색하지 않기 위해 부단히 애를 썼다. 이해했다. 아버지로서 자식을 위하는 마음. 그걸 존중하는 것뿐이었다.

"이게 헤어짐의 대가입니까."

"왜, 이걸로 부족한가."

"부족하죠. 어르신."

강운은 비웃음을 자아내며 그럼 그렇지, 라는 표정을 지었다. 어서 말해보라는 듯 맹수의 날 선 빛 그대로 응시하는 시선에 수는 보란 듯이 고개를 들어 그를 마주했다. 손의 떨림도, 핏발 선 눈빛도 아까와 달리 극도로 차분했다.

"주아제약을 주십시오."

"……뭐라?"

수의 당찬 말투에 강운은 기가 찬 듯 헛숨을 내쉬었다. 수는 차분히 말을 이었다.

"그걸 주실 수는 없으신가요?"

"제정신으로 하는 말은 아니겠지."

"말도 안 되는 말이라 생각하시죠. 어르신께서 하신 말씀이 저에겐 이런 겁니다."

강운의 표정이 순식간에 굳었다. 날카로운 눈빛은 분노로 물들었고 악다문 큰 입매가 부들 떨렸다. 그러나 그녀는 겁먹지 않았다.

"한국대를 졸업해도 제 집안은 충분히 일으킬 수 있습니다. 전 대단한 분들의 욕심과는 달리 아주 조그만 여유만 얻으면 금세 행복해질 수 있는 사람이라서요. 그리고 절 떨궈내시는 건 언제든 하셔도 좋습니다만 먼저, 도은 씨에게 얘기해 주세요. 무작정 그 사람 꿈을 반대할 게 아니라 한 번이라도 그 사람 얘기를 들어 보세요. 지금은 그게 먼저십니다."

강운은 인상이 찌푸리며 호랑이와 같은 매서운 눈을 번뜩였다.

"지금 누구 앞이라고 가르치려 드는 겐가?"

"제가 감히 누구 앞이라고 어르신에게 그런 말을 하겠습니까. 어르신도 편치 않으신 거 압니다. 그 사람 어머님이 신경질환으로 고통스럽게 돌아가셨다 들었습니다."

강운은 눈을 찌푸렸다. 그의 눈빛은 불쾌감으로 가득 차 있었다.

"네가 뭐라고 감히 집안 얘길 들먹이는 게냐."

"그래서 그 사람, 신경외과 의사가 되고 싶답니다. 어르신."

"그만하래도."

집안의 금기라 도은은 말했었다. 그 말을 증명이라도 하듯 이제껏 조금의 흐트러짐 없던 강운의 표정에 한순간 균열이 갔다. 그럼에도 수는 계속해서 말을 이어나갔다. 지금이 아니면 다시는 그와 마주할 기회조차 주어지지 않을지 모른다는 사실이, 더 말을 부추겼다. 더욱 다급하게 만들었다.

"관심도 없으셨죠. 그저 한심하다 채찍질만 하셨죠. 그럼에도 아버지를 기다리고만 있는 그 사람 마음은 한심한 어리광이다 쳐다볼 생각도 안 하셨죠."

"그만하라니까!"

"동물 중 유일하게 마음이 다쳐 죽는 건 사람뿐입니다, 어르신!"

마지막 발악처럼 말을 내뱉고 난 후 수의 몸은 사시나무처럼 떨리고 있었다. 그럼에도, 나불거린 입에 후회는 들지 않았다.

조금의 틈도 없는 철옹성 같던 사내는 이미 치부를 드러냈다. 격노를 참지 못해 거친 숨을 몰아쉬는 맹수의 긴 눈매는 붉게 화로 물들어 있었다. 흐트러짐 없던 머리칼 한 올이 그의 이마로 흘러 나풀거렸다.

순간, 수는 마음 깊은 곳이 아렸다. 자신의 생각이 맞았다. 상처를 입은 건, 도은뿐만이 아니었다. 두 사람은, 꼭 닮아 있었다.

수는 강운을 안타깝게 보며 말을 이었다.

"그 후에 어르신이 무슨 말씀을 하시건, 무슨 행동을 하시건 다 감내하겠습니다. 꿈이 어그러지는 걸 보는 것도, 치 떨리는 후회에 사무치는 것도 모두 제가 선택한 길이니까요. 그러니, 부디 부탁드립니다."

수는 자리에서 일어서 정중하게 90도로 고개를 숙였다. 한참 후에 고개를 든 그녀는 조용히 방을 빠져나왔다.

"잘나게 떠들어댔겠다."

"……."

"앞으로도 잘, 감내해 보게."

문이 닫힐 때에, 그는 그렇듯 말했다.

문을 닫고 고개를 돌린 수의 시선 끝에 아상이 서 있었다. 언제부터 있었는지 그는 벽에 등을 기댄 채 팔짱을 낀 자세 그대로 그녀를 마주 보며 웃었다.

"몰래 엿듣는 게 취미인가요?"

"내가 가는 길에 하필 네가 얘기를 하는 거겠지."

"전 이만."

수는 고개를 살짝 숙이곤 가던 길을 걸어 나갔다. 그러나 옆을 지나치는 수의 팔을 잡아 세운 아상이 빤히도 그녀를 응시했다.

"아버지가 빈말하는 스타일은 아니라는 것은 이제 잘 알았을 테고. 한데 왜 그런 말을 해."

"무슨 말이요."

"네가 한 모든 말. 맹수의 화를 부추겼어. 무슨 행동을 하시건 전부 네 상상 이상일 거다. 근데, 그걸 감당하겠다고? 네가 감당할 수 있을 거 같아?"

"네. 죽을힘을 다해 살아왔듯이, 앞으로도 그러면 돼요."

수는 단호했다. 아까의 난리 통은 다 꿈이라는 듯 조금의 흔들림도 없었다. 평온하고 온화하기만 했던 아상의 눈에 의아함이 서렸다. 그런 모습은 처음이었다.

"도대체 왜. 이제 그 녀석이 빈껍데기라는 거 다 알잖아. 너 같이 이성적인 애가 왜 이렇게까지 하는데.”

“그 사람이 필요하니까요.”

“……뭐?”

“이게, 그 사람 얻을 수 있는 유일한 방법이니까. 그리고 더 이상 우리 일에 오작교 잇는 거 하지 마요. 싫어요. 우리 일은 우리가 알아서 합니다. 형님이 상관 안 해도, 우리 이제 절대 안 헤어집니다.”

아상의 얼굴에 피었던 미소가 점차 사그라졌다. 미소 짓지 않는 그는 처음이라 수는 살짝 놀랐다.

아상은 수의 팔을 잡은 채로 말했다.

“너네, 언제 그렇게 가버렸냐?”

“좀 빠르죠? 애들 사랑 장난하며 시간 보내기엔 우린 상처가 많아서.”

수는 아상의 팔을 뿌리치며 살짝 목례를 하곤 그를 지나쳤다. 등 뒤로 그의 시선이 따라오는 게 느껴졌지만 애써 무시했다. 속을 훤히 보는 그의 앞에서 조금도 시간을 지체하고 싶지 않았다. 지금은 딱 싫었다.

한참이 걸려서 집 밖으로 나오니 기사가 차를 대기시키고 기다리고 있었다. 차에 타라는 식으로 뒷문을 열어주는 그에 수는 연거푸 거절의 의사를 비추곤 끝이 보이지 않는 돌담길을 걸어 내려갔다. 그리곤 주변에 아무도 없는 것을 인지했을 무렵 저도 모르게 담벼락을 손으로 짚었다. 다리가 후들거려서 더 이상 서 있을 수 없었다.

무서웠다. 맹수의 그릉거림과 같던 무거운 숨소리가, 숨 막히는 공기가, 자신을 징그러운 벌레 보듯 하던 맹수의 눈빛이. 그리고 아무렇지도 않게 내뱉는 저주 담긴 독설이. 그럼에도 수는 자신이 했던 말을 후회하지 않았다. 그를 얻기 위해서 감당해야 할 일이라면 백 번 천 번이라도 그리할 것이었다. 어떤 결과가 있건, 그건 자신의 몫이었다. 차라리 이렇게 정면으로 마주하고 나니 홀가분한 것도 같았다.

그대로 삼십분 남짓을 걸어 내려와 수는 택시를 잡아타곤 그의 집으로 향했다. 그가 쥐어준 출입카드가 있어서 멋대로 쳐들어간 것이다.

이른 저녁 무렵이었다. 출입카드만 있을 뿐 그의 집 카드키는 없었기에 벨을 누르려다 수는 혹시 몰라 문고리를 돌렸다. 역시나 현관문은 열려 있었다. 마치 그녀가 편하게 드나들라는 듯 열어놓기 일쑤인 도은의 행동에 위험하게 쯧 혀를 차기도 했다. 그는 세상모르고 자고 있었고 테이블 위에는 주아제약 마크가 찍힌 서류 한 뭉치가 있었다. 펜으로 끄적인 흔적이 넘쳐나고, 아직 켜져 있는 컴퓨터 모니터엔 의대생인 수도 잘 알아보기 힘든 화학식과 설명들이 적히다 만 채였다.

수는 침대 위에 누운 그의 품으로 파고들었다. 가슴팍에 얼굴을 묻곤 단단한 허리를 끌어안으니 잠에서 깼는지 그가 뒤척이면서 수의 머리 위로 잠긴 목소리를 던졌다.

"수야, 언제 왔어……."

"방금. 자. 이틀 밤 샜잖아."

"무슨 일 있어?"

"보고 싶어서 왔지."

다른 이유 없다는 듯 간단한 대답에 도은은 잠결에도 웃었다. 그는 침대 맡 간이 테이블을 더듬거리다 검은색 카드키를 그녀에게 건넸다. 그녀가 의아해하며 받아 들었다.

"이거, 형네 집 키잖아?"

"네 거야."

"뭐?! 이걸 왜……."

"네 거니까. 내 건 다 네 거잖아."

조금의 거리낌 없이 당연하게 말하는 그는 아직도 잠에 취해 있었다. 그녀가 멍하니 손에 들린 키를 바라보고 있을 때였다. 나른하고, 낮고, 부드러운 바리톤의 음색으로 그는 그녀를 더욱 품 안으로 끌어안았다.

"너한테 얻은 게 너무 많아."

"갑자기 무슨 소리야."

"전부 다. 모든 게 다. 너 때문에. 네 덕분에."

"헛소리는……. 얼른 자."

"내가 아주 많이 사랑해, 수야."

도은은 그녀의 몸을 꼭 끌어안으며 나지막이 속삭였다. 그리고 피곤한 만큼 금세 다시 잠에 빠져든 그는 절대 품에서 그녀를 놓아주지 않을 듯 세게 힘을 준 상태였다. 고른 숨소리와 오르락 내리락하는 가슴팍에 기대 수는 눈을 감았다.

아무런 생각도 하고 싶지 않았다. 이대로가 좋았다. 지금 이대로면, 족했다.

⚜

마지막 기말고사가 끝났다. 학생들은 마지막 전쟁을 끝낸 생존병들처럼 환호를 질렀다. 아수라장과 같은 강의실에서 본과 선배들인 조교들은 그 모습을 귀엽다는 듯 보며 웃었다. 그 난리 통에 빠질 상혁과 선우가 아니었다. 서로를 얼싸안고 외계어와 같은 소리로 환호를 지르더니 갑자기 선우가 상혁에게서 후다닥 떨어지며 수의 옆으로 와 숨어버렸다. 또 왜 저러나 싶어 수가 상혁을 보니 그는 쯧 혀를 차며 가방을 챙길 뿐이었다.

"왜. 맨날 붙어 지내더니."

"아니…… 뭐…… 멍뭉아. 나 한 가지만 물어보자."

"뭔데."

"킹 혹시, 변태니?"

"무슨 뜻이야?"

"그게 그러니까…… 뭐랄까 그게…… 막……."

"뭔 말인진 하나도 모르겠다만 변태같이 보일 순 있어도 변태는 아닐걸?"

잔뜩 풀 죽은 강아지처럼 변한 선우에 수는 진지하게 대답해 주었다. 실상은 그가 너무나 귀여워서 필사적으로 웃음을 참는 중이었다. 하나 선우는 그래도 의문이 풀리지 않는 듯 개운하지 않은 얼굴로 고개를 끄덕이며 가방을 챙겨 들었다. 그리곤 어느새 수 옆으로 다가온 도은을 보곤 입술을 댓 발 내밀었다.

"아까 형이 오늘 너랑 붙어 있을 거라고 너랑 놀지 말랬어. 나 간다."

"가서 킹한테 놀아달라고 해."

"싫어! 걔랑은 안 놀 거야!"

답지 않게 눈을 찌푸리며 버럭 성을 냈지만 수가 움찔하긴커녕 정말 의아하게 빤히 쳐다보자 선우는 한숨을 있는 대로 쉬고는 축 처진 어깨 그대로 가방을 들곤 털레털레 나갔다.

"재 왜 저래?"

수의 짐을 대신 가방에 챙겨주던 도은이 고개를 들었다. 그는 입구에서 기다리고 있던 상혁을 피해 선우가 슬금슬금 도망가는 것을 보며 고개를 저었다.

"뻔하지. 열심히 줄다리기 하는 중이잖아."

"웬 줄다리기? 체육대회 나간대? 둘이 뭐 연습하다 싸웠나?"

"싸운 건 모르겠다만 확실한 하나는 알지."

"뭔데."

"결국 선우가 끌려가 자빠질 거라는 거."

"뭐래……."

"그런 게 있어. 애는 몰라도 돼."

도은이 수의 머리칼을 헝클어뜨렸다. 수의 머리카락을 괴롭히던 도은은 그 손맛을 잊지 못했는지 차를 타고 그의 집으로 가는 길에도 여전히 그녀의 머리칼을 만지작거렸다. 차가 신호가 걸릴 때마다 자꾸만 머리칼을 만지작거리는 그에 수는 결국 바락 성을 냈다.

"아, 왜 자꾸 만져대!"

"머리, 좀 긴 거 같아. 턱 선이 가려지잖아."

"안 그래도 자르려 그랬어. 바빠서 미용실을 못 가서 그렇지."

"이참에 길러보는 거 어때? 넌 얼굴이 작고 동글동글하니까 긴 머리도 무척 잘 어울릴 거야."

"귀찮아."

"내가 좋대도?"

"그렇다면…… 본과 졸업하고 의사 되면 길러줄게. 아주 허리까지 길러줄게."

"오, 싫다는 말 안 하네?"

"누구 부탁인데."

수가 쿨하게 대답하자 도은은 고른 이를 드러내며 너털웃음을 터뜨렸다. 그가 웃는 게 좋았다.

집에 도착해서부턴 말 그대로 자유였다. 예상된 학점이면 본과 장학금도 받을 수 있을 것이고, 다음 주면 겨울방학이고, 아상 덕분에 여윳돈이 생겨 도장 알바만 해도 생활에 문제없었다.

기말고사를 치르느라 녹초가 된 몸을 씻고 나선 수는 그의 옷을 주워 입었다. 그에겐 타이트한 옷이었지만 수에게는 그마저도 티셔츠는 어깨선이 다 드러나고 바지는 고무줄을 한계치까지 당겨 묶어도 금세 흘러내릴 것 같았다. 그럼에도 룰루랄라 젖은 머리를 수건으로 대충 털며 나오던 수는 문득 거실 선반 위에 놓여 있는 강아지 사진에 시선을 고정시켰다. 흰 털이 탐스럽게도 생긴 큰 몸집의 겨울 개로 사진으로도 열 살은 족히 넘을 것 같은 노견이었다. 수는 먼지 하나 없이 반들반들하게 닦인 액자를 손으로 쓰다듬었다. 하도 만져 빛바랜 액자엔 그의 손길이 가득 묻어 있는 탓이었다.

"키우던 개가 죽었다고 보름을 물 한 모금 마시지 않던 아이지."

아상의 말이 떠올라 도은에게 말을 걸려던 참이었다. 언제 온 것인지 도은이 그녀를 뒤에서 껴안으며 목덜미에 얼굴을 묻었다. 그가 숨을 크게 들이쉬고 내쉴 때마다 목덜미가 간질간질해져 수는 몸을 부르르 떨며 그를 밀쳐냈다.

"하지 마. 변태."

"애인 껴안은 건데 웬 변태. 그럼 나 그냥 변태 할란다."

"으악! 하지 말라고!"

헐렁한 티 안으로 큼지막한 손을 집어넣어 맨 허리를 잡는 그에 수가 팔짝 놀라 그를 밀어냈다. 하지만 도은은 잽싸게 그녀의 몸을 낚아채 바닥에 바로 눕히곤 그 위로 털썩 주저앉았다. 그의 체중에 눌려 옴짝달싹 못한 상태로 수가 얼굴을 붉히자 도은은 뭐가 재밌는지 킥킥 웃으며 대뜸 그 상태로 몸을 포개 그녀를 꽉 껴안았다.

"그냥 이러고만 있을게. 진짜. 진심."

"그 얘기 익숙한 레퍼토리인데. 저번에도 그랬잖아."

"싫어? 싫으면 안 하고."

"왜 이렇게 극단적이냐, 사람이! 누가 싫대? 해가 아직 중천에 있잖아, 해가! 적어도 달이 떠야 뭐 좀 분위기도…… 으읍!"

부끄러워 잔뜩 얼굴이 붉어진 그녀의 뺨을 양손으로 감싸곤 입술을 맞추는 그의 긴 눈매가 반달 그득 웃음을 띠고 있었다. 몇 번 떼어내려 안간힘을 쓰던 수는 결국 몸에 힘을 풀곤 그의 등을 껴안으며 입맞춤에 적극 응했다.

짙은 키스와 함께 도은은 수의 아랫입술을 살짝 깨물었다. 벌어진 입술 선을 지나 뺨이고 눈이고 입을 맞춘 도은은 축축이 젖은 그녀의 머리칼을 연신 부드럽게 쓸어 넘기며 목덜미에 입술을 지분거렸다. 헐렁한 티 안으로 들어간 뜨거운 손이 허리 라인을 부드럽게 쓸어 내렸다. 수가 질끈 눈을 감으며 입을 악다물곤 소리를 참자 도은은 일부러 그녀의 입안으로 손가락을 살짝 넣고는 목덜미를 따라 쇄골 밑으로 혀를 쓸었다.

도은은 수의 붉게 상기된 뺨을 바라보다 목덜미를 살짝 깨물곤 몸을 뗐다. 갑작스러운 멈춘 행위에 겨우 눈을 뜬 수가 아직 상기된 얼굴로 그를 올려다봤다.

도은은 큰 입매를 장난스레 휘고 있었다.

"눈 떠. 아직 달 안 떴잖아."

"윽. 죽을래!"

퍽!

"아!"

창피해진 수가 대뜸 그의 복부를 힘차게 손으로 때렸다. 할리우드 액션 저리 가라 할 만큼 오버해서 옆으로 대굴 구르는 도은의 너른 등짝을 몇 번이고 내려친 그녀는 결국 헛웃음을 흘렸다. 그가 등을 돌린 채 꽤나 재밌게 웃고 있었던 탓이었다.

도은은 바닥에 대자로 누워 한쪽 팔을 뻗었다. 손으로 바닥을 툭툭 치는, 옆에 와 누우라는 의사 분명한 그의 행동에 수는 마지못해 그의 팔을 베고 누웠다. 근육 때문에 딱딱한 촉감은 베개로서 좋지 않았지만 뜨거운 온기와 그에게서 풍기는 옅은 우디 향은 언제 맡아도 좋은 것이었다.

"형 강아지야? 저기 예쁜 겨울 개."

수가 가리키는 사진에 도은은 힐끗 액자를 보더니 짧게 고개를 끄덕였다.

"주디. 어머니랑 같이 살았을 때부터 키운 아이야. 열한 살에 죽었어."

"보름을 물도 안 마셨다던?"

"그건 또 어떻게 알아?"

"형님이 말하던데. 형이 굉장히 센시티브한 스타일이라고."

"그게 아니야. 어머니 돌아가시고 얼마 안 됐었기 때문에 그 낯선 집에서 주디한테 꽤나 많이 의지하고 있었거든. 근데 하루아침에 죽은 거야. 그건 꽤 충격이었지."

"어쩌다가. 병사로?"

"아니. 사고가 좀 있었어. 마당에 있는 독초를 먹었는지, 새벽에 나가보니 죽어 있었거든."

"아…… 근데 새벽? 새벽에 어떻게 알고."

"같은 층에다가 형 방이랑 내 방이 마주보는 구조였어. 화장실 가려는데 형 방문이 열려 있고 형이 없는 거야. 창을 보니 마당에 주디랑 있길래 내려갔더니 주디는 이미 저세상으로 갔더라고."

수는 고개를 끄덕이다 문득 이상한 생각이 들어 고개를 갸웃했다.

개는 영리한 동물이었다. 동물들은 본능적으로 독초와 먹을 수 있는 풀을 구분한다. 한데 독초를 뜯어먹고 죽었다는 건 앞뒤가 맞지 않았고 이런 사실을 그가 모를 리도 없었다. 그런 상황에서 범인은 하나였다. 하지만 그에게 말하기가 영 뭐했다.

수는 잠시 머뭇거리다가 입을 닫아버렸다. 그러자 도은은 애매모호한 그녀의 표정을 빤히 보고는 나른하게 숨을 내쉬었다.

"알아 나도. 누군가 일부러 먹였다는 거."

"……한데 어째서. 형님에게 물어는 봤어? 왜 그랬냐고."

"물어볼 필요 없었어. 어림짐작하고 있었거든."

"뭔데."

"본가에 들어간 지 얼마 안 됐을 때 난 형을 쉽게 받아들이기 힘들었어. 모든 게 너무 낯설었거든. 어느 날 형이 지금 너에게 가장 소중한 게 뭐냐 묻기에 주디라고 했었어. 그 다음 날 주디는 떠났고. 내가 개를 의지하는 게 싫었나 봐. 내가 자신을 더 의지했으면 하는 거 같았거든."

수는 화들짝 놀라며 헛숨을 내쉬었다. 그 당시 아상은 도은보다 세 살 많은 고3으로, 성인은 아니지만 이성적인 생각을 하지 못할 나이도 아니었다. 어린아이의 이해하지 못할 장난도 아니고, 고작 그런 이유로 동생이 십일 년을 키운 개를 죽였다는 건 이해하지 못할 행동이었다. 하나 그는 대수롭지 않게 말을 이었다.

"너도 알다시피 정상적인 가정이 아니잖아. 형이 어떻게 자랐을지 눈에 훤했고, 또 형은 나라는 존재로 인해 그 당시에 나보다 더 힘든 상태였어. 내가 형을 의지하는 것만큼 분명 형도 의지할 곳이 필요했었던 거 같아. 어쨌든 주디 사건 이후로 우리가 더 친해진 것도 기정사실이고."

수는 놀란 두 눈을 끔뻑거리다 이내 고개를 끄덕였다.

일부분은, 이해가 됐다. 완고하기 그지없는 아버지와 항상 술과 약에 취한 어머니 밑에서 압박을 받으며 자라난 소년. 그 소년은 하루아침 어머니를 잃었고 어머니의 눈에 가시였던 도은이 눈앞에 나타났다. 그래. 그건 자신도 감히 알 수 없는 감정이었다. 게다가 당사자인 도은이 이해하고 넘어간 문제라면 더 말할 필요도 없었다.

도은은 넌지시 말했다.

“형과, 너무 친하게 지내진 마.”

그의 어투가 무거웠다. 수는 의아한 표정으로 그의 옆모습을 쳐다봤다. 높다란 콧날을 따라 조각처럼 이어진 얼굴이 눈에 선했다.

“왜 그렇게 내가 형님 만나는 걸 싫어해?”

“내가? 언제.”

“처음 봤을 때도 날 뒤로 숨겼잖아. 둘이 만났다 그럼 매번 정색하고.”

“그랬나.”

“어, 그랬어.”

“그냥. 내가 보기에도 아까운데 남 보여주는 거 싫잖아.”

“웃기고 있네. 그래서 내가 형님 단둘이 만나는 걸 싫어했던 거야? 형님이 또 그럴까 봐?”

수의 질문에 그는 잠시 말이 없었다. 그러다 문득 입을 열었다.

“혹시나. 그냥.”

그의 어투가 무거웠다. 하지만 오래가지는 않았다. 도은은 큰 입매를 시원스레 휘며 몸을 일으켰다.

“배고프지? 밥 먹자. 고기 사놓은 거 있어.”

“오, 돼지? 소?”

“소. 머리 얼른 말리고 있어. 감기 들겠다.”

그렇게 며칠을 그의 집 밖으로 나가지 않고 지냈다. 중식, 한식, 일식 가리지 않고 매 끼니 배터지게 시켜먹고, 다운받은 영화를 보며 맥주도 마시고, 그동안 못 잤던 잠도 내리 실컷 자고. 사랑하는 이와의 극히 평온한 날들이었다.

2학기 마지막 등교 날이었다. 작년보다 한참 늦은 추위가 기승을 부리던 날이었다. 예상치 못한 칼바람에 뒤늦은 겨울을 인지한 거리의 가로수 잎이 맥없이 도로로 떨어져 내렸다. 두꺼운 패딩을 입은 사람도 있었지만 채 한겨울을 준비하지 못한 옷차림의 사람들은 옷깃을 여미며 온 힘을 다해 빠른 시간 내 목적지로 가기 바빴다.

"주차하고 갈게. 먼저 들어가 있어."

그녀를 내려주던 그의 말에 그녀는 고개를 끄덕이며 본관 안으로 들어갈 즈음이었다. 강의실로 향하던 수의 걸음을 멈추게 만든 건 학장실 비서였다. 갑작스러운 면담 요청에 어안이 벙벙해 그를 따라 학장실에 간 수는 청천벽력 같은 말을 들었다.

학장의 말은 간단했다. 당신은 우리 학교에서 본과에 진학할 수 없다는 통보였다. 그것에 놀랍지 않았다. 불현듯 생각나는 누군가의 말이 뇌리에 꽂혔을 땐 그저 참은 숨을 내쉴 뿐이었다.

"잘 감내해 보게."

학장은 수와 얼굴을 마주보려 하지 않았다. 그래도 양심은 있었는지 그는 수가 방을 나서기 전 자그만 위로를 하기도 했다. 또 다른 길이 있을 거라, 그는 말했다.

학장실을 나와 그대로 복도에 한참을 있었다. 버틸 수 있다, 당당히 말했던 이는 다름 아닌 자신이었지만 막상 이리 닥치고 보니 아무런 생각도 들지 않았다. 갑작스러운 폭풍우에 우산을 준비하지 못한 사람의 마음이 아니었다. 여름 한낮의 뙤약볕이 내리던 하늘에서 갑자기 눈이 오는 기분. 아무런 생각도 들지 않았다.

그때였다. 복도 저편에서 달려오는 이는 정확히 수를 응시하고 있었다. 과대였고, 그는 희게 질려 다급한 몸짓과 말투로 수의 팔을 서둘러 잡고 앞장섰다.

의대 건물 유리문 앞에 수많은 학생들이 바글바글 모여 있었다. 키득거리고 웃는 이, 놀란 듯 입으로 손을 가리고 웅성거리는 이, 핸드폰을 꺼내 무언가를 찍는 이까지. 유리문에 붙어 있는 수십 장의 사진이 그 소란의 원인이었다. 그 앞엔 상혁과 선우가 이미 사람들과 몸싸움을 하고 있었다. 사진을 찍으려는 사람들의 핸드폰을 집어 던지며 욕지거리를 내뱉고 이 소란을 무마하기 위해 그 둘은 이미 제정신이 아니었다.

수는 인파를 헤집고 안으로 들어갔다. 본능적으로 무언가 잘못됐다는 생각이 들었다. 그리곤 눈앞에 펼쳐진 사진들을 보는 순간, 수는 세상이 무너진다는 게 무슨 뜻인지 알 것 같았다.

엄마의 사진이었다. 젊었을 적 룸살롱에서 일했을 때의 사진들은 한 여자를 참으로 쉽게도 보이게 만들었다. 그리고 그 옆엔, 자신이 있었다. 그와 같이 밤을 보낸 자신의 모습이었다.

"쟤네 엄마 술집 여자인가 봐. 완전 웃긴다. 지도 똑같이 행동했네. 저 사진 좀 봐."

"쟤네 엄마 룸살롱 여자래."

심장이 내려앉았다. 지옥이 다시금 펼쳐지려 하고 있었다. 웅성대는 사람들의 말과 웃음소리가 귀에 박혔다. 그게 칼날이 되어 심장을 파고드는데도 손 하나 까딱할 수 없었다. 사지가 떨리고 발도 떨어지지가 않았다. 패닉이었다.

"찍지 말라고! 다 꺼지라고! 야, 이 개새끼야!"

상혁이 격하게 몸싸움을 해대는 와중에도 수는 멍하니 굳어버린 채였다. 사람들의 날카로운 시선 한가운데에서 우두망찰 서 있는 수의 옆에서 선우가 안절부절못하며 그녀의 팔을 잡아끌었다. 그런데도 수는 움직이지 못했다. 그때 등 뒤로 다가온 누군가가 그녀의 어깨를 끌어안았다.

그는 아무 말이 없었다. 수의 어깨를 감싼 손은 무척이나 뜨거웠고 아주 작게 떨리고 있었다.

수에게서 스치듯 떨어진 그는 인파를 밀치고 상혁과 핸드폰을 가지고 실랑이 중인 사내의 손에서 핸드폰을 빼앗아 바닥에 집어

던졌다. 갑작스러운 그의 행동에 모두들 놀라 숨을 죽였고 그는 서슬 퍼런 낯으로 사내의 얼굴을 후려쳤다.

"으윽-."

바닥으로 고꾸라진 사내의 주위에 있던 사람들이 흩어졌다. 다들 당황해서 웅성거리는 그때 도은은 아무 일 없었다는 듯 앞으로 나가 문에 붙은 사진들을 떼어내기 시작했다. 차분한 손길로 사진을 떼어내 갈기갈기 찢어 바닥에 내버리는 그의 모습에 상혁과 선우 또한 정신을 차리곤 그를 도왔고 사람들의 웅성임은 점차 사그라졌다.

사진을 다 떼어내고 텅 비어버린 유리문을 한번 바라보던 도은은 뒤를 돌아 아직도 모여 있는 인파들을 마주 보았다. 아래로 흘러내린 머리카락에 반쯤 가려진 눈동자가 더할 나위 없는 살기를 띤 채 사람들을 찬찬히 둘러보았다. 이성을 잃은 맹수의 차가운 시선이었다.

수가 예전에도 몇 번 본 적 있는 모습이었다. 앞으로 무슨 일이 벌어질지는, 안 봐도 훤했다. 하나 그를 말릴 생각은 들지 않았다. 수는 아무런 생각도 없었고, 생각할 여유란 것도 없이 망연자실 그의 하는 양을 지켜보았을 뿐이었다.

"구경났어? 꺼져."

그의 눈빛이 맹수보다 더 매섭게 형형히 빛났다. 차분하고 낮은 목소리에 담긴 지독한 분노가 더욱 차갑게 피부에 내려앉았다. 사람들은 웅성거리던 것도 멈춘 채 황급히 도망가기 시작했고 도은의 시선이 손에 핸드폰을 든 몇몇의 남학생들에게 꽂혔다. 그들은 화들짝 놀라며 황급히 핸드폰을 주머니에 넣으려 했다. 하지만 도은이 더 빨랐다.

앞에 있던 남학생 두 명의 핸드폰을 쥐어 그대로 바닥에 내던져 발로 밟아버린 그는 그대로 그들의 멱살을 잡아 바닥에 내팽개쳤다.

털썩!

"아악! 사람 살려!"

"안 찍었어! 안 찍었다고요! 악! 내 손!"

도은은 휴대폰을 부쉈던 발로 바닥에 쓰러진 남학생들의 팔과 다리를 마구잡이로 차고 밟았다. 막무가내로 폭행당하는 학생들의 얼굴에선 코피가 터졌고 구두 굽에 차인 팔과 손은 찢어지고 골절됐다. 일방적으로 맞는 학생들이 곡성을 내질렀지만 같이 구경을 하던 이들은 도와주긴커녕 이미 꽁무니가 빠져라 내뺀 후였다. 이성을 잃은 도은을 상혁과 선우가 말렸지만 극에 달한 그의 화를 막을 수 없었다. 말리는 손을 거칠게 뿌리치며 미친 사람처럼 그들을 넝마로 만들고 난 후에야 도은은 발길질을 멈췄다.

"사진 한 장이라도 유출되면 의사 생활은커녕 밥도 못 떠먹게 뼈 마디마디를 부러뜨린다. 못 믿겠음 어디 한번 해보고."

서슬 퍼런 도은의 협박에 남학생들은 기다시피 겨우겨우 그 자리를 도망쳤다. 그리고 도은은 몸을 돌려 여전히 같은 자리에 미동도 없이 서 있는 수에게 다가갔다.

핏기 없이 창백하게 굳어버린 얼굴엔 아무런 감정도 없었다. 수는 이 상황 자체를 인지하지 못하는 것처럼 보였다. 도은은 탄식을 흘리며 말없이 그녀를 껴안았다. 떨리는 팔과 등을 연거푸 쓸어내려 주던 도은은 이를 으득 갈고는 옆에 희게 질려 서 있는 상혁과 선우를 응시했다. 검은 눈동자엔 아직도 살기가 담겨 있었기에 그들은 잠시 움찔했다.

"사진, 언제부터 붙어 있었어."

"그건 모르겠고, 사람들이 웅성거리기 시작했을 때 우리가 발견한 거니까 그리 오래 지나진 않았을 거야, 형."

"찢은 사진 처리해 주고, 수 좀 집에 데려다줘. 난 가야 할 데가 있으니."

도은의 시선이 수에게 내려앉았다. 하지만 수는 그를 마주 볼 생각도 하지 못한 채 넋이 빠져 있었다. 도은은 그녀의 창백한 뺨을 두 손으로 감싼 채 억지로 자신을 마주 보게 했다.

"수야. 수야."

수는 대답이 없었다. 그는 잔뜩 일그러진 긴 눈매를 더욱 찌푸리다 이내 다시금 탄식을 내뱉으며 그녀의 뺨을 쓰다듬었다.

"아무 생각하지 말고 집에 가 있어. 금방 갈게. 응? 수야."

"……어."

그의 말에 대답한 것이 아니었다. 멍하니 고개를 끄덕이는 그녀의 정신이 나가 버렸다는 건 뻔한 일이었다.

"어디 가는데. 이 짓 벌인 사람 아는 거야?! 형, 형!"

도은과 상혁에게 수를 맡긴 채 도은은 어딘가로 향했다. 그는 잠시 걸음을 멈추고 뒤를 돌아보았다가 다시금 성난 발걸음을 내디뎌 눈앞에서 사라져 버렸다.

상혁과 선우는 수를 부축하며 서둘러 캠퍼스를 나섰다. 집으로 가는 내내 선우는 소리 죽여 울었고 상혁은 아무 말이 없었다.

집에 도착하고 나서도 마찬가지였다. 그들은 아무 말도 하지 않고 수의 옆을 지켰다. 누구 하나 먼저 입을 떼는 사람은 없었다. 지독한 침묵이었다.

수가 정신을 차리기까진 꽤 오랜 시간이 걸렸다. 수는 흔한 눈물 한 방울도 보이지 않았고 아까처럼 몸을 떨지도 않는 극히 평온한 상태로만 보였다. 하지만 오히려 그 침묵에 그들은 더욱 불안했다.

상혁과 선우가 불안해하고 있는 그때, 정작 수는 두려워하고 있었다. 사람들이 그녀의 치부를 알아버렸고, 그 치부는 사생활과 연결되어 한순간 두 모녀를 값싼 여자로 만들어 버렸다. 회복할 수 없을지도 모르는 엄청난 스캔들이었다. 또한, 본과에 진학할 수도 없게 되었다. 퇴로는 없는데, 한 발만 앞으로 나가도 여기저기 지뢰가 발에 밟히는 거다. 그것이 두려웠다.

해를 입는 건 수뿐이 아니었다. 그 또한 마찬가지다. 한데 아들이 입을 상처는 생각조차 하지 않는다는 게, 이렇게까지 하는 그가, 이러면 자신이 떨어져 나갈 거라 생각하는 그가 두려웠다.

침묵으로 일관하는 수가 걱정된 선우가 그녀의 이마와 얼굴을 몇 번이고 손등으로 만지며 울기 직전의 그렁한 눈을 빛냈다.

"멍뭉아, 뭐라고 말 좀 해봐. 응?"

"야…… 너 진짜 괜찮냐?"

상혁마저 진지하게 걱정하는 투에 그들의 낯을 보곤 기어이 수는 큰 눈을 찌푸렸다. 수는 한번 크게 숨을 내쉰 후 애써 마음을 다잡은 뒤 말했다.

"괜찮아. 이제 너희들도 가."

"있을 거야. 못 가."

"가라니까."

"안 간다고."

"가라고 좀!"

수가 기어이 윽박까지 지르고 나서야 상혁은 되레 잘생긴 얼굴을 한껏 찌푸렸다. 붉게 충혈된 눈을 한 그는 욕지거리를 내뱉으며 갖은 화를 쏟아냈다.

"차라리 화를 내, 인마! 억울하다고 울기라도 하라고, 새끼야! 개새끼들. 사 년을 같이 보냈는데 어떻게 그걸 때려는 놈이 하나도 없어. 어떻게 다들 구경만 하고 자빠져 있냐고! 나쁜 새끼들!"

상혁은 끌어안은 다리 사이에 고개를 푹 박곤 찌그러졌다. 시니컬한 면이 있지만 누구보다 마음이 따뜻해서 독한 소리 한 번, 저리 피를 쏟듯 화 낸 적 한 번 없던 그다. 사람들과의 거친 실랑이와 주먹다짐에 이리저리 까진 손보다 그의 마음이 더 너덜너덜해졌다는 게 눈에 훤히 보였다. 선우 또한 마찬가지였다. 몸싸움에 잔뜩 흐트러진 머리칼과 너무 울어 퉁퉁 불어버린 두 눈이 보기 안쓰러울 정도였다.

그건 도은도 마찬가지일 터였다. 그가 지금쯤 어딜 찾아가 무얼 하고 있을지는 안 봐도 훤했다. 그 순간 수는 정신이 퍼뜩 들었다.

자신이 사랑하는 이들이, 다른 이가 아닌 자신 때문에 상처받고 있었다. 그제야 깨달았다.

지금 이리 화가 나는 것은, 두려운 것은, 그것 때문이었다.

무작정 자리에 일어서 외투를 주워 입고 현관을 뛰쳐나가는 수를 선우와 상혁이 황급히 붙잡았다. 하지만 수는 그 손을 뿌리치며 철제 계단을 내려가 거리를 뜀박질 쳤다. 등 뒤로 애타는 부름이 들렸지만 뛰는 걸음을 멈추진 않았다.

택시를 잡아타 그렇게도 높게만 느껴졌던 평창동의 대문을 마구잡이로 두드렸다. 나온 직원을 밀치다시피 들어간 수는 복잡한 미로 같은 복도를 지나 한 번 와봤던 문 앞에 멈춰 섰다. 문 너머로 들려오는 고성은 도은의 것이었다.

뒤를 따라온 직원이 난색을 표하며 그녀를 말리려 했지만 수는 단호한 표정으로 고개를 저었다. 결국 직원은 뒤로 물러났고, 수는 문고리를 쥐어 잡았다. 손은 떨렸고, 숨은 더욱 흔들렸다.

"절 기어이 불러들이시려거든, 시체를 마주해야 하실 겁니다."

도은의 목소리가 얼음장만큼 차가웠다. 수는 다급하게 문고리를 잡아 돌렸다.

벌컥 문을 열고 안으로 들어선 수를 본 두 사람의 표정은 더할 나위 없이 똑같이 굳어 있었다. 도은은 성큼성큼 다가와 수의 손을 잡고 제 뒤로 숨겼다. 하지만 수는 그의 손을 풀고 앞으로 나오려 했다. 도은의 낯빛이 더욱 흐려졌다.

"네가 여길 왜 와. 가. 가자."

"잠깐만."

"수야!"

수는 단호하게 고개를 저으며 강운을 향해 고개를 숙였다. 정중한 몸짓에도 강운은 마음에 들지 않는다는 표정이었고, 수는 조금도 주눅 들지 않은 눈으로 그를 마주 보았다.

"아들을 아끼셔서 그러셨다는 거 압니다. 하지만, 보셨죠. 어르신의 방법대로라면 제가 아닌 이 사람이 더 상처받습니다. 전 그런 걸 감당하겠다 말씀드린 게 아니었습니다."

"그게 무슨 소리야."

도은이 물었지만 수는 다시금 강운을 보면서 말을 이었다. 강운의 표정은 더할 나위 없이 굳어 있었고, 팔걸이 위 얹은 그의 큼직한 손은 주먹을 꽉 쥔 채였다.

"바로잡을 기회가 더는 없을지도 몰라요. 때가 지나 버리면 어르신이 그리 아끼던 것을 영영 잃으실 겁니다. 제발 부탁드리건대! 제가 아닌 이 사람이 먼저입니다, 어르신."

소리 죽인 악다구니에도 강운은 말이 없었다. 수는 고개를 정중히 숙여 인사하곤 잡아끄는 도은의 손을 따라 방을 나왔다.

돌아서는 그들을 향해 강운을 향해 조금의 시선도 주지 않은 채였다.

복도에서 인사를 건네는 직원들을 지나 대궐 같은 집을 나온 도은은 그제야 무작정 끌었던 손을 놓으며 수를 돌아봤다. 서슬 퍼렇게 날이 선 그는 긴 눈매를 가감 없이 일그러뜨리며 그녀를 응시했다.

"언제 만난 거야. 왜 나한테 얘기 안 했어!"

"형, 진정해."

"저 사람을 봐. 날 사랑하는 게 아냐. 적어도 날 조금이나마 사랑한다면 너에게 이럴 순 없어!"

성난 목소리에 수는 난색을 표하며 큰 눈을 찌푸렸다.

"왜 매번 너 혼자 해결하려고 하는 건데. 나 때문에 벌어진 일들인데 왜 너 혼자만 감당하려 하는 거냐고! 차라리 나에게 욕을 해! 윽박이라도 지르란 말이야! 네 인생을 망가뜨렸는데도 아무것도 못하는 날 원망이라도 하란 말이야!"

"이렇게 나올까 봐 그랬어. 이렇게 생각할까 봐!"

저도 모르게 소리를 지른 수는 거친 숨을 가다듬었다.

도은의 검은 눈동자는 잔뜩 금이 간 채 산산이 부서져 내렸다. 수는 울분, 분노, 슬픔, 여러 가지 감정이 어지럽게 엉킨 그의 눈동자는 모두 자신 때문이었다고 생각했다. 그가 어떠한 생각으로 스스로를 괴롭히는 건지 잘 알고 있었다. 그렇기에, 지금 이 순간 저보단 그가 더 안쓰러웠다. 지키고자 다짐했던 자신이 볼품없이 망가지고, 싫었지만 믿고 싶었던 아버지에게 철저히 배신당한 그는, 그녀보다 더 상처받은 채였다.

수는 잔뜩 일그러진 도은의 낯을 양손으로 감쌌다. 화와 분노로 얼룩진 뜨거운 열기였다.

“형, 날 봐.”

“나 때문이야! 이 모든 게 빌어먹을 나 때문이라고!”

“형 때문이 아니야! 이런 일로 떠나지 않아, 난! 끝까지 형 옆에 있겠다 했잖아. 내 말 잊었어? 그러니까 형도 내 옆에 있어줘. 끝까지, 내 옆에 있어달라고.”

“……너 정말…….”

채 말을 잇지 못한 도은이 일그러진 얼굴 그대로 그녀를 품에 껴안았다. 으스러질 듯 감싸 안은 다부진 팔이 부들부들 떨렸고, 목소리는 잔뜩 갈라져 있었다.

“미안해. 정말…… 미안해. 수야.”

말끝에 묻어나오는 물기에 수는 목과 눈시울이 뜨거워지자 눈을 감곤 입을 악다물었다. 하나 목덜미에 스며드는 뜨거운 물기와 그의 속삭임에 기어이 눈물이 터져 버렸다.

“약속할게. 너 하난 반드시 지키겠다고.”

“…….”

“죽어도, 너 하나는 지킬게.”

커다란 눈에서 흘러내린 눈물이 그의 옷깃을 적시며 심장 깊은 곳을 두드렸다. 그래서 아무런 말도 하지 못한 채 그의 등을 마주 껴안을 수밖에 없었다.

아픈 하루였다. 흩날리는 도로변 낙엽의 오색찬란함이 무정하게 느껴질 만큼, 깊은 햇살이 심장을 뜨뜻하게 물들이는 게 비정할 만큼. 그런 하루였다.

⚜

"당신 잘난 거 못난 거 모두 다, 전부 좋아해."

수에게선 처음 듣는 말이었다. 매번 도망치기 바빴던, 한 걸음 다가서기가 천 리만큼 멀었던 그녀가 처음으로 좋아한다 해주었다. 간신히 손에 잡혀 자신의 품에 날아온 그녀로 인해 처음으로, 행복이란 걸 느꼈다.

그러니 좋은 날이었다. 오늘 하루 또한 여느 때와 같은 날이니 좋은 날이라 단정했다. 주차장에 차를 대고 강의실로 가던 중 급히 뛰어가는 다른 반 동급생을 만나기 전까진 그랬다.

"형 몰랐어요? 수 퇴학당한 데다가 지금 벽보에……."

도은은 그의 말을 끝까지 듣지 않았다. 미친 듯 뛰어간 곳엔 드글드글 사람들이 모여 있었다. 그녀의 어머니의 과거는 물론, 수와 제가 보낸 사적인 시간들까지 만천하에 공개되어 버렸다. 그야말로 최악이었다. 자신과는 일 년도 채 되지 않았지만 수와는 무려 사 년을 같이 고생한 이들은 한순간에 돌아섰다. 제 일이 아니라며 상스러운 말을 해대며 그들은 웃고 떠들었다. 사람들은 여전히 똑같았다. 빼다 박은 듯한 모습에 속에서 신물이 오르며 눈앞에 화마가 덮쳤다. 공포에 휩싸여 돌처럼 굳어버린 그녀를 본 순간 참았던 광기는 터져 버렸다.

제가 무슨 짓을 벌였는지 기억이 나지 않았다. 정신을 차리고 보니 눈앞엔 사내들이 쓰러져 있고 바닥엔 부서진 핸드폰 조각이 나뒹굴었으며 찢어진 사진들 가운데 여전히 절망에 빠진 그녀가 있었다.

그대로 학교를 나와 아상에게 전화했다. 형은 사건의 전말을 이미 알고 있는 듯 평온한 어투로 도은을 말렸다. 하지만 도은은 듣지 않았다. 그대로 집으로 간 도은은 집 안을 다 뒤집어서 설마 했던 물건을 찾았다. 침실, 침대가 훤히 보이는 각도의 가구 뒤에서 작은 카메라 두 대가 나왔다. 그것을 손에 쥔 채 도은은 그대로 본가로 향했다.

주차장을 나서려는데 정면으로 막아서는 차량에 도은은 욕지거리를 내뱉었다. 익숙한 흰색 차를 보자 피가 기어이 거꾸로 솟았다.

"형이랑 실랑이할 기분 아니야. 당장 저리 비켜!"

차에서 내리며 거세게 소리치는 그에게 아상은 평소와 다름없이 흔들림 없는 표정으로 다가왔다. 그는 격분한 채 운전석에 다시 오르려는 도은의 가슴을 손으로 막아섰다.

"진정해. 가서 뭘 어쩔 건데. 해결 방법이라도 있어?"

"난 없어! 항상 해결 방법 따윈 없었지. 근데 형은 할 수 있었잖아! 다 알면 진즉 막을 수 있었잖아! 그럴 만한 능력이 있잖아! 한데 어째서 아무 말도 안 해줬던 거야, 도대체 왜!"

도은의 악다구니에 아상은 눈살을 찌푸렸다. 도은은 아상에게 한 번도 이런 식으로 대들어본 적이 없었다. 그럴 필요도 없었고, 그럴 엄두도 나지 않았다는 게 맞을 터였다. 하나 지금은 그딴 것 모두 안중에도 없었다.

"네가 그 여자를 좋아하는 거 같길래 좀 사람답게 살라고 붙여주고 싶었던 것뿐이야. 아무리 죽고 못 살아도 시간이 흐르면 마음도 식을 테니 적당히 사귀다 적당히 헤어질 거라 생각했어. 한데 너희들이 이리 가버릴 줄은 몰랐지. 네가 나한테 이리 굴 만큼."

"한 여자의 인생이 망가졌어! 그것도 나란 놈 때문에! 내가 이러지 않는 게 더 이상한 거 아니냐고!"

"이래서 아버지가 하시는 일 모른 척 가만 놔뒀어. 그 여자 하나 구하겠다고 네가 여태껏 한 행동을 봐. 휘둘려도 적당히 휘둘려. 너답지 않아."

"나다운 게 뭔데! 이게 나야!"

아상은 혀를 차며 그의 멱살을 쥐어 잡았다. 아상의 얼굴엔 더 이상 평온이란 없었다.

아상은 도은을 향해 낮게 읊조렸다.

"네 눈앞에서 사람이 죽어나가도 눈 하나 깜빡하지 않고 오히려 조소하는 게 너야. 너에게 소중한 것 따위 아무것도 없이 그저 형인 나 하나에 매달리는 게 너야. 내 말이면 죽는 시늉까지 하는 게 너야. 한데, 여자 하나 때문에 너 지금 나한테 뭐 하는 짓이냐."

도은은 제 멱살을 쥔 아상의 손목을 붙잡으며 핏발이 선 눈에 더욱 날을 세웠다.

"친구라 부를 만한 이들도 생겼고 소중한 사람도 생겼고 사람이 눈앞에 죽어나가면 의사로서 도울 거고 더 이상 형에게도 병적으로 매달리지도 않아. 그러니 형도 더 이상 날 마음대로 하려 하지 마. 난 이제 그 큰 집에서 주눅 들어 있던 예전의 내가 아니야."

도은은 있는 힘을 다해 아상의 손을 떼어냈다.

"우리 일에 더 이상 끼어들지 마. 우리 일은 우리가 알아서 하게 내버려 둬. 수에 관해 아버지를 도왔다간 아무리 형이라도, 가만히 있지 않아."

도은이 이를 가는 소리에 아상의 큰 입매가 비틀어졌다. 긴 눈매는 서슬 퍼랬고 웃고 있는 입가엔 비릿함마저 풍겼다.

"너 정말, 달라졌구나?"

도은은 주저 없이 차 문을 열어 젖혔다. 차에 올라타려 했지만, 아상이 중얼거리는 말에 순간 멈칫했다.

"아버지는 끝까지 가실 거다. 너에 관해서라면 그분은 항상 그러시잖아."

"난 그런 걸 원한 적 없어."

"넌 원하지 않지. 하지만 아버진 널 원하잖니. 언제나 그게 문제인 거지."

"이번만큼은 안 돼, 형."

아상의 긴 눈매가 짐짓 찌푸려졌다.

"뭔 소리냐?"

"수는, 절대 안 돼."

도은의 검은 눈동자가 칼날처럼 매섭게 아상을 향했다. 그 시선에 응수하듯 아상 또한 표정의 변화 없이 그를 마주 보며 큰 입매를 휘었다.

"소중한 걸 지키려 움켜쥘수록, 쉽게 부서지는 법이란다."

"……."

"네가 어디까지 그 여자를 지켜줄 수 있을까."

도은은 이를 악물며 차에 올라타선 앞을 막은 아상의 차를 여러 번 들이받아 길을 확보했다. 아상은 기가 차다는 듯 그저 비릿하게 입꼬리를 만 채였다. 그 보란 듯이 거세게 차를 한 번 더 들이받은 후에야 도은은 본가로 향했다.

거택이 즐비한 거리를 차로 오르며 벌써부터 숨이 턱 막혔다. 언덕의 가장 높은 집, 거대한 대문을 지나 삭막하기만 한 마당을 넘어 그의 앞에 섰다. 시계 초침 소리, 한 발 내딛는 마루의 삐걱임마저 들릴 만한 적막한 집 안은 여전했다. 그렇게 무서운 일을 저질렀음에도 태평히 차를 마시며 평온하게 앉아 있는 그 또한, 여전했다.

도은은 탁상 위에 카메라 두 대를 있는 힘껏 내던졌다. 박살이 나 바닥으로 떨어지는 잔해들을 노려보던 도은의 시선이 강운에게 향했다.

"부탁드렸습니다. 간절히 부탁드렸어요. 한데 이렇게까지 하셨어야 했습니까!"

울분을 거침없이 쏟아내는 도은의 고성에도 강운은 눈 하나 깜빡이지 않았다. 오히려 차분히 찻잔을 탁상에 내려놓고는 여유 있는 몸짓으로 두툼한 손을 깍지 끼었다.

"남자인 너에겐 별 타격 없는 스캔들이다."

"여자인 그 녀석한테는 평생의 치명상이죠! 그것도 모자라 학교에서 퇴학까지 시키셨다면서요! 한 사람의 인생이 하루아침 무너져 버린 겁니다!"

"난 분명 경고했다. 그럼에도 네 옆에 있겠다 한 건 그치다."

도은은 문득 숨을 멈췄다. 숨이 쉬어지지 않았다. 명치를 무거운 돌이 짓이기며 눌러댔다.

손발이 부들부들 떨렸다. 분노와 울분에 눈앞이 핑 돌았다. 도저히 좁혀지지 않는 거리였다.

"수를…… 만나셨어요? 만나서 뭐라 그러셨어요. 온갖 상처는 다 주셨나요?"

"죽고 못 살던 것도 시간이 흐르면 옅어지기 마련이다. 조금만 지나면 왜 그랬을까 한심해 미치는 게 사람 마음이야. 그러니 되도 않는 감정 놀음 그만둬!"

"도대체 왜! 도대체 왜 그러십니까 저한테 왜! 싫다잖습니까. 이 집안사람이 아니라잖아요. 왜 가지도 못하게 이리 사람을 붙잡으시는 겁니까!"

"쓸데없는 소리 집어치우고 회사로 들어와. 지금 들어와도 이미 늦었다."

"회사, 회사, 회사! 그놈의 회사가 아버지에겐 전부죠! 비자금 장부 모를 줄 아셨어요? 중소기업에서 개발한 약 하나 가지겠다고 이 년 전 그 기업 파탄 낸 거 제가 모를 거라 생각합니까? 그래서 더 들어가기 싫은 겁니다! 빌어먹을 이익을 위해선 악행도 마다않고 사람도 쉽게 버리는 아버지가 싫은 겁니다! 그래서 어머니도 그렇게 쉽게 버리셨습니까? 그렇게 죽게 내버려 두셨냐고요!"

"이놈이!"

강운이 찻잔을 쥐어 잡다 이내 탁상에 거칠게 내려놓았다. 분노에 치를 떨던 도은은 자신의 가슴팍을 거세게 쥐어 잡았다. 마치 그의 가슴에서 흐르는 핏물을 손으로 움켜쥔 것만 같았다.

"눈 뜨고 제대로 보세요! 절 보시라고요! 행복해하는 게 보이지 않던가요? 아버지 밑에서 아버지와 똑같은 괴물로 살던 제가 이제야 사람답게 살고 있는 게 보이지 않냔 말입니다!"

절절하게 내뱉는 악다구니에 목에서 피 맛이 스몄다. 핏발이 선 눈에선 피가 흘러내릴 듯 뜨끈했고 온몸의 신경은 아프게 곤두섰다. 자신의 이러한 모습에도 평온하기만 한 그가 미웠다. 치가 떨렸다.

한때 노력하고 발버둥을 친 것이 피처럼 응어리가 져 돌덩이처럼 마음에 굳어졌었다. 그게 수 년 동안 가슴을 짓눌렀다. 숨을 쉴 수도, 도망칠 수도 없이 그대로 버티고만 있었다. 하지만 그 발버둥마저 무색하게 아버진 여전히 그 모습 그대로였다. 변한 건 없었다. 어머닐 버리고, 자신을 모른 척하고, 회사를 위해 갖은 악행을 하고도 눈 하나 깜짝하지 않는, 한 여자의 인생을 망가뜨리고도 마음의 죄책감이란 눈곱만큼도 없는. 이런 사람이 자신의 아버지였다.

수의 말은 틀렸다. 아버지와 자신의 관계는, 되돌릴 수 없다.

"수는, 아버지가 절 너무 많이 사랑해 그렇다고 하더군요."

도은이 중얼거리는 말에 강운의 긴 눈매가 미세하게 움직였다. 도은의 입꼬리가 부들부들 떨렸다.

"어머니를 버린 것도, 날 모른 척한 것도, 이렇게 대단한 사람이면서도 약 한 번 제대로 못 먹고 고통스럽게 죽어간 어머니를 끝끝내 모른 척한 것도! 분명 그만한 이유가 있어서 그러셨을 거라고. 뒤늦게 데려온 자식에게 다 가지게 해주고 싶어 욕심을 부리신 게 저에겐 아픔이었다고! 방식이 잘못되고 표현이 서툴러서 그런 거니 제가 이해해야 한다고요. 아버지가 하루아침 쉽게도 망가뜨린 한 사람이 저에게 한 얘깁니다. 웃기지 않으십니까?"

찻잔을 꽉 쥐어 잡은 강운의 손이 부들 떨렸다. 창밖을 바라보는 그의 눈매가 흔들리고 있었다. 이쯤이면 물건이 날라와도 진즉 그랬어야 하는데 그는 잠잠하기만 했다. 그가 숨을 몰아쉬는 것에, 그의 화가 극에 달했다는 것만 유추할 수 있었다. 그에 저도 모르게 조소가 올라왔다.

"누구보다 저를 걱정하고 우리 관계를 걱정하던 그 애 덕분에! 아버질 만난 후 처음으로 아버질 이해하고 싶다 생각했습니다. 저라는 사람을 아무 이유 없이 품어준 유일무이한 사람입니다. 그런 사람을 아버지가 망가뜨리셨습니다. 그러고 보니 아버지는 제 소중한 걸 부수기만 하시네요. 그녀도, 제 어머니도."

강운은 눈을 감았다. 더 이상 들을 생각이 없다는 듯 끝까지 완고하기만 한 그의 태도에 도은은 이를 으득 갈았다.

"이젠 끝입니다! 그녀에게 다시 손대면, 절대 아버질 용서치 않을 겁니다! 차라리 죽었다 생각하세요. 저도 그렇게 생각할 테니. 절 기어이 불러들이시려거든, 시체를 마주해야 하실 겁니다."

그때였다.

문을 열고 들어온 수에 도은은 그대로 얼어버렸다. 하지만 강운은 표정 하나 변하지 않고 그녀를 보았다. 도은은 수의 손을 잡아끌고 나오려 했지만 그녀의 태도는 완강했다. 강운과 수 사이에 그들만이 알고 있는 대화가 오갔다. 수의 손을 잡고 숨 막히는 집 안을 빠져 나온 뒤, 도은은 그녀에게 윽박을 질렀다. 두서없는 말을 지껄여 댔다. 제정신이 아니었다.

화가 났다. 이렇게 당찬 사람을 이토록 사지로 내몬 게 다름 아닌 자신이라는 사실에, 이렇게도 무능력한 자신에 치가 떨리는 거였다. 자신이 약하다는 걸, 너무도 보잘 것 없다는 걸 아버지란 사람은 처절히 깨닫게 만들었다. 사랑이라는 간사한 말 한 마디로 그녀에게 수많은 희생을 강요하는 자신은, 최악이었다.

그런 자신에게, 그녀는 괜찮다고 했다. 수는 자신의 품으로 거침없이 날아 들어왔다. 자신 때문에 하루아침 나락으로 떨어져 내렸지만 그녀에게서 두려움은 보이지 않았다. 매번 도망만 치던 수가 어느새 스스럼없이 자신에게 다가와 괜찮다 말했다. 눈물이 났다. 오만가지 감정이 섬광처럼 눈앞을 스치고 지나가며 가슴이 찢어질 듯 저렸다.

"네가 어디까지 그 여자를 지켜줄 수 있을까."

아상의 말이 심장에 파고들었다. 능력도 없고 방법도 없다. 그렇기에 더욱 다짐했다. 두 번은 없다. 어머니처럼 그리 허망하게 떠나보내진 않을 거다. 무슨 일이 있더라도 끝까지 지켜낼 테다.

자신의 목숨을 걸어서라도, 이 사람만은 반드시 지켜내리라, 다짐한 순간이었다.

⚜

"유학 시절 때 은사님이, 너와 나 성적이 모두 우수하니 기꺼이 추천서를 써주시겠대. 같이 가자. 거기서 너 하고 싶은 거 다 하면서 살자, 수야."

방학은 시작됐고, 수는 이 주를 두문불출했다. 한겨울, 한기가 코끝을 스미는 날들이었다. 집에만 있는 수를 걱정해 상혁과 선우가 매일 찾아오던 중에도 그는 어쩐지 모습을 보이지 않았었다. 그러던 중 갑자기 찾아온 그가 꺼낸 말이었다.

도은의 손엔 한 뼘가량 되는 방대한 서류가 들려 있었다. 수가 이미 한 번 본 적 있는 것이었다. 강운이 대가로 내밀었던 커리큘럼이었다. 막대한 학비를 어떻게 감당할거냐는 말에 도은은 여태껏 모은 돈으로 두 사람이 졸업할 때까지 충분히 버틸 수 있다 말했다.

고민하는 수와 달리 도은은 단호했다. 자신을 믿으라는 그의 말에, 더 이상의 고민은 필요 없었다.

결심이 서자 행동은 빨랐다. 언젠간 유학을 가고 싶어 성인이 되자마자 만들어놓은 여권은 아직 기간이 남아 있어 해외로 가기 위해 수가 해야 할 다른 준비는 없었다.

바로 엄마와 전화 통화를 했다. 물론 다는 얘기하지 않았다. 그와 함께 유학을 가겠다는 것, 아무런 걱정하지 말라는 것. 두서없는 얘기에도 엄마는 그저 이렇게 말했다.

몸 건강히 잘 갔다 오라고. 엄만 여기서 기다리고 있겠다고.

갑작스러운 딸의 결정과 통보에도 엄마는 그저 묵묵히 따라주었다. 수는 엄마 몰래 눈물을 흘렸다. 임 아저씨와의 통화 때는 특히 더 그랬다. 엄마가 걱정됐고, 임 아저씨에게는 고맙고 미안한 마음이었다.

선우와 상혁 또한 비슷한 반응이었다. 한달음에 집에 찾아온 그들과 함께 말없이 한참을 붙잡고 울었다. 굳이 말하지 않아도 그들의 감정을 느낄 수 있었다.

챙길 짐은 별로 없었다. 옷가지 몇 벌과 의학 서적 몇 가지를 챙겨 집 앞으로 데리러 온 그의 차에 올라탔다. 정확힌 도은의 차가 아닌 아상의 차였지만 그게 뭐 어떠랴 싶어 묻지는 않았다. 도은 또한 짐은 작은 캐리어 하나밖에 없었다. 말 그대로 모든 것을 버리고 떠나는 것이다.

도은과 수의 표정은 밝았다. 시답잖은 얘기를 하면서도 도은이 건네준 비행기표를 소중히 들고 있는 수의 얼굴엔 간만에 웃음기가 머물렀다.

도은은 자꾸만 주머니 속 핸드폰을 꺼내 보았다. 계속해서 울리는 진동에 그녀 또한 신경이 쓰여 쳐다보니 그는 핸드폰을 집어넣으며 고개를 으쓱했다.

"너 데려다준다고 했더니 얼굴 보면 더 보내기 힘들 거라고 본인 차에 기사 딸려 보내주겠다면서 아침부터 연구실로 부르더라고. 급하게 처리할 일이 있다고. 그래서 아까 네 집 앞에 온 기사한테 돈 살짝 쥐어주고 하루만 비밀로 해달라고 하며 보냈는데, 그새 들켰나 봐."

"설마 같이 유학 가는 걸 말 안 한 거야?"

"아무리 형이라도 이번 일은 말릴 테니까. 도착하면 말하려고."

수는 어깨를 으쓱였다.

차창을 열자 차가운 겨울바람이 얼굴을 아리게 에워쌌다. 숨을 들이마시자 거센 한기가 스며들었지만 묘한 청량감도 들었다. 하늘은 맑았고 날은 매섭지만 옆에 있는 누군가로 인해 더할 나위 없이 따뜻한 날이었다.

"미국은 가을 날씨일 거야. 내리자마자 이곳과는 공기 냄새부터 달라."

"나 비행기 안 타봤다고 거짓말하는 거지? 무슨 공기 냄새가 달라."

"진짜야. 나라마다 특유의 냄새가 있어. 가보면 알아. 공항에서 나와 숨 한 번 들이쉬면 아, 이곳이 우리가 새로 시작할 곳의 향취구나, 할걸."

수는 덧니가 드러나게 웃으며 의자에 느긋하게 몸을 파묻었다. 마음이 이리 가벼울 수 없었다. 모든 걸 짊어졌다고 생각했을 땐 한없이 무거웠던 어깨가 다 버리고 나니 가뿐하기만 했다.

도로는 뻥 뚫려 있었다. 내일이 크리스마스이브라 한창 붐빌 거라 생각한 늦은 저녁의 도로는 평소보다 오히려 한가했다.

그때 다시 전화가 울렸다. 도은은 결국 혀를 차며 전화를 받았다. 스피커폰이었다.

[너 어디야! 왜 연구소에 없어!]

대뜸 고성을 질러대는 이는 아상이었다. 언제나 여유 있던 그의 말투는 서슬 퍼렇게 날이 서 있었고 다급하게 느껴지기까지 했다. 그답지 않았다.

도은은 의아하게 눈살을 찌푸렸다.

"공항 가는 길이야. 왜 이리 놀라는데. 내가 이러는 거 하루 이틀도 아니고."

[네가 왜 거길……! 그 여자만 가는 거라고 했잖아!]

"그 말을 믿다니 형도 촉이 많이 죽었네."

[수에게 보낸 차를 탄 거야? 그래?]

"그럼 같이 가는데 다른 차를 타겠어?"

[빌어먹을 기사는 어디로 간 거야! 나한테 연락도 없이!]

"하루만 비밀로 해달랬더니 진짜 비밀로 해줬나 보네."

[닥치고 당장 차 세워. 내려, 당장!]

아상의 말은 더할 나위 없이 다급했다. 도은은 입을 다물곤 백미러를 바라보다 잠시 흔들린 핸들을 바로 잡았다. 자꾸만 핸들을 고쳐 잡곤 차선을 바꾸는 도은의 행동에 수가 의아하게 바라보자 그는 스피커폰을 블루투스로 바꾸며 귀에 이어폰을 꽂았다.

"내가 생각하는 거 아니지, 형."

도은의 음성이 무겁게 내려앉았다.

"내가…… 부탁했잖아. 그러니 제발 그렇다고 말해, 형. 되돌릴 순 있는 거야?"

도은은 형의 대답을 기다렸다. 하지만 건너편에선 어떠한 말도 들리지 않았다. 짧은 침묵 속에 차가 다시금 비틀거렸다. 갑작스러운 흔들림에 수가 놀라 안전 바를 쥐자 도은은 급하게 차선을 바로 잡으며 말을 이었다.

"말하지 마. 이미, 늦었어. 형."

도은은 아상의 대답을 채 듣지도 않은 채 전화를 끄곤 핸들을 고쳐 잡았다. 도은의 표정은 어느새 굳어 있었다.

"왜 그래. 무슨 일인데."

"아니야. 아무것도."

"차선을 왜 자꾸 바꿔. 뒤에 차 있잖아. 사고 나겠어."

"뒤에 운전자가 급한가 봐. 비켜주려고."

"급하면 일찍 출발할 것이지. 이상한 사람이네."

"그러게."

도은의 실없는 미소에 수는 안전 바를 꽉 쥐어 잡았다. 도은은 그녀가 매고 있는 안전벨트를 힐끗 보다 손을 뻗어 벨트 줄을 펴주며 몸에 맡게 끈을 조였다. 그에 수가 그의 손을 치며 전방을 손으로 가리켰다.

"딴짓하지 마."

"아니. 안전벨트 몸에 맞게 잘 조이라고. 안 그럼 하나마나야."

"잘 조였어. 걱정 마. 지나친 걱정과 관심은 넣어둬."

수는 도은에게 헛웃음을 지었다.

평소 같으면 웃음기를 띠고 있어야 할 그의 옆모습은 파리하게 굳어 있었다. 여유로웠던 모습은 다 어딜 가고 희게 질려 이를 악다문 채 전방을 주시하는 그에 수가 의아해할 때였다.

도은이 어색한 웃음을 그린 채 말을 이었다.

"미국 가서 같이 수업 들으면 재밌겠다. 캠퍼스도 엄청 좋아.

이곳 대학들이랑은 비교도 안 돼."

"그럼 뭐 해. 과연 내가 영어로 된 수업을 100% 이해할 수 있을지 걱정이야."

"내가 있잖아. 내가 다 설명해 줄게. 걱정하지 마."

"흥, 그래놓고 안 가르쳐 주기만 해봐."

"거기 멋진 곳도 엄청 많아. 너랑 같이 가보고 싶은 곳이 한두 군데가 아니야. 우리 살 집은 또 얼마나 괜찮다고. 투룸 스튜디오인데 뷰가 끝내줘. 앞에 호수도 있고 센트럴파크도 근처고."

"좋다. 기대된다."

수가 미소를 짓자 도은은 그녀의 얼굴을 힐끔 보곤 웃었다. 순간 도은이 제 안전벨트를 풀었다. 갑작스러운 그의 행동에 수는 인상을 찌푸렸다.

"이거 풀면 어떡해. 잠깐만……."

수가 다시 안전벨트를 채워주려 하자 도은은 그녀의 손을 잡으며 보란 듯이 셔츠 단추 두어 개를 풀었다.

"갑자기 안전벨트가 답답하네. 잠깐만 풀어놓고 있을게."

"얹힌 거 아냐? 속 안 좋아?"

"아냐. 잠깐만 이렇게 있으면 될 거 같아."

도은은 다시금 차선을 변경했다. 전방을 주시하던 그는 수의 손을 으스러질 듯 꽉 쥐어 잡았고, 수는 여전히 영문을 몰라 어리둥절해했다. 그는 나지막이 말했다.

"너랑 하고 싶은 게 참 많아, 수야."

"나도야."

"뭐 하고 싶은데."

"같이 생일 파티도 하고 싶고, 둘이 여행도 가고 싶고, 사진도 많이 찍고 싶고, 그냥 그런 거 있잖아. 사소한 것들 다."

"다 하자, 수야. 유학 가서도, 갔다 와서도, 우리 여태껏 못 했던 거 꼭, 다 하자, 수야."

"오늘 진짜 이상하네. 떠나려니 싱숭생숭해?"

"하하, 그런가 봐."

도은이 큰 입매를 휘었지만 실상 웃고 있는 것 같진 않았다. 무언가 그는, 잔뜩 긴장된 모습이었다.

"수야."

도은은 그녀의 손을 더욱 꽉 쥐었다가 놓았다. 그리고 재킷 안주머니에서 조그만 보석함을 꺼내 그녀의 손에 쥐어주었다.

"원래는 미국 도착해서 주려고 했는데, 아무래도 지금 주는 게 나을 거 같아서."

"이게…… 뭔데."

"열어봐."

수는 떨리는 손으로 보석함을 열었다. 금색 반지가 두 개 놓여 있었다. 심플한 디자인이지만 가운데 박힌 다이아몬드임이 분명한 보석으로 인해 커플링으로 하기엔 부담스러운 반지였다. 흡사.

"약혼반지야."

"……뭐?"

"정식으로 무릎 꿇고 분위기 좋은 곳에서 하고 싶었는데."

"형."

"손 줘봐."

수는 떨리는 손으로 그에게 왼손을 내밀었다. 도은은 운전대를 잡고 있는 상태로 반지를 꺼내 약지에 조심스레 끼우고는 흐뭇한 미소를 지으며 그 손을 어루만졌다.

"예쁘다. 잘 어울릴 줄 알았어."

이제 제 차례라며 도은이 손을 내밀자 수는 그의 손에 반지를 끼워줬다. 자신과 수의 손에 나란히 끼워진 반지를 보며 도은은 큰 입매를 환하게 휘었다. 그녀 또한 마찬가지였다.

그러다 문득 그가 백미러를 보더니 급하게 차선을 변경했다. 또 다시 갑작스러운 차선 변경에 그녀는 문득 백미러를 보았다. 방금 그들이 있었던 차선에 커다란 화물 트럭이 눈에 띄었다. 커다란 차는 덜덜거리며 차선을 바꿔 그들의 차 바로 뒤에 바짝 다가왔다.

도은이 같은 행동을 다시 반복해도 그 트럭은 여전히 그들이 탄 뒤로 따라오고 있었다. 도은이 아무리 차선을 변경해도 끝까지 쫓아오는 트럭에 결국 수의 안색이 파리하게 질렸다.

"뭐야…… 저 차."

"수야. 나 봐."

"형."

"수야, 날 봐!"

도은의 강인한 부름에 수는 흠칫 놀라 그를 응시했다. 백미러와 전방을 주시하던 도은의 손은 여전히 운전대를 잡고 쉼 없이 차선을 변경하는 중이었다. 그러다 그는 이내 크게 심호흡을 하고는 그녀를 응시했다.

“수야.”

나지막한 목소리가 귓가에 내려앉았다. 순간 수는 심장이 쿵 떨어지는 느낌이었다. 제게 쏟아지는 그의 올곧은 시선에 수는 문득 두려움을 느꼈다. 그때였다.

도은이 웃었다. 뒷유리창으로 섬광이 비쳤다. 뒤에 있는 트럭의 헤드라이트 불빛이었다. 순간 풀어진 그의 안전벨트가 눈에 띄었다.

빠아아앙!

거센 클랙슨이 울림과 동시에 도은의 웃는 얼굴이 눈 가득 들어왔다. 그대로 시간은 멈췄다. 도은은 핸들에서 손을 뗌과 동시에 잽싸게 몸을 일으켜 수를 온몸으로 끌어안았다. 그의 가슴팍에 시야가 가려지는 순간 거센 진동과 함께 수는 온몸이 하늘로 붕 떠오르는 느낌을 받았다.

콰과과광-!

차체가 허공을 굴러 바닥으로 볼품없이 떨어졌다. 크나큰 충격이 온몸을 강타했다.

숨이 턱 막히고 귓가에 끊임없는 이명 소리가 들렸다. 수는 머리가 어질해 정신을 차리기가 힘들었다. 얼굴이 따끔거려 겨우 눈을 떠보니 유리 파편이 아스팔트에 나뒹구는 게 보였다. 차는 전복이 된 상태였고 그녀의 몸은 안전벨트에 매여 허공에 대롱 매달린 채였다. 고무가 찢기는 듯한 굉음과 함께 차를 들이받았던 거대한 화물차가 유유히 사라지는 게 깨진 유리 창 사이로 보였다.

그리고 그 순간, 제 아래에 피범벅이 된 채 쓰러져 있는 도은을 본 수는 넋이 나가 버렸다. 수는 떨리는 손으로 안전벨트를 풀었다. 하나 고장 나버린 벨트는 풀리지 않았고, 거꾸로 매달린 상태라 벨트를 풀지 않은 채로 빠져나오는 건 힘들었다.

안간힘을 다해 발버둥친 끝에 수는 어렵사리 벨트에서 빠져 나와 차 밖으로 향했다. 그리곤 쓰러진 도은의 몸을 차 밖으로 끌어내려 했다. 하나 그것도 쉽지 않았다. 사고의 순간, 수를 감싸 안다가 전복되며 찌그러진 공간 사이에 완전히 껴버린 상반신은 옴짝달싹을 하지 않았다. 수의 머리를 끌어안았던 그의 양손은 깨진 유리 파편과 쇳조각에 관통이 된 상태였고, 철판과 의자 사이에 끼어버린 그의 허리에선 끊임없이 피가 흐르고 있었다.

손이 덜덜 떨렸다. 아무런 생각이 들지 않았다. 숨조차 제대로 쉬어지지 않은 채 사지가 떨려왔다. 그때였다.

펑!

손상된 차체로 인해 보닛에서 굉음과 함께 불꽃이 솟아났다. 바닥엔 기름이 흐르고 있었고 불길은 점차 옆으로 번져 갔다. 매캐한 연기가 피어오르자 수는 도은의 몸을 끄집어내기 위해 발악했다. 손으로 철판의 틈을 벌려보려다 이내 포기하곤 유리 조각이 깔린 바닥에 드러누워 온 힘을 다해 철판을 발로 벌렸다.

"으으윽!"

힘을 줄 때마다 유리 파편이 등에 박혔다. 하나 아픔은 느껴지지 않았다. 젖 먹던 힘까지 짜내 철판을 발로 차고 그의 몸을 끄집어내자 서서히 그의 몸이 빠지기 시작했다. 다시 보닛에서 파열음이 들리며 불길은 점차 거세졌다. 매캐한 연기와 함께 숨이 턱 막혔고 치솟는 불길에 의해 피부가 데일 듯 뜨거웠다.

"제발……!"

온 힘을 다해 마지막으로 그를 당기는 순간 그의 몸이 차 밖으로 툭 떨어졌다. 수는 거친 숨을 내쉬며 그의 몸을 끌어 조금이라도 차에서 떨어지려고 했다. 불길은 그 순간에도 점차 커져 갔고 그러다 한순간 성인 키 만큼 치솟는 불길에 수는 황급히 도은의 몸을 감싸 안았다.

펑!

보닛이 터지며 차는 순식간에 화마에 휩싸였다. 폭발과 함께 튕겨져 나온 불에 휩싸인 파편이 사방으로 번지며 수의 등을 할퀴고 지나갔다. 참기 힘든 고통에 수가 신음을 내뱉었다. 그러나 그 순간에도 그녀는 바닥에 쓰러진 도은의 얼굴을 끌어안으며 뺨을 두드렸다.

"형! 형! 정신 차려봐! 형!"

그에게서 흐른 피가 바닥을 적셨다. 수가 얼른 지혈을 하려고 손을 뻗었지만 그가 옅은 숨을 쉴 때마다 쿨럭 쏟아져 나오는 피가 이미 너무 많았다. 수는 입고 있던 외투를 벗어 그의 허리춤에 단단히 묶었다. 목의 맥박을 확인해 보니 심박 수가 너무 옅었다. 이미 과다출혈로 희게 질려 버린 그의 모습에 수는 황급히 주머니를 뒤져 핸드폰을 꺼냈다. 액정이 깨지긴 했지만 다행히 완전히 꺼지지는 않았다. 수는 덜덜 떨리는 손으로 간신히 119를 눌렀다.

"여…… 여기요. 사람이 죽어가요 빨리 와주세요! 교통사고 환자. 펄스 40 디코마 상태고 척추 손상에 장기 파열도 의심됩니다. 제발 빨리요!"

수는 되는 대로 다급히 말을 쏟아냈다. 구급대원이 차분히 그녀를 진정시키려 애썼지만 소용없었다.

도은을 끌어안은 수는 오열했다. 아무리 어루만지고 뺨을 두드려 봐도 그는 깨어나질 않았다. 죽은 듯 늘어진 손발과, 옅은 심장 소리, 머리부터 발끝까지 피로 얼룩져 죽은지 산지도 구분이 안 되는 모습에 눈에 불이 일었다. 아무것도 보이지 않았다. 지독한 어둠이었다.

오 분도 되지 않아 구급차가 사건 현장에 도착했다. 도은을 구급차에 싣고 구급대원이 수를 다른 베드에 눕히려 했지만 그녀는 완강히 거절했다.

"상처가 심합니다! 지금 당장 치료하지 않으면 2차 감염이 될 수도 있어요!"

"저도 압니다! 놔두라고요! 저 사람이 먼저예요. 저보다 저 사람한테 뭐라도 해달라고요! 당신들 구급대원이잖아!"

수의 발악에 구급대원은 흠칫 놀라며 이내 포기하고는 도은의 옆에 꼭 붙어 있는 그녀를 내버려 두었다. 수의 등에선 화상으로 인한 진물이 흘러내렸고 온몸이 유리조각으로 인해 찢겨져 피가 흐르는 상태였다. 하나 통증은 없었다. 이 따위 상처, 이미 의식을 잃고 생사의 기로에 서 있는 그에 비하면 아무것도 아니라 스스로 자조했다.

병원에 도착해 급히 수술실로 향하는 그를 보고 나서야 수는 복도에 주저앉았다. 간호사와 구급 대원이 부축하며 치료를 받기를 수차례 권하며 강압적으로 끌고 가려고까지 했지만 수는 몸부림을 치며 그들을 뿌리쳤다. 도은이 멀쩡한 모습을 봐야 했다. 수술실에서 나올 그의 모습을 두 눈으로 확인해야 했다.

그렇게 한참을 수술실 앞에 우두커니 앉아 있었다. 시간은 그대로 멈춰 버린 것 같았다. 그때였다.

누군가 다급히 뛰어오는 구두 굽 소리가 들렸다. 멍하니 수술실 문만 보고 있던 수의 고개가 그에게 돌아갔다. 초점 잃었던 눈에 분노가 일었다. 수는 그에게 비틀거린 채 다가갔다.

아상이었다.

"당신, 도대체 무슨 짓을 한……!"

악다구니를 지르려 했다. 왜 어르신을 막지 않았냐고. 무슨 일을 벌이는지 알고나 있었냐고. 하지만 목 끝까지 올라온 말을 그대로 삼켜 버린 채, 수는 탄식을 내뱉을 수밖에 없었다.

그는 희게 질려 있었다. 언제나 여유롭기만 하던 모습은 더 이상 찾아볼 수 없었다. 당황과 절망으로 얼룩진 그의 눈동자가 무수히 흔들린 채 그녀에게로 향했다. 순간 수의 분노도 사라져 버렸다. 저건, 가면이 아니었다. 몇 겹의 허물을 벗고 이제야 드러난 그의 맨 얼굴이었다.

저 사람 또한, 자신만큼이나 절망하고 있었다.

결국, 수의 커다란 눈이 점차 일그러졌다.

“날 보호하느라 저 사람이…… 안전벨트를 일부러 풀었어요. 쇠판에 몸이 끼어서. 저 사람 손이…… 손이 더 이상…….”

정신없이 뛰어온 듯 흐트러진 아상의 양복을 잡아채며 수는 이를 악물었다.

“저 사람 의사 해야 하는데…… 근데…… 손이…… 어떡해요, 저 사람…….”

“알아. 진정해.”

“피를 너무 많이 흘렸어……. 숨 쉴 때마다 피가 막 흘러나와서 외투로 묶었는데도 너무 피를…….”

“이수! 정신 차려!”

아상이 이를 으득 갈며 거칠게 수의 어깨를 쥐어 잡았다. 그녀는 멍하니 눈물만 흘렸다. 눈에 살기를 띤 그는 수의 얼굴을 잡아 쥐곤 들어 올렸다.

“저 녀석 안 죽어. 내가 살릴 거야! 온갖 수단과 방법 가리지 않고 저 녀석 살릴 거야. 알아들어?”

"……."

"그러니까 그만 닥치고 사건 설명해. 어떻게, 어떤 식으로 다친 거야. 그래야 그쪽 의사를 소집할 거 아냐!"

조금의 여유도 없는 아상의 말에 수는 온 정신을 다잡으며 어렵사리 말을 이었다.

"안전벨트를 풀었어요. 트럭에 받히는 순간 저 사람이 날 껴안았어요……. 양손이 유리 파편이랑 철판에 관통돼 신경 파열이 의심되고. 찌그러진 차체 사이에 상체가 끼면서 척추와 장기에 손상을 입었고, 그리고……."

"됐어. 알았어."

아상은 다급하게 전화를 했고 그 통화는 여러 병원으로 이어졌다.

"당장 튀어와. 지금 당장!"

매서운 일침전화 너머에서 허둥지둥하는 소리가 들렸다. 그때였다.

복도 저 편에서 여러 명이 다급히 걸어왔다. 그에 아상과 수의 시선이 그쪽으로 향했다. 순간, 수의 눈에 살기가 번졌다. 스멀스멀 피어오르는 화마에 수는 아상을 밀쳐 내며 비틀거리는 몸을 곧추세우며 그와 마주 섰다.

강운은, 사색이 되어 있었다. 백호를 꼭 닮은 강직하고 늠름했던 그의 얼굴에선 더 이상 기백이란 찾아볼 수 없었다. 그런 그의 모습에, 더욱 살기가 번졌다.

"보세요! 어르신이 한 짓을 똑똑히 보시라고요. 이제 만족하십니까!"

피를 토하는 심경으로 내뱉은 말이었다. 강운은 멍하니 수를 응시했다. 수는 피눈물이 범벅된 얼굴 그대로 그를 있는 힘껏 노려봤다. 손발이 떨리고 이가 달달 떨렸다. 자꾸만 주저앉으려는 몸을 온 힘을 다해 붙잡고 있는 중이었다.

"하시려면 제대로 하셨어야죠. 절 죽이고 싶으셨다면 바라신 대로 절 죽이셨어야죠! 저 사람은 털끝 하나 다치지 않게 하셨어야죠! 당신 아들이지 않습니까! 그래서 간절히 부탁드렸습니다. 정말 간절히 부탁드렸어요. 마지막 기회라고! 그를 영영 잃을 수도 있다고! 그러니 보세요. 두 눈으로 똑똑히 보시라고요! 두 손이 망가져 의사 생활은커녕 장애인이 될 수도 있습니다. 목숨을 부지한다 해도 척추 손상 때문에 평생 사람답게 살지 못할 수도 있어요! 이제 만족하세요? 바라신 대로 어르신도, 저도! 저 사람을 잃었습니다!"

수는 기침을 하며 피를 토했다. 금방이라도 죽을 것 같은 모습으로 각혈을 하는 수를 강운과 그의 뒤에 있던 직원들까지 사색이 되어 바라봤다. 수의 뒤에 있던 아상이 다가와 비틀거리는 그녀를 부축하려 했지만 수는 매섭게 손을 내치며 강운을 핏발선 눈으로 살기 어리게 노려봤다.

강운은 흐트러지지 않았다. 사색이 된 표정만 제외하자면, 조금의 빈틈도 없었다. 그것에 치가 떨렸다.

아들이 사경을 헤매고 있다. 그 와중 그는 여전히 그러했다. 아들을 사랑하고 있을 거라며 그를 설득하려 했던 자신의 노력이 이토록 천치 같을 수 없었다. 그는, 역시나 달랐다.

끝이 보이지 않았다. 그러니 이 사람은, 끝까지 갈 터였다. 그의 옆에 있으면 언제라도 이러한 일이 반복되지 않으리란 보장이 없었다. 자신을 내치겠다는 강운으로 인해 어쩌면 그는 자신을 지키려다 끝없이 사지로 내몰릴 것이었다. 그건 죽기보다 싫었다. 절대로 용납할 수 없었다.

정신이 번쩍 들었다. 답은 명쾌했다. 가슴 속 저편에서 끓어오르는 분노가 응어리져 그대로 말로 튀어나왔다.

"원하신 대로, 헤어져 드리겠습니다. 다신 그의 눈앞에 나타나지 않겠어요."

갑작스러운 말에 강운은 낮은 숨을 내쉬었다. 수는 눈빛으로 사람을 죽일 수 있다면 수십 번은 더 죽였을 듯한 눈으로 그를 노려봤다.

"착각하지 마세요! 어르신에 지쳐 포기하는 게 아닙니다! 제가 떠나는 겁니다! 그를 사랑하기 때문에 그를 버리는 겁니다! 그러니 똑똑히 지켜보세요. 저 하나를 떼어내기 위해 당신이 무슨 짓을 벌인 건지. 얼마나 무서운 일을 벌인 건지! 당신의 아들이 어떻게 망가져 갈지! 두 눈으로 똑똑히 지켜보세요. 장담하건대, 어르신은 그 고통을 절대 견딜 수 없을 겁니다. 다시는 되찾지 못하실 겁니다! 왜인 줄 아십니까?"

"……."

"어르신은 이미 지키고자 했던 아들을 제 손으로 잃으셨으니까요."

수는 강운을 지나쳐 비틀거리면서도 똑바로 걸어 나갔다. 걸음마다 붉은 핏자국이 떨어졌다. 난리 통에 발만 동동 구르고 있던 간호사들이 그녀를 부축하려 했지만 살기 어린 표정에 쉽사리 다가서지 못하고 있었다.

힘겹게 한 걸음 한 걸음을 내딛는 수의 뒤로 누군가 다가와 팔을 부축했다. 아상이었다. 그는 잔뜩 일그러진 표정이었다.

"너…… 도대체…… 왜 이렇게까지 하는 거냐."

한숨과도 같은 말은, 그녀에게 하는 게 아니라 그 자신에게 내뱉는 자조나 마찬가지였다.

수는 흐릿한 시선을 들어 그를 마주 보았다.

수술실 앞에서 본 그의 표정이 선명했다. 이성과 냉정은 집어치운 채 그는 두터운 가면을 벗고 그제야 맨얼굴을 드러냈다. 자신만큼이나 얼이 빠져 있던 그를 보며 느꼈다.

저 사람이라면, 적어도 아상이라면.

"부탁이 있어요."

"……뭔데."

"저 사람, 분명 살 거예요. 주 씨 집안은 대단하니까 분명 살릴 거라 믿어 의심치 않아요. 그건 걱정 안 해요. 그러니, 그를 부탁해요."

"……뭐?"

"내가 떠났다는 걸 알면…… 많이 힘들어할 거예요. 여태껏 그랬던 것처럼 그 사람 옆에서 잘 돌봐주세요. 그 사람, 형님을 참 많이 좋아하거든요. 이런 짓을 했다 하더라도 아마 형님을 미워하지조차 않을 거예요, 그 사람은."

"……."

"형님이 옆에 있다면 그 사람 적어도…… 살아나갈 순 있을 겁니다."

아상의 얼굴이 굳어졌다. 수는 마구잡이로 흘러내리는 눈물을 손등으로 거칠게 닦았다.

"깨어나 그가 묻거든, 손이 망가져 의사가 될 수 없는 사람 따윈 필요 없어져서 떠났다고 하세요. 그런 사람 따윈 사랑하지 않는다고, 차갑고도 매몰찼다고, 뒤도 한번 돌아보지 않았다고, 그렇게 전해주세요."

수는 절뚝이면서 계단을 내려갔다. 하지만 채 몇 걸음도 가지 못해 고꾸라지는 그녀의 몸을 아상이 재빨리 부축했다.

"치료받고 가. 네 상처, 심해."

"내 일은 내가 알아서 해요."

"등에 화상이 심해! 온몸의 상처는 또 어쩌려고 이래! 잘못하면 죽을 수도 있어!"

"그 사람 걱정이나 하세요! 그 사람은 지금 수술받고 있어요."

"이수!"

"여기선 치료 안 받아요! 갈 겁니다!"

수는 매몰차게 그를 내치곤 그대로 병원을 나섰다. 처참한 몰골에 의사와 간호사들까지 나서서 말렸지만 수는 그들에게 눈길 한 번 주지 않았다.

그가 있는 이곳에 더 이상 머물고 싶지 않았다. 잠시 잠깐이라도 그를 마주쳤다간 그대로 그를 붙잡고 놓지 못할 것만 같아 두려웠다.

밖에는, 눈이 내리고 있었다. 누군가의 심경을 아는지 모르는지 뼛속을 스미는 겨울의 바람은 시리도록 아팠고, 뿌연 하늘에서 내리는 솜털 같은 눈들은 빌어먹게도 너무나 아름다웠다.

"……흐윽……."

저도 모르게 눈물이 다시 터져 나왔다. 숨이 쉬어지지 않았다. 거대한 칼날이 마구잡이로 온몸을 헤집고 난도질했다. 죽도록 아파 더 이상 서 있을 수도, 주저앉을 수도 없는데 숨조차 마음대로 내쉬어지지 않았다. 몸이 바닥으로 고꾸라졌다. 거칠게 숨을 몰아쉬는데도 폐에는 공기가 들어가지 않았다. 시야가 점차 흐릿해졌고, 피가 섞인 눈물은 바닥에 떨어져 쌓인 흰 눈 위로 붉게 녹아 스며들었다.

"간절히 바라건대, 끝까지 내 옆에 있어주겠다는 그 말, 꼭 지켜주라, 수야."

그의 절절한 음성이 떠올랐다. 너무나 달콤했던 그 말이 지금은 칼날처럼 심장을 긁어내렸다.

"미안해…… 미안해……."

사시나무처럼 떨리는 몸으로 수는 오열했다.

신에게 빌었다. 그리 힘들었던 유년시절에도 한 번도 찾지 않았던 신이었다. 간절하게도 빌었다. 세상 어딘가에 당신이 존재한다면, 내 말을 들어달라고 절실히 빌었다.

그 사람의 다친 몸을 나와 바꿔줄 수 있다면 당장 그렇게 해달라고, 혹여 그렇게 하기 힘드시다면 이것 하나만은 꼭 들어달라고, 그 사람의 사랑이 원망으로 바뀌기를, 그 사람이 자신을 죽도록 원망하기를. 그 원망의 힘으로 어떻게든 잘 살아가기를. 자신을 원망하는 힘으로 그가 예전처럼 회복될 수 있다면 그 대가는 자신이 감내하겠다, 그 무엇이든 감내하겠다 간절히도 빌었다.

크리스마스이브였다. 빌어먹게도 아름다운 함박눈이 쏟아 내리는 날이었다.

예상치 못한 어느 날, 죽도록 아름다웠던 어느 날. 그래서 더욱 절망했던 어느 날.

그렇기에 절박하기만 했던 그 어느 날.

그와의, 이별이었다.

5. 후유증, 우린 죽어가고 있어 (1)

구 년 뒤.

수는 주아제약 건물 앞에서 한참을 주저앉아 있었다. 찢어진 심장은 좀처럼 원래대로 돌아오지 않았고 그대로 발걸음을 돌려 버스를 잡아타 집으로 돌아가는 길 또한 기억나지 않았다. 잠은 오지 않았고 정신은 멍했으며 심장은 아프게 욱신거렸다. 숨을 쉴 수 없었다. 구 년 만의 만남은 수에게 그런 것이었다.

다음 날, 한국병원에 출근하자마자 부원장은 그녀의 진료실 안에서 기다리고 있었다. 지원을 받기 어려울 거라는 소식을 전하자 부원장은 노발대발했고, 진료실을 뛰쳐나가는 그의 다음 행보가 상혁 아님 선우일 거라는 건 불 보듯 뻔한 사실이었다.

수는 아침부터 진이 빠진 얼굴로 털썩 진료실 의자에 주저앉았다. 발로 빙글 의자를 돌려 블라인드가 쳐진 창밖을 쳐다보자 여름의 뜨거운 햇볕이 피부에 스며들었다.

좋은 날이었다. 화창하기 그지없는 날이었다. 하지만, 마음만은 칠흑의 어둠이었다.

평소와 같이 진료를 봤다. 점심시간엔 진료실에 틀어박혀 있었고 오후엔 잡혀 있는 수술을 끝내곤 바로 입원실 회진을 돌았다. 그리곤 응급실에서 잡힌 야간 수술을 마치고 나서야 모든 일과가 끝날 무렵 새벽 1시를 향해가고 있었다.

가운을 벗고 가방을 챙겨 들고 나오자 진료실 입구엔 수문장과 같이 비장한 표정을 짓고 있는 상혁과 선우가 서 있었다. 상혁은 성형외과, 선우는 비뇨기과로 비교적 일정이 빡세지 않은 터라 한참 전부터 기다리고 있었던 듯했다. 이유는 뻔했다. 그렇기에 수는 재빨리 귀를 막으며 도망치려 했지만 그들은 그녀의 양팔을 잡곤 그대로 들어 병원 에스컬레이터에 올라탔다.

"이 선생님, 저희랑 할 애기가 있지 않습니까."

"그러게요. 어딜 도망가십니까."

"전 할 애기 없는데요."

"설마요. 당장 집으로 가십시다. 내일 수술 없는 거 알고 있답니다."

그들에게 이끌려 억지로 차에 태워진 순간이었다. 선우와 상혁은 본인들의 차를 놔두고 수의 볼품없는 경차에 올라탔고 상혁이 운전대를 잡았다. 직접 운전하겠다는 차주의 말을 묵살한 상혁은 시니컬하게 대꾸했다.

"내가 차 팔라고 그랬지. 그냥 예전처럼 대중교통 이용해. 너 운전하다 나까지 골로 가는 꼴은 못 보지."

상혁의 완강한 태도에 수는 결국 뒷좌석에 앉아 멍하니 있었다. 옆에 앉은 선우가 들러붙어 이리저리 캐묻는 말에도 그녀는 아무런 대답도 하지 않았다. 그러다 결국, 제 오피스텔에 자리를 잡고 앉아 맥주를 열 캔 넘게 들이켠 후에야 수는 취기가 오른 말투로 서서히 입을 열었다.

"존댓말을 하더라. 그것도 너무 깍듯하다 못해 소름끼치게 차가운 말투로."

"그래서. 그래서 어떻게 됐는데."

"의.사. 이렇게 그 단어를 강조하면서…… 게다가 담배 피더라. 예전엔 담배 안 폈는데."

"그래서, 그래서 또 뭐."

"나 같은 건…… 이제 완전히 잊은 눈치였어."

"그게 아니잖아, 인마!"

상혁이 질겅질겅 씹고 있던 오징어다리를 내박치며 빈 캔 맥주를 내동댕이쳤다. 이미 망연자실하여 제 얼굴을 쥐어 잡은 선우는 울먹이며 고개를 다리 사이에 처박았다. 구 년 전이나 지금이나 강아지 같은 건 여전했다.

"맨날 남의 양물이나 보는 신세인데 오늘 부원장이 찾아와 날 달달 들볶았다고. 내일 당장 주아제약 찾아가서 동문의 힘을 발휘해 보라고! 나 어떡해!"

"아, 넌 좀 닥치고 있어! 멍뭉아, 잘 들어봐. 널 죽기 살기로 좋아하던 형이야. 네가 만들어놓은 거짓말을 진실인 양 구 년을 믿고 있던 형이야. 형 입장에선 어쩔 수 없는 증오고, 그렇게 네가 바라던 대로 된 거잖아. 형은, 그만큼 널 못 잊었다는 거야. 분노건 애증이건 그것 또한 감정이야. 분명 널 기다리고 있어. 내가 알아."

"아니. 너흰 몰라. 그는 아냐. 나 또한 그걸 바라지 않아."

"그럼 왜 돌아왔는데! 넌 지금 왜 죽을상을 하고 있는데! 이럴 거면 차라리 거기서 죽치고 살지 그랬냐, 인마!"

상혁의 강한 어투에 수는 한숨을 푹 내쉬며 고개를 숙였다. 선우는 이미 취해 제 할 말만 하는 채였고 상혁이 능숙하게 그를 달래며 토닥인 후에야 입을 다물었다.

상혁은 새로운 캔을 따 수에게 건네며 짐짓 곱상한 눈매를 찌푸렸다. 노랗고 현란했던 머리스타일이 아닌 검게 염색한, 단정한 모습임에도 연예인처럼 곱상한 외모는 여전한 그였다.

"먼 타지까지 가서 그 어려운 커리큘럼을 수석으로 졸업하고 해외에서 인턴, 레지, 전문의까지 죽기 살기로 왜 노력한 건데. 다른 병원에서 다 어서 오시오 했는데도 굳이 형이랑 연관 있는 한국병원 전문의로 들어와선 빌어먹을 동문 새끼들 면상 매일 마주하는 이유가 뭔데. 형하고 다시 시작해 볼 게 아니라면 왜 그렇게 죽을힘을 다해 돌아온 건데."

"아파서. 살고 싶어서."

"……뭐?"

"그는 너무도 멀리 갔고, 너무나 높이 있고, 난 그렇게 죽을힘을 다 해도 일개 대학병원의 전문의니까. 그래서 혹여 가끔."

"……."

"그가 삶에 전혀 상관없는 누군가를 우연히 만나게 되는 순간이 온다면 그게 나이고 싶어서. 그래서 한국병원으로 온 거야. 이제 됐냐? 들으니 속이 후련해?"

그들은 말이 없었다. 당사자인 수는 무미건조하게 내뱉은 말이건만 선우는 이미 눈물을 글썽였고 상혁은 거센 욕지거리를 내뱉으며 손에 든 빈 맥주 캔을 집어 던졌다.

"이런 병신! 넌 지금 예전의 네가 아니야. 힘없이 당하기만 했던 네가 아니라고! 일개 대학병원 의사? 웃기지 말라 그래. 넌 휘플처럼 뛰어난 의사가 될 자질이 있어. 훗날 대기업 회장들이 아프면 목돈을 쥔 채 네 앞으로 줄줄이 줄을 설 거라고. 네가 바라던 대로 너도 이제 네 힘이 생긴 거야. 힘을 기르기 위해 그 힘든 길을 혼자 묵묵히 감내했던 거잖아. 그러니 이제 제발 정신 차려. 돌아가라고. 너보다 서넛 덩치 크던 놈들도 죽어라 패댔던 그 막돼먹은 깡패로 돌아오라고."

한국병원에 들어간 건 혹여, 아주 혹시라도, 그를 만날 기회가 한 번쯤은 주어지지 않을까 싶어서였다. 다시 시작해 보려는 생각

따윈 하지 않았다. 지금도 눈앞에 선연한 그날의 악몽들이었다.

하지만 보고 싶었다. 우연히 한번 마주치면 그걸로 족할 거라고 생각했다. 다른 대학병원에서 억대의 연봉을 준다며 스카우트 제의가 들어왔지만 무시했던 이유는 그것이었다. 예전의 볼품없던 자신이 아닌, 좀 더 나은 사람이 되어 돌아오면 적어도 그에게 짐이 되는 일은 다신 일어나지 않을 거라 이를 악문 나날들이었다. 그리고 얼마 전, 입사한 지 두 달 만에 그를 만날 기회가 생겼던 것이다. 생각보다 너무 빨랐고, 준비되지 않은 채로 만난 그는 너무도 차가웠다.

수는 캔을 만지작거리며 답지 않게 풀죽은 채 한숨을 내쉬었다. 상혁이 기운 내라며 그녀의 손에 들린 캔에 짠을 하며 맥주를 들이켰다.

그렇게 술자리는 깊어졌고 한참을 거나하게 마신 후에야 모두들 넉 다운이 되어 쓰러졌다.

아침에 일어나니 바닥엔 빈 술병과 안주들이 나뒹굴었고 술 냄새가 그득했다.

서둘러 출근 준비를 하곤 다들 퀭한 상태로 출근을 하니 친한 수간호사 진숙이 깔깔 웃으며 한 마디 했다.

“어이구. 어제도 대판 마셔댔구만. 직무 유기입니다, 선생님들. 서른 넘었으니 일탈은 자제하셔야지. 내 자식이면 가만 안 뒀어 그냥.”

나이가 지긋한 수간호사의 웃음기 어린 꾸짖음에 그들은 죄송합니다, 라며 정중히 고갤 숙이곤 더 혼날까 후다닥 제 진료실로 들어가 버렸다.

다행히 수술이 없었기에 망정이지 아침나절은 그야말로 숙취로 엉망이었다. 그럼에도 성심성의껏 진료를 하고 나서 멍한 정신을 차리려 점심시간 구내식당으로 향하던 길이었다.

복도 끝에서 들리는 익숙한 사람들의 음성에 수는 걸음을 멈췄다.

"이수 선배 있잖아. 그 사람 소문 들었어?"

"뭔데. 왜?"

"우리 과 선배가 이수 선배 동기인데, 세상에 그 선배, 한국대 의과 졸업하곤 바로 미국 의학 커리큘럼 들어갔잖아? 근데 그게 사고 쳐서 도망치듯 간 거란다? 사귀던 남자랑 잠자리하던 사진이 캠퍼스에 붙었다잖아. 아주 난리도 아니었데. 게다가 그 선배 엄마가 글쎄……."

수는 숨을 멈췄다. 더 이상 듣고 싶지 않아 귀를 닫고 눈을 감았다. 숨소리조차 죽인 그 순간에도 심장은 아프게 뛰어댔다.

어디를 가든, 마찬가지였다. 소문은 꼬리의 꼬리를 물고 죽어라 수의 뒤를 쫓았다. 아무리 노력하고 발버둥을 쳐도 쉽사리 끊어지지 않았고 두 손 두 발을 다 들어도 그 소문은 여전히 제 목을 졸랐다. 끊임없었다. 지긋지긋했다. 하지만, 엄연한 진실이었다. 그렇기에 아무것도 할 수 없었다. 그저 못 들은 척, 안 본 척, 척, 척, 척, 그렇게 버티는 나날이었다. 그리고 지금 이 순간, 이곳만큼은 아니길 바랐던 병원에도 두 달 만에 소문이 따라왔다. 그래도, 달라지는 건 없었다. 그녀는 이 병원을 다닐 것이다. 그를 만날 기회가 주어지는 곳이라면 그게 지옥불이라도 뛰어들 준비가 되어 있었다.

수가 몸을 돌려 그들을 피해 왔던 길을 되돌아갈 무렵이었다. 땅을 보고 걷던 중에 누군가와 부딪치자 수의 몸이 비틀거렸다. 바닥에 쓰러지려는 몸을 빠르게 잡아 단숨에 일으켜 세우는 상대방에 수가 웃음기를 띠며 고맙다고 올려다볼 때였다.

수의 표정은 삽시간에 굳었다. 너무도 반가웠지만, 많이도 놀란 탓이었다.

"앞을 보고 걸어야죠. 사람 고치는 의사가 다치면 씁니까."

낮은 음성이었다. 흐릿한 기억 속에서 억지로 끄집어내 매번 되새기던 그윽한 음성이었다.

도은은 멋들어진 고급 양복을 입은 채 단정한 외모, 단정한 말투, 그렇기에 더욱 틈이 없는 모습으로 그녀를 보고 있었다. 얼굴엔 웃음기란 없었다. 하지만 지금 현재의 모습이 어쩐지 아상과 너무도 비슷하다 느낀 순간이었다.

"아…… 죄송합니다."

수는 당황을 숨기지 못한 채 황급히 고개를 숙였다. 그는 짧게 고갤 까닥이고는 그대로 그녀를 지나쳤다.

수의 눈에 바닥에 떨어진 물체가 보였다. 순간 수는 저를 차갑게 지나치던 그의 옷깃을 잡았다. 양복 소매를 쥐어 잡은 손길에 그가 눈살을 찌푸리며 그녀를 응시했다. 손은 이미 매몰차게 그녀의 손길을 벗어난 후였다.

"왜 그러십니까."

"이거 떨어뜨리셔서."

흰색과 푸른색 격자무늬의 행커치프였다. 도은은 그것을 받아 들곤 대수롭지 않게 앞주머니에 꽂았다. 수의 시선은 문득 그의 손으로 향했고, 흉터 그득한 손엔 그 어떠한 장신구도 없었다.

"왜요. 손에 뭐라도 끼어야 합니까?"

차가운 목소리였다. 예전의 따스함과 애정 어린 말투는 조금도 남아 있지 않았다. 극히 사무적이고 낮은 그의 음성은 더욱 시리게 느껴졌다. 심장이 시큰했다.

"손은, 괜찮습니까?"

수가 다급히 물었다. 표정관리를 하지 못한 채 그를 바라보노라니 도은은 큰 입매를 비릿하게 말아 올렸다. 미소를 짓고 있지만 전혀 싱그럽지 않은 예의상의 미소였다.

"사람 구실 못할까 의사로서 걱정됩니까?"

도은은 틈을 주지 않았다. 얼음이 뚝뚝 떨어지는 목소리에 수 또한 정신이 번쩍 들었다. 수는 지극히 사무적인 태도로 또박또박 말을 이었다.

"신경외과 전문의로서 드리는 말입니다. 손에 떨림도 없고 걸음걸이도 안정된 것을 보아 치료는 잘 받으신 것 같네요. 재활 치료도 더 이상 받을 필요 없을 테고요."

"우리나라 최고 의료진으로 모자라서 해외 저명한 교수들까지 불러 모은 결과죠. 척추 손상, 장기 파열, 양손 신경 절단 등등. 무려 여덟 차례 수술을 받았습니다. 일 년은 병신으로 살다 이 년째가 돼서 기듯이 걷기 시작했습니다. 삼 년째엔 평범한 사람들이 하는 모든 행동들을 무리 없이 할 수 있었고 사 년째에야, 예전 모습으로 돌아왔죠."

"……그러셨군요."

"사 년이면, 그쪽은 의학 커리큘럼을 끝내고 인턴으로 들어갔을 시점이네요. 아, 남들보다 진급이 빨라 예상보다 빨리 전문의를 달았다고 하던데 이미 인턴을 끝냈을 수도 있겠네요. 아무런 걱정 없이 태평하게 잘, 본인의 일만 충실히 했나 봅니다. 누군가는 죽든 말든 상관도 하지 않으면서."

수의 큰 눈매가 흔들렸다. 독기를 넘어 살기가 어린 도은의 검은 눈동자에 숨이 멎었다. 도은은 얼어버린 그녀를 두곤 그대로 돌아서 사라졌다. 복도에 홀로 남겨진 수는 참았던 숨을 어렵사리 내쉬며 아픈 머리를 쥐어 잡았다.

첫 만남엔 너무 긴장해 알지 못했지만, 두 번째엔 확실히 알 수 있었다. 그의 손에 반지는, 없었다.

수는 저도 모르게 제 목덜미를 만지작거렸다. 목에 건 목걸이가 살갗을 파고들 듯 조이는 것만 같았다. 그러다 이내 시야에서 완전히 사라져 버린 그의 흔적을 잠시 좇다가 왔던 길을 되돌아갔다.

그래도, 마음은 한결 가벼웠다. 예전처럼 회복했다는 그의 말이 그렇게나 반가울 수 없었다. 손에 떨림도 없고, 내딛는 발걸음도 멀쩡했다. 하늘에 감사 인사를 몇 번이나 했는지 모른다. 그것으로 되었다. 그것으로 족하다 생각했다.

하지만, 공허했다.

수술이 없어서 빨리 퇴근할 수 있는 날이었다. 병원 로비를 지나 주차장으로 가려 할 때 즈음 부원장이 입구에 누군가와 마주 서 있는 게 보였다. 멀리서 봐도 한눈에 띄는 긴 기럭지에 수려한 외모였다. 고급 양복을 걸치고 있는 그는 지나가는 이들의 시선을 한 몸에 받고 있었다. 도은이었다.

부원장 옆에는 원장도 함께 있었다. 그들은 연신 도은을 향해 인사를 하며 차에 올라 그가 떠날 때까지 숙인 고개를 들지 않았다.

수는 그대로 지하주차장으로 가 차를 몰곤 집으로 향했다. 늦은 저녁 길은 뻥 뚫려 있었고, 그렇기에 더욱 속도를 줄였다.

빠아아아앙!

뇌리를 스치는 소리에 수는 화들짝 놀라 차를 갓길에 세웠다. 차 뒤엔 아무것도 없었다. 그저 환상 속의 소리였다. 선명한 그날의 잔상에, 목을 치밀듯 뛰어대는 심장 소리에 핸들을 쥔 손이 떨렸다. 가끔 불현듯 떠오르는 기억은 이리 발목을 잡았다. 상혁과 선우가 차를 팔라고 매일 말하는 이유는 이것이었다. 아직 다

떨쳐 내지도 못했으면서 운전하기엔 너무 위험하다는 것이었다. 그럼에도 계속 운전을 하는 이유는 모르겠다. 그저, 그래야만 할 것 같았다.

한참이 지나서였다. 수는 떨리는 손을 진정시키고 어렵사리 차를 출발시켰다. 집까지 가는 내내 차의 속도는 40을 넘지 않았다.

녹초가 된 몸으로 집에 도착한 수는 식탁 위 약병에서 약을 꺼내 물과 함께 삼켰다. 통증을 동반한 수면장애로 인해 몇 년간 지속적으로 먹고 있는 약이었다. 식도를 지나 위로 첨벙 뛰어드는 약을 느끼며 침대에 누운 채 수는 시트에 고개를 파묻었다. 내일 비가 오려는지 등이 욱신, 아렸다.

최악의 하루였다. 요 며칠 잠을 제대로 자지 못했다. 그대로 수는 까무룩 잠에 빠져 들었다.

⚜

“고맙네! 이 선생이 아주 복덩어리야! 원장님과 이사진들도 아주 흡족해하셨어!”

새벽녘 수술이 잡혀 있었다. 척추 신경통으로 수년을 고생한 중년 여성이었고 두 시간에 걸친 수술이 성공적으로 끝났음을 알리는 수의 말에 사색이었던 보호자들은 연신 눈물을 흘리며 감사의 인사를 전했다. 높은 봉급이 의사의 보람이 아니었다. 이런 게 의사가 된 보람이라, 믿어 의심치 않았다.

수술을 무사히 마치고 첫 진료를 위해 돌아오던 길에 만난 부원장의 말이었다. 잔뜩 상기되어 거듭 내뱉는 칭찬에 수는 어색하게 웃으며 부원장에게 이유를 되물었다. 그는 작은 눈을 휘며 답지 않게 익살스레 말했다.

"모르는 척하기는. 어제 주 대표가 찾아와선 vx를 내달부터 우선 지급해 주기로 했다네! 찔러도 피 한 방울 안 나올 거라던 그 차가운 사람 때문에 윗선에서 얼마나 개고생을 했는데! 한데 자네가 가니 단번에 승낙한 게 아닌가! 자네가 복덩이야, 복덩이! 이래서 동기가 좋다는 거지, 암!"

수는 탄성을 애써 집어삼켰다. 그날, 복도에서 그를 마주친 날이 그날이었음은 자명했다. 그렇게 차갑게 굴던 그가 수락했다는 사실이 믿기지 않았다. 그저 어안이 벙벙했다.

진료실로 돌아온 수는 멍한 정신으로 회전의자에 몸을 기댔다. 그리곤 부원장이 떠나며 넌지시 이었던 말을 떠올리곤 머리를 싸맸다.

"다음 주에 열릴 파티 때 자네도 초대했네. 그날 휴가 줄 테니 격식 차려서 잘 차려입고 오게!"

알림이 아니었다. 꼭 오라는 강압적인 통보였다. 복잡한 머리로 더 복잡한 환자들을 성심성의껏 상담하고 나니 하루는 금세 저물어 버렸다. 예약된 두 건의 수술을 마치고 초주검이 되어 화상외과 진료실에 들른 수는 상혁에게 대충 손으로 인사를 하곤 진료 베드에 드러누웠다. 상혁은 성형외과 전문의였지만 섬세하고 예리한 손기술이 탁월했다. 화상외과에서도 간혹 드레싱을 할 때 환자들의 고통을 줄이고 흉터를 최대한 남기지 않기 위해 그에게 도움을 청할 정도였고, 지금 수가 화상외과 전문의를 마다하고 그의 앞에서 베드에 누워 있는 것도 그와 같은 이유에서였다.

스스럼없이 셔츠를 벗곤 엎드려 누운 수를 보며 절레절레 고개를 젓던 상혁은 익숙하게 의료 장갑을 낀 채 주섬주섬 약품을 챙겼다.

"속옷 빨리 벗으시구요. 나도 피곤합니다."

"이거 잘 안 풀려. 새로 산 지 얼마 안 되서."

"아, 나 진짜. 나도 남자다, 인마. 내가 풀어야 되냐?"

손을 뒤로 뻗어 낑낑대는 수의 꼼지락거림에 상혁은 결국 멀찍이서 음식물 쓰레기를 만지는 듯한 손길로 어렵사리 속옷의 후크를 풀고는 에비에비를 외쳤다. 수가 바락 성을 내자 상혁은 그녀의 머리를 베드에 집어 누르고는 드러난 등을 손으로 조심스레 만졌다. 날갯죽지에서 허리 중반까지 불규칙하게 남은 화상 자국은 꽤나 넓은 편이었지만 두 번의 피부 이식 끝에 그래도 꽤 괜찮아진 상태였다. 하지만 여전히 심한 자국에 상혁은 손으로 꾹꾹 눌러가며 피부의 탄성 정도를 확인하고는 장갑을 벗곤 고개를 끄덕였다.

"전에 이식한 피부는 자리를 잘 잡아서 시간이 지나면 더 괜찮아질 거야. 나머지 부분은 아마 두 번 정도 더 치료를 하는 게 좋을 거 같다. 흉터가 아예 사라질 순 없겠지만 그러고 나면 적어도 어깨 드러나는 옷 정도는 입을 수 있을 거야."

"됐어. 이 정도면 사는 데 지장 없어. 이젠 팔도 자유자재로 움직이고."

"인마, 너도 여자야. 수영복도 입어보고, 적어도 남들 하는 건 다 해보고 살아야 할 거 아냐."

"진료 끝난 거지? 나 간다."

수는 벌떡 일어나 속옷을 다시 입곤 셔츠를 걸쳤다. 훤히 보이는 그녀의 맨살에 상혁이 황급히 고개를 돌리며 난색을 표했다.

"야! 너 좀!"

"새삼스레 왜 이래."

"너 야간근무해도 병원에서 자지 말고 앞으론 집에서 자."

"그건 또 뭔 소리야."

"너 저번에 보니 점점 잠버릇이 고약해져. 저번에 너희 집에서 잤을 때 너 잠결에 울고불고 난리 났었어. 알아? 손발 묶어놓으려다가 참았다고."

"그랬어? 내가 왜 그랬을까. 스트레스를 많이 받았나."

"그야 당연히……!"

태평하게 되묻는 그녀에 상혁은 버럭 말을 이으려다 급히 멈췄다. 그리곤 쓰게 혀를 차며 머리 아픈 듯 관자놀이를 문질렀다.

"됐고, 너 김 선생한테 약 바꿔달라 그래. 그거 독하기만 하고 소용없는 거 같으니까."

"봐서."

"하여간 말 드럽게 안 듣지."

상혁은 한숨을 푹 내쉬며 손을 저었다.

"어쨌든 차는 될 수 있음 빨리 팔고, 어디 가서 자지 말고 꼭 집에서 자. 알았어?"

"엄마 나셨네."

"그래, 네 엄마다! 선우 아줌마가 주신 곰탕 냉동실에 넣어놨어. 우리 아버지 가게에 있는 음식 몇 개도 포장해서 저번에 넣어놨고. 잘 챙겨 먹고 얼른 가서 자. 삐쩍 말라가지곤 다크서클 내려앉아서는. 또 잠 못 잤지!"

"잤어."

"약 그거 진짜 바꿔라. 집에 곧바로 가서 배불리 먹고 푹 자!"

잔소릴 쏟아붓는 상혁에 수는 오버해서 고개를 끄덕이고는 진료실을 나섰다. 예전엔 그녀가 그리 잔소리를 했으나 이젠 선우와 상혁이 더 하는 것 같았다. 세월은 그만큼 흘렀고, 변화도 많은 시간이었다. 그러니 그 또한.

"변하지 않을 리 없겠지……."

호랑이와 같은 눈매로 인해 차가운 분위기를 풍기곤 했지만 여유로운 말투 때문에 몇 마디를 나누면 금세 차가움이 부드러움으로 바뀌는 남자였다. 그녀에겐 그 누구보다 따뜻한 눈빛을 보냈고, 손길은 뜨거웠으며, 말씨는 애정 그득한 사람이었다. 하지만, 지금은 아니었다.

차가웠다. 소름끼치게 차가웠다. 그녀가 만든 얼음이었다. 잘 살기를 간절히 바랐던 그의 살을 찢고 심장을 파고들어 차갑게 자리잡은 응어리는 모두 그녀가 만들어낸 거였다. 수는 시큰하게 저리는 심장을 손으로 부여잡으며 기어이 누군가의 생각을 지우려 애썼다.

병원을 나서는 걸음이 천근만근 무거웠다. 로비 회전문을 지나 밖으로 나가는 수를 잡아 세우는 목소리에 그녀가 멍하니 뒤돌아보았다. 옆 병동 정형외과 전문의인 준성으로, 미국에서 같이 공부했던 선배였다. 동문이었을 당시에는 그다지 친하진 않았지만, 우연찮게 같은 병원에서 일하게 되고 난 후 수가 이곳에 터를 잡고 나서야 뒤늦게 얘기하고 지내는 사람이었다.

"어딜 그렇게 넋을 놓고 가. 다음 주에 쉰다며, 너."

"아. 그렇게 됐어요. 부원장님이랑 갈 곳이 있어서."

"야-. 대단한데. 병원에 온 지 두 달 만에 부원장님이랑 같이 참석할 자리도 생기고."

"그럼 선배님이 갈래요? 난 그것도 좋은데."

수가 기운 빠진 농담을 하며 흰 덧니를 드러내며 웃었다.

준성은 큰 키에 건장한 체구를 가진 사내였다. 의사라기보단 운동부 감독이라 해도 어울릴 만큼 근육 만발의 체구를 지녔고, 머리도 짧게 잘라 단정한 스타일이었으며, 피부는 건강한 구릿빛에, 얼굴은 눈에 띄게 잘생겼다기보단 시원시원하게 생긴, 그야말로 딱 국가대표처럼 생긴 사내였다. 몸도 좋고 호감형인 데다 해외 유학파의 능력 있는 의사라며 간호사들 사이에선 꽤나 인기 있는 전문의였다. 하나, 수에겐 관심 밖의 사람이었다.

준성은 호탕한 성격만큼이나 더 호탕하게 웃으며 슬금슬금 걸음을 옮기는 수의 보조에 맞춰 걸었다.

"혼자 있는 거 좋아하나 봐? 유학 때도 줄곧 혼자만 다니더니, 여기서도 너랑 같이 다니는 두 녀석 빼고는 왕래가 거의 없던데."

"혼자가 편해요. 이것도 사람 상대하는 일이다 보니."

"그 조그만 차는 어디다 두고 걸어가?"

"너무 피곤해서요. 그냥 택시 타고 가려고. 집도 가까우니까. 근데, 뭐 할 말 있어요?"

자꾸만 옆을 쫓아 걷는 그에 수가 묻자 준성은 그제야 깨달았다는 듯 안주머니에서 티켓 두 장을 꺼내 내밀었다.

"이 영화 요즘 재밌다고 난리더라. 친구가 티켓 두 장을 줬는데. 어때? 같이 보러 가자."

"전 바빠서."

"시간 날 때 가자는 거야. 기한 제한도 없고."

"저 애인 있습니다."

"에, 없는 거 아는데. 맨날 붙어 다니는 두 녀석한테 다 들었는데."

수는 작게 이를 으득 갈았다. 쓸데없이 얘기를 흘리고 다니는 두 녀석 덕분에 골치 아픈 사람이 얽혀 버렸다. 수는 큰 눈을 가감 없이 찌푸리고는 아직도 옆에 따라 걷는 그를 힐끗 노려봤다.

"과도 다르고 연관도 없는 먼 후배 얘기를 왜 묻습니까?"

"궁금하니까?"

"왜 궁금한데요."

"호감이 있으니까?"

"그 호감 전 필요 없는데. 정형외과에 예쁜 여의사들 많잖습니까. 집안도 잘 사는 선배님 시선 한번 받아보려 꽤나 애쓰는 거 같던데요."

"난 너한테 관심 있는 건데?"

"전 선배님한테 관심 1도 없는데."

"에이, 넣어두지? 나 인기 많은 사람인데? 하늘같은 선배고?"

"그러니 더 필요 없는데. 하늘같은 선배 직장에서 보는 것만으로 충분히 스트레스인데."

"그러고 보니 말도 막 짧네?"

"말이 또 짧네?"

섬광처럼 누군가의 목소리가 스치고 지나갔다. 갑작스러운 기억에 수는 문득 발을 멈췄다. 덩달아 준성 또한 멈춰 섰다. 머리가 아파 손으로 눈을 가린 채 서버린 수의 모습에 그가 걱정스레 표정을 굳혔다. 준성의 손이 그녀의 이마에 닿을 무렵 수는 매섭게 그의 손을 쳐 내며 뒤로 물러섰다. 완강한 거절과 함께 수는 정중하게 고개를 숙여보였다.

"죄송합니다, 선배님. 잠이 부족해서 제가 예의 없이 굴었습니다. 시정하겠습니다."

수의 갑작스러운 태도 변화에 준성은 그녀에게 닿으려 했던 손을 어색하게 거두었다. 그의 얼굴에 띤 미소 또한 어색함이 역력했다.

"하하, 뭘 그렇게 깍듯하게. 나 그냥 장난한 건데. 말 편하게 해도 돼. 난 그게 더 좋아."

"아닙니다. 선배님이신데, 전 이게 편합니다."

"뭐, 그럼 편할 대로 하고. 어쨌든, 데이트하는 거 잘 생각해 봐."

준성은 다른 손에 든 티켓을 그녀의 앞에 흔들었다. 수는 어느새 은은하게 미소를 띤 채였지만, 그게 사무적인 미소라는 걸 누구든 알 수 있을 법했다.

"이왕이면 진중하게 생각 많이 해보고. 나 간다!"

준성은 티켓을 흔들며 호탕한 미소와 함께 사라졌다. 가면서도 연신 손을 흔드는 걸 잊지 않았다. 수는 그가 완전히 사라지고 난 후에야 얼굴에 띠었던 미소를 사그라뜨렸다. 맥이 쭉 빠지고 더 피곤해지는 것만 같았다. 사회생활을 하며 자신 또한, 예전과는 달리 많이도 변했다는 걸 느낀 순간이었다.

수는 한숨을 내쉬었다. 문득 이렇듯 예고도 없이 찾아오는 조각난 기억들이 스치고 지나갈 때면 온몸의 힘이 빠져나갔다. 가슴이 시큰하게 저려 한동안 움직일 여력도 없었다.

그대로 택시를 잡아타 집으로 와 버릇처럼 약을 집어 먹었다. 그렇게 먹지 말라는 상혁과 선우의 잔소리가 들리는 듯했지만 어쩔 수 없었다. 잠을 자기 위해선, 내일 또 일을 하기 위해선, 어떻게든 멀쩡해 보이기 위해선, 그래야만 했다.

멍하니 불 꺼진 원룸의 천장을 바라보다 수는 목 언저리를 매만졌다. 빛바랜 얇은 금줄에 걸린 반지가 셔츠 위로 느껴졌다. 수는 한동안 그 반지를 버릇처럼 매만지다 결국 자소했다.

자신은 구 년간 서서히, 망가지고 있는 중이다. 그렇게 느꼈다.

약기운이 돌자 수는 그대로 잠에 빠져 들었고, 얼마 후 기계처럼 알람에 맞춰 일어났다.

시간은 빠르게 흘러 어느새 부원장과의 동행이 약속된 날이었다.

수는 머리를 말리지도 않은 상태로 집 근처 대학로의 뷰티숍을 향했다. 의사가 된 뒤로 화장도 곧잘 하고 치마도 곧잘 입었지만 파티에 갈 만한 치장을 손수 하는 건 아무래도 무리였다. 꽤나 큰 지출을 해 1층 숍에서 명품 원피스를 대여하고 2층에서 메이크업과 머리를 손보니 시간은 두 시간이 훌쩍 지났다.

스타일링을 해주던 남자 실장은 여자보다 더 요염한 표정으로 자랑스럽게 거울 속에 비친 수의 모습에 혼자 만족했다. 무릎 위로 살짝 올라오는 은은한 레몬빛 원피스는 몇 백만 원을 호가하는 명품으로 렌탈숍의 인기 상품이었고 평범한 단발이던 머리칼은 갈색으로 염색도 하고 살짝 컬도 넣었다. 화장은 과하지 않게 청순한 스타일이었고 구두는 평소에는 신지 않는 토오픈 킬힐이었다. 수 스스로 보기엔 그저, 돈 많이 든 티가 조금 날 뿐이었다.

그대로 약속 장소인 w호텔로 향했다. 자그만 차에 발레파킹하는 직원이 대충 키를 받아 드는 것도 아랑곳하지 않고 수는 안으로 들어갔고, 2층 홀 입구에서 기다리고 있는 부원장을 보고 정중히 고개를 숙이며 예의 미소를 지었다.

"벌써 오셨어요?"

"어우, 이게 누구야. 이렇게 차려입으니 완전 딴사람이구만, 자네!"

부원장은 두툼한 팔을 그녀의 옆으로 내밀며 팔짱을 끼라는 듯 눈짓했다. 수는 얼굴에 띤 미소가 무너질까 억지로 입꼬리를 다잡으며 그의 두툼한 팔뚝 사이로 손을 넣어 팔짱을 꼈고, 그와 함께 홀에 입장했다.

홀 안엔 이미 많은 사람들이 와 있었다. 대부분 주아제약과 관련 있는 사업처의 대표들이었고, 학회에서 보았던 대학병원의 관계자들 또한 대거 자리 잡은 상태였다. 말로는 친목을 도모하는 가벼운 디너 파티였지만, 실상은 돈 많은 사람들이 그렇듯 고급 정보를 주고받으며 저마다의 살 길을 찾는 자리였다. 그런 파티에 부원장의 압박으로 인해 뜬금없이 그녀가 자리를 한 터였다.

무대에선 클래식 연주가들이 멋들어진 연주를 하고 있었고 웨이터들이 나르는 샴페인과 와인을 한 손에 들고 사람들은 웃음기 어린 대화를 주고받았다. 부원장은 홀에 들어오자마자 다른 대학병원 사람들과 인사를 나누었기에 수는 한적한 곳에 서 지루하게 샴페인을 홀짝댔다. 그때였다.

"여기서 또 보네?"

"풉!"

갑작스레 옆으로 얼굴을 들이미는 남성에 수는 입에 머금었던 샴페인을 뿜었다. 낯익은 얼굴을 한참을 뚫어지게 보고 나서야 그가 준성이라는 걸 알아챈 수는 큰 눈을 더욱 크게 굳히며 그를 위아래로 훑었다.

"여길…… 어떻게……."

준성은 호탕하게 웃으며 옆을 지나가는 웨이터에게 샴페인을 받아 한 모금 들이켰다.

고급 슈트를 입은 그는 병원에서와는 완전히 딴판이었다. 왁스를 발라 멋들어지게 정돈한 머리칼과 건강한 체구 때문에 더 눈길이 가는 슈트와 그에 걸맞은 명품 구두, 손목에 걸린 수천을 호가하는 시계 등등. 잘사는 집 아들이라 들었지만 평소엔 꽤나 수수하게 입고 다니는 그였으니 지금의 모습은 적응하지 못할 정도였다.

"아, 벌써 인사들 나누고 있구만. 같은 유학 동문이니 소개는 안 해도 되겠지?"

갑작스레 나타난 부원장은 큰 키의 준성 때문에 더욱 키가 작아 보였다. 그는 두툼한 손으로 준성의 등을 호탕하게 두드렸다.

"우리 아들이 이런 곳을 영 오기 싫어하는데, 오늘은 자네 온다니 따라오겠다고 하지 뭔가."

"아들…… 자제분이요?!"

"허허, 아직도 몰랐나? 이수 선생, 사회생활에 영 관심이 없는 사람이었구만 그래."

부원장은 너털웃음을 터뜨리며 준성과 함께 웃었다. 그러고 보니 쌍꺼풀 없는 작은 눈매의 웃는 모습이 빼닮은 부자였다. 부원장은 수를 보며 헛기침을 했다.

"난 그리 꽉 막힌 사람은 아닐세. 아들이 좋다면 큰 흠이 없는 이상 흔쾌히 받아들일 수 있어. 이 선생 정도라면 나야 기꺼이 환영일세. 그러니 이젠 젊은이들끼리 잘해보게나. 난 만나볼 사람들이 있어서 이만."

흐뭇한 미소를 지은 채 다시금 사람들 무리로 가버리는 부원장을 보며 수는 난색을 표했다. 뭔가 일이 이상하게 돌아간다 싶었다.

그 후론 뻔했다. 준성의 질문 폭탄에 두 손 두 발 다 들곤 어떻게든 이 자리를 벗어나기 위해 머리로 갖은 꾀를 짜내고 있던 참이었다. 그때 일순 장내가 조용해지며 사람들의 시선이 입구로 향했다. 수와 준성의 시선 또한 마찬가지였다.

입구로 들어서는 이는 한눈에 사람들의 시선을 사로잡았다.

긴 기럭지와 단단한 체구를 감싼 블랙 슈트와 슈즈 모두 샹들리에의 불빛에 따라 반짝이는 것만 같았다. 훤칠하고 강인한 인상의 얼굴이 돋보이도록 깔끔하게 쓸어 넘긴 칠흑의 머리 또한 흐트러짐 따윈 조금도 없었다. 그런 그의 옆에 서 있는 매혹적인 여성 또한 고급스러운 롱드레스를 입은 채 여성스러움이 가득한 몸매를 드러내며 몸매보다 더욱 더 매혹적인 얼굴로 시선을 사로잡았다. 그야말로 선남선녀의 등장에 장내의 사람들은 홀리듯 그들에게 다가섰다.

"너랑 의대 동문이라고 했지? 옆에 같이 온 저 여자랑 약혼한다나 봐. 미국에 뿌리를 둔 페리제약 외동딸이래. 다음 달쯤 발표한다 하던데, 벌써 공개하려나 보지?"

"……페리제약이라면 요즘 자금난을 겪고 있다던?"

"응. 가뜩이나 주 대표가 신약 개발에 성공해 난리인데, 결혼해서 두 회사가 뭉치면 그야말로 시너지 효과인 거지. 주아제약은 손쉽게 해외까지 몸집을 불려 좋고 페리제약은 안정된 자금을 확보할 수 있고. 이미 주식시장에선 소문이 파다하게 돌고 있어. 요즘 그래프가 한없이 치솟는 것도 다 저것 때문이지."

귓가에 속삭이는 준성의 말에 수의 얼굴이 단숨에 굳어졌다. 심장이 철렁 내려앉으며 저도 모르게 손에 들린 샴페인 잔이 떨어질 듯 휘청거렸다. 준성이 의아하게 쳐다봤지만 수의 시선은 이미 도은에게 꽂힌 채였다.

도은은 사람들과 간단히 인사를 나누며 서서히 홀 안으로 들어왔다. 한 걸음 내디딜 때마다 몰려드는 사람들 통에 그는 꽤 느리게 걷는 중이었다. 그때 부원장이 대뜸 나타나 수와 준성의 손을 끌곤 무작정 인파 사이로 향했다. 한 명 한 명 인사를 나누던 도은의 시선이 수에게 향하자 부원장은 이때다 싶은지 사람들을 밀치곤 호탕하게 웃었다.

"주 대표님, 오랜만에 뵙습니다. 초대하신 이 선생도 같이 왔습니다."

"그렇군요. 이수 씨, 또 보네요."

도은의 말투는 부드러웠다. 시원스러운 입매엔 미소가 머물러 있었다. 그는 긴 눈매로 빤히 그녀를 바라보고 있었다. 누가 봐도 한 기업을 대표하는 젊은 오너의 멋들어진 미소였다. 그러나 수는 그를 보며 마주 웃을 수 없었다. 그의 검은 눈동자에 담긴 칼날 같은 시선은 그녀만이 느끼는 듯했다.

짧은 인사가 끝나곤 도은은 다른 사람들과 인사를 나눴다. 사람들의 행렬은 끊이질 않았다. 수의 시선이 애타게 그의 뒤를 좇다 결국 바닥으로 떨어졌다.

이곳에 오는 게 아니었다.

수는 자리를 박차곤 홀 밖으로 향했다. 준성에겐 화장실에 간다 거짓말을 하고 빠져나온 길이었다. 답답한 드레스와 아픈 신발 때문에 수는 으득 이를 갈며 비상구로 향했다. 혹여 밖에서 부원장을 만나 다시금 잡혀 들어갈 걸 생각하면 골머리가 아픈 탓이었다.

수는 비상구 옆 통로 벽에 몸을 기대곤 참았던 숨을 내쉬었다. 구두를 벗어 던지니 그나마 좀 살 것도 같았다. 하나 명치가 얹힌 듯 답답한 체기는 좀체 내려가지 않았다. 신물이 치미며 입안이 썼다.

"약혼…… 이라."

실소가 흘러 나왔다. 어쩌면, 당연한 일이라고도 생각했다.

구 년이었다. 강산이 바뀌어도 두 번은 바뀔 만한, 슬픔이 분노가 되고 분노가 증오가 되고, 그 증오마저 어느새 흐릿하게 사라져 버릴 만한 시간이기도 했다. 자신은 그대로 멈춰 있는데, 그는 이미 멀리 가버린 것이다. 먼발치에서라도 그의 얼굴을 보고 싶었던 건 자신의 욕심이었는지도 모른다.

돌아오는 게, 아니었다.

시큰한 눈가를 애써 참아내고 수가 정신을 추스르며 다시금 구두를 신을 무렵이었다. 아무도 없는 적막한 복도 끝에서 느껴지는 강렬한 시선에 수는 문득 몸을 굳혔다. 몸을 돌리지 않아도 충분히 느낄 수 있었다. 이 정도 기백을 내뿜을 수 있는 사내는 한 사람뿐이었다.

수는 마른침을 삼키곤 아무렇지 않은 얼굴로 그를 돌아보았다. 도은은 여유 있게 걸어와 그녀의 앞에 섰다. 여전히 수려한 얼굴로, 여전히 건강한 몸으로, 하지만 표정만큼은 아까의 미소따윈 집어치운 채 차갑기 그지없는 얼음장과 같은 긴 눈매를 한 채로.

"예전과는 많이도 변했군요."

"그만큼 시간이 흘렀으니까요."

"예전이 더 나은데."

"그쪽도 예전이 훨씬 멋진데."

한마디도 지지 않고 대꾸하는 수는 조금도 주눅 들지 않았다. 처음 도은과 재회했을 때의 혼란과 당황감은 집어치우고 당당하게 그를 마주했다. 정신이 나간 탓이었다. 예상치 못한 상황, 예상치 못한 인물, 예상치 못한 정보 모두 원하던 것이 아니었기에 극도로 예민해져 버린 탓도 있었다.

수는 다시금 말을 이었다.

"저희 병원에 우선 지급 해주신다는 말 들었습니다. 감사하다는 인사가 늦었네요."

"그쪽 때문에 한 결정 아니었는데."

"부원장님은 나 때문이라 칭찬을 아끼지 않던데."

"말투가 짧네."

"그쪽도 마찬가지인데. 약혼한다면서요."

"그쪽이 상관할 문제는 아니지."

"많이 좋아하나 봐요. 그쪽 성격에 쉽게도 약혼을 결정한 걸 보면."

수의 대답에 도은은 시니컬하게 입매를 휘고는 이를 으득 갈았다.

"구 년이야. 세월이 변해가듯, 나 또한 변한 것뿐이야. 떠난 사람 붙들고 평생 살 바보는 아니거든, 난.”

더 이상 마주하기 싫다는 듯 몸을 돌려 가버리는 그의 행동에 수는 신고 있던 신발을 벗어 그대로 그의 등짝에 내던졌다.

“언제까지 그럴 건데!”

도은의 너른 등판을 때리고 떨어진 구두가 요란한 소리를 내며 바닥을 나뒹굴었다. 굽이 부러지고 볼품없이 망가져 버린 모습이 흡사 그녀와 같았다.

“차라리 화를 내. 병신이 되니 버리고 떠난 나쁜 년이라며 욕지거리를 퍼부으라고!”

수의 씩씩대는 격앙된 숨소리를 들으며 그가 서서히 몸을 돌려 긴 눈매를 가감 없이 찌푸렸다. 날이 설 대로 선 그는 기가 차다는 듯 바닥에 떨어진 구두를 보다 성큼 그녀의 앞으로 걸어왔다. 위압적으로까지 느껴지는 도은의 시선이 그녀에게 내리꽂혔다.

“고작 이 주야. 구 년이 지나 다시 마주한 건 고작 이 주라고.”

도은의 나지막한 음성엔 분노가 녹아 있었다. 활활 타오르는 시선과 함께 앞으로 한 걸음 다가오는 그에 수는 저도 모르게 한 걸음 물러섰다.

“이게 힘들었어? 겨우 이 주를 마주하는 것도 힘들어 죽겠어? 그럼 난 어땠을 거라 생각하는데.”

도은이 한 걸음, 한 걸음 다가오자 수는 뒤로 물러섰다. 결국 서늘한 비상구 문에 등이 닿자 수는 걸음을 멈췄다. 뒤로 물러설 곳 없는 상황에서 마주한 그의 검은 눈동자는 분노로 점철되어 핏발이 서 있었다.

“눈을 뜨니 넌 없었어. 아버지고 형이고 하는 말이라곤 내가 병신이 되어 네가 날 버리고 떠났다는 말뿐이었어. 믿을 수 없었어. 내가 아는 넌 절대 그럴 만한 사람이 아니니까. 분명 거짓말을 하는 거라 생각했어. 사지를 내 맘처럼 움직이지도 못한 채 널 찾아 헤맬 수도 없이 꼬박 일 년을 침대에 누워 지내는 동안에도 난 네 생각뿐이었어. 혹여 아버지가 해코지를 한 건 아닐까. 그래서 잘못된 것은 아닐까. 어디 다친 것은 아닐까. 오만가지 생각에 잠 한 숨 제대로 자본 적이 없었어.”

등골이 서늘했다. 손발이 떨렸다. 깊은 수렁과도 같은 검은 눈동자를 마주하고 있으니 심장이 한 치는 발밑으로 떨어져 볼품없이 나뒹굴었다.

“지랄 맞은 수술을 내리 여덟 번이나 하고 도대체가 끝이 보이지 않는 치료를 감내하며 그렇게 고통스레 다음 일 년을 보냈어. 겨우 걸을 수 있고 사람 구실을 할 수 있는 다음에야 널 찾아 헤맸지만 흔적조차 찾을 수 없었어. 그렇게 마냥 기다리고 찾고 기다리고 찾고 또다시 일 년을 보내면서도 널 끝끝내 찾을 수가 없었어. 그러다 세월이 지나니 깨닫겠더라. 아, 이 사람은 정말 날 버린 거구나. 결국 버렸구나. 그렇게 구 년이었어!”

쾅!

도은의 손이 비상구 문에 내리 꽂혔다. 등에 느껴지는 진동과 함께 수는 들이마신 숨을 내쉬지도 못한 채 얼어붙었다.

도은의 긴 눈매가 서슬 퍼렇게 그녀에게 내려앉았다.

"그러는 동안 넌 잘 먹고 잘 살았겠지. 나 따윈 까맣게 잊고 네 꿈을 이루면서 넌 얼마나 행복에 겨웠을까."

"……."

"그래서 이러는 거야. 네가 고통스럽길 바래. 놓지도 못하고 붙잡지도 못한 채 애타고 피가 말라 절절히 후회하길 바래. 이미 그렇게 하루하루 끓는 지옥을 버텨낸 나처럼. 그러니 하나만 묻자."

도은은 수의 손목을 쥐어 잡아 끌어당겼다. 숨소리마저 피부에 닿을 만한 거리에서 그는 아프게도 그녀의 손목을 움켜쥐었다.

"그럴 거면서, 약속은 왜 했던 거냐."

도은은 문득 쥐고 있던 그녀의 손을 보았다. 텅 비어 있는 그녀의 손가락을 보며 그는 이내 비릿하게 실소를 내뱉었다.

"그렇게 쉽게도, 버릴 거면서."

도은은 수에게서 떨어지며 헝클어진 옷매무새를 정리했다. 격앙됐던 숨은 진정되었고 흐트러진 머리칼을 쓸어 올리며 다시금 완벽한 모습으로 그는 주저 없이 그녀에게서 돌아섰다.

문득 수의 눈이 일그러졌다.

"함부로 말하지 마! 나에 대해 뭘 안다고 그래! 쉽게도 버린 건 그쪽이야!"

칼날 같은 소리침에 도은은 멈춰 섰다. 하지만 그는 돌아보지 않았다.

"아니. 난 널 잘 알아."

"……."

"그래서 더, 널 용서할 수가 없다."

도은은 결국 그렇게 사라졌다. 다시금 적막한 복도에 남은 건 넝마가 되어버린 수와 부러져 버린 구두 한 짝이었다. 수는 그대로 바닥에 주저앉았다. 다리가 후들거려 더 이상 서 있을 기력이 남아 있지 않았다. 한여름임에도 온몸에 스미는 오한에 덜덜 떨리는 몸을 부여잡고 그렇게 한참을 앉아 있었다.

"그러니까 네가 방금 한 말, 꼭 지켜. 간절히 바라건대, 끝까지 내 옆에 있어주겠다는 그 말, 꼭 지켜주라, 수야."

"그럴게. 끝까지, 그럴게."

떠오른 기억의 조각에 결국 눈물이 터져 버렸다. 멈추지도 않고 끊임 없이 흘러나오는 통에 숨이 점차 가빠졌다. 부러진 구두를 들고 비상구를 통해 어렵사리 한 걸음 한 걸음을 내딛는 동안에도 울음은 그치지 않았다.

그렇게 호텔을 빠져나오는 동안 로비에 있는 이들의 시선이 그녀에게 쏠렸다. 얼룩진 얼굴, 구두 한 짝만 신어 절룩거리는 걸음, 쏠리는 사람들의 시선에도 수는 묵묵히 회전문을 걸어 나가 발레파킹 직원에게 다가갔다.

그 앞에 정차한 흰 세단이 익숙했다. 운전수가 내려 뒷문을 열자 그 안에서 내린 남성은 긴 다리를 바닥에 디뎌 그녀의 앞에 섰다. 도은과 똑 닮은 수려하고 시원한 외모였다. 부드러운 사람 좋은 미소가 여전했다.

"오랜만이네, 이수 양."

그는 고른 이를 드러내며 시원한 입매를 휘었다. 여전히 여유로운 말투였다.

"마스터키. 필요하지 않아?"

아상이었다.

그날, 크리스마스이브의 조용한 새벽. 겨울의 첫눈이 눈이 부시게 아름다웠던 그날. 거리에 사람 하나 없이 모든 시간이 조용히 멈춰 버린 것만 같던 그날.

미친 사람처럼 거리를 걸어 나가던 수를 붙잡은 건 아상이었다. 신발도 없이 눈 바닥을 맨발로 걸어가는 수에게, 놓으라며 발광하는 그녀에게 그는 거세게 뺨을 내려치며 무섭도록 고요하게 말했다. 그 말은 아무리 시간이 지나고 사람이 변하는 세월이라도 빛바래지 않았다.

"도은이 살릴 거야. 너 따위가 부탁하지 않아도 네가 아닌 내가 살릴 거야. 그러니, 너도 살아."

그 말 하나 때문이었다. 아상은 잠잠해진 수에게 신발을 신기고 외투를 입혀 직원을 시켜 다른 병원으로 이송시켰다. 그렇게 아상은 수를 도왔다.

다른 병원에서 두 달간 치료를 받은 것도, 해외 의대 커리큘럼의 수속을 밟아준 것도, 막대한 학비를 낼 수 있었던 것도, 공부에 매진할 수 있게 캠퍼스 근처 좋은 방을 얻어준 것도, 생활비를 대준 것도, 모두 아상이었다.

사람들과의 교류는 일절 끊었다. 스스로 외톨이가 되어, 간혹 엄마, 상혁과 선우와의 생사 확인을 위한 전화 통화가 전부였다. 피를 쏟으며 죽도록 열심히 했다. 누군가의 간절한 꿈을 대신해주기 위해, 혹여 우연히 만나더라도 당신을 버리고 간 난 이렇게 죽을힘을 다해 열심히 살았어, 라며 되도 않는 변명을 하기 위해, 그래서 남들보다 더 빨리 더 우수한 성적으로 졸업해 전공을 선택하던 날, 수는 신경외과를 선택했다. 의외의 선택에 다들 만류했지만 그녀의 대답은 한결같았다.

누군가의 꿈이라고. 그것 때문에 지금껏 버틴 거라고.

수의 대답에 사람들은 더 이상 묻지 않았다.

그리고 지금, 기나긴 유학을 마치고 다시 마주한 아상은 여전히 예전의 모습 그대로였다. 세월이 지나 고통을 삭인 채 오히려 더 단단해져 버린 철옹성과 같던 도은의 모습이 꼭, 아상과 닮은 것 같았다.

"진료 예약을 이딴 식으로 잡으시면 안 됩니다, 환자분. 저 인기 많은 전문의예요. 이리 시간을 뺏으시면 정말 아프신 분들에게 큰 피해가 갑니다."

"네가 날 피하니 그렇지. 이래서 동생 뒷바라지하는 바른 오라비는 되는 게 아닌데."

"전 그쪽 동생 아니고요, 학비, 생활비, 집세 대준 거 몇 년째 다달이 갚고 있는지도 오래인데요."

"갚으라는 말도 안 했는데 네가 멋대로 갚은 거지."

"빚지는 거 딱 질색인 성격이라 내가. 한 오 년 더 갚으면 다 갚지 않겠어요? 그러니 이리 마주할 이유는 더더욱 없고."

"우리가 마주할 이유는 언제나 분명하지. 도은이."

수는 기어이 손에 든 펜을 내박치고는 여유 있게 책상에 팔을 기댄 채 빙글 웃고 있는 아상을 노려봤다.

"망가져 버린 문이에요. 마스터키도 못 엽니다. 나 또한 열 생각 없고."

"네가 망가뜨린 문이잖아. 이제 고쳐야지. 그건 너밖에 못 하는 일인데."

"아닌 거 같던데. 약혼녀라는 사람이 이미 고치고 있던데."

"그래서 포기하려고?"

"포기가 아니라 안 하는 겁니다. 착각하나 본데, 그에게 돌아가고 싶어 온 게 아니에요, 구 년 전에도 말했듯 내가 알아서 할 겁니다. 신경 끄라고."

"도은이 내달에 약혼 발표하면 올해 안에 결혼도 하게 되어 있어. 그래도 지금처럼 당당히 말할 수 있겠어?”

수는 이를 악물었다. 부드러운 미소를 띤 주제에 날카로운 질문으로 사람 속을 헤집는 게 버릇인 남자였다. 그래서 언제나 그를 좋아할 수 없는 것이기도 했다.

아상은 시원스레 입꼬리를 휘었다. 고르고 하얀 이가 드러나며 뇌리에 박힐 만한 미소를 짓기도 했다.

“난 그 여자 마음에 안 들어. 워커홀릭에다가 결혼도 일로 생각하고 미션 클리어 할 스타일이거든. 도은이 또한 일에 미쳐 산 지 오래더니 그 여자처럼 뇌까지 망가졌나 봐. 갈피 못 잡는 네 마음은 네가 알아서 해. 하나 너 또한 도은이가 그런 독하기 짝이 없는 여자와 약혼하는 건 싫을 거 아냐. 너와 난 이번에도 이해관계가 같은 거지.”

수는 입을 악다물었다. 초조하게 내박친 펜을 주워 굴리는 그녀의 모습에 아상은 이미 만발의 미소를 짓고 있었다. 제 수에 넘어가 버렸단 걸 그는 이미 파악한 눈치였다.

“망가진 문은 고쳐 놔. 네가 그래놨으니, 열진 않더라도 고쳐는 놔야지.”

“……방법은 있으면서 나한테 와 이러는 겁니까?”

“이제 만들어야지.”

“그럴 거면 왜 와서 사람 속을 뒤집는데!”

“하하! 연락할게. 번호 좀 그만 바꿔. 사람 시켜 알아내는 거 귀찮다.”

버럭 성을 내는 수에 아상은 너스레를 떨며 자리에서 일어났다. 그는 때마침 들어온 간호사를 향해 수려한 미소를 지어 보이며 나갔다. 간호사의 얼굴이 한껏 붉어지더니 복화술로 수에게 정체를 물었다. 수는 그저 한숨을 내쉬었다.

그런 나날이었다. 평소와 다름없는 일과, 능력이 남다른 그녀의 앞에선 웃으며 수술 조언을 구하면서도 뒤에선 소문을 수군대는 한때 동기였던 사람들, 뜨겁다 못해 살갗이 델 듯 찌는 한여름의 열대야.

그러던 어느 날이었다. 부원장이 직권을 남용해 세미나에 참석하라며 수를 불러냈다. 하지만 호텔 컨버런스 룸에 있는 건 키 작은 부원장이 아닌 늠름한 준성이었다. 부자가 쿵짝쿵짝 죽이 잘 맞는 것이다.

강의를 듣는 내내 수는 필기에만 열중했다. 세미나가 끝난 후엔 서둘러 짐을 챙겨 나왔다. 하나 끝까지 따라붙는 준성에게 수는 기어이 예의상의 미소를 집어던져 버리곤 커다란 눈을 매섭게 찌푸렸다.

"장난에 동조하는 건 여기까지예요. 죄송하지만 싫습니다, 선배님."

정중히 고개를 숙이고 지나가는 수를 붙잡은 준성은 매번 호탕했던 웃음기를 지워 버린 채 진중한 표정을 하고 있었다.

"너도 그렇고, 나도 그렇고 장난하기엔 적지 않은 나이잖아. 그러니 제대로 사귀어보자는 거야. 사귀다 아니면 그때 날 차면 되잖아. 그저 한 번만 기회를 달라는 거야, 난."

"싫다는 저한테 왜 이러시는지 모르겠네요. 집안도 좋고 인기 많잖아요, 선배님. 다른 분 찾으세요."

"난 잘난 사람이 좋아. 그 잘난 사람 중 네가 제일 잘났어."

"알겠고요. 전 싫습니다."

"왜 이렇게까지 완강하게 거절하는 건데. 정말 궁금해서 그래."

준성이 가느다란 눈매를 좁히며 묻자 수는 주저 없이 말을 이었다.

"아주 많이도 잘난 사람을, 좋아하고 있어요."

수의 단호한 말에 준성은 잡은 그녀의 팔을 놓았다. 잠시 생각에 잠긴 그는 짧게 고개를 끄덕이곤 호탕하게 말했다.

"알았어. 무슨 뜻인지. 들어가기 전에 밥이나 먹고 가자. 배고프다."

심플한 어투는 평소와 같았다. 거절을 할까 하다 그것까진 아닌 듯싶었다. 어쨌든 상사, 즉 부원장의 아들이었다.

수는 그대로 함께 호텔 식당으로 향했다. 창가 쪽에 자리를 잡고 앉아 꽤나 호화스러운 음식을 먹으면서 준성은 마치 아까와 같은 일은 없었다는 듯 평소대로 떠들었다. 예의상의 미소를 지으며 간간히 맞장구를 치던 중 그들의 옆 창가 테이블에 자리를 잡고 앉는 커플에 그녀의 시선이 멈췄다.

수의 손에서 포크가 떨어졌다.

쨍그랑.

"다시 가져다 드리겠습니다, 손님."

옆에서 대기하고 있던 직원이 재빨리 포크를 주워 들고 사라졌다. 수의 시선을 따라 고개를 뒤로 돌린 준성은 짧게 탄성을 질렀다.

"소문이 사실인가 보네. 저리 기사 나오라는 식으로 대놓고 만나는 거 보면."

소리 죽인 준성의 목소리에 수는 입을 악다물었다. 깨문 입술에서 흐릿하게 피 맛이 배어나왔다. 목이 매여 애꿎은 물을 들이키기도 했다.

문득 도은의 시선이 이쪽으로 향했다. 하지만 짧은 시간 머물던 그의 시선은 쉽게도 거둬졌고, 신경도 쓰지 않은 채 동석한 아리따운 여성과 대화를 나누었다.

식사는 여전히 진행 중이었고, 준성은 한결같이 떠들어댔지만 수의 정신은 이미 다른 곳에 가 있는 상태였다. 몇 번을 물어도 대답 없는 수에 결국 준성은 테이블을 손가락으로 가볍게 두드렸다. 그제야 퍼뜩 고개를 든 수에게 준성은 의아한 듯 고개를 갸웃했다.

"왜 그래. 이상한데."

"아니에요, 선배. 내일 수술 생각 좀 하느라."

준성은 스테이크를 썰던 행동을 멈추곤 잠시 뒤 테이블을 쳐다봤다. 그러다 그는 결국 손에 든 나이프를 내려놓았다. 그의 입가엔 허탈한 미소가 지어졌다.

"이 소문도 사실인가 보네."

그제야 수는 고개를 들었다. 그는 다시금 말을 이었다.

"주 대표랑 보통 사이 아니었다는 거."

수의 눈이 삽시간에 굳었다. 흘러내린 앞머리 사이로 비치는 수의 눈빛이 날카로웠다. 지긋지긋했다. 가십, 악의적인 스캔들. 얼핏 형체만 보여도 치가 떨렸다.

"그놈의 소문은, 끝이 없군요."

"네가 다녔던 학교는 한국대고 네가 다니는 직장은 한국병원이니까. 네 동기들, 네 앞에선 네 능력에 기대 조언을 구하며 웃어도 뒤에선 말이 많더라. 네가 유학 생활 내내 혼자 있었던 게 이해가 가."

"그래서 이해해 줘 고맙다 제가 인사라도 해야 합니까?"

"그래서 네가 더 대단하다 생각했단 거야. 똑똑하고 예쁘고 잘났는데 멘탈까지 똑 부러진 여자. 단번에 끌리기 충분하잖아."

"하지만 큰 흠이 있죠."

"그 흠을 네 능력이 커버한다, 아버지가 말씀하시더라. 널 굉장히 마음에 들어 하셔."

수는 실소를 내뱉었다. 화가 머리끝까지 치솟을 즈음이었다.

"감사하고요. 소문만 듣고 날 쉽게 취급하지 마시길 바랍니다. 이렇게 멋대로 들이대면 넘어갈 거라 생각할 만큼 난 값싼 사람 아니니까."

"비약하지 마. 네 능력 높이 사. 누구나 그렇듯 나 또한 인정해. 그러니 아깝잖아. 네 빛나는 인생이."

준성은 이미 차갑게 굳어버린 수의 독설에도 차분히 말을 이었다.

"네가 말했던 그 많이도 잘난 사람은, 더 이상 널 바라봐 주지 않는데. 지치지 않아?"

수의 어깨가 부들부들 떨렸다. 머리가 어지러웠다. 속은 메스꺼웠고 숨이 가빠지며 호흡을 내뱉는 게 힘들었다. 극도로 흥분해 그런 것이라 생각했다.

수는 차분히 말을 이었다.

"오랜 세월이에요. 그래요. 많이 지쳐 그래요. 잠시 쉬다 일어나면 그뿐입니다."

"인정할 건 인정해야 해. 네 말마따나 오랜 세월이야. 많은 게 변하기 충분한 시간이지."

"선배가 상관할 문제 아닙니다. 주제넘어요."

"진실이기도 하지."

"아닙니다."

"수야."

"그렇게 부르지 마세요! 싫습니다!"

테이블을 내려치는 수의 고성에 레스토랑 안에 있던 이들의 시선이 쏠렸다. 뒤 테이블에 있던 그들도 마찬가지였다. 직원이 다급하게 다가오자 수는 죄송하단 말과 함께 가방을 챙겨 들곤 자리에서 일어섰다. 그때였다.

눈앞이 핑글 돌며 몸의 중심을 잡을 수 없었다. 자꾸만 기침이 나오며 그대로 숨이 턱 막혔다. 비틀거리는 몸이 위태롭게 고꾸라지자 준성이 재빨리 그녀를 부축했다.

“콜록! 콜록…….”

“이수. 수야! 왜 이래. 정신 차려!”

알레르기 반응이었다. 정신이 다른 곳에 팔린 탓에 음식에 갑각류가 들어가는지 여부를 직원에게 물어보지 않은 그녀의 잘못이었다. 말을 하려 했다. 하지만 기도가 부어 숨이 쉬어지지 않는 통에 정신이 혼미해 말이 나오지 않았다.

사람들이 놀라 웅성였고 준성이 그녀의 상태를 확인하곤 다급히 구급차를 호출했다.

흐릿한 시선 저 끝, 그렇게도 바라보기만 했던 누군가가 의자를 내박치며 뛰어오는 게 보였다. 꿈에도 그리던 이의 얼굴이 코앞에 다가왔다

“수야, 심호흡해. 정신 놓지 마.”

차분하고 나직한 목소리는 기억 속의 음성과 꼭 닮아 있었다.

“수야, 숨 쉬어.”

차갑고 냉정한 게 아닌, 부드럽고 다정한 음성이었다. 그 낮은 음성이 심장을 파고들어 녹아내릴 듯한 목소리였다. 그대로 까무룩 정신을 놓았다.

도은이었다.

⚜

눈을 떴을 땐, 흰 천장이 보였다. 합판으로 된 천장, 익숙한 알코올 냄새, 어둠이 내린 창을 가리는 단조로운 커튼, 딱딱한 침대. 수는 익숙한 공간을 응시했다. 이곳은, 1인실 병실이었다.

병실 안에 저 외에 사람은 없었다. 팔엔 링거가 꽂혀 있었고, 잔뜩 부은 목은 아직도 아팠다.

"정신 차리고 살자, 이수야."

자조적으로 뱉은 말과 함께 헛숨을 내쉴 때였다. 문을 열고 들어오는 누군가에 그녀의 숨이 멈췄다.

머리부터 발끝까지 휘감은 명품, 그에 어울리는 다부진 체구와 수려한 얼굴, 빈틈없이 기계적인 표정, 흐트러짐 없는 행동. 언제 봐도 예전의 도은이 아닌, 아상의 판박이였다.

도은은 눈을 뜬 수를 빤히 바라보다 간이 의자를 빼내 멀찍이 앉았다. 여전히 차갑고, 얼음장 같은 모습이었다.

"멍청이야? 메뉴판에 버젓이 써 있는 재료 목록도 보지 못하게?"

"정신없었어. 그렇게 만든 게 누구 탓인데."

"내 탓하는 거야? 정신 똑바로 붙들고 살아. 죽을 수도 있었어."

"무슨 상관이야. 구하지 말지 그랬어. 내가 죽으면 쾌재를 부를 거 아니었어?"

성이 났다. 언제부턴가 반말을 하고 있었다. 차갑기만 한 그의 행동이 억울해 저도 모르게 내뱉은 말이었다.

도은은 안 그래도 굳어진 긴 눈매를 더욱 일그러뜨리며 고른 이를 으득 갈았다. 그의 손엔 흰 약통이 들려 있었다. 익숙한 약병을 수가 누워 있는 침대 옆 이불에 던진 그의 검은 눈동자는 짙게 타들어가고 있었다.

“이건 왜 먹는데.”

“남의 가방은 왜 뒤지는데.”

“응급상황에서 복용하는 약을 알아보기 위해 당연히 해야 할 행동이야.”

“의사 아니잖아, 당신.”

“의학 지식은 있는 사람이지. 중독성 강한 약이야. 남용하면 부작용도 커.”

“내가 의사야. 잘 알고 있고, 필요하니까 복용하는 거야.”

“운전해?”

“뜬금없이 그건 왜 묻는데.”

“묻는 말에나 대답해!”

도은의 윽박에 수는 이를 으득 갈다 결국 고개를 끄덕였다. 그는 여전히 차갑게 말을 이었다.

“운전, 제대로 했을 리 없어. 당장 차 집어치워.”

“아직 안 죽고 살아 있어.”

“무슨 배짱이야!”

"걱정하는 척하지 마. 이런 걸 바라는 거 아니었어?"

"신간 편하게 사는 주제에 이딴 걸 왜 먹는데!"

도은의 고성이 고요한 병실을 울렸다. 갑작스러운 그의 소리침에 수는 그를 노려봤다.

"왜 화내는데. 내가 고통스럽길 바란다며. 당신이 그랬듯 지옥을 겪길 바란다며. 그럼 좋아해야지. 멀쩡히 살지 못하는 날 보며 기뻐해야지. 망가진 날 보며 쾌재를 불러야지. 한데 왜 화를 내는데."

"그 입 다물어."

"속으론 좋잖아. 누가 죽든 말든 내 꿈을 위해 온 신경을 쏟아부으면서 결국 성공한 채 나타난 날 보며 눈에 불이 일었잖아. 당신은 고통 속에 몸부림칠 때 난 편안히 살고 있던 걸 생각하면서 속이 뒤집혔잖아. 그러니 좋아하라고! 더 독설을 퍼부으라고!"

"그 입 닥치라고!"

쾅! 침대 난간을 거세게 내려치는 도은의 손길에 그제야 수는 흠칫 몸을 굳혔다. 분노에 떨리는 그의 시선은 지독히도 그녀를 응시하고 있었다.

"그렇다면 왜 말하지 않는데. 너야말로 무슨 말이라도 내 앞에서 지껄여 보란 말이야."

"이미 다 알잖아."

"아니. 난 몰라."

"말하면 믿긴 하고?"

"피하는 버릇은 여전하네."

"피한 적 없어."

"넌 항상 도망치기만 했어! 잠시 잠깐 내 옆에 머물렀다는 거에 내가 속은 거지!"

"그래! 그런 나에게 도대체 뭘 원하는 건데!"

"최소한의 변명!"

지독히도 낮은 고성이었다. 너무 낮고 무거워 심장에 내려앉아 숨이 턱 막혔다.

도은은 잔뜩 일그러진 긴 눈매를 무미건조하게 굳혔다. 아무런 감정도 남아 있지 않은, 공허한 모습이었다.

"그게 무엇이든. 설령 거짓이라 할지라도! 내가 널 믿진 않더라도 조금이나마 덜 증오하게 만들 빌어먹을 자그마한 변명! 근데, 내 헛된 기대일 뿐이었나 보다. 항상 그렇게 도망만 쳤던 너인데. 널 붙잡으려고 했던 건 매번 나뿐이었는데! 그 흔한 사랑한단 말 한 마디 나에게 해준 적 없던 너인데! 그러니 그냥 그렇게 피해. 언제나 그랬듯 계속 도망쳐. 이젠, 널 믿지 않아."

도은은 가녀린 수의 팔을 잡아 자신에게로 끌어 당겼다. 휘청이며 쉽게도 딸려오는 그녀의 몸은 예전 같지 않았다. 그 모습에 더욱 서슬 퍼래진 도은은 긴 눈매를 일그러뜨렸다.

"네가 울고 불며 놔달라 애원을 해도, 죽어도 놓아주지 않아. 평생 이 지옥 불에서 그냥 살아. 널 묶어둘 수 있다면 나 또한 기꺼이 그리 살 테니. 그게, 네가 스스로 말한 약속이잖아."

"……."

"이제라도, 지켜야지."

도은은 으스러질 듯 쥔 수의 팔을 밀듯 놓아버리곤 거세게 병실을 나갔다. 쿵쾅대는 발소리가 완전히 들리지 않을 무렵에서야 수는 붉게 충혈된 두 눈을 질끈 감았다. 그가 쥐었던 팔은 붉게 부어올라 커다란 손자국이 남은 채였다.

가장 먼저 한 일은 목걸이를 확인하는 일이었다. 환자복 안, 여전히 있어야 할 곳에 잘 있는 빛바랜 반지를 매만지고 난 후에야 창백한 뺨 위로 흘러내리는 물기를 손등으로 닦아낸 수는 저릿한 심장 언저리를 손으로 잡아 쥐었다. 너무 아팠다. 아파 죽을 것만 같았다.

"혹여 네가 나중에라도 날 떠난다 말한다면 난 널 붙잡기 위해 무슨 짓을 할지 몰라. 네가 싫다고 발버둥 쳐도 절대 안 놓아줄지도 몰라. 그로 인해 네가 상처받는다 할지라도 아마 난 절대 그만두지 않을 거야. 널 기어이 내 옆에 둘 거야. 그래야 내가 사니까."

"그러니까 네가 방금 한 말, 꼭 지켜. 간절히 바라건대, 끝까지 내 옆에 있어주겠다는 그 말, 꼭 지켜주라 수야."

구 년 전, 바다 앞에서 젊었던 우리의 추억이었다. 그 추억이 아픔으로 다가온 지금이 믿기지 않았다. 일그러지고 무너져 내린 현실이었다.

그는 더 이상.

"널 믿지 않아."

가슴에 한이 어린 음성이었다. 의미는 변색되고 퇴색된 채 그렇게 고통만이 가득했던 그의 말이었다.

지치지 않을 거라 장담했다. 그가 자신을 맹목적으로 지켰던 것처럼 먼발치에서 그를 지켜야지. 그가 지독히도 자신을 증오하고 원망하더라도 지치지 말고 그렇게 해야지. 그걸로 만족해야지. 그가 했던 것처럼 이번에 내가 그리해야지 다짐했다. 하지만 채 한 달도 되지 않아 수는, 지쳐 가고 있었다.

틈이 보이지 않았다. 도은은 날카로운 칼을 사납게 휘둘렀다. 이리저리 베이고 찔리는 아픔에 그녀는 기어이 주저앉고 말았다. 그제야, 그가 얼마나 절실하게 자신에게 다가오려 했는지, 그 노력이 얼마나 대단한 마음이었는지를, 깨달았다.

이유가 뭐가 됐든, 수는 그 엄청난 사랑을 한순간에 버린 것이다.

"최소한의 변명. 내가 널 믿진 않더라도 조금이나마 덜 증오하게 만들 빌어먹을 자그마한 변명!"

그의 목소리가 심장을 파고들었다. 하지만 마음속에서조차 대답할 수 없었다. 변명 따윈 없었다. 그와의 약속을 저버린 채 그를 떠났다. 이유가 찬란하고 아름답다 하더라도 그녀는 모든 것에서 도망친 거다. 생사를 오가며 눈조차 뜨지 못하고 누워 있는 그를, 버렸다.

그녀가 더한 상처를 준 사람이었다. 수가 박은 칼날에 상처가 곪아 썩어 문드러진 그였다. 그의 앞에서 감히, 할 수 있는 말은 없었다. 그렇기에 수백 번, 수천 번은 더 읊조렸던 그 단 한 마디를 그에게 해주지 못했다. 도망친 거다. 또 다시 피한 거다. 온갖 핑계를 대며 그녀는 여전히 그랬고, 그의 말은 옳았다.

수는 그대로 하루 온 나절을 병원에서 지냈다. 그리고 하루 더 머물러야 한다 했지만 의사의 직권을 내세워 퇴원 수속을 밟았다. 몸도, 마음도 지칠 대로 지쳐 도착한 집에선, 어둠에 파묻혀 지냈다.

구 년을 그랬듯, 그 또한 평소와 다름없는 나날이었다.

〈2권에서 계속〉